乾嘉詩壇點將録校證

江南文脉
jiangnan wenmai

乾嘉詩壇點將録校證

（清）舒位 撰
黄碩 校證

鳳凰出版社

圖書在版編目（CIP）數據

乾嘉詩壇點將録校證 / （清）舒位撰 ； 黄碩校證
. -- 南京 ： 鳳凰出版社， 2022.9
ISBN 978-7-5506-3617-0

Ⅰ. ①乾… Ⅱ. ①舒… ②黄… Ⅲ. ①古典詩歌一詩集一中國一清代 Ⅳ. ①I222.749

中國版本圖書館CIP數據核字(2022)第147393號

書　　名　乾嘉詩壇點將録校證
撰　　者　(清)舒　位
校　　證　黄　碩
責任編輯　許　勇
裝幀設計　姜　嵩
出版發行　鳳凰出版社(原江蘇古籍出版社)
　　　　　發行部電話025-83223462
出版社地址　江蘇省南京市中央路165號,郵編:210009
照　　排　南京凱建文化發展有限公司
印　　刷　蘇州市越洋印刷有限公司
　　　　　江蘇省蘇州市吴中區南官渡路20號,郵編:215104
開　　本　880毫米×1230毫米　1/32
印　　張　13.875
字　　數　286千字
版　　次　2022年9月第1版
印　　次　2022年9月第1次印刷
標準書號　ISBN 978-7-5506-3617-0
定　　價　128.00圓
(本書凡印裝錯誤可向承印廠調換,電話:0512-68180788)

序

張寅彭

余治清人詩學，很早即留意於點將録一體。數年前黄碩君來問學，即提議其考訂《乾嘉詩壇點將録》。此《録》爲此體的首創之作，又與後出的汪辟疆《光宣詩壇點將録》，爲歷來衆多之作中的雙璧。然《光宣》前已有王培軍教授的《箋證》，《乾嘉》的梳理則尚付闕如。此題甚不易，黄君當時曾費躊躇，然一旦接題，即學思於斯，顛沛於斯，三年按時交出《乾嘉詩壇點將録校證》初稿，并以此文獲得上海大學博士學位。今又承鳳凰出版社姜小青先生慨允，經過大幅修訂，正式出版。黄君徵序於余，義自不容辭也。

『點將録』是傳統詩學體例中最晚出的一種。關於此體的來龍去脉，余舊文《汪辟疆〈光宣詩壇點將録〉與清末民國舊體詩壇》曾有詳述。其始由明末王紹徽據小説《水滸傳》之『英雄排行榜』，創爲《東林點將録》，用以構陷忠良。崇禎間秦徵蘭作百首《天啓宫詞》，述及魏忠賢持以惑主而未果，其事甚趣。此體來歷既不正，亦非論詩，本不足言。但以結體構想機巧，又未釀成現實的後果，故自問世以來，文人間也津津樂道之。至清初，仍傳抄不絶，連王漁洋池北書庫中也藏有一本。閻若璩《潛邱札記》曾考證其作者問題，而爲《四庫全書總目》引以爲論據。此是嘉慶間能够將此體去邪返正，正式用於品評詩人，産生《乾嘉詩壇點將録》這一部奇作的背景因緣〔一〕。

而此録的作者，余文亦詳列了王汝玉《梵麓山房筆記》的舒位説，藍居中的舒位、陳文述『與二三名下士』的合作説，以及葉德輝的無名氏説等三種説法，無意間動摇了舒位的著作權。此是由於當時未及考索藍居中的數人合作説，預留了餘地，而私心還是傾向於王汝玉之肯定的説法〔二〕。故《新訂清人詩學書目》及後來的《清詩話三編》提要等，仍署舒位作。劉永翔兄當年撰作者考來詢，亦曾告以梵麓山房之説。

又『點將録』一體獨有的價值，不同於此前詩評、詩格、論詩詩、詩話等體例，乃在於排比、綰合一代詩人之關係，呈現一時詩壇精英之總體面貌，從《乾嘉詩壇點將録》、汪辟疆《光宣詩壇點將録》及錢仲聯《近百年詩壇點將録》等名家之作來看，又都以作者厠身的時期爲主，故可定義爲『當代詩史』〔三〕『當

〔一〕詳見拙文《汪辟疆〈光宣詩壇點將録〉與清末民國舊體詩壇》。此文作於二〇〇一年，載章培恒、梅新林主編《中國文學古今演變研究論集》，上海古籍出版社二〇〇二年版，第六八二頁。
〔二〕同上，第六五〇—六八六頁。
〔三〕同上。

代詩的史綱』〔一〕，較『主客圖』一般局於『派』的宗旨有所擴大。當然，此體的游戲成份也無庸諱言，須受限於《水滸》人物種種預設條件，這既見精彩，也時或牽率，亟須作出分辨，方才能真正合於詩史準確客觀的學術要求。至於坊間層出不窮的各種點將游戲之作，衹是偏用《水滸傳》小説誇張戲謔一方面的功能，無預於論詩或詩史，自不必言。

余舊文又曾據徐世昌《晚晴簃詩匯》統計，乾、嘉兩朝詩人爲一千七百餘家，此是選家遴選甄別後的數量。又據柯愈春《清人詩文集總目提要》著録，乾嘉詩文家五千五百八十餘人，則是一個更爲基礎的數字〔二〕。這兩個數字，也是認識《點將録》之當代詩史價值所必不可少的。概而言之，《點將録》近一百五十位之録，乃爲上述基數之百分之二、篩選數之百分之十，以舒位等之眼光，大抵不失爲此一時期之名家集萃也。

以上皆是一二十年前的舊識。今黄碩《校證》出，於舒、陳及『二三名下士』的合作説有較具體之考述；而據其學友趙婧發現之舒位信札，斷此《録》爲鐵雲所作，已確鑿無疑；蕭掄、陳文述等之參與意見，後輩友人後續或有增訂等情形，與趙婧又有异同，雖均未可謂定論，都是此《録》當年寫作實況極難得的探究還原。而將來若無新材料之發現，此或又竟是定論，亦未可知也。

〔一〕《乾嘉詩文名家叢刊總序》，人民文學出版社二〇一四年至二〇二〇年版各集卷首，第四頁。
〔二〕同上，第三頁。

『點將録』一體，其價值既在一代詩史，故選將排位，最關識力。此《録》點袁枚爲『及時雨』宋江，錢載爲『智多星』吴用，即最稱精審。蓋兩家均不同於此前王漁洋『神韵』詩風與明詩的藕斷絲連，另倡『性靈』『質實』之新風，清詩自此方才可稱爲真樹立。袁枚此義人多能識之，錢載則要待陳衍『有清一代詩宗杜韓者，嘉道以前推一錢蘀石侍郎』〔一〕一語來加以確認。而此種新詩風，又必要由兩人疊加、合觀，方才當得起一代之分量。故此《録》以隨園、蘀石領起一代詩史，實是一個不容小覷的定位，清詩自此形成『質實』的主流詩風，而後持續走向以『同光體』爲結穴的晚清高峰。

至於羽翼兩家的《録》内其他一百數十位詩人，舒位的排位較之《水滸》原榜，在頭領職位的設立及『天罡』『地煞』的歸屬方面，作出了不少變通的處理，層級似更細膩，也表現出他試圖多方排比一代詩人的用心。如『馬軍』，原榜主要分『五虎將』『八虎騎兼先鋒使』『小彪將兼遠探出哨頭領』三職，前二職雖亦微寓高下，但同爲天罡，較後一職的地煞，主次一目了然。現在舒《録》改分爲『總頭領三員』『正頭領十四員』『驃騎舊頭領十員』，大抵亦以前二職爲天罡，後一職爲地煞，但『正頭領』中闌入了地煞『病尉遲』與『井木犴』；而『驃騎舊頭領』中赫然出現『步軍頭領』赤髮鬼，此是誤入，抑或是有意稍減天罡地煞、馬軍步軍之等差，未可知也。『步軍』原榜衹分『頭領一十員』（天罡）與『將校一十七員』（地煞）兩

〔一〕陳衍《近代詩鈔》祁寯藻『石遺室詩話』，錢仲聯編校《陳衍詩論合集》，福建人民出版社一九九九年版，第八七九頁。

檔，舒《録》分成『先鋒正頭領』『衝鋒挑戰正頭領』『衝鋒挑戰副頭領』『協理頭領』等多檔，『病關索』與『拼命三郎』都黜與地煞爲伍，『衝鋒挑戰頭領』還分出了正、副，分屬王曇與郭麐。『水軍』也是這樣，將原榜六員的天罡四地煞二之比，改爲『總頭領』一員與『副頭領』五員。其最令人矚目的改動，乃是重列了『芒碭山』等六座曾經的舊山頭，加上『宋家莊』，竟將十數位頭領恢復到『梁山泊大聚義』前的身份了。又增設專容女將的『後寨頭領』一職。這些變動，應是舒位出於精細判定各家詩風等第的需要所爲。

不過舒《録》在所點各位下，除了贊語一項外，并無其他一語説明，這就使人大費其解。加之乾嘉詩壇久遭冷遇，此類排位、贊語，除『三大家』等有名者尚可會其意，多數名家、中小家，則非從頭讀其本集，必不能得其確解。此次黄碩遍檢舒位及陳文述等的詩文集出處，以舒注舒，又廣徵乾嘉及後世相關文獻，自沈歸愚等當世評家始，迄於錢鍾書先生之《中文筆記》，亦不遺今人年表、考證、論文之類新成果，取捨案斷，彙列於各家之下，大有助於解索《録》的排位之秘，也有助於解索贊語的玄妙之意。如黄君指出，孫韶詩風與孫原湘近，故一列『小尉遲』，一列『病尉遲』，擬之以兄弟緣分；又與陳聲和皆學袁枚，故點陳氏爲『母大蟲』，俾兩家結成『夫婦』之好。三家詩風及其連帶關係，即妙藉小説人物而和盤托出。又如指出『小遮攔』點許乃濟，意在與『没遮攔』之許宗彦相配，也由檢出二許過從甚密的材料，而得以確證。又如屠倬以相貌貼合，被點爲『金眼彪』，出其摯友查揆《小檀欒室讀書圖贊》『未見其人，先聞其聲。火色在面，電氣貫睛』一語，亦一舉落實。也有指出原擬未盡愜者，如錢澧爲御史彈劾權貴不避和珅，固宜點爲『行刑劊子頭領』，然『玉麒麟』畢沅亦遭其劾，即與《水滸傳》原情節蔡福力保盧俊義之性命不合，此則比附未周矣。諸如此類，或諧或不諧，均勇於案斷，所下之功夫不淺。故其《校證》也以每家下彙輯的前人評語及摘句圖等，最爲可觀。又以箋注釋贊語，按語釋排位，言多中的，并一一重作了小傳，體例甚善，誠爲舒《録》之功臣也。

黄君《校證》又極重金絲玉壺齋本，也甚有見地。此本之來歷更難究原委，其上頗有斟酌塗抹之迹，也可供玩索。原本今未得見，黄君此番據楊揚整理本鈎沉評説，又與通行的葉德輝校訂本互勘，經他鑒别，非爲整理者斷言的『過録舒位原作早期鈔本』。此本一將屬何人，有與通行本相出入者，又補齊了舒《録》原本不及作的十餘將職贊語。贊語實是作者的慧心所在，舒位原作用力似前重後輕，未能一貫。如自『都頭領』始，直至『相士頭領』，以及相隔數職後的『管理文報頭領』與『管理軍政頭領』，各職位不論一員多員，皆一人一贊；此外『探信接賓四酒店頭領四員』『水軍副頭領五員』『馬軍驃騎舊頭領十員』等三職位，各有一條合贊。而此後剩餘的『馬軍護衛』『步軍護衛』『水軍護衛』以下凡十七職位，贊語則付闕如，自非所宜。金絲本作者一一爲之補全，雖非復一人一贊，亦屬難能可貴。今經黄碩考證，補作多出自舒、陳詩作，可見用心甚正，其功效竟可喻之爲《紅樓夢》之後四十回續本也。黄君又指出其點將改動之處，也有較原作確當者。如『兩頭蛇』解珍、『雙尾蝎』解寶所點徐夔、周準、李果、張錦芳四人，徐、周、李皆與沈德潛近，惟張錦芳與沈遠；金絲本改點與歸愚同結詩社的張永夫，則使『二解』重爲手足矣。然金絲本又以徐夔卒於雍正間，改點徐堅，欲糾其時限之失，則此徐復與歸愚不諧矣。左支右絀，其例尚多。雖然，金絲本能在小傳外作出如許内容方面的增改，不容不特予表出之。

舒位此《録》，錢仲聯先生當年曾以爲勝過汪辟疆的《光宣詩壇點將録》，自然是言過其實了。他是從『辭藻』的角度較量之，以爲汪《録》『大致尚切合，惟其文詞了無生趣』，『持較鐵雲山人《乾嘉點將録》瞠乎後矣』〔一〕。舒位點將不全遵《水滸傳》原作的派定，即稍顯靈便；除排位外，最初也衹有文學性質的贊語一項，措詞飄忽，欲説還休，褒貶互借，意在言外，全《録》遂以詞『美』意『慧』勝，然於『詩史』之實，則未可謂盡責。即所選詩人，亦多有挂漏，如商盤、王又曾等，都未及入録，穀原且捨父取子（王復），未爲允當。此或首創之作，本意不在『史』，也未可厚非。後來汪《録》即嚴守《水滸傳》排位等第，又增以詩評、論詩詩、雜記等項内容，體例較舒《録》大爲充實改善。汪《録》多年前又經王培軍作箋證，已成爲研究光宣乃至民國舊體詩壇的必讀之作。今黄碩君又不避煩難，作成《乾嘉詩壇點將録校證》，篳路藍縷，頗具規模氣象，成爲研讀乾嘉詩人的又一淵藪。惟其成績究竟如何，則有待於日後清詩研究界的檢驗了。

庚子暮春寫於上海大學清民詩文研究中心

〔一〕《夢苕庵詩話》第一八〇則，《民國詩話叢編》第六册，上海書店出版社二〇〇二年版，第二九〇頁。

目録

前言

一 《乾嘉詩壇點將録》作者考

《乾嘉詩壇點將録》是評乾嘉詩壇的一部奇書，業師張寅彭先生目爲『天才的當代詩史著作』〔一〕。此書借用《水滸傳》之『英雄榜』，評論兩朝詩人，『或揄揚才能，或借喻性情，或由技藝切其人，或因姓氏聯其次』（卷首藍居中《鈔訖記後》），藴乾嘉兩朝一百四十八位詩人事迹、詩風於其中。這些詩人窮通有別，既多懷才不遇之寒俊，亦多揚扢風雅之達官；就詩風而言，有倡格調之沈德潛，尊性靈之袁枚，尚質實之翁方綱；亦有以幽澀勝之錢載，以清逸勝之黄景仁，以險怪勝之黎簡，此皆一時勝流，其入

〔一〕張寅彭《汪辟疆〈光宣詩壇點將録〉與清末民國舊體詩壇》，章培恒、梅新林主編《中國文學古今演變研究論集》，上海古籍出版社二〇〇二年版，第六八六頁。

《録》在人意中。然此書於所謂『高密派』取劉大觀而棄『三李』，於嶺南詩人取張錦芳而棄馮敏昌、宋湘，同時又點入王文潞、楊潮觀、胥燕亭等詩名極黯之人。排位上，將蕭掄、周爲漢等不以詩名者置諸高位，而以黎簡、金農等名家附陪末座。這固然可以説是此《録》之爲『游戲之作』的隨意；反過來説，也正是此《録》的個性所在。故欲通解此書，必先考知其作者。

此書作者未署真名，葉德輝丁未、辛亥兩刻本及『金絲玉壺齋鈔本』均署名『玉爐三澗雪山房贊』〔一〕。鈔本前有金絲玉壺齋主題記云：『大興舒鐵雲刺史位有《詩壇點將録》，未見刊本。』其他諸本皆與兩葉刻本同源，或仍署化名，或徑題舒位著，故歷來讀者皆疑爲舒位作。今人劉永翔先生撰《關於〈乾嘉詩壇點將録〉作者》〔二〕，詳爲考論，已證實了此説。近見新出趙婧女士《陳文述研究》一文，其中更舉出鐵證，《舒鐵雲王仲瞿往來手札及詩曲合册》中舒位致蕭掄第二通：『昨夜小樓聽雨，戲將詩壇録編序，興會所至，忍俊不禁。今附呈覽，當與雲伯共賞之。爾後别有俗事，出門訪甘亭之説，須俟明日，且泥塗亦不能步行也。即候，日佳不具。位頓首白。子山先生乙正。《拓坡集》二本附去。』〔三〕至此，舒位編《録》一重公案可以結矣。

〔一〕此書版本詳情見後文『《乾嘉詩壇點將録》版本考』一節。
〔二〕劉文見二〇一一年十一月二十日《東方早報·書評》版。
〔三〕趙婧《陳文述研究》，上海大學二〇一九年碩士畢業論文，第八六頁。

惟藍居中《鈔訖記後》有云：『咸豐戊午，需次吴門，吟社契友樊曉埭尊酒間偶爲話及，特抄藏本見贈。據云舒鐵雲孝廉、陳雲伯大令與當時二三名下士，以游戲三昧，效汝南月旦。』前文舒位的信中，也有『與雲伯共賞』的話，則陳文述似亦與此《録》有瓜葛。於此劉永翔先生以爲『所謂（舒陳）合作，當僅在這一層面上』。

今檢陳集，『玉爐三澗雪』一詞見於其《頤道堂詩選》十二次，見於《頤道堂文鈔》三次。其《詩選》以時編序，此詞最早見卷十七《溽暑困人夢坐泠泉亭上飛瀑四注松影滿空夜中月斜聞猿嘯聲而寤詩以志之》：『林外青猿嘯夜深，何處玉爐三澗雪。』同卷此篇前不數首有《庚辰人日桂葉書堂贈松壺子》，而其後越二首即有《新秋過鷗隱園有懷》，知此數詩皆作於庚辰年，即嘉慶二十五年。其《文鈔》編次失例，不體不年，卷一《王秋海冰壑寒林館詩序》有云：『茶熟香温，微吟數過，如入真多山中聽童子歌玉爐三澗雪。』至卷五《先考汾川府君行狀》中以叙舒位所作雜劇《玉爐三澗雪》而及此詞，卷十《與程蘅鄉論詩書》乃自摘其詩之佳句『童子玉爐三澗雪，仙人丹灶兩峰雲』（詩見《詩選》卷二十二），故此兩處可勿論。考《王秋海冰壑寒林館詩序》中引阮元語而云『二十餘年於兹矣』。陳文述見賞於阮元在嘉慶元年，則此《詩序》作於嘉慶二十一年後。

舒位既爲作者，其卒於嘉慶二十年除夕，則此《録》之成不得晚於此。是知陳文述詩文中用『玉爐三澗雪』一詞，皆在《録》成之後矣。又考王汝玉《梵麓山房筆記》卷四有云：『舒鐵雲仿《東林點將録》

爲《詩壇點將録》，因游戲之筆，未免肆略雌黄，故未明著作姓氏。其親筆原本爲葉調生明經所得，余亦假而録一副本。」[一]葉調生即葉廷琯，乃陳文述婿，王汝玉爲葉氏密友，其言作者僅及舒位，此説當得自葉氏，葉氏所據必得自陳文述本人。若陳爲此《録》署名者之一，王氏必不得漏其名。據此兩條，知陳文述與此《録》署名無關。

至此，化名爲舒位獨署明矣。欲考陳文述與此《録》關係，須另闢途徑。

前引手札云「出門訪甘亭」，則舒位「編序」此《録》當在與彭兆蓀（字甘亭）會面之後。舒位《瓶水齋詩集》卷十七有《彭甘亭明經與僕詩札往復者十餘年訖未識面頃僕還自真州甘亭時赴安慶小泊吴下相遇於雲伯桂葉書堂各道姓名雲伯遂留飲竟夕同此席者子山孟楷無他客也》詩三首[二]，舒、彭於此會始晤。與會者另有陳文述、陳裴之（孟楷）父子及蕭掄（字子山）三人。王樂《舒位年譜》[三]繫此詩於嘉慶二十年八月廿日後。考繆朝荃《彭湘涵先生年譜》[四]「嘉慶二十年乙亥」條：「秋九月將由吴門赴皖。」同條又謂彭重九前二日尚泊吴門與劉嗣綰等宴飲，則「桂葉書堂之會」當在九月。趙婧據手札的語氣

〔一〕張寅彭編《清詩話三編》第八册《梵麓山房筆記》卷四，上海古籍出版社二〇一四年版，第五五二〇頁。
〔二〕舒位撰，曹光甫點校《瓶水齋詩集》卷十七，上海古籍出版社一九九一年版。後文引舒詩皆出此本，不另注。
〔三〕王文爲上海大學二〇一六年碩士畢業論文。
〔四〕見陳祖武編《乾嘉名儒年譜》第十二册，北京古籍出版社二〇〇四年版。

推測，此《録》定稿於酒會後至舒、彭去吴之前的一段時日中，合情合理。又考蕭掄《樊村草堂詩選》卷三有《舒鐵雲於重九後一日將之淮南有詩留别旋以小病遷延逾望始行》〔一〕，則《録》之成當在嘉慶二十年九月上旬。其時蕭掄正於陳府任西席，故手札有『與雲伯同賞』之語。

據陳文述《先考汾川府君行狀》，舒位於禮親王府作《玉爐三澗雪》雜劇在嘉慶十六年，即其參與編此《録》之前四年。此《録》既仿《東林録》以誨盗之《水滸》爲表，雖嘉慶後期文網漸弛，作者仍不能無所顧忌，也在情理之中。又此《録》作時，《録》中詩人有三十餘人尚在世，其已逝者亦必有親友門人存焉。若署真名，必多是非，即成書恐亦滿紙死氣，未容如此『雌黄肆略』（王汝玉語）矣，故四年後其以齋名〔二〕、劇名戲署爲此《録》撰者，順理成章。惟舒集卷十三《餞花行》一詩有序云：『吴菱校書者，度夜雲間，訪秋滬上，始集於雙樹生玉爐三澗雪。』林鎬，號雙樹生，乃舒、陳之友，亦列名此《録》中。據舒序，似林鎬齋號亦爲『玉爐三澗雪』。檢林氏《雙樹生詩草》，而未見此語。今人陸蕚庭言：『祇能看作一種修辭手法，即「寓所」的代稱。此句即林遠峰在松江的寓所之意。』〔三〕姑志疑焉，以俟通人教我。

〔一〕蕭集爲清鈔本，共三卷，藏國家圖書館。

〔二〕舒集卷十六《喻東白大令宗侖囑題梧蔭書屋圖》有句：『憶我玉爐三澗雪，滿城風雨催租錢。』句下注：『敝居齋名。』又承趙婧女士見告，舒位爲蕭掄作《青楊館咏史樂府題辭》落款爲：『舒位書於吴下寓居之玉爐三澗雪齋。』

〔三〕陸蕚庭《舒位與畢華珍》，中國藝術研究院戲曲研究所編《戲曲研究》第十三輯，文化藝術出版社一九八四年版，第一六五頁。

考陳文述《詩選》卷九《答婁東蕭樊村見贈之作》其二有句：『握手共商千載事，賞心各有一編詩。眼前名輩誰傾倒，舒雅彭籛總絶奇。謂鐵雲、甘亭。』其三有小注云：『方議選乾嘉以來三十家詩。』則知陳、蕭本有所謂『千載事』的選詩之想，而舒、彭乃陳、蕭所賞之詩人。《頤道堂詩選》既按時編序，據前後諸篇，考知此詩當作於嘉慶十三年至十四年間陳攝篆寶山時。又《詩選》卷十二《梁溪舟中讀陳其年胡稚威兩先生集因書其後》有句：『論詩吾愛蕭子雲，一代風騷多去取。置我舒王彭郭間，未脱畦町還自咎。』考此詩作於嘉慶十九年冬，即『點將』前不到一年。同卷《乙亥除夕哭舒鐵雲孝廉兼寄王仲瞿袁浦蕭樊村婁東》有句：『堂堂之旗正正陣，蕭君以我與君并。我之遜君豈十倍，如以疲駑匹神駿。』而《録》中蕭掄贊語正有『堂堂之陣，正正之旗』之語。綜上，似所謂『三十家』中固有舒、彭、王（曇）、郭（麐），而選入陳文述本人，乃蕭掄意，陳則若不敢承。今觀《録》中蕭、舒、陳、彭四人連排，郭、王并排而位置稍後，則頗疑此《録》即以『三十家』爲藍本擴充而成。四人連排，乃以四人於『桂葉書堂之會』同商此《録》雛形故也。今檢蕭掄集一過，未見明言其身與『點將』之證，惟卷三《哭舒鐵雲》其二有句：『詩壇自有題名録，莫羨慈恩塔上看。』知此『録』當非泛指。而彭兆蓀詩文集中則無絲迹可尋也。與會五人中陳裴之以行輩故，意至多摇旗而已，其身未入《録》亦以此。據此觀藍居中友樊曉埭『與二三名士』（藍氏《鈔訖記後》）之語，知其有據而云然也。

若前文推考不誤，則陳、蕭『三十家詩選』可謂此《録》之基。其以奠基者不自編此《録》，而必假手舒位『編序』，似頗費解。惟其時誰主誰次，已難確考，以『説有易，説無難』也。兹略作探索，聊以抛磚引玉云爾。

《録》中胡天游（稚威）排位高居第九，在趙翼、張問陶等人之前。胡固能詩者，然其擅場實在駢文，《録》之推舉似嫌過當。前引陳《梁溪舟中讀陳其年胡稚威兩先生詩集因書其後》一詩中稱胡詩云：『石笥山人才更大，餘事爲詩亦深黝。玄音清廟中琴瑟，古色明堂勒鐘卣。胸中積羽富委宛，不落龍蛇落蝌蚪。盤空硬筆駭籍湜，奚止衡嶽誦岣嶁。』又云：『近來頗嗜二子詩，硯匣丹鉛不離手。前路導我升堂奥，真氣逼人驚户牖。兩詩不同各有得，步武韓蘇論師友。陳詩不識誰所貽，胡詩親自師門受。文章氣格更醇古，經史取材若林藪。遠掃盧駱同穅粃，近俯徐庾若郐邱。』其揚不可謂不高。此詩既作於《録》成前數月，而考舒、彭、蕭等集中，惟彭兆蓀《答姚春木書》中以論駢文一及稚威而已，則胡居高位似爲陳文述意。《録》中邵颿（夢餘）高居第十一位。邵氏聲名晦暗，論其詩者罕矣，舒、彭等更無一語及之。而据陳文述《邵夢餘傳》（《文鈔》卷三）知，其爲陳内子姑丈。陳少時隨邵學詩，集中屢稱邵詩，如『余朋舊中尤得力者，以夢餘、鐵雲爲多』『余生平所識詩人句法佳者，無過山陰邵夢餘』云云，則邵恐亦以陳居高位。又查揆、嚴學淦、周爲漢、許宗彦四人并列於第二十至二十三位，皆可謂『德不配位』。而考陳集，查揆爲陳舅父行（《自箴詩》），陳集屢稱其詩；嚴學淦爲陳客京師時詩友，當時并稱爲『白鷹紫鳳』，陳集中屢屢念之；周爲漢亦陳客京師時詩友，陳《贈周劉雲上舍爲漢即送之甘州省親》

《詩選》卷三）述兩人交誼始末，且推周詩備至；許宗彦夫人更爲陳子婦汪端之戚，鞠汪以成立者也（《挽許周生別駕》）。陳、蕭、彭三人中，陳、彭交游較廣。而彭氏交游中，僅阮元、王昶、郭麐、曾燠等名流於《録》中排位較前，此固公義，似與彭私誼無涉。故此可見陳文述『點將』之『權』，竟似欲凌於舒位之上，是不能不啓人疑竇。今試厘二人於此《録》之功。

《録》前之《序》，據其文風，即知爲舒位手筆。且中有句云：『嗟乎！雙淚墮南州，叔子不如歌伎；一樽傾北海，中郎何似老兵？』前引舒《餞花行》詩有句云：『乃知南州功，不如臺上伎；乃知北海名，不如泥中婢。』其句法酷似。而『老兵』用孔融事，亦屢見舒位集中，其作者可更無可疑矣。

《録》中贊語，則當分别觀之。其一爲葉德輝刻本贊語，另一爲金本較刻本多出之贊語。刻本贊語，其用古典處，如『黄金臺』『高固桀石』『八百孤寒』『豈有酖人羊叔子』『筆札唇舌』等，雖非僻典，然俱見乃至屢見舒集中。如《瓶水齋詩集》卷十三《懷李味莊（廷敬）》一首有句『我亦孤寒八百人』，此《録》中李廷敬等四頭領合贊即有『八百孤寒三大白』之句，其如出一轍。同卷《寄懷子瀟》其三有句：『當年詩品記司空，人在龍門合傳中。』而此《録》『浪子郭頻伽』贊語有『合傳之體司馬遷』，亦若合符節。又『學我者拙，似我者死』『滄江夜夜虹貫月』等條，皆舒位原話或原句〔一〕。『霹靂火趙甌北』下贊語有『雌霹

〔一〕詳本書『没羽箭舒鐵雲』條箋證及『紫髯伯翁覃溪』條箋證。

靂』一詞，尤人所罕言。查考所及，似惟舒集卷十二《後琵琶行段可石明府席上作再贈俞五山人是夜彈卸甲海青玉樹三曲》有句：『大雷忽兮小雷忽，虞兮虞兮雌霹靂。』凡此，皆可證刻本贊語出於舒位之手。至金本贊語乃他人所補，非舒位原筆，詳後文『版本考』一節。

考南宋龔聖有《宋江三十六贊并序》〔一〕，爲『呼保義宋江』『智多星吴學究』等三十六人各作一贊，以狀其人其事，乃《水滸傳》材源之一。如宋江贊云：『不稱假王，而呼保義。豈若狂卓，專犯忌諱。』『插翅虎』雷横贊云：『飛而食肉，有此雄奇。生入玉關，豈傷今姿。』此與舒位所作贊語同一風格，頗疑舒贊乃參此而作。而前文王汝玉已言，此《録》乃仿『東林點將録』而作，今對勘兩録前二三十人，頭領出入不大，尤其如『東林録』中『協同參贊軍務頭領』下爲『神機軍師』一將，高居第六位；舒位所編此《録》中『參贊詩壇頭領』下神機軍師亦列第六位，而《水滸傳》中『神機軍師』則爲七十二地煞星之首，居三十七位。是知王氏所言不謬。

至此，綜前文所考，可試揣此《録》成書過程：嘉慶二十年九月上旬，舒、彭、蕭及陳氏父子爲詩酒會於陳文述蘇州『桂葉書堂』別墅。陳、蕭出積年所編之『乾嘉以來三十家詩選』，就質於舒、彭。舒位或即此聯想到『宋江三十六人』，四人乃即席取水滸人物配此『三十家』，以品評其人其詩。酒會後舒位

〔一〕周密撰，吴企明點校《癸辛雜識》續集卷上收龔氏《宋江三十六贊并序》，中華書局一九八八年版，第一四五頁。

返其『玉爐三澗雪』寓所，意猶未盡，更參『東林點將録』，盡取兩朝詩人與一百零八頭領相配，續此『三十家』而列之，且就即席所聞陳、蕭、彭之緒論，仿龔聖作序并贊，就近取齋名『玉爐三澗雪』而署之，此《録》遂成。

如此，則《録》中與陳文述有關而居高位者，如胡天游、邵颿、嚴學淦、周爲漢輩，或本在『三十家』之中，舒位『編序』時自不便黜諸低位。而此等游戲文章，古人未必視爲著作，斷無争名之虞；既爲舒位『編序』，其『獨立署名』自無嫌也。

惟考舒集及其《瓶水齋詩話》，多有舒氏友之工詩者，不入此《録》，則頗費解。如陸元鋐（杉石），亦乾嘉時人，乃舒氏摯友，舒集卷三有《陸杉石儀曹雨中過訪明日作詩寄之并取觀其詩集》，卷十四有《立秋日陸杉石太守寄示青蓉閣詩鈔却寄》等篇，皆稱陸詩。卷十七《江上停雲詩》組詩中亦懷及之，詩前有小序云：『思我朋舊，天各一涯。扣舷操觚，遂盈篇什。雖復顯晦互异，静躁不同，而以詩懷人，要皆其人之善於詩者也。』據王樂《舒位年譜》，《江上停雲詩》作於嘉慶二十年春，距舒位編《録》僅數月，舒似無摒陸於《録》外之理。此外尚有宋翔鳳、李瓊英等人，亦類此。

今考《録》中詩人，聲名較黯淡者，大抵見於《清詩别裁集》《隨園詩話》《吴會英才集》《湖海詩傳》等書，知舒位編《録》必以當時諸總集、詩話爲淵藪。陸元鋐、宋翔鳳等，皆未挂名於此諸書，亦不見於陳、蕭集中，陳、蕭當不識之。殆舒位故遺之以就陳、蕭之『賞』耶？姑志疑焉。

二 《乾嘉詩壇點將録》版本考

此書版本較多，今人言及此書，大抵用葉德輝宣統辛亥增補過的刻本。此本前《重刻足本詩壇點將録叙》云：『光緒丁未，從長沙舊書攤購得同治己巳巾箱本，遂付梓人刊行。旋獲傳鈔武進莊氏舊藏足本，較余本少訛字，諸人里貫事迹，亦較余本稍詳。然所缺者猶多。余據吴鼎雯《詞垣考鏡》、李富孫《鶴徵後録》及郡邑詩選、各省志乘、諸人詩文本集、集中碑傳文字補之，而是書遂臻完善。』此後『辛亥本』即成爲此書的通行本，張寅彭先生編《清詩話三編》收録此書，即以此本爲底本標點。惟今人楊揚先生從謝國楨先生舊藏《金絲玉壺齋隨筆》中過録此書另一版本，取與葉氏兩刊本對勘，則非特字句差异甚夥，所點人物、次序也頗不同。惜楊揚并未就此深究，僅出校記羅列异同。除葉氏所刻兩本及金本外，我另訪得六種版本，依次爲：王文濡輯《説庫》本、雷瑨編《清人説薈》本、《滿清野史三編》本、金武祥《粟香隨筆》本、笏盦鈔藏本、《東方雜誌》本。經比對，此六本中，除《東方雜誌》本外，其餘五本皆與兩葉刻本同源。甚至《滿清野史三編》本與《清人説薈》本雷同；而《粟香隨筆》本乃一殘本，其内容與葉氏辛亥本相應部分雷同。笏盦鈔藏本末尾添出舒、陳後輩詩人二十餘人，顯非舒位原筆。其原書則與丁未本雷同。故需探討者，僅兩葉刻本、金本及《東方雜誌》本。

（一）葉德輝清光緒丁未刻本[一]

此本前除有『鐵棒欒廷玉』序外，另有葉德輝光緒丁未年序，有藍居中《鈔訖記後》，有諸人題詞，并附有《東林點將録》及葉氏《點將録附考》等五種材料。正文下署名爲『玉爐三澗雪山房贊』。點詩人一百四十五人，小傳較略，有贊語三十四條。間有錯字，如王芑孫贊語：『齗齗不附和，顧公在座。』『齗齗』實爲『斷斷』之誤。此本『小李廣陳雲伯』下列『碧城仙館詩髓』，據趙靖指出，『詩髓』之名乃陳文述道光間所擬；『神行太保戴金溪』下列『簡恪公遺集』，戴卒於道光十三年，謚簡恪，其時舒位早已下世。遂知此本小傳非原稿。

（二）葉德輝清宣統辛亥刻本[二]

此本無丁未本前五種材料，『鐵棒欒廷玉』之序亦無，祇有葉德輝辛亥年所作長序，署名與丁未本同。葉氏此本序中固已言：『餘有詳略及集名异同，則二本可以參觀，不贅補也。』此本點詩人一百四

[一] 收録於葉德輝編，楊逢彬、何守中整理《雙梅景闇叢書》，海南國際新聞出版中心一九九八年版。
[二] 收録於《雙梅景闇叢書》。

十八人，小傳詳於丁未本，有贊語三十五條。誤字較丁未本少。此本『黑旋風』王𩃬下有一段不經之語，必非作者原筆，葉德輝且痛斥其妄（詳『黑旋風』箋證），是知此本小傳於葉氏前固已經人增改。

（三）金絲玉壺齋鈔本[一]

據整理者楊揚言，此本乃『謝國楨先生原來收藏《金絲玉壺齋隨筆》稿本中過録舒位原作早期抄本』[二]。此語有誤。諸刻本『母大蟲』一將領下，均點陳筠樵聲和無异，而楊揚整理按語云：『金本此處先點爲陳筠樵，塗去；改爲錢中諧，又塗去；最後改爲顧晴沙。』又諸刻本『神算子』一將領下，均點蔣知讓，而楊揚按語云：『鈔本點此將原寫作蔣藕船知讓，後加括略號，改爲吴敬儒。』又諸本『兩頭蛇』下均點徐夔，而楊揚按云金本改徐夔爲徐堅。據此數例，知金本晚出。此本小傳亦多言舒、陳身後之事，如阮元小傳有『謚文達』。阮卒於道光二十九年，且晚於陳文述之卒。則知此本小傳亦後人所補，不可爲據。又考今金本所點而不見於諸刻本之人物，如李旦華、張錫祚等年輩太早；何道生爲陳文述居京師時詩友（見陳《挽何蘭士道生》），蔣元益則爲彭兆蓀岳父，要無一人見於舒位集中。故楊揚斷此本爲

[一] 收録於程千帆、楊揚《三百年來詩壇人物評點小傳彙録》，中州古籍出版社一九八六年版。
[二] 見《彙録》前言，第三頁。

『舒位原作早期鈔本』，誤。所恨此金本原本今不可見，惟楊揚《彙録》中於葉氏刻本與金本之异文有校記，衹得退求其次，據其整理本以推還金本。此本前有金絲玉壺齋主所作題記，以及『鐵棒欒廷玉』序。署名也爲『玉爐三澗雪山房贊』。此本點詩人一百三十八人，不及兩刻本多，但與兩本差別非細，且於某頭領當點何詩人，曾反復改動。此本贊語爲五十條，較刻本多出近三分之一。這些多出的贊語必非舒位原筆，當爲改《録》之人作所補。至此本與葉刻本的差异，我已於校證中隨文詳談，此不贅言。

（四）《東方雜誌》本〔一〕

此本前僅有『鐵棒欒廷玉』序，署名『玉爐三澗雪山房贊』。此本所點人物、次序、贊語均與辛亥本同。持與辛亥本、丁未本細勘，則此本人物小傳詳於丁未本，而略於辛亥本；惟少數人物著作之卷數，此本又詳於辛亥本。此本後有孟森先生跋云：『此爲武進莊氏所鈔，若夫先生囑附報梓行。』〔二〕按，莊鼎彝，號若甫，江蘇武進人。遂知此本即葉德輝所謂『武進莊氏本』，爲莊氏親囑梓行。又據前文三本對勘的結果，知葉德輝辛亥本前《叙》所云『光緒丁未』云云一段，確然可信。至辛亥本王昶、蔣士銓、趙翼等人

〔一〕《東方雜誌》第六年（一九〇九年）第一期、第二期『專件代小説』欄。
〔二〕《東方雜誌》第六年（一九〇九年）第二期『專件代小説』，第一八頁。

本集卷數較此本略，則葉氏辛亥本《叙》云：『餘有詳略及集名异同，則二本可以參觀，不贅補也。』光緒丁未爲一九〇八年，《東方雜誌》刊此莊氏本爲一九〇九年，宣統辛亥爲一九一一年，此本既早辛亥本兩年刊行，辛亥本著作較略者如王昶、蔣士銓、趙翼等，皆享大名，著作俱在，故葉氏『不贅補也』。

綜上，可知有校勘價值者，葉氏兩刻本及金絲玉壺齋本而已。然三本小傳皆非舒位原筆，亦已證明。趙靖言此《録》原稿必無小傳，其説可信。『東林録』即無小傳。酒會諸人於《録》中詩人本末自熟，且諸人固不欲此《録》流傳惹禍，舒位自無庸爲後世讀者計而作小傳也。小傳乃各傳鈔者不斷增補而成，此亦吾國小説、野史流變之常態。及至葉氏據武進莊氏本（即《東方雜誌》本）重爲增訂而刊刻之，遂成定本。而此《録》原貌，今已難測矣。惟葉氏衹言增補小傳，未言改動詩人名單、排位，金本人物、排位之改，必另有其人。今細考金本，其所補贊語竟多有直接取材於舒、陳詩集者。如『枯樹山舊頭領』下點宋大樽（字左彝），葉刻本無贊語，金本補入贊語『其意蕭條』，此與舒集《出都贈宋左彝助教》句『辛苦何須怨行路，蕭條猶幸生同時』合；陳文述《西泠懷舊》懷宋氏一首有句『詩骨高寒栖瘦鶴，嘯聲清越答孤猿』，意亦與贊合；又如『聖手書生』一將葉本無贊，金本補入贊語『使筆如劍劍氣出』，而陳文述《李靖舞劍臺歌》句『摩崖大字何年筆，使筆如劍劍氣出』。又如『步軍護衛二頭領』下，金本僅點李鼎元、李驥元兄弟，葉本無贊，金本補入贊語『李蔡爲人在中下』，而陳文述《漢李廣銅印歌》有句『君不見李蔡爲人在中下，肘後黄金大如斗』。又『鐵算子』下，各本點袁枚從弟袁樹，葉本無贊，金本補入贊語『難爲弟，貂續尾』，而陳文述《寒夜懷人詩》下懷從兄陳鴻壽一首有句『季方難爲兄，元方難爲弟』。『步軍協理頭領』下，葉本無贊，金本補入合贊有句『鐵中錚錚，庸中佼佼』，而舒位《九股苗》有句『庸中佼佼鐵錚錚』。另如『水軍護衛二頭領』二錢下，葉本無贊，金本補入『小隱山林，大隱市朝』語，而錢杜正號『松壺小隱』，此非知錢氏本末者莫辨。『桃花山二頭領下』各本皆點朱彭（字青湖）、項墉，葉本無贊，金本補入贊語『桃花流水，别有天地』，而陳文述《朱青湖徵君湖灣種魚圖》有句『春水灔灔春柳長，湖堤二月桃花香。三月船頭散魚子，五月水面分魚秧。世外仙源孤棹引，閑與樵青話茶笋。萬梅花下古苔磯，我亦西溪舊漁隱』，可與贊語參證。諸補贊雖多爲山頭名號而發，且多爲熟典，不足爲奇，然其頻頻見於舒、陳詩中，至少透露出造作金本者，必於舒、陳詩集極熟。且金本於《録》中居高位之蕭掄、邵颿、周爲漢等詩名晦暗者皆無改動，其作者若非悉知此《録》成書内情，似不至於此視之夷然。

楊揚所整理金本前録金絲玉壺齋主『題記』云：『今從孫少山處假得備録之。有分贊、有總贊、有無贊者，悉依其舊。有一號而兩名者，則傳聞异辭，劉茆生太守所注者也。』觀金本『無贊者』僅『神行太保』一頭領，而葉刻本此頭領下有贊語『飛行絶迹，其言不出』，此贊必出舒位之手。金本作者既欲補全贊語，焉得删此舒位原贊？知此『無贊者』特漏鈔而已。而劉茆生者，即劉履芬，號泖生，乃葉廷琯小友、王汝玉門人。『題記』若謂《録》中本無『一作』諸詩人，今所見『一作』者皆劉履芬所標注，爲存异説以備考也。觀金本『步軍協理頭領二十六員』下，有二十餘正將附『一作』副將，且正、副將或以履歷、或以詩風、或以性情，每可類聚，『傳聞异辭』似不得如此之多且巧也。是知『一作』者，必刻意爲之。又葉德輝既自述丁未本底本乃『同治己巳巾箱本』，而藍居中《鈔訖記後》落款爲同治己巳，是知丁未本所據者即藍居中鈔本。而藍氏自言其鈔本乃其友樊曉棣『特鈔藏本見贈』。考樊爲齊學裘友，齊學裘《見聞續筆》《劫餘詩選》中屢及樊氏，交誼不淺。而葉廷琯《楙花盦詩》卷下有《題齊玉溪學裘見聞隨筆》一律，小注云：『道光壬寅與君相識。今滬上重逢，溯昔已二十六年矣。』則樊氏『藏本』，必出自葉廷琯。今觀葉德輝丁未本，有『一作』，遂知葉廷琯藏本本有『一作』，則『一作』當爲舒位刻意所爲，非劉履芬『所注之傳聞异辭』也。

又細繹所補諸贊多即山頭名、綽號而發，神氣遠遜舒贊；且舒位於初稿成後匝月即遭母喪，恐無暇補此。是以補贊者有兩種可能，一爲陳氏父子本人；一爲陳文述門人後生，如葉廷琯、程庭鷺、劉履芬輩。前文引王汝玉言作者，止及舒位。考劉履芬《古紅梅閣集》卷四有《觀乾嘉詩壇點將録墨本即題瓶水齋詩集後》，詩中『鐵雲居士輔以奇』云云，仍以舒位爲作者，一字未及陳文述。王、劉既得觀葉調琯所藏原本，必知其成書本末。陳氏父子若嘗補贊，葉廷琯不容不知，王、劉自不容不言。是知陳文述非補贊者。

劉《觀乾嘉詩壇點將録》詩前一首爲《葉調生封君重見故山樓圖題時距殁已八閲月矣》，葉廷琯殁於同治七年十二月，知此詩作於同治八年八月；詩後越一首爲《將復有渡江之行録别》，有句『行役迫歲闌』，知此數詩作於同一年。頗疑此『觀録』詩作於觀『故山樓圖』詩之後，以憶舊重觀也。『題記』既道及劉履芬『注』，得毋劉氏以『重觀』而改訂、補贊乎？惜今金本原本不得見，所謂『孫少山』亦不知爲何人，此疑案難於確考矣。

三　《乾嘉詩壇點將録》的宗旨及缺陷

藍居中《鈔訖記後》謂讀此《録》『不禁感昔時風雅之盛云』。葉德輝《重刻足本詩壇點將録叙》云：『將以遠稽乾嘉文治之根本，諸君子聲氣之應求，俾言治者曉然於黨有君子小人之分，有虚名實禍之异。』則藍、葉皆明瞭此《録》追憶風雅的大宗旨，惟未申論耳。我今既董理此書，申明此旨固題中之意；此外於此《録》『點將』之得失亦不得不略陳管見，兹論如後。

舒位《序》有云：『遂覺星辰可種，借其説於九百虞初；將使風月常新，和其聲於三千雅頌。』又云：『豈曰以下無譏，實乃於斯爲盛。』這都明言此《録》欲表揚乾嘉時風月才人之盛。『星辰可種』，用古樂府『天上何所有，一一種白榆』意，又序所云『一樽傾北海，中郎何似老兵』，用孔融懷蔡邕引《詩》『雖無老成人，尚有典刑』事，皆撫今追昔意也。此《録》既作於嘉慶晚期，作者諸人其生也晚，祇見『盛世餘暉』，故《録》中已下世詩人近十之八〔一〕。又舒、陳諸人俱不可謂達，多受人蔭庇，佐幕爲生，故《録》於主持風雅、庇護寒士之大僚極力推揚，不遺餘力。《録》中『馬軍驃騎舊頭領十員』之合贊有『迭長敦槃，各建旗鼓』之語，此十數人雖皆好作詩，有集存世，然實多不以詩名，則合贊乃呼應序言〔二〕。《録》中以號召風雅入選之詩人如沈德潛（一）、袁枚（二）、畢沅（三）、王昶（五）、法式善（六）、阮元（七）、盧見曾（三一）、李廷敬（三二）、曾燠（三三）、程晋芳（三四）等〔三〕，排位皆高。而畢沅、王昶、法式善等若單以詩論，似不爲作者諸人所喜；且諸人贊語亦皆從其能持風雅、庇文士而出，此足以窺此書宗旨。

沈德潛、袁枚外，上列諸人亦皆當時藝苑扶輪承蓋者也，入《録》本爲公義。而其中尤多爲舒、陳等所親炙者，略考如後：

一、畢沅。畢氏聲名播於天下，徐世昌云：『開府西安時，愛才下士，老友如吴竹嶼、嚴東有、程魚門，門人如邵二雲、洪稚存、孫淵如、錢十蘭諸人，咸招致幕中，一時名流翕集，流連文酒，殆無虚日。』〔四〕此諸人幾全入此《録》。陳氏好友楊芳燦且爲諸人吟唱所成之《樂園聯唱集》作序，狀當時風雅之盛甚

〔一〕全書所點一百四十八位詩人中，有三十四人於《録》成時在世。

〔二〕參本書此合贊箋證。

〔三〕另有查禮、王藻、鄭澐、金兆燕等，號召風雅亦其入《録》之一端。另，人名後括號内數字爲排位。

〔四〕見徐氏《晚晴簃詩匯》卷八十九『畢沅』條下詩話，民國退耕堂刻本。

詳[一]。又畢沅輯《吴會英才集》，收録十六人之詩，其中有十一人入此《録》。則畢之入《録》乃題中之意。蕭掄曾受畢氏眷顧，集中屢言之。

二、王昶。陳集於王氏主持風雅，屢稱不一稱，此不贅引。陳氏嘗受業於王昶（見《自箴詩》等）。彭兆蓀亦嘗佐其幕府。

三、法式善。陳氏《都門五君詩》中法式善一首有句『愛才如命古人難』以稱之。陳又有《以法祭酒式善梧門詩話稿本寄星齋紱庭兄弟京師有序》（《頤道堂詩選》卷三十），其序云：『此稿凡十六卷，多乾隆、嘉慶兩朝文獻，鄙人曩在京師，曾與編纂之役。』又有《將出都門留别法梧門學士》（《頤道堂外集》卷三）有句『刻意憐才讓此人，愛惜殘編心不死』，均推重其保持風雅之功。舒位亦爲詩求法氏奬拔，如『賴有鯉魚三十六，定隨秋浪到龍門』（《瓶水齋詩集》卷十）即可見。法氏遂作《三君咏》以舒位、王曇、孫原湘并稱『三君』，其中亦重惜舒位有才無命。

四、阮元。陳文述以『團扇詩』受知於阮元，一生受其照拂，集中言此者累累，不贅引。

五、李廷敬。舒位及舒、陳之友人有不少受其蔭庇。陳氏《過也是園吊李味莊觀察》（《頤道堂詩選》卷十一）小注云：『林遠峰、俞秋圃、改七薌、家竹士皆觀察舊客也，往來余幕中説公遺事。』舒位有

[一] 見楊氏《芙蓉山館文抄》卷四。

《滬上與香岩遠峰話舊感懷李味莊先生》（《瓶水齋詩集》卷十三），極感李氏之德。

六、盧見曾、程晋芳。盧兩爲江淮鹽運使，紅橋之會，尤聲聞一時[一]。程晋芳之家本揚州大族，『延接賓客，宴集無虚日。君好學工詩，及見江淮老宿，一時若無錫顧震滄、華半江，宜興儲茗坡，松江沈沃田諸君子咸與上下其緒論』。陳文述嘗『宰江都，多惠政』（《清史列傳》卷七十三陳氏本傳），於此二人事迹所知必切。

至於此《録》的缺陷，除多以親朋入選外，又往往顧此失彼。此實『點將録』一體之通弊，不當獨指瑕於此《録》也。蓋既列表論詩，必有爲而『點』。既依托於水滸頭領，則須有以切之。既相湊合，尚須顧及排位高低，如宋江、盧俊義、吴用等人，即令有聲名晦暗者能切之，亦不可使負此重任，以『齊大非偶』也。此外，還須顧及現實，尊所欲尊，抑所欲抑，故此興到之作，實難周全。雖經改訂之金絲玉壺齋本，亦不能盡愜人意。如『神行太保全謝山』『鐵臂膊錢南園』『金錢豹子顧立方』『兩頭蛇徐龍友』『雙尾蝎張粲夫』等條，皆有可議，兹述數例：

『神行太保』全謝山。葉德輝刻本以全氏置『神行太保』下，以詩論，排位嫌過高，且與此將主位戴敦元無可比附。金絲玉壺齋本改全於『急先鋒』條下。據嚴可均《全紹衣傳》（《鐵橋漫稿》卷七）記：

[一] 參本書『摸著天盧雅雨』條箋證。

『祖望性伉直，不能容物。先嘗患齒痛，妻張因事相規，笑曰：「此雌黄人物之報也。」卒不改。』則全氏性情亦差副『急先鋒』之號。且此將贊語『長槍大戟，震動一切』，亦切全氏。然全氏與『急先鋒』副將周爲漢詩風又不類。此可見出點將體之弊。

『鐵臂膊』錢南園。《水滸傳》中『鐵臂膊』蔡福乃『玉麒麟』盧俊義的救命恩人。《録》以『玉麒麟』點畢沅，恰如其分；而以力攻畢沅瀆職之錢灃屬『鐵臂膊』，與《水滸》事相反，此亦難兼顧處。

『金錢豹子』顧立方。顧氏與楊芳燦爲表兄弟，詩風亦近。《水滸傳》『金錢豹子』湯隆與『金槍手』徐寧亦表兄弟，正可相配。然《録》既推楊氏平亂之功而屬之『撲天雕』，以『金槍手』點彭兆蓀，則未用《水滸》事。金本挪顧至『母大蟲』下，切其同姓，稍愈於葉本。

『兩頭蛇』徐龍友。金本以徐夔年輩太早，而替以徐堅，以年代論更妥。然《録》中『兩頭蛇』『雙尾蝎』下點李果、周準等，皆沈德潛友，夔乃德潛摯友，詩風近沈，而堅則學王、孟者，與沈氏無交誼，此又不如夔貼切。

『雙尾蝎』張粲夫。前條所言兩將詩人皆沈德潛友，張粲夫無當於此，故金本改點張錫祚。而據前數條可知，金本留意人物年輩。錫祚乃康雍時人，金本之改可謂自亂體例也。

凡例

一、取葉氏辛亥本爲底本，以金絲玉壺齋本、葉氏丁未本爲校本。此三本詩人小傳皆非舒位原筆，故本書小傳原文即擇善而從，不出校記。

一、原書小傳簡陋，今據《國朝耆獻類徵初編》《碑傳集》《碑傳集補》《續碑傳集》《廣碑傳集》《國朝先正事略》《清史稿》《清史列傳》等傳記，《湖海詩傳》《兩浙輶軒録》《國朝詩人徵略》等總集，另旁搜於諸人詩文别集、各省縣方志等，爲《録》中詩人重編小傳。一般不注材料來源，以省煩文。惟於詩人生平、著作、生卒年等有异説處，則略爲考异。

一、校本所點人物或詩人排序與底本有异處，皆出校記説明，以備參考。

一、校本有贊語爲底本所無者，則分别處理：（一）此贊語所屬詩人、頭領、位次皆與底本一致，則將此贊語補入底本，出校記説明來源；（二）此贊語所屬詩人、頭領、位次與底本有异，則視此贊語所屬校本何頭領下，以補入底本此頭領下，亦出校記説明原委。詳參本書『白花蛇河南園』條校記。

一、此《録》中贊語多隱約難明。今於箋證中盡力箋釋之，其所用古典，必爲指明出處；所藴本事，必徵它書，盡力探明。且於贊語箋解後另選輯相關論説，以證補作者用意。惟此《録》有多人合贊，或泛泛而言，或切多人中之某幾人，或由諸『邊』分切共此贊下諸詩人，要之紛雜難協，不得不分别處理：（一）此《録》有十數人乃至數十人共一合贊者，不便先排此十數人小傳，再列合贊，故合贊統一列於合此贊之諸頭領中第一人下。贊語古典一般亦於第一人箋證中注出，所餘數人箋證中不另注。參『馬軍驃騎舊頭領十員』合贊。極少數贊語古典義非切第一人者，不在此例。參本書『神行太保戴金溪』條箋證及其『一作全謝山』條箋證。（二）合贊盡切某人者，則於此人箋證中全箋贊語；僅有數句切某人者，則僅於此人箋證中箋此所切之數句。（三）合贊之泛言者，第一人後之諸人箋證中，則主要論其詩學。參『步軍協理頭領二十六員』合贊。

一、此《録》贊語多有不對詩人之詩而發者。此類詩人贊語箋解之後，必另段專論其詩，以副『詩壇點將』之意。

一、此《録》點某人爲某將，往往著眼細微，或切其詩，或切其事，或切其貌，或切其姓。若其人獨贊中已涉及之，則於箋釋其贊語時點出；若合贊諸人，則一般於諸人箋證後加以『碩按』，於此解説作者點將之理由。且凡作者所寓之微意、諸本點將之得失、全書體例之條列等，凡於論其詩之『箋證』中不便分説者，都於此説之。此類後按秉『有話則長，無話則短』及『知之爲知之，不知爲不知』之訓，讀者幸勿一律繩之。

一、箋證中凡所徵引，但出作者、書名及卷數，版本、頁碼則從略。其版本詳『主要參考文獻』。

一、少數引文原書未得，如潘瑛、高岑《國朝詩萃》、陳融《顒園詩話》等，則轉録自《清詩紀事》。

一、參考書爲《清代詩文集彙編》本者，其版本一律簡稱『彙編』第某册。

一、贊語所涉古典叢脞，散於典籍。且其原書俱存，覆核亦便。本書中爲釋古典所引諸書，概不列於『主要參考文獻』中，以避紛雜。

一、箋證中凡所徵引之諸詩文集序、跋、題詞等，若無特別説明者，則見於該詩文集卷首或卷尾。其不見於各集卷首或卷尾者，必標注來源。

一、箋證中凡引錢鍾書《容安館札記》及《中文筆記》處，俱用『視昔猶今』新浪博客校訂本。此兩書乃錢氏手稿，其識讀非一時能畢。惟錢氏談詩多獨見，此兩書内論乾嘉諸詩人條多不見於其《談藝録》，故不容不録。特志采擷之源於此。

一、箋證中引及《水滸傳》處，一般即指通行百二十回本。少數引及金聖歎本、百回本處，必予説明。

一、箋證於論詩，不得已時亦略呈管見，非敢以陋學輕薄古人也。讀者識之。

乾嘉詩壇點將録序

夫筆陣千人，必謀元帥；詩城五字，厥有偏師。故登壇而選將才，亦修史而列《人表》。遂覺星辰可種，借其説於九百虞初；將使風月常新，和其聲於三千雅頌。或蓋棺而論定，或盍簪而勿疑，或廉藺之無猜，或尹邢之不避。爰效東林姓氏之録，演爲西江宗派之圖。嗟呼！雙泪墮南州，叔子不如歌妓；一尊傾北海，中郎何似老兵。此則汝南之評，不遺孟德；元祐之籍，未列歐陽。豈曰以下無譏，實乃於斯爲盛。文章千古，玉帛萬重。蓋惟善將將者，始可與言詩也已矣。鐵棒欒廷玉。

乾嘉詩壇點將録

玉爐三澗雪山房贊

詩壇都頭領三員

托塔天王沈歸愚 德潛，字確士，長洲人。乾隆己未進士，官至禮部侍郎。予告，加尚書銜，贈太子太師。謚文慤。著《歸愚文鈔》《竹嘯軒詩鈔》。

衛武公①，文中子②。風雅有篇③，隋唐無史④。然而築黄金臺以延士者，必請自隗始⑤。吁嗟乎！東溪村，曾頭市⑥。

沈文慤生於康熙中葉，猶及見尤西堂先生⑦。故新城王文簡公稱『横山門下尚有詩人』，指文慤而言⑧。然其薦舉制科，則在乾隆元年；鄉會通籍，則在三年四年⑨。高宗純皇帝御書『詩壇耆碩』四字賜之⑩。是詩壇首列文慤，實遵宸翰之寵題，洵備詞場之定論⑪[一]。

【校】

[一]『沈文慤生於康熙中葉』一段文字，見於葉氏刊本及其祖本武進莊氏本（《東方雜誌》本），不見於《粟香隨筆》本、《滿清野史》本等。觀其口吻，非作者原筆，必後人解説之竄入者也。此姑存之。

沈德潛（一六七三—一七六九），字確士，號歸愚，江南長洲（今江蘇蘇州）人。乾隆元年舉博學鴻詞，不遇。四年成進士，選庶吉士。散館日，高宗莅視，呼爲『江南老名士』，授編修，是其恩遇之始也。累官至禮部侍郎。十四年致仕歸里，二十二年以迎駕受尚書銜。年九十七，卒於里。上有御製詩挽之。贈太子太師，祀賢良祠，謚文慤。四十三年，徐述夔詩案興，上以徐集前冠德潛所作傳記，遂及德潛。褫其贈官，罷祠削謚，至仆其碑而後已。德潛論詩主『格調説』，著述甚豐，編有《古詩源》《唐詩别裁》《明詩别裁》《清詩别裁》等，著《竹嘯軒詩鈔》《歸愚詩文全集》。

【箋證】

①衛武公，春秋時衛國國君，以長壽著稱。《國語·楚語上》：『昔衛武公年九十有五矣，猶箴儆於國。』此以比沈之年高德昭，受高宗禮遇，望重一時。按，《清史列傳》卷十九德潛本傳：『（乾隆）十四年，詔原品休致，賜人參、官帛，命有所著作，許寄京呈覽。』『是（十六年）冬，以祝皇太后六旬萬壽詣京。』『二十二年，上南巡，加禮部尚書銜。』『二十六年，詣京祝皇太后七旬萬壽，上命集在朝諸王文武及致仕大臣年七十以上者爲九老，凡三班，并繪圖，德潛列致仕九老之首。』此誠可謂國老儒宗。

②文中子，隋末儒者王通。《新唐書·王勃傳》附及之：『初，祖通，隋末居白牛溪，教授門人甚衆。嘗起漢、魏盡晋作書百二十篇，以續古《尚書》。後亡其序，有録無書者十篇。勃補完缺逸，定著二十五篇。』《舊唐書》亦以通事附王勃傳後。按，王通被奉爲一代儒宗，門人甚衆，開一代人物。沈氏之地位差可比擬之。《中説》卷十後附杜淹《文中子詩家》：『門人自遠而至，河南董常、太山姚義、京兆杜淹、趙郡李靖、南陽程元、扶風竇威、河東薛收、中山賈瓊、清河房玄齡、巨鹿魏徵、太原温大雅、潁川陳叔達等，咸稱師北面，受王佐之道焉。如往來受業者，不可勝數，蓋千餘人。』陳康祺《郎潛紀聞二筆》卷八：『歸愚尚書主吴下壇坫時，門下士王光禄鳴盛、錢詹事大昕、王少寇昶、曹侍講仁虎、趙少卿文哲、吴舍人泰來、黄明府文蓮，彙刻吴中七子詩，以文章氣節重天下，談宗派者，至今稱頌。康祺以爲就今日論之，師徒著述，强半流傳，二王、錢、曹諸公，其才學實出歸愚上，而在當時，則陶成奬借，尚書未必

無功。世之身負達尊，有氣力足以庇士者，其亦留心雅道，收桃李門墻之效哉。』

③《詩·衛風·淇奥》毛《序》：『《淇奥》，美武公之德也。有文章，又能聽其規諫，以禮自防，故能入相於周，美而作是詩也。』《詩·小雅·賓之初筵》毛《序》：『《賓之初筵》，衛武公刺時也。幽王荒廢，媟近小人，飲酒無度。天下化之，君臣上下，沈湎淫泆。武公既入而作是詩也。』《詩·大雅·抑》毛《序》：『《抑》，衛武公刺厲王，亦以自警也。』此即所謂『風雅有篇』。按，沈氏論詩、作詩，宗旨風雅。其《説詩晬語》卷上云：『詩之爲道，可以理性情，善倫物，感鬼神，設教邦國，應對諸侯，用如此其重也。』又云：『温柔敦厚，斯爲極則。』符葆森《國朝正雅集自序》言及沈氏云：『文慤論詩，以平和敦厚爲宗，故所選《别裁》諸集，皆秉斯旨，海内風氣爲之一變。掃蕪響，振古音，文慤之力也。』故贊以衛武公爲比，切其長壽外，或亦切之以《詩》篇。

④王通於《隋書》、兩《唐書》無專傳，此似以比擬沈德潜詩壇地位。王氏《中説》仿《論語》而作，其人以孔子自居，其説力主復古，迂闊不切實際。舒、陳或以爲沈氏雖當時被奉爲宗師，門人甚衆；然其詩實不能傳，將無能自立於詩史。『實遵宸翰之寵題，洵備詞場之定論』之語，可爲注脚。按，當時非議沈詩者不乏其人。洪亮吉《北江詩話》卷四：『沈文慤之學古人也，全師其貌，而先已遺神。』袁枚《隨園詩話》卷一借論楊誠齋語以刺德潜，云：『楊誠齋曰：「從來天分低拙之人好談格調，而不解風趣何也。格調是空架子，有腔口易描，風趣專寫性靈，非天才不辦。」余深愛其言。須知有性情便有格律，格律不

在性情外。《三百篇》半是勞人思婦率意言情之事，誰爲之格？誰爲之律？而今之談格調者能出其範圍否？况皋、禹之格不同乎《三百篇》，《國風》之格不同乎《雅》《頌》，格豈有一定哉！許渾云：「吟詩好似成仙骨，骨裏無詩莫浪吟。」詩在骨不在格也。』此雖對德潛詩論而發，實亦并德潛之詩而刺之。後世於德潛詩持异議者，大抵與袁、洪所指一致。如潘清撰《挹翠樓詩話》卷一云：『沈歸愚論詩多在門面上講究，袁子才譏之是矣。』『當日論詩，天下推爲宗匠，想因其位高望重，得君之寵有加，故人無有議其後也。』

⑤《國策・燕策一》：『郭隗先生曰：「……今王誠欲致士，先從隗始。隗且見事，况賢於隗者乎？豈遠千里哉？」於是昭王爲隗築宫而師之。樂毅自魏往，鄒衍自齊往，劇辛自趙往，士争凑燕。』此指高宗之尊沈氏，乃爲籠絡士林，開太平之世。按，高宗於德潛稠疊加恩，榮寵備至，古今罕覯。然詩學不過君臣遇合之名目，其真意乃在召致文士，彰闡潛幽，在政不在詩也。《清史稿》卷三百五德潛本傳：『十二年，命在上書房行走，遷禮部侍郎。是歲，上諭諸臣曰：「沈德潛誠實謹厚，且憐其晚遇，是以稠疊加恩，以勵老成積學之士，初不因進詩而優擢也。」』則明白道破矣。

⑥分别爲晁蓋生地、死地。此句似有爲沈蓋棺定論之意，即所謂『洵備詞場之定論』也。且晁蓋乃死於非命，見《水滸傳》第六十回；沈死後有僕碑之厄，贊語或暗以相擬。

⑦沈生年爲康熙十二年。《沈德潛自訂年譜》(《沈歸愚詩文全集》卷首)康熙十二年癸丑條：『褚

太夫人生子，即德潛。』又康熙四十年辛巳：『年二十九，館尤鳴佩家。太史西堂先生，鳴佩世父也。見予《北固懷古》《金陵咏古》及《景陽鐘歌》等篇，謂令嗣滄湄宫贊曰：「此生他日詩名不在而輩下。」予聞之竊自恧也。』

⑧沈德潛《歸愚詩鈔》卷十二有五律四首，題爲《王新城尚書寄書尤滄湄宫贊書中垂問鄙人云横山門下尚有詩人不勝今昔之感末并述去官之由云與横山同受某公中傷此新城病中口授語也感賦四章末章兼志哀挽》。此事爲德潛生平一榮，言沈氏詩者必及之。郭麐《靈芬館詩話》卷三：『歸愚少問業於葉星期先生，傳其詩學。新城尚書寄友人書有云「横山門下，尚有詩人」。歸愚見之竊喜自負。新城亡，爲詩哭之，實未見新城也。前輩宏獎之心與感知之意，均可想見也。』

⑨《沈德潛自訂年譜》乾隆元年丙辰條：『八月，應北闈試，不遇。九月，御試保和殿……予失寫題中字，以不合格。不遇。』三年戊午條：『八月省試，九月榜發，中第二名。至是共踏省門一十七回矣。』四年己未條：『二月，應春官試，中六十五名。……殿試，二甲第八。』李元度《國朝先正事略》卷十八《沈文愨公事略》：『乾隆丙辰舉博學鴻詞科，未遇。戊午舉於鄉，年六十六矣。己未成進士。』

⑩《沈德潛自訂年譜》乾隆十四年己巳條：『(上)又云：「賜汝扁額，原是『詩壇耆宿』，既而改『耆碩』。見年老之人，堅固自守，同於碩果不食，以後更發榮滋長也。」……明日恭進四詩，陛辭。良久，内侍出扁額一，御書一，緞綾各四匹，人參二斤，治噎丸一十六。』

⑪ 沈德潛以詩見賞於高宗事，諸傳皆有記載。《沈文慤公事略》：『公進詩集求賜序，上欣然許之，於小除夕坤寧宫手書以賜。序略曰：「德潛之詩，遠陶鑄乎李、杜，而近伯仲乎高、王矣。乃獨取義於昌黎。『歸愚』之云者，則所謂去華就實，君子之道也。昌黎因文見道，始有是語，而歸愚叟乃能深契於此，識夷守約，斂藻就澹，是則李、杜、高、王所未言，而有合於夫子教人學《詩》之義也。夫非常之人，然後有非常之遇。德潛受非常之知，而其詩亦今世之非常者，故以非常之例序之。异日者江國行春，靈岩駐蹕，思欲清問民艱，暇洛新什，將訪歸愚叟於愚公溪谷間矣。」』

碩按，《録》點沈爲舊頭領托塔天王晁蓋，以其爲『舊時代』殿軍也，後來汪氏點王闓運爲晁蓋，同此用意。沈詩之弊，已引證於前；間有稱其詩者，亦言其法度而已。如王昶《湖海詩傳》卷八『沈德潛』條止言沈能『兼綜條貫』前人，王昶爲所謂『吴中七子』之一，受業於沈，宜所言如此。張維屏《國朝詩人徵略》卷三十『沈德潛』條則言其能不『肆爲野戰』。要之，德潛詩以高宗所賞，必涵襄助教化之功，故須平正寬廣，其門徑始端，方有收效之望。而此恰德潛未遇以來夙見，故一拍即合。然其弊則在寡淡平直，古體無跌宕之勢，近體無精嚴之筆。朱庭珍《筱園詩話》卷二：『沈歸愚先生持論極正，持法極嚴，便於初學。所爲詩平正而乏精警，有規格法度而少真氣，襲盛唐之面目，絶無出奇生新、略加變化處，殊無謂也。』『大雅不作，詩道淪蕪，歸愚自命起衰復古，未免力小任重，舉鼎折脰。然宗旨、規格、法律一出於正，未可深貶。特才氣短，不能副其志耳。姚姬傳謂其以帖括之餘，攀附風雅，過矣。迹其生平門户依傍漁洋，而於有明前後七子之徒及卧子、竹垞諸公遺言緒論，亦多摭拾。故《説詩晬語》所論，雖未入三昧悟，精深微妙之詣，得未曾有，然古今詩家源流正變之别，及各體句調、章法、規格，則言之娓娓，大旨略具，亦初學發軔之一助。從其言可望入正路，不致誤於歧途。引人入門，此叟功也。』此論評沈氏詩學較切實。

及時雨袁簡齋　枚，字子才，錢塘人。乾隆己未進士，官至江寧知縣。著《隨園三十種》。非仙非佛①，筆札唇舌②。其雨及時③，不擇地而施④。或膏澤之沾溉，或滂沱而怨咨⑤。

袁枚（一七一六—一七九八），字子才，號簡齋，浙江錢塘（今杭州）人。晚以築隨園於江寧小倉山下，世稱隨園老人。幼穎异。乾隆元年舉博學鴻詞，報罷。乾隆四年成進士。歷官溧水、江浦、江寧等縣，有政聲。中年後絶意仕途，詩酒自娱，游迹遍東南，詩名滿天下。與同時趙翼、蔣士銓齊名，稱三家。時詩流造訪無虚日。所編《隨園詩話》標性靈之説，稱一代詩史云。又善駢文，能得六朝之體。枚性佻脱，好戲謔，不謹細行而不諱，故生前身後，毁譽參半。著述繁富，有

《小倉山房詩文集》《隨園詩話》《子不語》《隨園隨筆》等。

【箋證】

① 此言袁枚不信佛道。袁枚《答項金門》(《小倉山房尺牘》卷七)云:『僕生性不喜佛,不喜仙,兼不喜理學。』趙翼《子才昔年預索挽詩竟無恙今以腹疾就醫揚州又索生挽戲再作以遲其行》(《甌北集》卷三十九)亦有句:『不古不今成一則,非仙非佛自孤行。』錢泳《履園叢話》卷二十三:『袁簡齋先生一生不信釋氏,每游寺院,僧人輒請拜佛,先生以爲可厭,乃自書五言四句於扇頭云:「逢僧必作禮,見佛我不拜。拜佛佛無知,禮僧僧見在。」』餘之言此者尚多,不備引。

② 《漢書·游俠傳》:『(樓護)與谷永俱爲五侯上客,長安號曰「谷子雲筆札,樓君卿唇舌」,言其見信用也。』按,《隨園詩話》卷二記嚴翼祖與袁枚贈别詩末二句:『子雲筆札君卿舌,到處聽人説感恩。』舒位集中亦屢用此事,不贅引。贊意若藉以美袁枚之才。袁枚秉性通脱,口吻調利,乃當時公論;又論詩倡『性靈説』,以抒真性情爲貴。姚鼐《袁隨園君墓誌銘》(《碑傳集》卷一〇七):『於爲詩尤縱才力所至,世人心所欲出而不能達者,悉爲達之。』而朱庭珍《筱園詩話》卷二:『其《詩話》又强詞奪理,小有語趣。無稽臆説,便於藉口;眼前瑣事,口角戲言,拈來即是詩句。』此雖惡評,亦可反證袁枚之才,與姚鼐所言可謂『同邊异柄』(借錢鍾書語)。

③ 此贊切『及時雨』之號，言袁枚古道熱腸，好急人之難。袁枚《與程原衡書》（《小倉山房尺牘》卷一）：『僕明知其（按，指程晋芳）江河日下，而不忍抽提程本者，僕四十無兒，澹然將老，管晏之法，期於没身。苟藉良友之扶持，獨具此生，饘粥足矣。』陸以湉《冷廬雜識》卷八『袁隨園』條所記，亦可證此事。略云：『程編修晋芳死，負五千金，往弔，焚其券，且撫立其孤。』

④ 此言袁好汲引後進。或亦隱刺其門庭過寬，又逢詩輒贊，遂近於濫。前引姚鼐《墓誌銘》云：『見人善，稱之不容口。後進少年，詩文一言之美，君必能舉其詞爲人誦焉。』劉大觀《袁蘭村大令五十壽序》（《玉磬山房文集》卷一）記其受隨園之獎勵云：『憶在乾隆中葉，旋自桂林，謁簡齋先生於隨園。口未寒温一語，遽伸手索予詩稿。僕出詩於袖，心許之。摭卷中可爲談資者，入《隨園詩話》。越兩年，僕客居吴門，又相值質問風雅，昕夕無間。』可證姚所記，亦見隨園爲人。考袁枚所以如此，其天性寬厚之外，或因其未達之前，亦嘗受前輩嘉勉。袁枚《答洪稚存論吴中行》（《小倉山房尺牘》卷五）：『僕老矣，貧賤時未嘗受人一餅金，通人一關節，然而或褒其才，或薦其館，或哀其饑渴，或助其資糧，或一科，或一第，皆恩也，如之何不受，如之何可忘！』雖然，持异議者亦有之。林鈞《樵隱詩話》卷十：『隨園之盛名，良由推轂者多，又全在肯獎拔後進，愛才如命。一經其品題，便成佳士，感之者多，故譽之者廣。然則植人者，實植己也。』今人劉體信以爲此數語能『抉出此老心肝，隨園之享盛名，得厚賄，實未嘗不由於此』（見《萇楚齋續筆》卷九）。按，觀隨園生前身後，炎凉相形，則此論亦持之有故也。然

隨園開風氣，獎風雅之功，終不可掩。至其門庭寬鬆，則深爲人詬病。王昶《湖海詩傳》卷七『袁枚』條：『時吴越老成凋謝，子才來往江湖，從者如市。太邱道廣，無論貲郎蠢夫，互相酬唱。又取英俊少年，著録爲弟子，授以《才調》等集，挾之游東諸侯。更招士女之能詩畫者共十三人，繪爲《授詩圖》。燕釵蟬鬢，傍花隨柳，問業于前。而子才白須紅舄，流盼旁觀，悠然自得。』人又病其賞譽過濫。錢鍾書《談藝録》第五十九則補訂：『贊勢要，贊勢要之母及姬妾，贊打秋風之東道主，贊己之弟妹姻親，贊勝流名輩，亦復贊後生新進與夫寒士窮儒，真廣大教化主，宜《乾嘉詩壇點將録》擬之爲「及時雨宋江」也。』

⑤ 此似指隨園身後，門人多倒戈相向。陳文述《孫蓮水傳》（《頤道堂文鈔》卷三）：『（枚）提唱後進，江左少年馳騖聲譽者，咸奉贄稱隨園弟子。白屋寒畯丐大令書，遨游公卿間，以資舉火者歲常數十人。及大令之没也，或畔而去之，加詆譏焉。』朱克敬《儒林瑣記》卷三：『身後聲名頗減，學者以爲詬病，然亦不能廢也。有門生某嘗刻私印云「隨園門下士」，枚死後毁者日起，因復刻印云「悔作隨園門下士」。張問陶初名其詩曰《推袁集》，後乃更今名。』方濬師《蕉軒隨録》卷五『生諛死訕』條云：『夫嵩梁少時依傍隨園門墻，希冀一語獎勵，以聳動公卿耳目，固人所共見共聞者。何於隨園身後，竟爾逞其狂吠，等於今之鳥噣獸愐輩耶？』同書同卷且論王昶於袁枚生前譽其詩爲『香象渡河，金翅擘海』，袁没後，王昶不存此數語，且於袁大相譏毁，又借選袁詩以抑袁，亦可參。按，錢鍾書《談藝録》第五十九則

補訂論隨園身後毁譽事甚詳，可參。

碩按，舒、陳二人雖成名於袁枚殁後而謗之者四起時，然均不薄袁詩。舒位尤稱其七律，《瓶水齋詩話》云：『惟王仲瞿游隨園門下，謂先生詩惟七律爲可貴，餘體皆非造極。余讀《小倉山房集》一過，始嘆仲瞿爲知言。嘗論七律至杜少陵而始盛且備，爲一變。李義山瓣香于杜而易其面目，爲一變。至宋陸放翁專工此體而集其成，爲一變。凡三變，而他家之爲是體者不能出其範圍矣。隨園七律又能一變，雖智巧所寓，亦風會攸關也。』又頌之爲『無對無雙絶世才』（《始讀小倉山房全集竟各題其後》）。陳文述集中更推之不止，如云『生平未見倉山叟，絶代風流亦我師』（《題孫蓮水春雨樓詩後》）、『君生太早吾生晚，惜未空山禮導師』（《書隨園詩集後》）、『不廢江河遺集在，感君遺際誦君詩』（《隨園吊袁簡齋先生》）、『生平未作隨園客，夢繞小倉山下宅』（《倉山月話圖爲袁公子蘭村作》）云云。後人亦多稱其七律爲集中諸體之最，張維屏《國朝詩人徵略》卷三十『袁枚』條：『詩則以七律爲最……無辭不達，無意不宣，以才運情，使筆如舌，此其專長獨擅者也。』然袁詩存世過多，良莠不齊，其中酬唱、諛頌、調笑之作連篇，則頗累其名。贊語實亦隱及之。故舒位固稱其爲『無對無雙』，又有言：『開拓詩城功自在，調和世味老難支。若裁僞體耽佳句，願鑄黄金拜事之。』（《始讀小倉山房全集竟各題其後》）。此論幾爲當時平心者之公論。袁枚弟子張仲璈於袁歿後不改初衷，未嘗醜詆之。然亦有詩云：『今我讀此心爲平，瑕瑜不掩留菁英。汰其四者存其六，此集自占千秋名。』亦即舒詩之意。另蕭掄《樊村草堂詩選》卷一《傷逝詩》十二首有懷袁枚一首，感袁之德，推袁之詩，可知袁枚固當時教主，而亦爲作者諸人所共推也。

論者於隨園，大抵許其天才英特，然不拘繩軌，縱才恣肆，以游戲爲詩，至纖佻放蕩，詩格遂卑。後學從而學之，或受其害。洪亮吉《北江詩話》卷一評其詩爲『如通天神狐，醉即露尾』。郭麐《靈芬館詩話》卷八亦云：『隨園樹骨高華，賦材雄驁，四時在其筆端，百家供其漁獵；而絶足奔放，往往不免。正如鐘磬高懸，琴瑟迭奏，極其和雅。可以感動天人，協平志氣。然魚龍曼衍、黎軒炫人之戲，亦雜出其間，恐難登于夔、曠之側。』則明白説出矣。陳文述亦云：『性靈兩字精微甚，祇恐刀圭誤後賢。』（《書隨園詩集後》其二）此亦可謂不爲尊者諱矣。至趙翼等人持論無异，然辭氣尖酸，茲不備引。惟錢鍾書《容安館札記》第六二四則云：『近體每琢語未圓，屬對不妥，遂至意雖新而未申，境求切而仍隔，不如初白、甌北之可入摘句圖多矣！如《落花》（卷三）、《殘雪》（卷四）、《春柳》（卷五）、《咏雪》（卷七）、《春草》（卷十三）等，皆乏渾脱玲瓏語。古詩亦時苦不透不妥（如卷十《秋夜雜詩》云：「一日不讀書，如作負心事。一書讀未竟，如逢大軍至。」末句不醒。又云：「雨自屋外鳴，愁自屋中入。」兩「自」字必易其一，不然不通）。綺艶之什以好色爲多情，佻褻每如惡少年與村妓者酒席打諢，求似《天真閣外集》篇什，不多得也。』則以爲袁氏雖爲『創辟之才』，然詩藝尚未臻於善也。

至袁詩取徑，多言其取法白香山、楊誠齋，殆因其詩既通且巧也。尚鎔《三家詩話》云：『子才學楊誠齋而參以白傅……學前人而參以靈活，有纖佻之病。』然近人陳聲聰《兼于閣詩話》卷一云：『子才淺薄，無誠齋之深韵高致。』亦有見之言也。至朱庭珍《筱園詩話》卷二：『專法香山、誠齋之病，誤以鄙俚淺滑爲自然，尖酸佻巧爲聰明，諧謔游戲爲風趣，粗惡頽放爲雄豪，輕薄卑靡爲天真，淫穢浪蕩爲艷情。倡魔道妖言，以潰詩教之防。』則似已非平心之論矣。

玉麒麟畢秋帆　沅，字湘蘅，號秋帆，鎮洋人。自號靈岩山人。乾隆庚辰狀元，官至湖廣總督。著《靈岩山人詩集》四十卷。

智勇功名①，天下太平②。盧俊義夢中見此四字[一]。

【校】

[一]　此九字亦必傳鈔者解説之詞。

畢沅（一七三〇—一七九七），字纕蘅，一字秋帆，號靈岩山人，江南鎮洋（今江蘇太倉）人。

乾隆二十五年狀元及第，宦迹遍海内。三十一年，授陝西巡撫。時河、洛、渭并漲，沅理水有方，全民甚衆。四十六年，以陝撫平甘肅回亂，功成賜一品頂戴。六十年，以山東巡撫升至湖廣總督，平湖南石三保亂。嘉慶二年，卒於任。贈太子太保。四年，上誅和珅，復追論沅預匪不力、濫用軍需諸事，奪職籍家。沅平生留心文教，學問該博，尤精金石校讎，與孫星衍等同訂周秦諸子，稱精審。主編有《續資治通鑒》，著有《靈岩山人詩文集》《關中金石記》等。

【箋證】

① 此贊雙關盧俊義與畢沅二人事功。盧俊義被逼上梁山後，屢立戰功。兩勝童貫時，盧生擒酆美；征遼時，盧威震遼國衆將；討平田虎、王慶、方臘時，帥軍多有斬獲。其事詳見《水滸傳》第七十七回、第八十四回、第九十一回等。畢沅有經略，通權變，位高權重，爲一代名臣。蕭掄《傷逝詩》最末一首懷畢沅，有句：『是時湖湘間，三苗肆寇略。孟獲未及平，張角乘間作。封疆公所鎮，轉戰勞三軍。伏波突慷慨，武侯竟殞身。』與此贊合。陳康祺《郎潛紀聞》四筆卷二述其應變之才，略云：『畢秋帆尚書撫河南，乾隆五十二年六月二十四日夜，湖北荆州府江水暴漲，堤潰城决，淹没田廬，人民死者以數十萬計。七月朔，襄陽報至，公於即日先發藩庫銀四十萬兩，星夜解楚振濟，一面上聞。高宗大加獎賞，以爲不愧封疆。』郭則澐《十朝詩乘》卷一一言其才略云：『是年廷試，策問屯田事。秋帆方以中書

直樞密，先日，在直廬，詳繹西北疆吏奏疏，故條對獨精核。初擬第四，高宗特擢第一。由是受主知，歇歷臺司，洊躋開府。功名之際，豈偶然哉。』至其於陝撫任平回亂、於湖廣總督任平苗亂詳情，具見其傳狀，文繁不引。可參王昶《畢公沅神道碑》（《碑傳集》卷七十三）、《清史稿》卷三三二本傳、陳康祺《郎潛紀聞》三筆卷六等。

按，先是乾隆五十九年，陝川邪教并起，傳至湖北，沅以剿治不力，降任爲山東巡撫。事見《清史稿》畢沅本傳。本傳又云：『四年，追論沅教匪初起失察貽誤，濫用軍需帑項，奪世職，籍其家。』故其幕客洪亮吉爲作《畢宫保遺事》（《碑傳集》卷七十三）云：『公軍旅非所長，又易爲屬吏欺蔽，卒以是被累身。身後田資皆没入官云。』此爲尊親諱，其『累身』或由於生前依附和珅，蠹糜公帑，詳注②。畢沅性柔滑，明哲保身。同僚曾於其殿試前夜命沅代值，沅亦泰然受之而無怨。此事見洪亮吉《畢宫保遺事》等諸家記載。《靈岩山人詩集》卷四《吴淞棹歌五十章》有詩：『不遇恬波便激湍，人生且作蕩舟看。來船風逆去船順，到此天公亦兩難。』此均可見其爲人。昭槤『性畏懦無遠略……然好儒雅』之評（見《嘯亭雜録》卷十『畢制府』條），或較近實。

② 金聖歎批評本《水滸傳》第七十回叙梁山大聚義當晚，盧俊義發噩夢，夢中見梁山頭領俱被斬首，一驚而覺。望見堂上一個匾額，上書『天下太平』四個青字。此贊特地用此事，表畢沅平亂之功外，似亦指畢沅没後被論罪事。前引《清史稿》本傳已略及。《清史列傳》卷三十畢沅本傳詳述其緣由，略

云：『從前畢沅身任湖廣總督，不能實力整頓，貽誤地方，以致教匪潛謀勾結，乘間滋事。畢沅又不能督飭所屬迅速剿除，迄今匪徒蔓延。皆由畢沅於教匪起事之初，辦理不善，其罪甚重。昨又據倭什布查奏胡齊侖經手動用軍需底賬，畢沅提用銀兩及饋送領兵各大員銀數最多。畢沅既經貽誤地方，復將軍需帑項任意濫支，結交饋送，骫法營私，莫此爲甚！』以故子孫不准蔭襲官職，家産入官。和珅事敗在嘉慶四年正月，畢沅被追論則在同年九月，爲仁宗整頓吏治連帶所及。畢沅生前比附和珅，洪亮吉、錢泳等畢氏幕客則諱之，然在他人則爲公論。陳康祺《郎潛紀聞》二筆卷十一云：『其交和珅，懾於權勢，未能泥而不滓，亦人所共知。』此書甚稱畢沅之功，然亦不爲之諱，可謂平心之論。近人劉禺生《世載堂雜憶》『和珅當國時之憨翰林』條亦言畢沅『奔走和相之門，和最器重之』。

畢沅詩歌行極多，大抵以壯浪爲宗，而不免於欠精細、功力未純之譏。洪亮吉《北江詩話》卷一：『畢宫保沅詩，如洪河大川，沙礫雜出，而渾渾淪淪處，自與衆流不同。平生所作，歌行最佳，次則七律。』王昶《湖海詩傳》卷二十二『畢沅』條：『凡有吟咏，信筆直書，天骨開張，無繪句絺章之習。』方恒泰《橡坪詩話》卷四至謂畢沅詩『學杜而能得其悲凉壯闊』，亦備一説。按，畢沅古體歌行刻意爲之，而才思不穎，真氣不貫，論者似過譽。惟官甘陝後所作較愈於前。而其短篇如《衡嶽紀游詩六十首》《吴淞棹歌五十章》中，翻有清婉可誦之作。

碩按，《録》點畢爲玉麒麟，殆以晁蓋、宋江、盧俊義三人爲梁山新舊首領，即統帥全軍，能將將者也。畢沅之扶持藝苑，宏奬風流，論者言之不容口，實爲公論。略引數家，以見一斑。昭槤《嘯亭雜録》卷十『畢制府』條：『然好儒雅，廣集遺書，敬重文士，孫淵如、洪稚存、趙味辛諸名士，多出其幕下。嘗歲以萬金遍惠貧士，人言宋牧仲後一人，信不虚也。』陳其元《庸閑齋筆記》卷八：『我朝愛客禮士者，惟德州盧雅雨都轉、蘇州畢秋帆制府，一時士之奔趨其幕府者，如水赴壑，大都各得其意以去。』又畢氏主編《吴會英才集》選十六人詩，其十一人見於此《録》，似非巧合。而畢沅、盧俊義皆先榮後辱，亦點畢爲盧之又一故也。

掌管詩壇頭領二員

智多星錢籜石 載，字坤一，又號瓠尊，秀水人。乾隆壬申恩科進士，官至禮部左侍郎。著《籜石齋詩文集》。

遠而望之，幽、修、漏；熟而視之，瘦、透、皺①；不知者曰，老學究②。

錢載（一七〇八—一七九三），字坤一，號蘀石，亦作籜石，又號瓠尊，亦作壺尊，晚號萬松居士，浙江秀水（今嘉興）人。幼失恃，嫡母朱氏鞠之成人。乾隆元年舉博學鴻詞，未入選。乾隆十七年進士，歷官至禮部侍郎。載性拙直，品行修潔，嘗以辯堯陵所在觸上怒。少厭舉業，博涉經史百家。所爲詩文古奥幽峭，詩名尤著，論者譽爲『秀水派』翹楚，澤於後世詩人者非細。又工繪事，蘭竹花石最疏秀云。著《蘀石齋詩文集》。

【箋證】

① 錢鍾書《談藝録》第五十八則詳箋此贊，徵引如後：『《乾嘉詩壇點將録》評蘀石曰：「遠而望之幽修漏，近而視之瘦透皺，不知者曰老學究。」「幽修漏」切「蘀」，「瘦透皺」切「石」，皆本「深」字而發，與頻伽意合。雖然，六字談何容易。蔣伯超《通齋詩話》云：「英石之妙，在皺瘦透。此三字可借以論詩。起伏蜿蜒斯爲皺，皺而不衍，昌黎有焉。削膚存液斯爲瘦，瘦則不膩，山谷有焉。六通四闢斯爲透，透則不木，東坡有焉。支離非皺，寒儉非瘦，鹵莽滅裂非透。吁，難言矣。」竊不自揆，爲引申之曰：静而不囂，曲而可尋，謂之幽，蘇州有焉；直而不迫，約而有餘，謂之脩，彭澤有焉；澄而不淺，空而生明，謂之漏，右丞有焉。瘦透皺者，以氣骨勝，詩得陽剛之美者也；幽脩漏者，以韵味勝，詩得陰柔之美者也。蘀石體秉陽剛，然無瘦硬通神之骨、靈妙寫心之語，凌紙不發，透紙不過，劣得「皺」字，每如肥老嫗慢膚

多摺而已。」

按，古人别號，寫法不定，音近之字每多混用。故「籜石」於乾嘉人集中，或從竹，或從草。以舊典言，《詩・小雅・鶴鳴》：「爰有樹檀，其下維蘀。他山之石，可以爲錯。」似爲此號所本，如此則當以「蘀」爲是。然此《録》原文作「籜」，贊語亦切「竹」而發，固無須强合原典也。惟錢書中此字均從草，或取《詩》典。「與頻伽意合」，指郭麐《靈芬館詩話》卷三之評錢載詩。郭書略云：「蘀石齋詩淳音古意，自成一宗。視曝書亭較深，視樊榭山房較大，然世之知者蓋鮮。……縠人祭酒《懷人詩》云「千詩槃鬱此胸襟，長水侍郎才調深。」著一「深」字，真籜翁之知己也。」錢鍾書於此下評語曰：「乃由頻伽、縠人習於淺。」參注②按語。

② 錢鍾書《談藝録》第五十四則云：「蘀石詩用虚字，殊多濫惡。古體中每以語助湊足一句字數，闒茸支離，偃臥紙土；施之近體，一不得當，尤刺目棘喉。……蘀石近體起結處亦好用語助，腐氣中人可噦……此所以《乾嘉詩壇點將録》謂爲「老學究」歟？」同書第五十八則又重申此旨，略云：「自宋以來，詩用虚字，其弊有二，一則尖薄，乃酸秀才體……一則膚廓，乃腐學究體……蘀石固亦老學究耳。」按，贊所謂「老學究」，除錢鍾書所言者外，或亦以錢載詩奧澀，用語偏僻，觀之令人生畏歟？錢鍾書《談藝録》第五十三則云：「然其詩每使不經見語，自注出處，如《焦氏易林》《春秋元命苞》《孔叢子》等，取材古奥，非尋常詞人所解徵用。原本經籍，潤飾詩篇，與「同光體」所稱「學人之詩」，操術相同，故大被

推挹。夫以蘀石之學，爲學人則不足，而以爲學人之詩，則綽有餘裕。』至錢載『以學爲詩』之得失，錢鍾書同書同則論之曰：『詩佳處都在放筆直幹，非以襞積奥衍開生面。』通觀全贊，及錢載排位，舒、陳固極重錢載詩，以爲讀其詩，會心者乃知其能『瘦硬通神』，而『不知者』則爲其奥峭巑岈所蔽。則錢鍾書持論與舒位异趣矣。其堪箋此者，殆吴應和《浙西六家詩鈔》卷四之批語：『蒼莽之極，轉似荒率，宜乎難爲識者矣。』又《録》中點錢載爲智多星，智多星爲吴用綽號，吴用表字即學究，贊亦綰此。

按，錢載詩，自來稱之者甚衆。如洪亮吉《北江詩話》卷一至云：『近時九列中詩，以錢宗伯載爲第一。』今人錢仲聯《夢苕庵詩話》二四四條論錢載詩甚詳：『錢蘀石詩，清真鑱刻，神景開闔。體大思精，卓然大家，在雍、乾間無敵手。然尚不逮鄭子尹，則以其删汰未净，集中酬應之作較多。且才氣騰踔，意境變化處，亦微遜於鄭。集中名作如《僮歸》十七首、《興隆店》一首、《寄善元樰于南窪僧屋過而撫之雜寫》五首、《到家作》四首之二，皆元氣淋漓，直欲雁行杜、韓者。』又同書二四六則云：『唐人（七律）之佳處在興會淋漓，宋人（七律）之佳處在意境新穎。蘀石獨能取二者之長，而出以自己之面目。渾灝流轉，大氣磅礴，不屑屑於一二字争工拙。』此書第二四四則至二四八則，摘錢載五七古今體句至夥，觀而知錢詩確乎刻意爲生峭、硬瘦語。文繁不引。餘如張維屏《國朝詩人徵略》卷三十四『錢載』條：『蘀石先生詩，不名一家，大要以清真鑱刻爲主。有時或入于澀滯，而必切事以抒辭；有時或出以纖新，而必切景以造句。凡詩中空架子、假門面之語，皆掃而空之。』惟王昶《湖海詩傳》卷四十四『錢載』條評曰：『詩率然而作，信手便成。不復深加研煉。』然此言誠不足據。駁之者甚衆，錢鍾書《談藝録》第五十八則駁後復總評錢詩，兹引如後：『《浪迹叢談》卷十記翁覃溪云：「蘀石説杜詩「今代麒麟閣，何人第一功」，必以麒麟與第一爲對偶。」用意苛細如此，豈率意漫與者？詩之率者必易，蘀石體滯語悶，是拙也，非率也。拙率之辨，在易與不易。以勤補拙，弄巧成拙，蘀石實兼而有之。試觀其自注中附早作詩，未嘗不求風神澹宕也；集中見存游賞諸絶句，未嘗不求姿致冶麗也；而如蔗尾蜜房，渣滓多於滋味。且蘀石非特短於才情，即其氣力，亦欠彌滿。五古多整齊對仗，七古多轉韵，實未能一氣單行，貫注到底。故雖學昌黎，而天骨開張、摩揚巨刃之境界，概乎未有。亦賦秉所囿，須放鄭子尹出一頭地矣。』張寅彭先生則以爲錢載於『一氣貫注』之體，非不能也，是不爲也。其刻意對仗，乃在求『厚』〔一〕。又錢載集中應制之作極多，久觀令人生厭，亦其一弊。前引錢仲聯説已及此。王揖唐以爲此即王昶所謂『率意』(見《今傳是樓詩話》第四六四則)，郭曾炘論錢詩小注亦云：『乾隆朝詞臣賡和，多揣摩御製，亦惟籜石最擅長。』(《匏廬詩存》卷七)并可參。

〔一〕見張寅彭《略論清詩變體首出的大家錢蘀石》，載《古籍研究》第七十二卷，鳳凰出版社二〇二〇年版。

入雲龍王蘭泉 昶，字德甫，號述庵，青浦人。乾隆十八年進士，官至刑部右侍郎。著《春融堂詩文集》。

盛名之下，一戰而霸①。湖海詩傳，隨園詩話②。

王昶（一七二五—一八〇六），字德甫，別字琴德，號蘭泉，晚號述庵，江蘇青浦（今上海）人。少求學於蘇州紫陽書院，受經學於惠棟，受詩文於沈德潛。德潛選昶及錢大昕、王鳴盛等七人詩爲一集，流傳海外，稱『吴中七子集』。乾隆十九年成進士。三十三年，從阿桂討緬甸。功成，復從阿桂定兩金川，遷郎中。後歷官江西、陝西、雲南諸省，屢平賊亂，靖境安民。五十四年，内遷刑部侍郎。晚乞歸田，上諭俟來年春融可行，遂以『春融』名其堂。昶性狷直，學問博通，尤工詩古文辭，著述豐盛，有《春融堂集》《湖海詩傳》《湖海文傳》《金石萃編》《明詞綜》《國朝詞綜》等。

【箋證】

① 《後漢書·黄瓊傳》：『常聞語曰：「嶢嶢者易缺，皦皦者易污。」《陽春》之曲，和者必寡，盛名之下，其實難副。』《左傳·僖公二十七年》：『出穀戍，釋宋圍，一戰而霸。』贊語出此。而其古典實用白行簡《李娃傳》（《太平廣記》卷四八四）：『（生）應鄉賦秀才舉，將行，（其父）乃盛其服玩車馬之飾，計其京

師薪儲之費。謂之曰：「吾觀爾之才，當一戰而霸。」』兩句贊指王昶以名士一舉中進士事。嚴榮《述庵先生年譜》（《春融堂集》附）乾隆十九年甲戌條：『三月，會試。……榜發，先生中二十四名。……時先生名滿輦下，秀水諸襄七贊善錦，與鄭炳也編修虎文、保昌胡静園御史定，以文章風節名，皆愛重先生。而内閣學士仁和金公德瑛，尤數招往談宴。因與秀水錢坤一編修載、王受銘舍人又曾、鉛山蔣心餘孝廉士銓友善。四月，試於太和殿……以二甲第七名成進士。又朝考於保和殿，欽定第三名。』又據《年譜》，十九年爲昶首應會試，即所謂『盛名之下，一戰而霸』。按，江藩《漢學師承記》卷四：『（昶）肄業紫陽書院時……沈尚書歸愚爲院長，選先生及王光禄鳳喈、吴舍人企晉、錢少詹曉徵、贈光禄寺少卿趙升之、曹學士來殷、上海黄芳亭、泌陽令文蓮七人詩，稱爲「吴中七子」。流傳日本大學，頭默真迦見而心折，附番舶上書於沈尚書，又每人各寄相憶詩一首，一時傳爲藝林盛事。』可見其『盛名』。惟王昶作詩、選詩、論詩全宗其師沈德潛，此自非舒位所喜。故不敢必此贊無『其實難副』之意在。又《水滸傳》第五十四回寫公孫勝以五雷天罡陣破高唐太守高廉法術事，爲全書中公孫勝最出彩之戰。贊或亦兼及此。

② 此言昶所編《湖海詩傳》，影響之廣，堪比《隨園詩話》。王昶《湖海詩傳自序》：『予弱冠後出交當世名流，及洊登朝寧，敭歷四方。北至興桓，西南出滇蜀外，賢士大夫之能言者攬環結佩，多以詩文相質證。往往録其最佳者藏之篋笥，名曰「湖海詩傳」。……其間布衣韋帶之士，亦以年齒約略附之。……蓋非欲以此盡海内之詩也。然百餘年中士大夫之風流儒雅，與國家詩教之盛，亦可以想見其

涯略，或不無有補於藝林云。』按，王昶交游廣泛，操持文柄，儼然宗主。阮元《侍郎王公昶神道碑》(《碑傳集》卷三十七)：『所至朋舊文宴，提唱風雅。後進才學之士，執經請業，舟車錯互，屨滿户外。士藉品藻以成名致通顯者甚衆。』然其《湖海詩傳》，拘泥格調，包容不廣，眼界不高，歷來非議者不絶。洪亮吉《北江詩話》卷一：『侍郎詩派出於長洲沈宗伯德潛，故所選詩，一以聲調格律爲准，其病在於以己律人，而不能各隨人之所長以爲去取，似尚不如《篋衍集》《感舊集》之不拘於一格也。』張寅彭、周容編《越縵堂日記説詩全編·評論門·評駁類三之下》二四則：『述庵生極盛之世，又享大年，交遍寰中，國朝人物是集已得大半。而拘守歸愚師法，短於鑒裁，故所選者往往膚庸平弱，腔拍徒存。……此固去取未精，而我朝詩學之衰亦可概見矣。』餘者林昌彝《射鷹樓詩話》卷五、潘清撰《挹翠樓詩話》卷一、譚獻《復堂日記》卷五等皆持此論，并可參。

王昶論詩，大抵承師説。洪亮吉《北江詩話》卷一云：『王司寇昶詩如盛服趨朝，自矜風度。』已寓微意。論其詩最詳盡切實者，爲晚清李慈銘。前引《越縵堂日記説詩全編》：『自《蘭泉書屋集》至《述庵集》，雖氣格稍弱而醇雅清切，律絶尤有風致。蓋皆其未仕以前所作，得於山水之趣者爲多。《蒲褐山房集》至《聞思精舍集》，則召試官中書直軍機房後所作，已不免沈滯䢖冗。《勞歌集》三卷，乃罷官後從征緬甸、金川時之作，戎馬閲歷，滇蜀烟雲，多入歌咏，詩又較前爲勝。《杏花春雨集》以後，則凱旋晋秩，自此敭歷中外，致位九卿，老年頹唐，可取者鮮矣。總其大要，實勝歸愚。蓋源流雖同，而讀書與不讀書异也。』又同書同卷以體論王昶詩云：『五古淵源選體，非不清婉，而意平語滯，故鮮出色。律詩殊有佳者，七絶尤多綺麗之作。』譚獻《復堂日記》卷五言昶晚年『詩學日退，皮傅韓、蘇，已非復吴下七子面目』，亦可參。

參贊詩壇頭領一員

神機軍師法梧門　式善，字開文，號時帆。原名運昌，蒙烏吉氏，蒙古正黄旗人。乾隆庚子恩科進士，官侍讀。著《存素堂詩文集》《清秘述聞》《槐廳筆記》《梧門詩話》等。

前有李茶陵①，後有王新城②。具體而微③，應運而興④。在師中吉⑤，張吾三軍⑥。其機如此⑦，不神之所以神⑧。

法式善（一七五三—一八一三），烏爾濟氏，蒙古正黄旗人。漢姓孟，原名運昌，字開文，號時帆，又號梧門、陶廬。以居明李東陽故居左近二十餘年，又號小西涯居士。今名法式善者，乃奉高宗詔所改，滿語『竭力有爲』之意也。乾隆四十五年進士，官至國子監祭酒。後兩任侍郎學士，以『修書不謹』遷庶子，遂乞病歸。性嗜文學，工詩畫，闢『詩龕』以儲時流咏贈。主壇坫者三十年，以弘獎風流爲己任，一時名士蔚然宗之。著有《存素堂集》《清秘述聞》《陶廬雜録》《槐廳載筆》等。

【箋證】

① 明李東陽，號西涯，身歷五朝，位極人臣。又爲茶陵詩派領袖，時望歸之。法式善於京師居處近李東陽舊宅，又慕李風流，嘗以李自比。故贊語如此。法式善《明李文正公年譜》卷五：『余居近明李文正公舊宅遺址，所謂西涯者也。』又法式善《西涯詩》（《存素堂詩初集録存》卷六）自注云：『西涯，即今之積水潭，在李文正舊宅西，故名，非别業也。』按，據《清史列傳》卷七二法氏本傳、《國朝先正事略》卷四三其事略所記，其地在今地安門北。然兩書均指法氏所居即李氏舊址，不確。法氏有《西涯考》一文詳辨之（見《存素堂文集》卷一），可參。又徐世昌《晚晴簃詩匯》卷一百二『法式善』條：『所居净業湖側爲李東陽舊宅，因修其祠墓，爲作年譜。嘗有句云：「前身我是李賓之。」又云：「我於李賓之，曠代默相契。」其慨慕風流，不啻東坡之於香山焉。』修墓事見法式善《贖李文正公墓田記》（《存素堂文集》卷四），略云：『余據諸家記述詳加搜考，復數數履其地，訪之故老土人，乃得其所。計地二十一畝，主之者爲百祥庵僧。欲謀贖之而未果。宛平令武進胡遜聞之，慨然曰：「先賢遺壟，夷於榛莽。守

土者之耻也。」乃捐俸百金贖之。』又法式善《西涯詩》其三云：『快讀西涯詩，西涯胸中有。文章驚一代，眉壽誇十友。翩然神其來，面目落吾手。』其追慕東陽可見。

② 法式善推重王漁洋詩，其自作詩風亦近漁洋。故贊語如此。法式善《王子文秀才詩序》（《存素堂文集》卷一）：『於我朝詩人中，則深嗜漁洋先生。今夏取先生論詩諸説，博考旁稽，喜其立言之正，可以上質古人。而又恨生晚，不獲從先生游，相與辨論得失，傾懷于一堂也。』王芑孫《試帖詩課合存序》（《惕甫未定稿》卷二）論法詩云：『時帆用漁洋三昧之説，言詩主王、孟、韋、柳。』按，李東陽、王士禛皆爲詩壇開宗立派之巨擘，法式善主持詩壇垂三十年，弘獎風流，亦差可與李、王相比。陳文述、舒位客京師，皆受其獎，過從極密。舒爲列爲『三君』之一，陳則與編《梧門詩話》。事散見舒、陳集中。王豫《群雅集》卷二十一『法式善』下：『學士以詩文爲性命，意氣爲雲霞，雖鴻才碩彦，務得片言賞識，便足增價。於單寒之士，尤加意憐恤，真杜文貞所謂萬間廣厦也。宏長風流，主持名教者幾三十年，接迹西涯，允無愧色。詩清醇雅正，力洗淫哇。』陸以湉《冷廬雜識》卷六『烏爾吉祭酒』條：『蒙古烏爾吉氏時帆祭酒，文譽卓著，尤好獎掖後進，壇坫之盛，幾與袁隨園埒，而品望則過之。』昭槤《嘯亭雜録》卷九『詩龕』條云：『任司成時，惟以獎拔後進爲務。同汪瑟庵先生選《成均課士録》，其取售者率一時知名之士，海内遂爲圭臬。』此皆可見法式善於詩學雖未標舉一幟，然聲望之隆儼然宗主也。

③《孟子·公孫丑上》：『昔者竊聞之：子夏、子游、子張，皆有聖人之一體，冉牛、閔子、顔淵，則

具體而微。』趙岐注：『具體者，四枝皆具。微，小也，比聖人之體微小耳。』此或指法式善雖聲望與李、王相埒，論詩作詩亦追摹二人，然詩學成就實不及李、王。法之詩，非議者論爲『於正宗法眼，殊無取焉』（昭槤《嘯亭續録》卷五『近代詩人』條）。又有譏之『貌爲淡遠』者（陳衍《石遺室詩話》卷一）。按，陳衍固不喜此路詩，故所言如此，然實深中其弊矣。舒、陳作詩，一尚奇譎，一尚綺艷，皆與法氏异趣。於法氏詩或未能愜意。

④《晋書・赫連勃勃載記》：『勃勃謂買德曰：「……逮朕不肖，不能紹隆先構，國破家亡，流離漂虜。今將應運而興，復大禹之業，卿以爲何如？」』贊語或出此。李東陽之茶陵詩派興起於臺閣體衰微之時，宗盛唐，重格律。沈德潛《明詩别裁》於『李東陽』下云：『永樂以後詩，茶陵起而振之。如老鶴一鳴，喧啾俱廢。』王士禎言詩倡神韵。《四庫全書總目・精華録提要》：『當我朝開國之初，人皆厭明代王（世貞）、李（攀龍）之膚廓，鍾（惺）、譚（元春）之纖仄，於是談詩者競尚宋、元。既而宋詩質直，流爲有韵之語録；元詩縟艷，流爲對句之小詞。於是士禎等以清新俊逸之才，範水模山，批風抹月，倡天下以「不著一字，盡得風流」之説，天下遂翕然應之。』贊所謂『應運而興』者，殆指乾隆朝國勢昌隆，高宗右文，法氏當此時而居祭酒之位，主持風雅，遂有功於詩壇。

⑤《周易・師》：『在師，中吉，無咎。王三錫命。』王弼《注》：『以剛居中，而應於上。在師而得其中者也。承上之寵，爲師之主，任大役重，無功則凶，故吉乃無咎也。』按，此贊爲《師》卦『九二』爻辭。

師卦上坤下坎，『九二』於下坎卦居中，與上坤卦居中之『六五』相應，王《注》比爲『承上之寵，爲師之主』。此指法式善承高宗之寵，主持風雅，能居中無偏。《國朝耆獻類徵初編》卷一三二法傳：『乾隆己亥，鄉試連捷，庚子進士，改庶吉士。散館授檢討，充四庫館提調官，又充日講起居注官。遷國子監司業，未幾，擢左庶子。明年除侍講學士，充文淵閣校理官，旋轉侍讀學士。御試翰詹列三等，改官工部員外郎，擢左庶子，充功臣官提調官。次年，遷國子監祭酒。』又云：『先生由詞翰起家，服官三十餘年，同學及後進，率皆躋顯要。先生顧屢起屢躓，雖歇歷清華而秩不逾三品，文譽翔涌於海内者甚久，操觚之士争欲出門下以爲榮。』餘參注②。

⑥《左傳・桓公六年》：『鬭伯比言於楚子曰：「……我張吾三軍而被吾甲兵，以武臨之，彼則懼而協來謀我，故難間也。」』此指法式善宏奬風流，汲引後進，爲詩壇功臣。其事已見前注。法式善嘗闢『詩龕』，儲時流投贈之詩。朱克敬《儒林瑣記》卷三：『晚年告歸，讀書僧舍，於齋中爲龕，名曰詩龕。友朋投贈之作，皆納其中。積久，編之爲《湖海詩録》六十餘卷。』其爲詩壇存文獻、備掌故之功，未可没也。

⑦《禮記・大學》：『一家仁，一國興仁；一家讓，一國興讓；一人貪戾，一國作亂。其機如此。此謂一言僨事，一人定國。』此仍指法氏能興風氣。

⑧《陰符經》：『人知其神之神，不知其不神之所以神。』此贊不用古典本義，而或指法氏之詩固無足輕重，然其開風氣之功亦大焉。事詳前注。按，世人論法氏詩者，多以王、孟、韋、柳爲比。陸元鋐

《青芙蓉閣詩話》卷下：『法時帆學士詩能用短，不能用長。五言多王孟門庭中語，清遠絶俗，未易問津。楊蓉裳序其詩云：「桃花流水，靈源自通。桂樹小山，清夢長往。」可以想其旨趣矣。』以王、孟、韋、柳比之者，多取其淡遠。然取其似柳詩之清峭者，亦不乏人。序法式詩集云：『先生性極平易，而所爲詩則清峭刻削，幽微宕往。無一語旁沿前人及描摩名家大家諸氣習。』且比法詩爲『巧匠琢玉』。法式嘗親作《詩龕向往圖》，『以陶公爲宗主，而以王、孟、韋、柳及己厠其間』（見鍾駿聲《養自然齋詩話》卷九），可見世人言之有據。然沈濤《匏廬詩話》卷中則云：『法詩人皆以孟、韋、柳稱之，余觀其全集，恰純似放翁耳。』諸家之言其詩風固然，惟似皆以其人而重其詩，不免過譽也。

掌管詩壇錢糧頭領一員

小旋風阮芸臺　元，字伯元，儀徵人。乾隆己酉進士，官大學士，加太傅。謚文達。著《揅經室集》。

宗廟之事願爲小①。其旋元吉②，其風肆好③。

阮元（一七六四—一八四九），字伯元，號雲臺，亦作芸臺，晚號頤性老人，江蘇儀徵（今揚州）人。乾隆五十四年進士。一生宦途暢達，敭歷中外。嘉慶四年撫浙始，歷任諸地總督。道光十五年，召拜體仁閣大學士。十八年，致仕。加太子太保。二十六年，晉太傅。卒謚文達。元於學無所不窺，稱通人。爲官一方，能保境安民，多所惠澤。又必留心當地文教，拔擢俊彦。其崇學右文，尤以主持校刻《十三經注疏》，最有功於後學。詩亦清幽。撰述極富，有《揅經室集》，編《經籍纂詁》《疇人傳》《兩浙輶軒録》《淮海英靈集》《兩浙金石志》等。

【箋證】

①《論語·先進》記冉有、公西華等人侍孔子坐，孔子問諸人之志，公西華對曰：『非曰能之，願學焉。宗廟之事，如會同，端章甫，願爲小相焉。』何晏《集解》引鄭玄注：『宗廟之事，謂祭祀也。諸侯時見曰會，殷頫曰同。……小相，謂相君之禮。』此贊語頗不易解。意或指阮開學風、昌文教之功，實重於其立功之事。此可與贊語下文貫通。阮元於陳文述恩重如山，陳氏諸傳狀無不言及之，陳集中亦念之不絶口。此不贅引。阮當爲所謂『三十家』之一，贊語偏頌其濡澤後學，其意或本自陳文述。

②《周易·履》上九爻辭：『視履考祥，其旋元吉。』孔穎達《正義》：『「其旋元吉」者，「旋」謂旋反也。上九處履之極，下應兑説，高而不危，是其不墜於「履」，而能旋反行之，履道大成，故「元吉」也。』

按，嘉慶二十年之前，阮元已歷官户部左侍郎、浙江巡撫、江西巡撫等職，處高不危；又以名臣提倡風雅，集成學術，故下文有『其風肆好』之贊。此處似稱其身名俱泰，而能下顧文士。李元度《國朝先正事略》卷二十一《阮文達公事略》：『一代之興，必有耆龐魁壘之臣，若唐之燕許及崔文貞、權文公、李衛公，以經術文章主持風會。而其人又必聰明早達，揚歷中外，兼享大年，其名位著述足以弁冕群材，其力尤足提唱後學。若儀徵相國，真其人哉！』王昶《湖海詩傳》卷四十『阮元』條：『今芸臺中丞以己酉登第，不及十年，督學三齊兩浙，遂躋開府。蓋早受主知，近來所罕。詩賦而外，精窮經誼，校讎考訂，一本《爾雅》《説文》。愛才好士，凡挾一藝之長者，皆絣蘮歸之。相與搜采篇章，鈎稽典故。輯《淮海英靈集》《兩浙輶軒録》及《經籍籑詁》諸書，又嗜算術，撰《疇人傳》。集推步之繩法，以盡句股割圓之妙，尤近日名儒所未有。年華甚盛，向用方殷，擴之以開物成務之功，進之以正心誠意之學，洵卓然一代偉人也。』

③《詩·大雅·崧高》：『吉甫作誦，其詩孔碩。其風肆好，以贈申伯。』毛《傳》：『肆，長也。』鄭氏《箋》：『使之長行善道。』孔氏《正義》：『肆者，陳設之言，是進長之義，故以肆爲長。』意即『成人之美』。此句合上兩句贊切『小旋風』之名。此言阮元立學堂，開風氣，造就人才甚衆。錢泳《履園叢話》卷二十三云：『嘉慶初年，揚州阮雲臺先生一爲浙江學政，兩爲浙江巡撫，於西湖聖因寺旁設詁經精舍，選諸生中經學修明通於一藝者，習業其中，有東京馬融氏之遺風。余每游湖上，必至精舍盤桓一兩日，聽諸君議論風生，有不相能者，輒訬攘面赤，家竹汀宫詹聞之，笑曰：「此真所謂洙泗之間，齗齗如也。」其精

舍中肄業諸生，則有洪頤煊……凡三十餘人，爲一時之盛。』精舍之立在嘉慶五年，陳文述時即肄業其中。晚近郭嵩燾《養知書屋文集》卷二十六《重建湘水校經堂記》追叙之：『嘉道之間，儀徵阮文達公立詁經精舍浙江，繼又立學海堂廣東，獎進人才爲盛。自頃十餘年，各省亦稍建書院。以治經爲名，下及郡縣，亦相率爲之。』按，《録》點阮元爲天貴星，一則以阮元身居高位，實切『貴』字；二則以阮元愛才下士，受其成全之士甚多。郭則澐《十朝詩乘》卷一一云：『文達尤愛士，監臨浙闈，搜檢官以士子懷挾文字進。公取視之，曰：「此舊計簿耳，何用？」命還之。其人退，公謂僚吏曰：「士子入闈，能帶文字，不能帶福命。國家功令，不得不嚴。吾輩當體聖主作人之意，以愛養爲先，何可苛求耶？」浙士聞之感泣。』其爲人如此。而柴進於《水滸傳》中以仗義名天下，林冲、武松、盧俊義、李逵等人落難時，皆賴其力而化險爲夷。故此贊語『其風肆好』，亦可作此解。

至阮元詩，陳文述《書阮雲臺夫子文選樓詩後》諛爲『合沈、宋、王、韋於一手』，餘之論者多許爲和雅清真。林昌彝《海天琴思録》卷三：『芸臺先生韵語多本色，無作爲習氣，昔人所謂「文章本天成」者也。』王豫《群雅集》卷二十三『阮元』條云：『真厚和雅，晋人之旨，唐人之格，允推爲一代正宗。』以體而言，朱庭珍《筱園詩話》卷二：『長於古體，近體殊弱。五古似韋、柳，七古似蘇、陸。』錢仲聯《夢苕庵詩話》二二八、二二九條則以爲其『五言清妙處，可追石湖，七言佳者清麗圓潤，有宋人勝境，可與樊榭争席』，并摘其句甚夥，文繁不引。兹録陳文述所摘句：『五言如「東風變雲氣，密雨下江城」「樓陰流素月，山影接明河」「一庭聚花氣，雙澗合泉聲」「夜來蘿月滿，曉起松雲飛」「松楸孤月下，樓殿萬山中」「淺瀨平春浪，澄潭受遠風」「棕櫚圍野屋，杉竹隱春花」。七言如「青鳥拂雲歸閬苑，白雲吹浪過蓬萊」「露草清香蟲語細，水楊疏影馬蹄多」「栝嶺清流千百轉，秣陵秋雨十三年」「雜樹陰中鐙影亂，流雲缺處月華開」「入户風圓飛絮轉，鋪池水定落花平」「節鼓春回行馬外，尋詩晚出射堂西」「春夜梅花沙市月，西風荷葉渚宫秋」「六朝山色禪光定，雙澗泉聲客性閑」「處士夙緣還種柳，詩人微笑共拈花」。胎息唐賢，兼取裁於蘇黄諸大家，富貴氣象，神仙風度，非尋章摘句者可及。若《嶧山》云：「南渡濟流初起嶽，北離岱麓獨成宗。」《小孤山》云：「獨撑江漢成孤柱，遠壓金焦在下游。」《秋桑》云：「但令天下輕綿暖，何惜林間墜葉凉。」《嵩山禱雪》云：「雲連岱嶽恒山去，雪自洪河渤海來。」何等胸次，固非漁洋所能夢見也。』可見阮詩清婉從容處大抵近沈德潛，惟較沈詩少腐語而充以情韵，故較耐諷咏耳。

馬軍總頭領三員

大刀蔣心餘　士銓，字苕生，號清容，鉛山人。乾隆丁丑進士，官編修。著《忠雅堂詩文集》。

四十斤者魏朱亥①，十萬兵者漢樊噲②。巨刃摩天揚③，則不如輕裘緩帶④。

蔣士銓（一七二五—一七八五），字心餘，一字苕生，號清容、藏園，晚號定甫，江西鉛山（今上饒）人。幼家貧，母鍾氏授之書。乾隆二十二年進士，授編修。後以母老乞歸，歷主江浙間諸書院。時才名籍甚，高宗以與彭元瑞并舉，呼爲『江右兩名士』。感知遇，抱病入都，記名以御史用。旋歸里而卒。士銓秀眉長身，風神散朗。於詩文詞曲，無所不通，尤以詩見稱，與袁枚、趙翼并稱『乾隆三大家』。著《忠雅堂詩文集》《銅弦詞》《紅雪樓九種曲》等。

【箋證】

① 朱亥，戰國魏國力士。早年爲屠户，爲報孟嘗君禮遇，以四十斤鐵椎殺魏將晋鄙，得其兵符，遂助趙退秦。事見《史記·孟嘗君列傳》。

② 樊噲，西漢開國大將。《漢書·匈奴傳》：『樊噲曰：「臣願得十萬衆，横行匈奴中。」』

③ 韓愈《調張籍》：『徒觀斧鑿痕，不矚治水航。想當施手時，巨刃磨天揚。垠崖劃崩豁，乾坤擺雷硠。』韓愈借大禹治水之偉力，以狀李杜詩。按，前三句贊語皆言勇力。《水滸傳》第六十三回寫關勝『有萬夫不當之勇』，『巨刃』亦切『大刀』。指蔣士銓詩風剛健雄踔。王昶《蔣君墓誌銘》（《碑傳集》卷四

十九）：『當其摇毫擲簡，意緒觸發，如雷奮地，如風抉土，如熊咆虎嘷，鯨呿鰲擲，山負海涵，莫可窮詰。』陸元鋐《青芙蓉閣詩話》卷下論蔣詩亦云：『其詩騰踔陵轢，如鞭赤虬蒼螭。』餘不備引。

④　此指蔣詩不能舉重若輕，或亦兼指其詩失之粗率。舒位《瓶水齋詩話》雖稱其『詩才横絶，鮮所儔伍』，然又言『袁之功密於蔣』，似已寓此意。徐世昌《晚晴簃詩匯》卷八十八『蔣士銓』條：『心餘早年作詩，好作闊大語、奇險語。殆鑒於歸愚詩派之流失，力矯平易，遂得才名。然以古人之大言奇喻入詩，實當時習氣。究之刻意冥搜，徒著迹象，何嘗能闊大、能奇險耶？』以粗直爲言者則多矣。袁枚《隨園詩話》卷三：『余嘗規蔣心餘云：「子氣壓九州矣。然能大而不能小，能放而不能斂，能剛而不能柔。」心餘折服曰：「吾今日始得真師。」』論之最詳者爲錢鍾書。《談藝録》第四十一則：『心餘雖樹風骨，而所作心思詞藻，皆平直粗獷，不耐咀咏。……七古確有豪雄之勢，然放筆使氣，一瀉無餘，一注無折，曼衍鋪比，未嘗能挫之以至於枉，鬱之以至於怒。《論詩雜咏》評李于麟曰「暴雨非商霖」，頗堪自道。……近體呆鈍滯重，使事屬對，都欠圓穩，不特鮮完善之篇，并難得妥貼之句，視袁趙之靈心妙舌，瞠乎更後。』按，蔣作詩力求生新，前引徐世昌説已言之。蔣嘗自言其學詩經過：『予十五齡學詩，讀李義山愛之，積之成四百首而病矣，十九付之一炬，改讀少陵、昌黎。四十始兼取蘇、黄而學之，五十棄去，惟直抒所見，不依傍古人，而爲我之詩矣。』（《忠雅堂詩集自序》）然生新之弊，在欠圓融，孟子所謂『五穀不熟，不如荑稗』也。楊鍾羲《雪橋詩話餘集》卷八云：『蔣清容少日近體精警可喜，一變而街談

市謔，以詩爲戲，此不能變而强變之過也。』亦可參證。集中又好表彰忠烈，人多稱其風骨。然連篇累牘，亦未免累及其詩。朱庭珍《筱園詩話》卷二論及之，可參。又，陳文述《題蔣心餘藏園詩集後》（《頤道堂詩選》卷七）云：『當代論詩品，清容第一流。勸懲皆雅頌，褒貶即春秋。樂府新聲在，龍門史筆遒。何須校章句，辛苦辨曹劉。』陳似不以其弊爲弊，殆與舒位异趣矣。

碩按，所謂『三大家』之説，亦一公案。尚鎔《三家詩話》『三家總論』云：『近日論詩競推袁、蔣、趙三家，然此論雖發自袁、趙，而蔣終不以爲然也。試觀《忠雅堂集》中，於袁猶貌爲推許，趙則僅兩見，論詩亦未數及矣。』錢鍾書《談藝録》第四十則申發其説，略云：『袁、蔣、趙三家齊稱，蔣與袁、趙議論風格大不相類，未許如劉士章之貼宅開門也。宜以張船山代之。……蓋「三家」之説，乃隨園一人搗鬼。甌北尚將計就計，以爲標榜之資。……心餘則無隻字及之。』同書同則又論三人詩學演變之异迹，謂袁枚畢生不甘人後；趙翼少逞才氣，老則斂才就範；蔣士銓則老去而欲達從心所欲之境，亦有見之言。

豹子頭胡稚威　天游，字雲持，山陰人。雍正癸卯副貢生，乾隆丙辰薦舉鴻博。著《石笥山房集》。

十八武藝俱高强①，有時誤入白虎堂②。

胡天游（一六九六—一七五八），榜姓方，一名騤。字稚威，一字雲持，山陰（今浙江紹興）人。少有异才，年未及毁齒即誦《文選》如流。乾隆元年舉博學鴻詞，以服闋未與試。次年補試，則鼻衄大作，未終卷而罷。鄂爾泰聞其名，薦爲三禮館纂修。十六年再舉經學，爲有力者所阻，亦報罷。後乃往山西依故人田懋，二十三年客卒於蒲州。天游博學多才，尤工四六，所爲奥衍，識者以爲可與古作者角力。詩亦瑰奇。而性孤傲，與時齟齬，故頗遭物忌，牢落以終。著《石笥山房集》。

【箋證】

①《水滸傳》中林冲爲八十萬禁軍槍棒教頭，擅諸般兵械。殺陸謙用槍，鬥楊志用刀，打洪教頭用棒，上梁山後用丈八蛇矛，分見《水滸傳》第九回、第十回、第十二回等，誠可謂『十八般武藝俱高强』。此處用指胡天游多才，賅通詩古文辭。朱仕琇《方天游傳》（《梅崖居士文集》卷三）：『於文工四六偶麗，得唐燕、許二公之遺。詩亦雄健有氣。其古文自言學韓愈，澀險處時似唐劉蜕、元元明善，非其至也，然自喜特甚。』陳文述於胡詩若文并賞之。陳《燈下與稚回論騈體文》（《頤道堂詩選》卷六）：『我愛

胡稚威，石笥書在腹。斯文若元氣，伯仲曹與陸。』又《梁溪舟中讀陳其年胡稚威兩先生詩集因書其後》云：『石笥山人才更大，餘事爲詩亦深黝。元音清廟中琴瑟，古色明堂勒鐘卣。胸中積羽富委宛，不落龍蛇落蝌蚪。盤空硬筆駭籍湜，奚止衡岳誦岣嶁。』

按，天游爲文，幽澀博奥，難於卒讀，此世人公論，非一家之言。袁枚《胡稚威哀辭》（《小倉山房文集》卷十四）：『稚威所爲文，絶涯涘、窮攀躋而爲之。好爲魁紀公家數，險澀峭鰲，觭耦不仵，如縻輅缶鼓，静戛堯樂；如古冢簡、荒崖碣，得認一字，群儒相揖而賀。』包世臣《石笥山房集序》論之甚詳，且抉其要。略云：『徵君之長篇巨製，屬詞比事，以多爲貴。援引繁富，今古雜陳，如長江大河，砂石并下，頃刻不能得分合之源、歸虚之委。細繹機栝，在乎换成言。擇字義相類者，更代以明新，於駢語習見者，顛倒以示奇。其小文短章，則字棘句鈎，急切不能了指歸。』

至其詩，人以多以險澀評之，然好之者亦謂之雄健。如徐世昌《晚晴簃詩匯》卷七十二『胡天游』條：『詩則古體取徑韓、孟，以窺杜陵之奥，近體七律導源玉溪，思力風骨俱勝，在雍、乾間故應俯視流輩。』朱庭珍《筱園詩話》卷二所評較中肯，略云：『山陰胡天游稚威，幽峭拗折，筆鋭而奇，雖法郊、島、山谷，取徑僻狹，有生澀、晦僻、枯硬諸病，然筆力較爲沈著深刻，亦足以成一家。』按，楊鍾羲《雪橋詩話續集》卷二謂其詩能得『皺、瘦、透』云云，恐稍過譽。錢仲聯《夢苕庵詩話》第二三七則云：『石笥才力有餘於孟之外，故能爲短兵相接，亦能長槍大戟。其雄詭之處，實得自昌黎。』似較得實。錢氏且摘其佳句近韓、孟者至稠，可參看。惟胡氏集中名篇《烈女李三行》，則一氣貫注，悱惻纏綿，能得漢樂府之神。可見其真『十八般武藝俱高强』也。

②《水滸傳》第七回寫高俅用陸謙等人計，賺林冲帶刀闖入軍機重地白虎堂，欲陷之死罪。後由開封府尹説情，林冲刺配滄州。此借指胡天游乾隆十六年以經學薦，而爲梅瑴成所沮事。阮葵生《茶餘客話》卷三記此事最詳：『（乾隆）辛未，各省薦舉經學……生平著述，擇其尤异者以聞。後以吴鼎、梁錫璵、顧棟高、陳祖範名上，俱授司業。集議之初，浙江胡天游、江南蔡寅斗亦在選中，而胡名尤重。舉主凡七人，宣城梅大鍇奏二人久居京師，聲氣廣播，恐非真才，遂不被恩命。……胡終於副榜，蔡壬申縊於號舍。』按，袁枚《胡稚威哀辭》記此事祇言『乾隆十六年，再薦經學。有一品官忌之，爲蜚語聞』，未及此『一品官』姓名。然考梅於乾隆十六年辛未官左都御史，銜列一品，與袁記合。李元度《國朝先正事略》卷四十胡事略亦徑舉梅氏名，而於阮説無异辭，其事當可信。胡天性狷狹孤介，好訾詆，不肯下人，故忌之者衆。朱氏琇《方天游傳》記：『桐城方苞爲古文有重名，天游力詆之。前人如王士禛、朱彝尊詩文，遍摭其疵痏無完者，士大夫皆重其才而忌其口。《一統志》成，當進御，鄂、張兩相國屬表於齊召南檢討，檢討因推天游。鄂相國驚嘆其文，爲具欲召見之。檢討曰：「天游奇士，豈可招耶？」卒不至。其任氣不肯輕下如是。』梅瑴成祖梅文鼎與方苞交厚，此或亦梅氏沮天游之一因耶？袁枚《哀辭》又記：『上御正殿，問：「今年經學中胡天游何如？」衆未對，大學士史公貽直奏：「胡天游宿學有

名。」上曰：「得毋奔競否？」史免冠摇首曰：「以臣所聞，太剛太自愛。」上默然。自後薦舉無敢復言稚威者。』可見其招忌之深。

霹靂火趙甌北　翼，字雲松，陽湖人。乾隆辛巳恩科探花，官至貴西道。著《甌北集》《十家詩話》。

標以赤①，雌霹靂②。

趙翼（一七二七—一八一四），字雲崧，亦作耘松，號甌北，江蘇陽湖（今常州）人。乾隆十九年以舉人中明通榜，用爲内閣中書，入值軍機。二十六年殿試，本爲一甲一名，高宗以陝西自開國未有狀元，遂擢陝人王傑爲第一，移翼第三。歷官廣西鎮安知府、西北兵備道，在官能簡政濟民，有政聲。晚年主講揚州安定書院，著述以終。翼博學多識，尤邃於史學。所貴能學以致用，經略國事，於滇、閩軍事多所贊畫，爲功非細。詩與同時袁枚、蔣士銓齊名，論詩貴淺白生新。著有《廿二史札記》《甌北詩集》《陔餘叢考》《檐曝雜記》等。

【箋證】

①　即今語『烈火』，與下句贊語合切『霹靂火』綽號。此或狀趙詩氣勢暢快，不可遏制。朱克敬《暝庵雜識》卷三：『趙甌北詩，才大學博，而過于縱肆，不免滄海横流。』符葆森《國朝正雅集》卷十九『趙翼』下亦云：『雲崧先生槃槃大才，詩如江河一瀉，奔蕩無匹。』按，趙詩自清以來，論者貶多褒少。其詩多詼諧俚俗，不循所謂詩法正宗；又發露太盡，無餘味可尋。以此兩端，論者故卑之也。兹分證如後。議其卑俗者，如洪亮吉《北江詩話》卷一即言：『趙兵備翼詩如東方正諫，時雜詼諧。』而尤以朱庭珍《筱園詩話》卷二揭其弊最盡，而辭鋒亦最利，略云：『趙翼詩……詼諧戲謔，俚俗鄙惡，尤無所不至。街談巷議、土音方言，以及稗官小説、傳奇演劇、童謠俗諺、秧歌苗曲一類，無不入詩，公然作典故成句用，此亦詩中蟊賊，無醜不備矣。』此外李調元《雨村詩話》卷一、陳廷焯《白雨齋詞話》卷八等均指摘之，可參。而以發露議之者，則如潘清撰《挹翠樓詩話》卷四：『甌北古詩議論警闢，機趣横生，真是獨開生面。惟氣不淳厚，遂覺剽而不留。』張維屏《國朝詩人徵略》卷三十八『趙翼』條：『甌北五古中論古、論事、論理諸作，雖虚字太多，發論太盡，於古人渾厚含蓄、一唱三嘆之旨，幾不復存。』林昌彝《衣讔山房詩集》卷七論趙詩絶句有句云：『全無含蓄但矜張，不按宫商枉上場。』亦并可參證。

按，舒位與趙翼交深，其集中有《奉和趙甌北先生八十自壽詩原韵八首》（《瓶水齋詩集》卷十二），其中有『絶頂聰明不患才』句，可與贊語參證。又趙詩利弊相成，其漫無節制，固患才多；而口吻調利，對仗天成，且時有想落天外、發人心聲之妙筆，亦其才氣之徵也。此則可以舒詩證之。舒詩又有句『其詩有可删』，即諷趙詩泛濫也。袁枚《趙雲松甌北集序》狀其天才云：『雲松之于詩，目之所寓即書矣，心之所之即録矣，筆舌之所到即奮矣，稗史方言、龜經鼠序之所載即闌入矣。李衛尉之營陣隨處可置也，熊宜僚之丸信手可弄也。而忽正忽奇，忽莊忽俳，忽沈鷙忽縱逸，忽叩虚而逞臆，忽數典而鬥靡。讀者游心駭目，碌碌然不可見町畦。或且規唐摹宋，千力萬氣以與之角，卒之騏驥追日，未暮而日已在其前。』觀此可想見其意氣。余雲焕《味蔬齋詩話》卷三云：『甌北霸才，有翻天倒海之力，由善於著想，往往無理取鬧，不循循於矩度中。』至其工於對偶，則爲當時公論。雖論者多以格卑惜之，然亦稱其工穩。如前引張維屏固不喜趙詩淺露，而亦云：『五、七律多工巧奇警之句，然力求工巧，可稱能品，却非詩家第一義也。』尚鎔《三家詩話》『三家分論』篇謂：『語無不典，事無不切，意無不達，對無不工，兼放翁、初白之勝。』其言是則是矣，然甌北對仗利而不厚，巧而不嚴，時或不免油滑之弊。兹略摘其較佳者，以嘗一臠：《耒陽杜工部墓》：『生無一飽人誰惜？死有千秋鬼豈知！』《赤壁》：『烏鵲南飛無魏地，大江東去有周郎。』《韓蘄王墓》：『勛業未來先卧虎，英雄老去亦騎驢。』《明太祖陵》：『千秋形勝從三國，一樣江山陋六朝。』《黄天蕩懷古》：『歸師獨遏當强寇，兵氣能揚到婦人。』《入都依外舅劉午岩》：『我來客路誰青眼？公揚名場已白頭。』《哭杭廷宣》：『久客不歸無異死，故人入夢尚如生。』《和海昌相國移居》：『循墻影裏人三命，廣厦胸中士萬間。』《酬袁子才》：『才名未宜將官换，好句還應仗福消。』《呈座主休寧汪公》：『杜門客少心如水，謀國年深鬢有霜。』《送蔣心餘南歸》：『一侯猿臂原無分，何物蛾眉敢不讒。』《崖山》：『六更漫續庚申帝，一旅難支甲子門。』《傳文忠挽詞》：『我無私謁偏投契，公不談文乃愛才。』《桂平道中》：『遠嶺路高人似豆，空江水落岸如山。』《哭董東亭》：『并無福可消貧宦，翻有身歸葬故鄉。』《送沈卓其》：『貰酒每爲無事飲，稱詩相戒不平鳴。』《挽賀舫庵》：『命窮真比夏畦鬼，身死未醒春夢婆。』

趙詩之利弊已如前言，兹引論其詩最切之兩家言以綜之。康發祥《伯山詩話後集》卷二：『耘崧胸羅卷軸，筆具鍾爐。其運事則陳腐皆新，其選詞則懦響亦勁。且疆場策馬，身列行間，以磨盾書鼻之才，壯風月江山之氣，天才涣發，洵乎不可及也。所惜餖飣味雜，斧鑿痕深，欲其如玄酒之盈尊，天衣之無縫，其可得乎！且插科打諢之詞，游戲神通之句，蓋老手不經意，亦英雄慣欺人也。平心論之，其巧妙處足開後生無限法門，而狡獪處亦長詩人許多習氣。』錢鍾書《談藝録》三十八則評趙詩：『甌北詩格調不高，而修辭妥貼圓潤，實冠三家。能説理運典，恨鋒芒太露，機調過快，如新狼毫寫女兒膚，脂車輪走凍石坂。』可謂『罕譬能喻』也。

② 或即雌雷也。《師曠占》：『春雷始起，其音格格霹靂者，所謂雄雷，旱氣也。其鳴依依，音不大霹靂者，所謂雌雷，水氣也。』猶今語所謂『悶雷』也。贊源出此。洪邁《容齋三筆》『歲月日風雷雄雌』條采此説。按，『雌雷』一詞用者不乏，而『雌霹靂』語除舒位集中一見外，尚未另見。此贊頗費解，兹試解之：注説。

① 所及舒位賀趙翼壽詩八首其七有句云：『枝上禽聲亦朋友，山頭雷響似嬰孩。』蘇軾《唐道人言天目山上

俯視雷雨每大雷電但聞雲中如嬰兒聲殊不聞雷震也》(《東坡集》卷五)：『已外浮名更外身，區區雷電若爲神。山頭袛作嬰兒看，無限人間失箸人。』此爲舒詩後句典出。乃贊趙翼風波看慣，能超然不驚。所謂『雌霹靂』，或即此義耶？若然，則似兼指趙氏拒官及隱退事。其有守不移，視威逼利誘如『雌霹靂』之『嬰兒聲』矣。姚鼐《貴西兵備道趙先生翼家傳》(《碑傳集》卷八十六)云：『先是，鎮民與安南民入雲南土富州爲奸，事發，捕獲百餘人，而其魁農付奉顧逸去，前守以是罷官。已而付奉死於安南，獲其子并獲其尸，驗之良是。總督李公侍堯疑其爲前守道地，不之信，先生申辨，李怒劾之。適朝廷用兵緬甸，命先生赴滇贊畫，乃追劾疏還。明年返鎮，李公乃示意監司，欲先生折節而移之守廣州自助。先生不肯，遂以他屬。』趙翼於貴西兵備道任，以官廣州時他事降級，遂以母老歸。後乾隆五十二年，李侍堯鎮閩，平臺灣林文爽亂，要翼同往，翼多所謀劃。事成，李欲進之朝廷，固辭，遂罷。事詳姚氏《家傳》。

馬軍正頭領十四員

雙槍將邵夢餘　颿，字無恙，山陰人。乾隆舉人，四庫議叙，知縣，歷任江南知縣。有《鏡西閣詩選》《歷代宮闈雜咏》。

兒女英雄①，天下健者惟董公②。

邵颿（一七五〇—一八一〇〔一〕），去官後改名無恙，字夢餘，浙江山陰（今紹興）人。爲陳文述內姻親。乾隆三十五年舉人，歷官桃源、阜寧、儀徵、昆山、崇明、金匱等地知縣，後以事拘，遇赦歸，卒於家。著《鏡西閣詩選》《夢餘詩鈔》《蕉雪齋詩》《歷代名媛雜咏》等。

【箋證】

① 此處於董平指其英姿颯爽。《水滸傳》第七十八回：『那員將頂盔挂甲，插箭彎弓，去那弓袋箭壺內側插著小小兩面黄旗，旗上各有五個金字，寫道「英雄雙槍將，風流萬户侯」。兩手搦兩杆鋼槍，此將乃是梁山泊第一個慣衝頭陣的勇將董平。』於邵則似切其《歷代宫闈雜咏》。袁枚《宫闈雜咏序》（《小倉山房外集》卷八）云：『（無恙）工爲才語。拾鉛華於彤管，遷次就班；散烟墨於香奩，無徵不信。上

〔一〕 江慶柏《清代人物生卒年表》於邵名下未繫卒年。據周作人《關於邵無恙》（見《瓜豆集》）考證，卒年爲一八一〇。録其考證如下：『《鏡西閣詩選》陳雲伯序云：「夢餘先生既殁之二十年爲今道光十年。」道光十年庚寅，計二十年前當爲庚午，即嘉慶十五年（一八一〇）。又傳云卒年六十一。查《夢餘詩鈔》自序云：「入此歲來，年六十矣。」時爲嘉慶己巳（一八〇九），次年爲庚午，正與上文所説相合。案推算其生年當在乾隆十五年庚午，即西曆一七五〇年也。』

稽瓠史，旁及稗官。意蕊雲飛，但願佳人再得；葩華葓布，能教逝者重生。』又《隨園詩話補遺》卷五：『邵無恙（颿）亦有《歷代宫闈雜咏圖》，皆乞余爲序。……無恙題《啓母》云：「候野歡歌謝未遑，八年三過感臺桑。宫闈欲换唐虞局，生得佳兒嗣夏王。」《妲己》云：「百尺璇臺帝寵新，牝鷄莫漫怨司晨。宫中也愛歌《樛木》，曾許宜生進美人。」又，咏《朱希真》云：「袖中空有生花筆，嘉偶常稀怨偶多。」咏《魯仲子》云：「倘教掌上文都有，世上應無誤嫁人。」用意皆翻空出新。又咏《齊姜》云：「伯業全開一醉中，美人殺妾遣英雄。如何盡迓嬴隗返，不見齊姜入晉宫？」』今人柯愈春《清人詩文集總目提要》卷三十八『夢餘詩鈔』條：『自娥皇至明末秦良玉，各賦七絶一首，冠以小序。』而陳文述有《姜曉泉兒女英雄畫册跋》（《文鈔》卷十一），中云此畫册表自聶政姊至明費宫人之歷代巾幗英傑。邵氏《雜咏》雖似不切『英雄』，此姑拈出備參。

② 《後漢書・袁紹傳》：『卓案劍叱紹曰：「竪子敢然！天下之事，豈不在我？我欲爲之，誰敢不從！」紹詭對曰：「此國之大事，請出與太傅議之。」卓復言「劉氏種不足復遺」。紹勃然曰：「天下健者，豈惟董公！」横刀長揖徑出。』此反用袁紹語，切董平之姓，亦以推尊邵颿之詩。按，邵爲陳文述姻親，陳早年嘗學詩於邵，深爲邵賞識。陳文述《邵夢餘傳》（《頤道堂文抄》卷三）：『君夫人，余内子之姑也。故於君爲内姻。余初學詩，從君問宗法，得讀君詩，手録數百篇。』故其《傳》論邵詩云：『夢餘能文章，尤工詩，才力甚巨，而色韵清遠。若司空表聖所稱「海風碧雲，夜渚月明」者。』又言邵詩『如黄鶴，仙

人羽駕臨江閣，鐵笛吹雲停碧落』（《詩中十一友詩》）。又嘗與蕭掄論詩，言：『余生平所識詩人句法佳者，無過山陰邵夢餘、大興舒鐵雲。』故知邵飄於《録》中排位如許之高，與邵、陳兩人以親戚兼至交之情誼，不無關係。觀世之言邵詩者，大抵言其清遠，與陳所見同。陳《書邵夢餘詩後》摘邵佳句：『五言如「古岸生春水，長江擁夜雲」「水門沈夜月，山路上秋河」「月出松將卧，山空石欲行」「雲懶眠低嶺，湖平立遠帆」「細雨流孤棹，春城落晚花」「徑松蟠石立，池柳卧波生」「門閑花氣澹，樓静艣聲孤」「磴危惟積葉，池静自開花」「遠樹長河澹，孤城夜雪深」「斷塔響秋雁，疏鐙來夜漁」「霜樹寒生野，天河静對門」「潭影懸樵路，峰陰壓酒船」。七言如「大江殘夜生新水，微雨扁舟夢故人」「一湖静卧群峰影，小雨香生萬樹花」「青山入夢曾知己，明月同舟當故人」「半簾水榭交花氣，雙槳鐙船過笛聲」「莎草緑盈三月雨，桃花紅入六朝山」「新霽燕尋泥壘宿，晚涼花對月輪開」「鶴影倦依涼月立，雁聲寒帶夜霜飛」「蠡城春夢探梅白，燕市秋衫潑酒紅」「一城砧杵歸鴉盡，四壁星河落葉飛」「孤客寒波流白舫，美人微雪夢朱樓」「空江孤棹人初遠，微雨高樓夜易深」「一湖花氣雙鷗静，五月松陰萬壑涼」「廿年都下春明夢，一夕吴中晚唱船」「夜山如影圍殘月，遠水無痕化白烟」「霜下邊聲來朔塞，日斜河色上城樓」「四更澹月常連曉，九月繁霜欲變秋」「暗網空奩抛榭曲，秋蕪小冢冷湖陰」「蛩聲上砌秋頻語，花影横床夜未眠」「卧瑟冷調深夜甲，舞衫香濺别時尊」。』阮元《定香亭筆談》卷二摘邵句，格亦同此。餘如法式善《梧門詩話》卷十二、汪端《自然好學齋詩鈔》卷七《題邵夢餘先生鏡西閣集後》、《越縵堂日記説詩全編·評論門·評駁類三之下》二七則等，并可參。按，今觀邵詩，其絶句一體，似貌襲唐人，邊幅窘狹。其佳作反以古體爲多。如《送章之崖出塞》《題唐陶山岱冕圖》等篇，瑰麗動蕩，開人心目。又五律如《望岱》《登香爐峰大雪折從西嶺而下》，七律如《曉過故關》等篇，亦或蒼然，或跌宕，氣勢渾成，勝其絶句也。

碩按，關於邵氏，還有一公案，即邵嘗投詩袁枚，不獲賞，遂傷知音稀，而後則不輕以詩示人。故其名不著於時。陳文述文集中屢言此事，陳兒媳汪端承陳説，亦有詩及之。然周作人於《關於邵無恙》（《瓜豆集》）一文嘗考此事，以爲邵與袁論詩雖不合，而仍欽袁之才。觀今《宫闈雜咏》乃袁枚作序，似邵、袁并無芥蒂。兹節引周文如後，以備參考：『隨園的駢文序至今在《雜咏》卷首，就是在詩集裏也多提到隨園，似乎感情并不壞的樣子。《詩選》卷五有《簡袁簡齋先生》七律一首，末聯云：「十載懷中藏一刺，愛才終向孔融投。」注云：「余未識先生，先生見余題燕子磯永濟寺詩，極口推許，并録入詩話。」又卷六有《懷人感舊詩》二十二首，其四即袁簡齋，頗致推崇，如云：「曾煩泮巷尋三徑，（詩鈔三作幽，有注云：余寓白下泮巷西偏。）不到隨園已五年。」則亦頗有交誼，固不僅集中詩酒唱酬可爲證據也。卷八《讀小倉山房詩集書後》有云：「蓋棺新論多嫌刻，（注云：近有目以詩妖者。）量斗奇才少角雄。」態度殊爲公正，末云：「蘇門尚起横流嘆，不請删詩竟負公。」注云：「荷塘曾以《小倉山房全集》囑余選其最勝者，於七千餘首中得百三十餘篇，荷塘嘆曰：今日乃見小倉真面目矣。余屢欲請先生自爲刪定全集，仿《漁洋精華録》之例，卒未果。」在這一節裏更明顯的看出他的態度，他與隨園論詩意見或者不合一，但是他承認隨園的才與氣魄，説他没有一點知己之感也并不然，即使他未肯承認隨園知詩，如自序中不説及是也。』

雙鞭蕭子山　掄，太倉州人。貢生。有《樊邨草堂詩集》。

堂堂之陣，正正之旗①。是孫武子②，是傅脩期③。

蕭掄（一七五八——一八一八），字子山，一字冠英，號樊邨，太倉州（今江蘇太倉）人。諸生。少與兄蕭掞齊名，有『婁東二蕭』之目。受業於錢大昕，根柢堅實。經術之外，於校讎之學亦深研，詩特其餘事耳。性耿直，數奇命蹇，曾館於陳文述家十二年，終生不遇，病卒於鄉里。著《樊邨草堂詩選》《青楊館兩晋南北朝咏史樂府》《判花閣詞》等。

【箋證】

①《孫子·軍争》：『無邀正正之旗，無擊堂堂之陳。』曹操注：『正，正齊也。堂堂，大也。』此兩句

贊語，一則切『雙鞭呼延灼』爲帥才，布連環馬陣一度挫敗梁山軍（見《水滸傳》第五十五回）；招安後被封爲兵馬指揮使（見《水滸傳》第一百二十回）；二則指蕭掄性磊落，而論詩、作詩守沈德潛之説，取徑正大。陳文述《蕭樊村傳》（《頤道堂文鈔》卷一）記：『初不自言其詩，既見余京師所刊本，不置可否。叩之，曰：「君詩非不佳，特理不足耳。理不足，則骨不堅，氣不渾，澤不古，色不蒼矣。」』陳《文抄》卷三另有一《蕭樊村傳》，中言蕭攻錯其詩事更明晰。略云：『先後客予蘭臺聚齋者十二年。余少年所爲詩，瓣香梅村，多傷繁富。君謂予曰：「君之詩，春華有餘，秋實不足。獨不聞蒲柳之姿，望秋先零；松柏之質，經霜彌茂乎？願捐棄故技，更受要道也。」』蕭掄因勸陳盡删其《碧城仙館詩》，以其綺靡勝質也。陳初從其諫，後終恨詩集減色，遂以所删詩編爲《頤道堂外集》。且云：『蓋樊村學人之詩，墨守婁東沈敬亭、許九日之派，沈、許奉歸愚爲圭臬，故所見如此。』參王曇《答陳雲伯書》所附陳文述按語（《烟霞萬古樓文集》卷五）。此《傳》又云：『有以詩文就正者，君知無不言，無面諛，無腹誹，故人咸敬而畏之。』則其爲人亦可謂『堂堂正正』也。按，舒位《江上停雲詩》中論蕭掄一首有句云：『尤長爲詩文，實事以求是。述者師其意，作者啓厥旨。』而陳文述論其詩則曰『長慶無餘子，元和有古風』『耿介文明世無比』，亦即言其詩正大。又《哭蕭樊村》（《頤道堂詩選》卷十五）論及其詩云：『餘事作詩人，高格追黄初。一卷樊村集，陶謝相馳驅。』則言蕭詩能得魏晋詩之高簡。實陳於蕭詩，似有微詞。前引陳於王曇信後按語所言，已可窺之。陳詩文集中盛推蕭氏『經術』，所謂『蕭生富經術，博辨稱儒梟』，於其詩則屢言『餘事作詩人』『餘事爲詞章』，似可窺其意。陳文述《與顧竹嶠書》（《頤道堂文抄》卷一）言蕭所爲乃『學人之詩』，且詳論之云：『韋孟之諷諫，張華之勵志，少陵之時事，香山之諷諭，邵堯夫之温厚，陸放翁之忠愛，元遺山之眷懷故國，學人之詩也。』據此，似蕭掄詩大抵爲兩端，一則關切民生、針砭時弊之作，所謂『少陵之時事，香山之諷諫』也。《清詩鐸》録其詩計十數首，多此類也，惜無詩味，兹不之録。一則談性説理、正心誠意之作，所謂『邵堯夫之温厚』也。《清詩鐸》録其《閑居雜詩》古體六首，即此類，似亦寡淡。今觀其集三卷，確乎爲吴中一派，且咏史之作極多，尤似其師錢大昕。至抒寫性靈、文辭華茂之作，蓋渺矣。

② 齊人孫武，富韜略，所著兵法十三篇，爲千古兵書之祖。仕於吴，助吴王闔廬破楚，爲諸侯伯。晚乃歸隱。參《史記·孫子吴起列傳》。可與前注合觀。

③ 北魏名將傅永，字脩期，勇武多謀，知書史，孝文帝嘗嘆：『上馬能擊賊，下馬能露布，唯傅脩期耳。』參《北史》卷四五永本傳。按，蕭有《兩晋南北朝咏史樂府》，疑贊本事出此。惜今未獲此書。蕭集卷一《咏史十六首》其八有句：『獨有卑官能殺賊，傅脩期號最知兵。』此用傅脩期爲統軍時鋭意攻壽春事，似非贊所本。

没羽箭舒鐵雲 位，字立人，小字犀禪。大興人，原籍長洲。乾隆戊申預行正恩科舉人。著《瓶水齋集》《湘靈館雜鈔》。

棄爾弓，折爾矢①，高固王翦有如此②。似我者拙，學我者死③。一朝擊走十五子④。

舒位（一七六五—一八一六），字立人，小字犀禪。少時隨父客廣西，讀書處後有鐵雲山，遂號鐵雲，又號酸棗山人。先世籍隸直隸大興（今北京），父舒翼遷家於吴門（今江蘇蘇州）而生位焉。少有异才，乾隆五十三年恩科舉人，然後九上春官不第。以貧寄館於湖州沈氏者十載。後往依河間太守王朝梧，從朝梧至黔。會威勤侯勒保征苗，賞其才，恒與計軍事，目爲龎士元儔也。黔事畢，招位入川，位以母老却之，遂游幕湖、湘間以爲生。嘉慶二十年，以母喪，哀毁逾常，於除夕卒。位精音律，於群書無不讀，尤好仙佛怪誕、稗官雜記，壹發之於詩，故其詩恣肆奇艷，而實本於忠厚也。著《瓶水齋詩集》《瓶水齋别集》《瓶笙館修簫譜》《乾嘉詩壇點將録》《瓶水齋雜俎》等。

【箋證】

① 張清之飛石乃『没羽箭』。百回本《水滸傳》第七十回有《水調歌頭》詞贊張清，中云：『錦袋石

子，輕輕飛動似流星。不用强弓硬弩，何須打彈飛鈴。』此或指舒位詩食古能化，不落古人窠臼。陳文述《舒鐵雲傳》（《瓶水齋詩集》附録二）：『君之爲詩，專主才力，每作必出新意。嘗言：「自漢魏至近人詩，鮮不讀者。非盡其才無以立也，不作可也。作而不傳，猶不作也。」故君所作《瓶水齋詩》，不沿襲古法，而精力所到，他人百思不能及，非其性情篤摯所見端歟？乾隆、嘉慶之際，詩人相望，歸愚守宗法，隨園言性靈，學之者衆，未有能盡其才者。君獨以奇博創獲，横絶一世。余所識詩人衆矣，必以君爲巨擘焉。』當時公論舒詩如此。後世張維屏《國朝詩人徵略二編》卷四十三『舒位』條亦云：『舒鐵雲詩出筆則雷霆精鋭，運思則冰雪聰明。使事則觸手成春，用書則食古而化。相其才氣，洵屬騷壇飛將，所向無前。』

② 高固，春秋齊大夫，齊晋鞌之戰，孤身入敵軍，勇猛過人。《左傳·成公二年》：『齊高固入晋師，桀石以投人，禽之而乘其車，繫桑本焉，以徇齊壘，曰：「欲勇者賈余餘勇。」』王翦，戰國秦名將。《史記·白起王翦列傳》：『久之，王翦使人問軍中戲乎？對曰：「方投石超距。」於是王翦曰：「士卒可用矣。」』此處以高、王事切張清飛石絶技。

③ 唐李邕善書，嘗云：『似我者俗，學我者死。』（見李邕《李北海集》附録《遺事》）。後世談藝者往往借用此語，如董其昌《畫禪室隨筆》卷一即引用。贊語本此。按，據趙婧檢出陳裴之《澄懷堂詩集》卷三《贈舒鐵雲丈位并題瓶水齋集後》其五有此語。而舒位《王仲瞿自撰墓誌并序》已云：『造之者富，隨

之者貧。學我者拙，似我者死。』此指有二。一則舒位以學爲根，然論詩、作詩必求新求變，力去陳言。陳裴之《舒君行狀》（《瓶水齋詩集》附録二）：『其論詩曰：「人無根柢學問，必不能爲詩。無真性情，即能爲詩亦必不工。」所著《瓶水齋詩集》，實能無愧此言。』舒位《與蕭子山論詩書》（《瓶水齋雜俎》）亦力陳此意。趙翼《瓶水齋詩集序》：『開徑如鑿山破，下語如鐵鑄成。無一意不奇，無一句不妥，無一字無來歷，是真能於長吉、玉溪、八叉之外别成一家，遂獨有千古，宋元以來所未見也。豈惟畏友，兼籍師資，嘆服何既！』陶樑《國朝畿輔詩傳》卷五十一『舒位』條下『詩話』：『所作合《騷》掩《雅》，矜奇灑落，雖極意馳騁，而無覂駕之虞。蓋君博涉群籍，性情根柢，載之以出。非枵腹從事、拘牽格律者比也。』二則舒位一生可謂才人失路，難諧於俗，其集中感時自傷之作可謂多矣。如《典裘》云：『檢點青衣記昨宵，易衣而出太蕭條。』《豐台行》云：『天公爛漫殊狡獪，美人遲暮良酸辛。』《書家書尾》：『我向長安笑，真成舞一場。杏花空自鬧，燕子爲誰忙。』《答王疏雨太守登州》：『詞場鼓吹無前導，宦海波瀾有左遷。惆悵平原門下客，買絲難綉杏花天。』不贅舉。則此贊亦謂不可學我，語極孤憤。

④ 梁山衆人攻東昌府，時張清爲守將，以飛石絶技連敗梁山十五員將領。見《水滸傳》第七十回。此或爲舒位自負其詩才之語。陸以湉《冷廬雜識》卷三『舒鐵雲』條記舒位嘗與以湉伯父陸元鋐論詩有云：『夫作詩文者，比於當仁不讓，以太白之才，而老杜尚有「尊酒重論」之句，况其他乎？抑位生平行路之日多，讀書之日少，偶得佳句，輒復沾沾自喜。近年略知收斂，以期不懈而及於古，并願多讀書以

廣其識，而舊時習氣尚未全除。今茲所言，乃切中其弊：「願鄧將軍捐棄故技，更授要道。」謹以此言書諸紳矣。』鐵雲此段自述，虛懷受諍，然以太白自比，似又謙中帶傲，可以推想其自負。

按，舒位詩，自來推重者多，不慊者少。大抵言其奇詭恣肆，縱橫不羈。王曇於詩風與舒位近，且二人爲親戚，其於舒集序中爲揚挹之言，固其宜也；法式善《瓶水齋詩集跋》亦云：『攬所投示詩卷，不及二百首，而衆體咸備，縱橫莫當，爲擊節者累日。諸體之中，七古尤勝，若《張公石》《斷墻老樹圖》《破被篇》等作，前無古人，後無來者，非浸淫於三李二杜者不能。又如《團扇夫人曲》等篇，不啻鄭公嫵媚、廣平鐵石矣。窺豹一斑，得麟獨角，欣賞當何如也？』陳文述論鐵雲詩云：『鐵雲之詩如青鸞，澹碧細染銖衣單，玉簫宛轉秦臺寒。』（《詩中十一友詩》）邱煒萲評舒詩爲『波譎雲詭，藻合星稠』，且云『子瀟才氣不及君遠甚，即仲瞿亦第肖其縱橫，而未能爲其節制也』（《五百石洞天揮麈》卷十二）。宋思仁《瓶水齋詩集序》：『超越變化，乘空凌行，吾於太白、東坡兩家神往焉。蓋其得於天者厚，而資於學者尤深也。』亦皆可參。

又，以體論，則論者咸推其七古爲集中之冠。至其近體，陳文述《書舒鐵雲詩集後》評爲『清妙』，而其摘句實不掩獷肆之氣。梁紹壬《兩般秋雨盦隨筆》卷三『瓶水齋詩』條論之亦詳，以爲能獨造，不拾人牙慧。摘其句云：『七古爲最。如《破被篇》《張公石》《任城太白酒樓》等作直是前無古人，後無來者。茲録其七言近體如《落花》云：「珠玉九天殘咳吐，江湖滿地舊文章。」「碧憎霍霍雙鷹眼，紅踏荒荒四馬蹏。」《曲阜拜聖人林下》云：「劫火紅燒秦月令，史才青削魯春秋。」「出家仙佛開生面，入彀英雄到白頭。」《夷門懷古》云：「六國輸贏歸婦女，一關開閉老英雄。」《金谷園》云：「名士十年無賴賊，美人雙泪有情儂。」《汴梁宋故宫》云：「湖上春寒天水碧，帳中酒熱帝衣青。」《卧龍岡》云：「兩表涕零前出塞，一公安樂老稱藩。」《劍閣》云：「一枝草送姜維去，半夜氈拖鄧艾來。」《皋亭山》云：「一樹鳳凰收王氣，半堂蟋蟀死秋聲。」《書仲瞿經解各説後》云：「壁中絲竹紅羊劫，殿前文章白虎通。」《書壯悔堂文集》云：「南部烟花歌伎扇，東林姓氏黨人碑。」《倉聖祠》云：「從此夗央多識字，衹留獬豸與驅邪。」《贈吴穀人祭酒揚州》云：「殘夢已贏樓薄倖，老成猶見殿靈光。」《屠琴隖大令貽是程堂詩集》云：「一官百里江淮海，三絶千秋書畫詩。」《題蔣秋浦侍御詩》云：「三百里中黄歇浦，一千年後白香山。」《七夕》云：「豈有牽牛笑妃子，漫云顧兔悔嫦娥。」』然光宣以來，以風氣所激，非議舒詩者頗不乏其人，如由雲龍《定盦詩話》卷上、邵祖平《無盡藏齋詩話》等，皆以舒詩爲左道，此不贅引。惟錢鍾書甚薄其詩藝，論曰：『有氣勢而無風骨，欲性情而乏韵致，塗澤狼藉，遠在船山、子瀟之下。』又云：『用典雜湊割裂，力求風華，了無韵致，亦不工對偶，不能爲直白語。』（參王培軍《錢鍾書論乾嘉詩人——以〈乾嘉詩壇點將録〉爲範圍》，《中國詩學》第二十六輯）按，錢氏此評最確，真能中舒詩之弊。舒詩二千餘首，而意多重複。雖用典繁密，而詩思窘狹，每使人有辭豐意瘠之嘆。又其近體諸聯每不能渾融，徒以典故支持其間，以聲調氣勢聳人耳目，細按之則『不成片段』矣。

小李廣陳雲伯 文述，字退庵，錢塘人。嘉慶庚申舉人，官江南知縣。有《頤道堂集》，又《外集》《補遺》《戒後詩存》。

無雙國士飛將軍，孰爲前身孰後身①？昨夜彎弓射猛虎，詰朝視之石飲羽②。

陳文述（一七七一——一八四三），原名文傑，字雋甫，號雲伯，別號退庵，浙江錢塘（今杭州）人。少有才名，與族兄鴻壽并爲阮元所賞。嘉慶三年從阮元入都，四年，又隨之赴浙。阮元立『詁經精舍』於浙，文述肄業其中，受教於孫星衍、王昶，於是年中舉。六年，復往游京師，與楊芳燦訂交，詩名亦相埒，時號『楊陳』。居京師五載，三試春官不售，乃就吏職。歷知全椒、繁昌、常熟等縣，多惠政。性孝友，重信義，所交皆一時名士。詩藻麗，晚效袁枚，廣收女弟子，人或不齒焉。有《碧城仙館詩鈔》《頤道堂詩選》《頤道堂外集》《頤道堂文鈔》《戒後詩存》《碧城詩髓》等集行世。

【箋證】

① 飛將軍，指李廣，此切『小李廣』。《史記·李將軍列傳》：『廣居右北平，匈奴聞之，號曰「漢之飛將軍」，避之數歲，不敢入右北平。』同篇又云：『典屬國公孫昆邪爲上泣曰：「李廣才氣，天下無

雙……』」指陳人才難得。

②　指李廣射虎事。《史記·李將軍列傳》：「廣出獵，見草中石，以爲虎而射之，中石没羽。視之石也。」《水滸傳》中花榮射術冠天下，其外號「小李廣」即用此典，故贊語如此。疑此「石飲羽」之贊，由舒位之「没羽箭」聯想而及。按，陳文述詩中多有言及李廣處。如《左記室思詠史》云：「李廣死飛將，衛青生人奴。」《題莊連倉司馬習馬圖》云：「腰間寂寞雙吴鈎，寂寞李廣難封侯。」《雲䴉娘詞書鄺湛若所撰赤雅後》云：「李將軍生平遭際悲家國，匣中寶劍青蛇色。」更有《漢李廣銅印歌》專咏其事。諸篇皆嘆不遇，且皆作於《録》前，此贊或亦用此本事，惜陳之不遇也。查揆《代孫古雲送陳雲伯序》（《篔穀文鈔》卷六）慨陳之懷才不遇云：「雲伯館閣才也，以令長行升沈之故，迕其才命。交游之盛，繫其去留。結軫臨發，文詞滿家。朝士達官，動色累息。夫驅車國門，日無停軌；車中之人，豈乏魁岸？彼重客往賀，取聾聵俗，知與不知，慨獨在君。所謂嘆息之聲，榮於感遇。其人可知，何論華悴？……已而詞賦之名，傾動公輔。誦法封禪，徵引鈎讖，鎸銘元録，涅字黄圖。上昌黎聖德之頌，著南陽文學之書。馬周未遇，爲常何起草；班彪搦翰，代竇融上箋。制誥之才，豈异人任？夫梟集翰林，雉竄文圃，昔賢所嘆。君乃反是，忍詬攘尤，褊心未喻。顧以親老試吏，乃心榮養。彼桓宣武之舉元秀，蕭遥光之薦僧孺，伊何人哉！伊何人哉！」又「石飲羽」或亦兼指詩。舒位《江上停雲詩》論陳詩云：「始工刻畫詞，葉葉三年楮。既緣綺靡情，絲絲五雜組。一變爲沈雄，再變爲激楚。官卑詩彌高，詩富官自窶。」此所謂

『激楚』，或指陳詩中抒其命途蹭蹬之憤懣者，如前引咏李廣諸篇即是，正與贊合。郭麐《靈芬館詩話》卷五：『人或病其多涉艷情，有「張平子風雲氣少」之論。然如《長城一百韵》《秦良玉屯兵處》及《塞上》諸篇，又豈致堯輩所能兼有哉！《雙劍》云：「雙劍如秋水，何年百煉鋒？平分幾星斗，静卧兩蛟龍。霜雪各自愛，風雷都未逢。劇憐皮相者，顔色賞芙蓉。」《秋宴》云：「平川四面開，佳日共登臺。落葉紛紛雨，秋陰漠漠苔。風前人欲别，天外雁初來。良會知難得，相看酒一杯。《同默齋夜話》云：「落葉辭寒樹，秋聲滿鳳城。他鄉燈火夜，中歲弟兄情。待月頻傾酒，觀潮憶論兵。回思水仙閣，短夢抵三生。」《攬勝軒》云：「白澗連雄鎮，青山接塞垣。萬峰盤輦路，一綫上天門。曉日生紅暈，秋風靄碧痕。茫茫收指掌，眼底盡中原。」他如《邊月》云：「刁斗無聲沈萬幕，關山有影上千盤。」《出塞》云：「馬蹄曉踏邊頭雪，虎迹秋深塞上山。北來山勢横元菟，西去河聲走白狼。」何嘗不激昂悲壯，帶幽、并之氣耶？』

按，陳文述之詩，其《頤道堂詩選自序》已述之，然頗零碎。其《與程蘅鄉論詩書》云：『丙寅以前頗尚華藻，乙亥以前亦多失之流易。距今又十餘年，加以内心詩格又變，於唐人則取法許丁卯，宋則林君復，明則高季迪，國朝則施愚山，朋舊中尤得力者則夢餘、鐵雲爲多，蓋兩君取徑與余大略相同也。』其媳汪端《自然好學齋詩説》（見《頤道堂詩選》卷末引）據其説以論其詩，固爲過譽，要能觀陳氏詩學大概，姑徵引如後：『頤道堂集中，少作宗法昌谷、玉溪、飛卿，自以《團扇詩》受知鄉嬛後，專學梅村祭酒，旁及迦陵、漢槎，絶艷驚才，照耀海内。中年受蕭樊村言，以理爲主，出入杜、韓、白、蘇，一變而爲渾厚博大。丙子春，病中有悟，兼取浣花之論，涉獵於王、孟、韋、柳及大曆諸家。尤嗜岑嘉州、許丁卯；於今人嗜舒鐵雲、邵夢餘，再變而爲明秀淡遠。近年之詩，曠逸超妙，得之太白；整煉沈鬱，參諸少陵，不求合於古，而自無不合；不炫奇於今，而自無不奇。此其全集之大概也。』按，其詩實以綿麗爲本。集中多應酬之作，不免草率。陳來泰《壽松堂詩話》卷一即云：『錢塘陳雲伯文述大令著述宏富，詩秾麗繁縟，如錦綉屏開，炫人心目。然千篇一律，可以移東補西，温、李不如是也。』中其弊矣。

又，陳『中年受蕭樊村言』而變其詩風一事，其衷心亦并未以蕭氏爲然。蓋陳、蕭二人性情有异，不可强求。其於王曇書信後按語云：『余前十四卷從樊村之言，所删較多，已梓成大半，後亦覺其減色，因以所删另編外集。至今《頤道堂全集》微特不愜閲者意，亦不愜己意。』又云：『誤從樊村之言，在當日亦未嘗無所見，且非此詩格不能變也。故無悔焉。』其餘諸家論陳詩，亦言其早歲綺麗，中年變爲沈雄深遠。阮元《頤道堂詩選序》、前引郭麐《靈芬館詩話》卷五等，皆可參。惟錢鍾書《容安館札記》第二四四則論其詩云：『碧城仙館之异於芙蓉山館者，在欲兼格調與詞藻，故所標舉不爲義山而爲太白，匪僅梅村，并有翁山。尤自負五、七律、七古，然塗澤鮮明，詞意不真切，筆致欠頓挫。五律枵而襲，七言古近體庸而靡，一無足觀。』則似以爲『沈雄』者不過門面裝飾耳，未能真造此境。此論對陳晚年自選之《碧城詩髓》而發，可爲的論。

金槍手彭甘亭　兆蓀，字湘涵，鎮洋人。諸生，道光初舉孝廉方正，不就。有《小謨觴館詩集》。

鈎鐮槍，若是班。連環馬，不復還。家藏雁翎之甲最精妙。竊此者誰？鼓上蚤①。

彭兆蓀（一七六八—一八二一），字湘涵，號甘亭，江蘇鎮洋（今太倉）人。諸生，久困場屋而不售。父禮嘗官山西，兆蓀從居塞垣。禮既殁，負債甚累，兆蓀破産以償。隻身游佐諸大僚府，以鞠幼弟，其孝友如此。客兩淮鹽運使曾燠幕，燠爲點定詩集。胡克家爲江蘇布政使，兆蓀往依之，與顧廣圻同校《通鑒》《文選》，二百年來稱善本。晚赴杭州林則徐幕，道光元年舉孝廉方正，不就。未幾卒。平生爲博通之學，所工實在詩文。晚耽内學，乃得澈悟云。著《小謨觴館詩文集》。

【箋證】

① 呼延灼討梁山，其連環馬無人能敵。徐寧堂弟湯隆言唯徐寧鈎鐮槍能破之。吴用乃使時遷盗徐寧祖傳之雁翎甲，湯隆以追甲爲名，賺徐寧上梁山。落草後，徐寧教授梁山士卒以家傳鈎鐮槍法，遂破呼延灼。事詳《水滸傳》第五十五、五十六兩回。此贊字面似僅就徐寧而發。惟疑贊語末三句或有

本事，待考。至以『金槍手』點彭，依前錢載條出贊之例，試解之。似以『金』切彭詩辭藻；以『槍』切彭詩骨力。陳文述《哭彭甘亭》其二有句『詩律齊梁上』，即言其華。《越縵堂日記説詩全編・評論門・評騭類三之下》五三則論彭詩：『甘亭一生坎廩，詩多抑鬱忼慨之作，骨力遒上，采色亦足。《樓煩》一集，狀塞上風景，尤多名篇。乾嘉以還，莫能及也。』符葆森『秾不傷纖，勁不傷硬』之評語（《國朝正雅集》卷二），似尤可爲注解。郭麐《靈芬館詩話》卷六論彭詩最具輪廓，略云：『彭君甘亭，負夙成之譽，從宦樓煩，長楸走馬，單騎射生，擊劍讀書，意氣横出，故其詩有三河少年、扶風豪士之概。既而遭憂厄塞，斥田償逋，落拓名場，馳驅道路，遂多幽憂之音。迨至學道日深，浮華刊落，伐毛洗髓，劍氣歸神，視前所作如出兩手。』其餘諸家所論，大體相近，不贅引。亦有病其秾麗未化者，如孫原湘《天真閣集》卷二十八《偶閲張船山彭甘亭兩家集》、邱煒萲《五百石洞天揮麈録》卷十二等，亦可參。按，張維屏《國朝詩人徵略》卷五十九『彭兆蓀』條所舉彭數詩，皆沈鬱雄渾之力作。選録二首，以見一斑：《史閣部祠》（見《小謨觴館詩集》卷二）云：『鐵炮摧城吊國殤，衣冠留墓拜堂堂。夷吾自灑新亭泪，江總仍飛曲院觴。半壁山河撑赤手，九霄箕尾落寒芒。燐光都在梅花嶺，披發依稀下大荒。』又《歲暮雜感》其九（《詩集》卷六）云：『澴州烽火接梁州，蟻子都屯楚上游。僞讖荒唐三屈律，將星摇動五諸侯。檻車劇報收盧植，巴國休輕縱李流。正好奇功成雪夜，鴨鵝聲裏落旄頭。』而集卷七、卷八中另有一類清婉之作，頗見蕭疏之氣，殆龔定庵所謂『清深淵雅』者也。茲不詳舉。

撲天雕楊蓉裳 芳燦，無錫人。拔貢生，授知縣，官户部員外郎。著《吟翠軒稿》《芙蓉山館詩鈔》。

鏤金刻玉①，落雕都督②。

楊芳燦（一七五三—一八一五），字才叔，號蓉裳，江蘇金匱（今無錫）人。幼穎特，爲詩華美，老輩折行交之。乾隆四十二年拔貢生，補甘肅伏羌知縣，在任平回民田五之亂。擢靈州知府，旋以不樂仕途，捐户部員外郎，與修《會典》。會丁母憂，遂歸。晚乃歷主衢杭、關中、錦江諸書院，以疾卒。芳燦以文辭顯，所爲駢體沈博奥衍，詩詞亦沈麗，與陳文述齊名，稱『楊陳』。著有《芙蓉山館詩詞稿》《芙蓉山館文鈔》《吟翠軒初稿》等。

【箋證】

① 此狀楊詩風。洪亮吉《北江詩話》卷一：『楊户部芳燦詩，如金碧池臺，炫人心目。』陳文述《詩中十一友詩》評曰：『蓉裳之詩如孔雀，金翠迷離姿綽約，琪樹飛翔映華萼。』按，楊爲陳居京師時詩友，交誼深厚，齊名當時。陳集中屢屢及其人其詩，引爲同調。如『楊農部芳燦詩派與余同出梅村祭酒，世稱楊陳』（《松壺爲余作雪鴻小影册子各題一律》）、『蓉裳長以倍，視我若弟昆。謂我葉塤篪，詩派同梅

村』(《自箴詩》)云云,適可證此贊。其駢文及詞,亦與詩近。王昶《湖海詩傳》卷三十五『楊芳燦』條:『蓉裳驚才絶艷,綴玉聯珠,駢體之工幾於前掩温、邢,下儕盧、駱。而詩則取法於工部、玉溪間。填詞亦清妍婉麗,兼有夢窗、竹山之妙。』按,楊自評其詩云:『姱容修態,麗而不奇。不却羅綺,亦調鉛脂。汜人别怨,湘娥古悲。瓊臺曉霞,萬花離離。雲衣羽裳,翩何來遲。揚袂轉喉,比竹彈絲。靈璇八音,華監九枝。抗手千古,玉溪我師。』(《芙蓉山館詩鈔題識》)似亦頗以清深自負,不盡『鏤金刻玉』也。法式善《梧門詩話》卷十四亦云:『蓉裳之詩,人但知其驚才絶艷,不知其清峭幽冷處,尤入王、孟之室。』考楊氏詩集,富麗之外,亦頗有疏淡之作。如《過净因寺》(《芙蓉山館詩鈔》卷五):『一徑碧叢叢,招提在遠峰。葉香眠麝草,枝偃挂猿松。露重濕雙屐,雲間隨短笻。憶同王法護,曾此聽清鐘。』又如《泖湖》(《詩鈔》卷三):『遠火兩三星,空波接杳冥。雲英浮水白,月魄蕩烟青。客裏吟懷闊,風前酒面醒。聲聲漁子曲,獨夜不堪聽。』餘如此類者尚不少,不復引。另《古落門行》《哥舒翰紀功碑》《横城登高放歌》《空同山紀游》等歌行,皆蒼雄開闊,又一體也。符葆森《國朝正雅集》卷三二『楊芳燦』下論其各體云:『七古、近體擅場,五言長律尤爲絶調。七古嗣響四傑,七律抗衡西昆。排律妙處,以義山之工麗,香山之纏綿,加以沈宏開合,具體少陵,不襲其貌,而得其意。每逢佳題,殫思以就。回波舞雪,振羽沈宫,聲情之美,往往移人。』較周備。

② 即北齊名將斛律光。《北齊書·斛律光傳》:『嘗從世宗於洹橋校獵,見一大鳥,雲表飛颺。光

引弓射之，正中其頸。此鳥形如車輪，旋轉而下。至地乃大雕也。世宗取而觀之，深壯异焉。丞相屬邢子高見而嘆曰：「此射雕手也。」當時傳號「落雕都督」。』光能征善戰，爲齊柱石。贊用此典，字面切『撲天雕』，似暗含『詩中射雕手』之譽。或指蓉裳平回亂事。《清史稿》卷四八五楊本傳記此事最簡明，略云：『回民田五反，縣民馬稱驥應之。未發，芳燦從稱驥甥馬映龍偵得，立捕斬之，因城守。賊奄至，以無應，解圍去。憾映龍泄其謀，揚言映龍故與通，約五日後獻城也。阿桂逮映龍，將殺之，卒以芳燦言得免。叙功，擢知靈州。』又，芳燦值回亂，而好整以暇，於圍城中作《伏羌紀事詩百韵》，最爲集中名作，亦一時佳話也。陳文述、彭兆蓀詩中皆及之。陳有《書楊蓉裳農部伏羌守城詩後》（《頤道堂詩選》卷三）、彭有《懷楊蓉裳農部蜀中二首》（《小謨觴館詩續集》卷二），可參。

病尉遲孫子瀟 原湘，昭文人。嘉慶乙丑進士，官翰林院庶吉士。著《天真閣集》。

恃一鞭，鬥呼延①。

孫原湘（一七六〇——一八二九），字子瀟，一字長真，晚號心青，江蘇昭文（今常熟）人。弱冠即有才名，嘉慶十年進士，充武英殿協修，以疾歸。卸官後歷主南北諸書院，多所造就。其游歷海內，體民疾苦如身受，遇賑恤事，必爲民經畫。言詩主性情，自作詩亦以風韵勝。法式善以與舒位、王曇并舉，作《三君咏》論之。著《天真閣集》。妻席佩蘭亦工詩，出袁枚門下。

【箋證】

① 呼延灼討梁山時，孫立嘗持看家兵刃竹節虎眼鞭與交鋒，大戰三十回合，不分勝負。見《水滸傳》第五十五回。孫原湘、孫立同姓，又可與『小尉遲』并舉，故點將如此。此贊或暗指孫詩風單調，才力不富。汪佑南《山徑草堂詩話》卷二論曰：『詞藻紛披，有時過於流利，近甜熟。』考孫詩寫景言情之作，實不免重複之嫌，集中穠艷之作特多，汪評中其弊矣。其詩大抵明麗纏綿，以風韵勝。張維屏《國朝詩人徵略二編》卷五十五『孫原湘』條，將孫詩與袁枚、張問陶詩并論，較法式善之并咏，較切實。其略云：『《天真閣詩》骨力沈鬱不及船山，却無船山集中之叫囂；才氣富贍不及隨園，却無隨園集中之游戲。』餘之言孫詩者大抵近此。郁達夫《娱霞雜載》（《閑書》）：『其論詩主性情，講風雅，故所作輒玉潤珠圓，不施金翠，而風格天然。』按，郁達夫舊詩神似黄景仁，亦以風神勝，爲現代名家，其論孫詩可參。

法式善《三君咏》以舒位、王曇、原湘詩并稱。三人集中屢有唱和，交誼固不淺。然原湘與舒、王詩實不相近。舒、王詩以奇肆、狂放勝，兩人亦以同調惺惺相惜。原湘詩則以風韵、新巧爲尚，瑰奇不及舒、王，含蓄藴藉則勝之。三人詩固皆可稱新奇，然大體言之，舒、王近李長吉之奇，原湘則近陸放翁之新也。今人劉衍文先生《雕蟲詩話》卷五已及之，可參。前引汪氏詩話摘其佳句：『如《冒雨夜達青駝寺》云：『磷火有聲穿古墓，濕烟無力脱遥村。』《喜晴寓吴門作》云：『比鄰香熟開缸酒，深巷紅來轉擔花。』《寒夜鄰滓閣話月》云：『酒能使客肺肝露，月不放人眉眼低。』《内子思結一廛於湖上屬余賦其意》云：『四面不容無月到，一生常得對山眠。』《橄欖》云：『帶澀略含酸子氣，回甘才識諫臣心。』可見其新巧。

青面獸張船山 問陶，字仲治，遂寧人。乾隆庚戌進士，官萊州知府。有《船山詩草》。

殿前制使，將門子弟①。可惜寶刀，用殺牛二②。

張問陶（一七六四—一八一四），字仲治，一字柳門，號船山，四川遂寧人。乾隆五十五年進士，洊官至吏部郎中，後外放萊州知府。以孤傲忤上官，遂歸吴。晚游大江南北，寄情山水，卒於蘇州。問陶賅通諸藝，古文、書、畫皆有名於時，畫猿尤肖。論者以其詩爲兩百年來蜀中之冠。袁枚謂所以忍死者，以未讀問陶詩也。其推重如此。著《船山詩草》。

【箋證】

① 此寫楊志出身，以擬船山。《水滸傳》第十一回：『那漢道：「灑家是三代將門之後，五侯楊令

公之孫，姓楊名志。流落在此關西。年紀小時曾應過武舉，做到殿司制使官。」』問陶爲康熙名臣張鵬翮玄孫。鵬翮康熙間官至兩江總督，雍正元年拜文華閣大學士。嘗從索額圖與俄使交涉，勘定中俄邊界，以治河留名後世。事詳《清史稿》卷六十六鵬翮傳。問陶曾祖張懋誠官至通政使，祖、父亦皆官至知府（見胡傳淮《張問陶年譜》）。

② 楊志流落東京，出售祖傳寶刀，以圖再起。因不耐潑皮牛二糾纏，怒殺牛二。見《水滸傳》第十一回。楊志運途坎壈，先是失落花石綱，犯高俅之怒；後督運生辰綱，又爲劉唐等人所劫，最終落草爲寇。問陶性伉爽，不擅爲官，故局促轅下，難展其才。至嘉慶十五年方放爲萊州知府，時年已四十六矣。又因『無俗吏態』，不爲長官所喜，旋歸去。其牢落不得志適與楊志相似（見孫桐生《國朝全蜀詩鈔》卷二十四『張問陶』下小傳）。按，問陶性實伉直。陳康祺《郎潛紀聞》卷三：『官諫垣時，連上三疏：一劾六部、九卿，一劾外省各督撫，一劾河漕、鹽政。嘗畫一鷹贈人，自題云：「奇鷹瞥然來，攫身在高樹。風勁乍低頭，沈思擊何處。」風采如此，詩人也歟哉？』陳文述《都門五君詩》船山一首云：『應是中原獨角麟，毫端奇氣出輪囷。天教西蜀生才子，我向東華識酒人。主客圖中别涇渭，英雄記裏感沈淪。錦江玉壘家山夢，秋雨何年洗戰塵。』此詩適堪箋此贊。陳集中尚有《張船山太守自萊州乞病僑寓吴門》（《頤道堂詩選》卷十一），亦此贊意，文長不引。

問陶詩學頗受袁枚薰染。張維屏《國朝詩人徵略》卷五十一『張問陶』條論其詩：『船山詩生氣涌出，生趣飛來，古體中時有叫囂剽滑之病。當時隨園名盛，以游戲爲詩，船山亦未免染其習氣。至近體則極空靈，亦極沈鬱。能刻入，亦能清超。大含名理，細闡物情。或論古激昂，或言情婉曲；或聲大如鐘鏞，或味爽如菘韭。幾欲於從前諸名家外又闢一境。』尚鎔《三家詩話》『三家分論』篇亦云：『張船山之詩，多近袁、趙體，亦能自出新意。』至錢鍾書《談藝録》第四十則自性靈論之，以爲『乾隆三大家』中，當以張問陶替蔣士銓，且云『當時已有謂船山詩學隨園者』。

按，張詩之與袁詩同者，乃在反餖飣，反模擬。兩人詩皆不拘拘於格調，故實之屬，而自抒其性情。洪亮吉《北江詩話》卷一：『張檢討問陶詩，如騏驥就道，顧視不凡。』已窺其貌。顧翰《船山詩草補遺序》標其性靈更明：『其詩空靈縹緲，感慨跌蕩，脱盡古人窠臼，自成一家。如萬斛泉源，隨地涌出，洵乎天才亮特，非學力所能到也。』錢鍾書欲以問陶替士銓，或以此。錢氏《談藝録》第三則補訂且云：『乾嘉以後，隨園、甌北、仲則、船山、頻伽、鐵雲之體，匯合成風。流利輕巧，不矜格調，用書卷而勿事僻澀，寫性靈而勿忌纖挑。』則更明言取諸人之相合處。至船山詩風，則以豪宕狂放勝，與其詩友洪亮吉爲近。前引顧翰語已及此。王培荀《聽雨樓隨筆》卷五論之曰：『張船山詩有逸氣，破除詩中門户之見，一意孤行，目空一世，蜀中詩豪也。』故歷來謂之學太白者多矣。然其弊則不免剽疾粗率，少頓挫之力。自當時非之者即群起，至於晚清不絶。其詩友孫原湘評曰『字字性靈，而不耐顛僕』（《偶閲張船山彭甘亭兩家集》），林昌彝《射鷹樓詩話》卷七以爲其率意傷骨氣，於諸體中僅取其學晚唐之五律。朱庭珍《篋園詩話》抨之最烈，至謂之爲『惡俗叫囂之魔』。語雖過激，然實有據。

又，張問陶頗諱其詩學袁枚事。如《船山詩草》卷十一有《頗有謂予詩學隨園者笑而賦此》云：『詩成何必問淵源，放筆剛如所欲言。漢魏晋唐猶不學，誰能有意學隨園？』且其詩集初名《推袁集》，袁枚殁後，攻袁者蜂擁，問陶遂改其集名矣。此固世態炎凉，不足深論，然其自辯未學隨園，想亦以風調不全相近也。郭曾炘有詩論此：『老船詩格似袁絲，莫怪邯鄲學步疑。賴有梅花親寫照，孤高從未合時宜。』（《匏廬詩存》卷七《雜題國朝諸名家詩集後》），可參。

美髯公姚春木　椿，字子壽。婁縣人。國學生。有《通藝閣詩稿》。

隨陸無武，絳灌無文①，未若髯之絶倫軼群②。

姚椿（一七七七—一八五三），字子壽，一字春木，號樗寮，江蘇婁縣（今上海）人。少隨父游宦諸省，所交皆長者，遂洞悉民瘼。乾隆五十九年，以國子監生應試京師，與洪亮吉、張問陶、楊芳燦輩論詩訂交。顧連試不售，退而求實學，舉凡漕務、農桑、邊防之類，無不探究，其用世之志可見也。後受學於姚鼐，又讀宋儒書而服其説，乃捐棄夙習，歸心理學矣。道光元年，舉孝廉方正，不就。晚主講諸書院，以實學勵諸生，造就甚衆。論文宗桐城師説，論詩則主諷諫，尚自然，嘗言『元裕之以後無大家』，可知其宗旨。著《通藝閣詩録》《續録》《三録》《晚學齋文録》等。

【箋證】

①《晋書·劉元海傳》記：『（元海）嘗謂同門生朱紀、范隆曰：「吾每觀書傳，常鄙隨、陸無武，絳、灌無文。」』隨、陸者，隨何、陸賈也，皆漢高祖時辯士。隨何嘗説英布降漢，見《史記·黥布列傳》。陸賈嘗説南越趙佗臣漢。見《史記·酈生陸賈列傳》。絳、灌者，絳侯周勃、潁陰侯灌嬰也，皆戰功卓著。事迹詳《史記·絳侯周勃世家》及《史記·樊酈滕灌列傳》。此贊語意爲文武難得雙全。合下句贊，或指姚椿既有經世之才，又能作詩文。其詩能抒其志。《清史列傳》卷七十三姚椿本傳：『椿奔馳南北，所至必周覽山川，交其賢豪長者，乃更求爲有用之學。凡河渠、桑農、漕務、邊防，以及閭閻疾苦，無不反覆熟籌，稽之史傳，證以游歷，思將大用於世。』至其詩，洪亮吉《北江詩話》卷一：『姚文學椿詩如洛陽少年，頗通治術。』可見其詩以言志。林昌彝《射鷹樓詩話》卷十八論之曰：『布衣負必欲行之學，久藏於心志，發而爲詩，其情正，其植厚，故怨而彌婉，質而彌華。』徐世昌《晚晴簃詩匯》卷一百二十三『姚椿』下綜括前人之説曰：『詩尤雅正醇懿，才鋒俊拔而以醞釀出之，迥异浮響，蓋能矯袁、趙末流者也。』姚分論其詩諸體者，則以其近體優於古體。前引林氏詩話同卷即持此論。王昶《湖海詩傳》卷四十四『姚椿』條：『春木無所師承，而才情宏放，正如天馬凌空，不宜羈勒。由是而充之，則所謂「詞源倒流三峽

水，筆陣横掃千人軍」。足以繼吾鄉趙升之、張策時而起也。自蜀還吴，正值潢池寇驚，直書所見，有杜、白新樂府之風。予嘗勸其知古知今積爲經濟，無以尋章摘句、搜僻矜奇，至獨角麟類於萬牛毛也。」其論當針對姚氏古體而發，而微意不難窺見。法式善論姚詩則明言之：『姚詩如岷江，奔放百川浴。姚也使氣雄，毋乃少洄洑。』（《存素堂詩初集》卷二十）亦可參。其近體，論者多以爲能學少陵，章法森嚴，意旨深遠。郭麐《靈芬館詩話》續卷五評曰：『春木七律沈著高華，各有其勝。《江心寺》云：「詩人著屐登臨去，丞相提戈慟哭來。」《東坡生日》云：「二賦流傳風月笛，三星顛頷斗牛箕。」《哀汪選樓》云：「相如稿草無封禪，劉蜕文編待勒銘。」《聞蓉裳將卜葬》云：「詩冷吴江萬楓葉，魂歸蜀道一鵑啼。」《和人》云：「巴水有情無那雨，蜀天如夢不宜秋。」《用魯直借書韵》云：「提壺笑客不解事，螢火照人還讀書。」』惟錢鍾書不然前人諸説，其《中文筆記》第一册（二一八）論姚詩云：『雖有詞華，却講格調，故體求凝重，語避淺快。』又云：『古詩遒鍊，工寫景；近詩跌宕，擅感時咏古。五、七古、五律最工。至抒寫胸臆，却嫌木强，蓋才情非奇摯者。』於姚詩淵源又云：『於杜陵、劍南初無似處。惟七古學東坡，亦非惜抱體。』且摘其佳句，文繁不引。

又，姚氏論詩主諷諫，以詩當言之有物。楊鍾羲《雪橋詩話》卷十一：『姚春木嘗自稱海上白石生。其論詩，謂元裕之以後無大家。於明初推劉伯温，謂在高季迪上。而盛稱管緘若侍御所選唐詩，以謂備正變，具勸懲，一一皆如胸中所欲言。自言所得，則曰以諷諭爲主，以音節爲輔，以獨造爲境，以自然爲宗。』其自作詩差能符其論。

②《三國志·關羽傳》：『孟起兼資文武，雄烈過人，一世之傑，黥、彭之徒，當與翼德并驅争先，猶未及髯之絶倫逸群也。』贊出此。《水滸傳》第十三回寫朱仝『義膽忠肝豪傑，胸中武藝精通，超群出衆果英雄』。按，既點姚椿爲美髯公，贊又拈出髯，頗疑贊語之『髯』似非僅爲朱仝而發。而諸傳狀皆未言椿美髯，此姑志之。

插翅虎查梅史 揆，字伯葵，海寧人。嘉慶甲子舉人，官薊州知州。有《菽原堂初集詩》。

虎頭萬里飛食肉①，何如朝吸湖光飲山渌②。

查揆（一七七〇—一八三三），一名初揆，字伯葵，號梅史，浙江海寧人。查慎行族子。嘉慶九年舉人，官至薊州知州。少受知於阮元，肄業於詁經精舍。錢大昕、法式善亦稱其才。平生恥干謁，故難顯用於世。工駢文，詩冷峭精警，出入查慎行、厲鶚間。論詩倡『消納』，貴融貫而能出新。著《菽原堂集》《篔穀詩文鈔》等。

【箋證】

①龔開《宋江三十六人贊》中雷横贊語：『飛而肉食，存此雄奇。生入玉關，當傷今姿。』按，此用班超典，切『插翅虎』。《後漢書·班超傳》：『其後行詣相者，曰：「祭酒，布衣諸生耳，而當封侯萬里之外。」超問其狀。相者指曰：「生燕頷虎頸，飛而食肉，此萬里侯相也。」』《水滸傳》第十二回寫雷横外貌：『身長七尺五寸，紫棠色面皮，有一部扇圈鬍鬚；爲他膂力過人，能跳三二丈闊澗，滿縣人都稱他做「插翅虎」。』此處綰合雷横、班超二人，指入世立功。按，查揆一生寥落。《清史列傳》卷七十一揆本傳：『性通而介，恥干謁，數往來西湖上，不妄與人交。嘗渡錢塘，之甬上，之括蒼，旅食四方，無知之者。』秦瀛《杭州雜詩》（《小峴山人詩集》卷十七）論揆之不遇：『梅史詩名世已傳，何人薦達識君賢。不堪瘦盡東陽骨，孤負才華二十年。』故下句贊爲轉語。

②蘇軾《書林逋詩後》（《東坡集》卷十五）有句：『吴儂生長湖山曲，呼吸湖光飲山渌。』林逋隱居梅莊，詩酒自娱，不問世事。此句承前贊，似指查揆雖不見用於世，反得閑究心詩文，以詩名世，成立言之業，可謂更勝做官了。陳文述《題查梅史菽原堂集卷端》（《頤道堂詩選》卷十三）：『霞明天净處，積翠共參差。君向宣城去，能爲小謝詩。林泉間有致，山水意方滋。何日歸漁浦，空舲和竹枝。』法式善《題菽原堂集》（《存素堂詩初集》卷二十）：『空山守貧素，懷抱同幽蘭。榮悴難豫期，富貴非所歡。日逐雲水僧，碑字茹青刓。梅花深雪間，天地如此寬。萬卷填滿胸，寧復愁饑寒。三日不出門，人將比袁

安。』此兩詩差可爲此贊之箋。按，查揆中舉後，會試不售，乃以舉人歷官至薊州知州，卒於任上。而其入都前，嘗游歷浙境，飽覽湖光山色，發而爲詩亦工。秦瀛以爲『各體皆妙，浙西作者無以過之』，而惜其入都後作詩日少，亦不若向時之工也。詳秦瀛《葭原堂詩序》（《小峴山人文集》續集卷一）。合上句『萬里飛食肉』而觀之，意贊語或藴此旨。

按，查揆詩清勁絶俗。潘衍桐《兩浙輶軒續録》卷二十二『查揆』下引吴照衡語：『梅史得初白之雄健而加警，得樊榭之清峭而加動，是謂能轉法華不爲法華轉者。』此論查詩最精。楊鍾羲《雪橋詩話餘集》卷六：『朱梓廬稱查伯葵詩於磊砢英多中能時出清新，朱青湖亦謂其深造有得，不肯寄人籬下，如其爲人。』可與吴照衡語相參。法式善《梧門詩話》卷十一摘其句：『五言如《葛林園晚步》云：「棲鳥聞鐘定，春潭得月空。」《留别》云：「行李和愁重，文章與命争。」《過二松齋》云：「黄花如我瘦，秋燕與人疏。」七言如《錢塘咏古》云：「城闕桃花楊妹子，天涯芳草趙王孫。」「北來孤艇藏劉洪，南渡遺民怨趙岐。」「箏響尚疑中使鴿，髻高猶戴孟家蟬。」《哭張笠溪》云：「家如可托何妨死，夢即相逢已隔生。」《答内》云：「無多良友偏嗟命，最好青山總隔城。」《柳敬亭傳》云：「誰教跋扈韓霜露，解識滄桑汪水雲。」《與友人飲》云：「名在轉添文字障，病多真損少年人。」』

又查揆論詩主『消納』，《清史列傳》卷七一揆本傳記：『謂嚴滄浪「香象渡河，羚羊挂角」，祗是形容「消納」二字之妙，世人不知，以爲野狐禪。金元以降，冗弱之病，正坐不能消納云。』

九紋龍嚴麗生[一]

學淦，丹徒人。嘉慶甲子舉人。有《海雲堂詩集》。

瓦官寺前①，少華山上②。誰曰翩翩少年③，不敵幽燕之老將④。

【校】

[一] 金本將吴竹嶼屬九紋龍正位下。另附『一作』點嚴麗生。其原文如下：『九紋龍吴竹嶼泰來，字企晉，長洲人。乾隆庚辰進士，官中書，有《浄名軒集》。一作嚴學淦麗生，丹徒人。』

嚴學淦（一七七五—?），字麗生，號海雲堂主人，江蘇丹徒（今鎮江）人。幼隨父宦蜀，長游海内，飽覽山川。嘉慶九年中舉，於京師與諸名士交。後出知湖南湘鄉、耒陽等縣，擢湖南武岡知州，有政聲。工詩詞，著《海雲堂詩文鈔》《金粟香龕詞鈔》。

【箋證】

① 《水滸傳》第六回，史進與魯智深於瓦罐寺前門殺崔道成、丘小乙兩惡道。

② 《水滸傳》第二回，少華山三頭領之一陳達率人攻史家村，爲史進所擒，所餘兩頭領朱武、楊春施苦肉計以激史進，遂相結交。史進因此爲官府通緝，輾轉入夥少華山。

③《水滸傳》第二回寫史進『約有十八九歲』。又第五十九回寫史進神采：『史進全身披挂，騎一匹火炭赤馬，當先出陣。怎見得史進的英雄，但見：久在華州城外住，出身原是莊農，學成武藝慣心胸。三尖刀似雪，渾赤馬如龍。體挂連環鑌鐵鎧，戰袍風颭猩紅，雕青鐫玉更玲瓏。江湖稱史進，綽號九紋龍。』據陳文述《海雲堂詩鈔序》，兩人相識於嘉慶九年、十年間，其時嚴年近三十，與詩壇『老將』相比，或仍可謂『少年』。

④《水滸傳》第八十七回寫梁山征遼，遼兩員先鋒『一個是番官瓊妖納延；一個是燕京驍將，姓寇，雙名鎮遠』。史進與瓊鬥到二三十回合時敗了一著，瓊在追擊時爲花榮射中，史進補刀殺之。贊語以『誰曰』反問，以稱嚴詩。陳文述《海雲堂詩鈔序》：『嘉慶甲子、乙丑間，與君均以鄉試客京師。時老輩如吴穀人、楊蓉裳、法梧門、張船山，同人則姚春木、吴蘭雪、蔡浣霞、周箌雲、楊浣香、吴巢松、汪竹素、竹海、查梅史、許青士，均在京師，壇坫角立。余以奇才目君，人無間言。』據諸家論，嚴詩意氣縱横，與史進爲人貼合。陳《京口懷嚴麗生》有句『騷壇意氣各凌厲，搏風健翮思飛騰』，《送嚴入蜀》詩有句『酒酣示我一尺詩，萬里陰霾一時掃。詩壇鬥將何縱横，横行真似常開平』，《寄嚴麗生湘中》有句『君昔負盛名，卓犖長安城。悲歌壓燕趙，奇氣横幽并。鎔經并鑄史，高文一何綺！光禄咏五君，建安追七子。詩派黄河源，一息衆鳥喧』。汪仲洋論嚴詩亦云『擺脱靡曼非蒼凉，此夏聲也不可當。萬類勃發暢生趣，一氣陶鑄成混茫』（《心知堂詩稿》卷十三），俱可見其風格。餘如梁章鉅等說大抵近此，不備引。

陳《海雲堂詩鈔序》論嚴詩最詳，略云：『君於詩於古人初入手，喜青蓮、昌谷，繼出入韓、孟，沈鬱處又近少陵。近人則喜黄仲則，謂其跳蕩，非古人所有，恒喜學之。兼取胡稚威，謂其堅凝不可及。若其本原史傳，自抒偉論，以卓越之識，發飛揚之氣，則又非仲則、稚威所可限也。』此論或溢美，葉德輝《海雲堂詩鈔題記》（《郎園讀書志》卷十四）已言之，葉且云嚴詩『近體與雲伯在伯仲之間』。嚴詩近體亦有婉轉者，陳文述亦頗知之，然未嘗論及之。沈濤《匏廬詩話》卷下：『雲伯盛稱丹徒嚴麗生上舍學淦詩，大概如七寶樓臺，以富麗取勝耳。閲之頗未能終卷。雲伯爲誦其柳枝詞云：「抛却江南唤奈何，今宵棖觸綺愁多。一絲濬入春人影，知是眉痕是眼波？」又斷句云：「凄清夜雨度中宵，滴損冰荷蜡泪消。寒到緑天人影瘦，春愁不翦似芭蕉。」余不覺絶倒，曰：未免有情，哀感頑艷矣。』可參。

碩按，嚴詩無盛名於當時，然陳文述詩文中言及嚴氏無慮十數處，且爲其詩集作序，呼爲『奇才』，又極稱其詩，二人同寓都下時意氣相投，時人分以『紫風』『白鷹』擬之，足見情誼之深。嚴氏或亦本在『三十家』之列。

急先鋒周箌雲[一]　爲漢，字心渠，浦江人。官湖北縣丞。

長槍大戟，震動一切①。

【校】

〔一〕金本將全謝山屬急先鋒正位。另附『一作』點周釣雲。其原文如下：『急先鋒全謝山祖望，字紹衣，鄞縣人。乾隆丙辰進士，官庶常，有《鮚埼亭集》。一作周釣雲爲漢，浦江人。』金本此處另有眉批『改石將軍全謝山』七字。

周爲漢（一七七四—一八一四〔二〕），字心渠，一字嶓東，號釣雲，亦作倬雲，浙江浦江（今金華）人。諸生，幼隨父宦甘陜。長負奇才，精流略之學。嘗與楊芳燦、張問陶、劉嗣綰等交，文名益揚，然屢躓場闈。性狷直，耻干謁，畢生潦倒。篤於孝，以兄遠宦粤西，獨力營父喪而遘疾，卒於武昌。著《枕善齋集》。

【箋證】

① 周詩以奇爲主。姚椿《周倬雲家傳》（《晚學齋文集》卷六）論其詩曰：『於詩尤致力，刻峭雄肆，

〔二〕姚椿《晚學齋文集》卷六《周倬雲家傳》《生卒年表》均定卒年爲一八一四，然蕭一山《清代通史》卷五定卒年爲一八一二。按，據方履籛《墓表》云：『以嘉慶二十年某月葬於長安縣塔坡里。』嘉慶二十年爲一八一五，則周氏當卒於一八一四年。

幽奥酸澀，讀之使人不怡。大約出入退之、長吉，兼采晚唐諸人之美。』陳文述《寒夜懷人詩》懷周氏一首有句：『落筆追靈怪，豈惜矜琳琅。』近世甘人李于鍇亦嘗爲周作傳，中論其詩云：『爲漢幼好學，不師自成。長益宏放，旁羅子史雜家异聞，及丹經佛乘皆好之，而一用之於詩。其爲詩，凄艷寒寂，珠零錦粲，冥入窅出，疑仙駭鬼，氣力老勁，不斫而雕，瓦石廢棄，忽焕异彩，蓋長吉、東野之流亞也。』〔二〕又楊鍾羲《雪橋詩話》卷六亦云：『浦江周釣雲詩瑰麗有奇句，阿鏡潭應鱗夙與知雅。毛生甫贈鏡潭詩略云：「周君古畸人，詩歌鬱瑰异。惜哉嘔心肝，徒飽鼠嚙笥。家隨羈旅傾，詩與坎坷備。浮生羹未熟，江浪咽寒吹。」』餘者如方履籛《周釣雲墓表》（《萬善花室文稿》卷七）、潘德輿《題周倬雲詩集》（《養一齋集》卷四）等大抵亦持此調。周詩集今罕覯，句如『怪峰昂首望平野，似約遥山到關下』『岩空受雲貪，花冷吐香吝』『虎睛燈遠戍，蟲響雨空城』等，可見詩風。然則此偏鋒奇譎之詩，與『長槍大戟』之正，殊不相侔。且《水滸傳》中索超兵器爲金蘸斧，亦與贊語不合。餘參『神行太保全謝山』條箋證。

碩按，周爲漢被點爲『急先鋒』，以其性情褊急。姚椿《家傳》：『性狷急，每面折人過，以此不滿於人，人亦以此重之。』周詩於當時未臻一流，然陳文述《贈周釣雲上舍爲漢即送之甘州省

〔二〕李于鍇《周爲漢傳》，《李于鍇遺稿輯存》，蘭州大學出版社一九八七年版，第二一一頁。

親》（《頤道堂詩選》卷三）：『相見太遲别太早，人生聚散何草草。周郎年少真人豪，未曾識面先傾倒。春風策蹇長安來，相逢抵掌懷抱開。風雨奔馳鬼神集，落筆往往驚奇才。放眼蒼茫此天壤，海内才人心俯仰。』陳相見恨晚之情溢乎言，且許其詩爲『才人之詩』，則周或亦在『三十家』中。

没遮攔許周生[一]　宗彦，字積卿，德清人。嘉慶己未進士。官兵部主事。著《鑒止水齋文集》十二卷，詩八卷。

結客少年場，春風滿路香①。

【校】

[一] 金本於『馬軍頭領十四員』末有眉批，點出何蘭士，但未言屬何將，置没遮攔之上。原批如下：『何蘭士，道生，字立之，靈石人。乾隆丁未進士，官知府。有《方雪齋集》。』

許宗彦（一七六八——一八一八），原名慶宗，字積卿，一字周生，浙江德清人。少受知於王昶，嘉慶四年進士，官至兵部主事。性孝友，以親歿歸，遂不出，杜門讀書於杭州。宗彦學術深湛，於許、鄭之學，多所發明；尤精天算曆法，别具神解，時流不及焉。又工詩古文辭，諳音律，而神理澄澈。嘗訓諸子曰：『讀書人第一須使此心光明正大，無絲毫苟且私曲、不可對人處。』故以『鑒止水』榜其齋，以見志焉。阮元重其學行，與結姻親。著《鑒止水齋集》。妻梁德繩亦能詩，著《古華軒詩鈔》，時人重之。

【箋證】

① 贊語爲庾信《結客少年場行》首兩句。庾詩寫少年公子酒筵之歡，此贊前句似指嘉慶四年己未科得士之盛。《國朝先正事略》卷四十四許氏《事略》：『是科得人最盛，幾與康熙己未、乾隆丙辰兩詞科相埒。朱文正曰：「經學則有張惠言等，小學則有王引之等，詞章則有吴鼒等，兼之者其許生宗彦乎！」』贊後句或兼言其詩。王昶《湖海詩傳》卷四十一『許宗彦』條：『嘗從其尊人方伯君遍歷滇黔東粤山水之勝，故流覽之作亦多超越。』林昌彝《海天琴思録》卷二、《射鷹樓詩話》卷二十二則屢以『情致纏綿』『入情』等語稱許詩，『春風滿路香』殆指其游歷之作而言。按，宗彦深於學，不以詩顯。其集中艷惻之作不少，都少含蓄。句如『易耐雪花難耐寡，却來塵世伴文簫』『屬對天然才思多，劇憐少寡似姮娥』『消渴何須犬子耽，羅襦未解已魂酣』之類，即其證。觀陳文述《挽許周生駕部并呈楚生夫人》二首不及其詩；題許詩集後則云『餘事亦爲詩』（《頤道堂外集》卷十），似不以許詩爲重。舒集中更未及之。

《録》以『没遮攔』配之，疑寓作者微意也。

碩按，陳文述《挽許周生駕部并呈楚生夫人》其一小注云：『余初識君於浙江學使者署西園，已未在京師，約同南歸不果。』其二小注云：『余子婦汪端爲夫人姨甥女，幼失恃，爲夫人所撫育，故及之。』疑許氏亦『三十家』中人。

又，金本此將上方列何道生小傳。考王昶《湖海詩傳》卷四十『何道生』條論何詩：『其詩風骨清蒼，如千金戰馬，騰溪注澗，無所不宜。山西自澤州相國以來，若蓮洋居士清妙則有餘，排奡則不及。』則似頗切『没遮攔』之號。然陳文述有《題何蘭士方雪齋遺詩》（《頤道堂外集》卷十）云：『當年何水部，刻意咏新詩。流水琴三叠，梅花笛一枝。』則與王所論異。今觀何詩，固多險刻者，然亦不乏清新之作。何乃文述京師所交友（見陳《挽何蘭士太守道生》），情誼亦非淺。若金本以何屬此將，似亦無不可。

井木犴翁霽堂　照，字朗夫。初名玉行，字子静，江陰人。國子監生，乾隆丙辰舉博學鴻詞。有《賜書堂集》。

青松磊落白鶴瘦①。謙謙君子②，上應列宿③。

翁照（一六七七—一七五五），字朗夫，號霽堂，初名玉行，字子静，後改今名，江蘇江陰人。國子生。乾隆元年薦舉博學鴻詞，以疾未與試。十四年再以經學薦，亦不遇。性聰敏，讀書過目不忘，受學於毛奇齡、朱彝尊。與大學士嵇曾筠、高斌交厚，兩人并以「老友」呼之。平生恭謹，待人必以誠以謙，人咸敬之。游歷南北，大吏争延入幕。晚與沈德潜約結廬於吴，不果而卒。照通經學，尤工詩，與吴中盛錦、李果、潘高等齊名，嘗咏蓑衣有「風雨一身秋」句，見稱於時。著《賜書堂詩文集》等。

【箋證】

① 此狀翁照風神品格。楊鍾羲《雪橋詩話餘集》卷四：「翁朗夫《賜書堂詩》神韵清灑，言盡意餘。」又云：「年七十餘神明不衰，鬚眉朗暎，雙頰猶赬。竹杖方袍，風致高簡。爲文和平正大，而自伸其獨見。」又照篤於友誼，急人之難無所恤。《清史列傳》卷七一照本傳：「嘗寓朱家，後其人逋賦，歲暮被縶，照適經其地，出脩脯代償，歸槖罄如，弗恤也。」其風義可見。又，照負美才，然兩薦鴻博而不售，以布衣終。《雪橋詩話》卷五：「精書法，工奏章，游歷大幕，有倚馬之才。」惟浮雲富貴，不治生産，飄然若世外之人（詳《雪橋詩話餘集》卷四）。晚乃與沈德潜約結廬。沈德潜《清詩别裁集》卷三十翁氏條云：「嵇、高二相國先後以鴻博、經學薦，皆不遇。與予相約爲耦耕伴侣，乃倏焉殂謝。友生爲位以哭，

多失聲者。』此贊或亦暗惜之。

② 沈德潛《清詩别裁集》卷三十翁照小傳云：『朗夫小心敬慎，雖僕隸下人，不衣冠不見。事上接下，以誠以禮。』又袁枚《隨園詩話》卷五謔狀其謙云：『平生有謙癖，拜起紆遲；年登八十，猶熏衣飾貌，寸髭不留。余初相見，知其多禮，乃先跪叩頭，逾時不起。先生愕然。余告人曰：「今日謙過朗夫矣。」』

③ 井宿爲二十八星宿中南方七宿之首，屬木，爲犴。見《史記·天官書》。而郝思文之母夢井木犴投胎而有孕，見《水滸傳》第六十三回。此即贊『上應列宿』意。按，《後漢書·顯宗孝明帝紀》：『館陶公主爲子求郎，不許，而賜錢千萬。謂群臣曰：「郎官上應列宿，出宰百里，有非其人，則民受其殃，是以難之。」』杭世駿《翁霽堂文集序》（《道古堂文集》卷九）云：『（翁照）讀書經世務，以詞學、經術屢列大吏之薦牘。天子知其名氏，將召而收用之。而絀於時命。』贊或兼指其有才無命也。參注①。

朱庭珍《筱園詩話》卷三論翁詩：『翁朗夫徵君照句云：「友如作畫須求淡，山似論文不喜平。」與星齋詩約略同調。昔竹垞翁曾譏放翁七律貪秀句而調多重複，詞意往往合掌，略無變换。謂比興乃詩家六義之一，可偶見而不可屢用。若數見不鮮，轉落窠臼。摘其以如對似之句多至八十餘聯，以爲詩病。其論甚細，學者不可不知。今星齋、朗夫二聯亦未免放翁故轍。』此言翁詩多比成病。王昶《湖海詩傳》卷六『翁照』條摘其爲時傳誦之句：『一抹夕陽連漢苑，二分春色在蕪城。』『小樓夜半朦朧月，深院秋千澹宕風。』『青拂河橋風乍轉，緑昏江店雨初來。』『春寺烟深聞粥鼓，午塘風暖度餳簫。』『一聲啼鳥破春寂，數點落花生暮寒。』『殘月半痕巫峽晚，夕陽一片洞庭秋。』『關塞梅花愁裏曲，池塘芳草夢中詩。』『夾岸緑陰垂柳渡，滿篷紅雨落花天。』此外《雪橋詩話續集》卷三摘其句亦夥，格亦類此。其詩神思狹隘，殊少變化。《筱園詩話》卷二評爲『淺近狹小』，中其弊矣。然楊氏《雪橋詩話》卷五云：『西河序其詩云：「意亢而舒度，遠而不拘於隅。其才思縱發，所至開適。質無不足，而文又見其有餘。」毛奇齡評與今之所見翁詩標格不類。證以沈德潛《清詩別裁集》卷三十言其詩云：『少年詩專工佳句，後漸臻老境，識力俱高，有虞伯生老吏斷獄之目。』又王昶《湖海詩傳》卷六亦云：『詩亡失大半，今所刊《賜書堂集》十之三四爾。』殆今之所見四卷本《賜書堂詩集》大半爲翁氏少年綺麗之作，其『老吏斷獄』『質無不足』之作，或已不可得見矣。

步軍先鋒正頭領二員

花和尚洪稚存　亮吉，號北江，陽湖人。乾隆庚戌榜眼，官編修。著《卷葹閣》《更生齋詩文集》。

好個莽和尚①，忽現菩薩相②。六十二斤鐵禪杖③。

洪亮吉（一七四六—一八〇九），初名禮吉，字稚存，一字君直，號北江，陽湖（今江蘇常州）人。少孤，母教識字，督課甚嚴。及壯，以副貢佐諸大僚幕，乾隆五十五年榜眼及第。於貴州學政任内力倡文教，亟購經史，黔人始知學。嘉慶三年，上疏觸時忌，遂以弟喪陳情歸。四年，復起，應詔上疏，抨擊時政無所隱，語侵天子。大臣會鞫，擬斬立决。以上意改遣戍伊犁，居不及百日乃赦歸，改號更生居士。晚以游山爲樂，主諸書院以終。亮吉篤於孝，哀母喪幾死，不近酒肉絲竹者三年。性豪急，少好文辭，及長不衰，與同邑黄景仁齊名於當時。後著意治經，與孫星衍論學相得，號『孫洪』。而尤精史地之學，撰述多考史之作。著《卷葹閣集》《更生齋集》《附鮚軒詩》《春秋左傳詁》《三國志域志》《東晋域志》《十六國域志》等。

【箋證】

①《水滸傳》第六回，魯智深於瓦罐寺外林中遭遇史進，却未認出史。史進詢其姓氏，『智深道：「俺且和你鬥三百合，却説姓名！」那漢大怒，仗手中樸刀來迎禪杖。兩個鬥到十數合，那漢暗暗地喝采道：「好個莽和尚！」』按，魯智深性急如火，嫉惡如仇，然行事莽撞，不循常理。事迹如『拳打鎮關

西』『大鬧五台山』等，已廣爲人知，此不備引。此以『莽』評亮吉，指其爲人，或亦附及其爲學。亮吉性豪急，諸家傳記所言無异詞。其摯友趙懷玉《洪君亮吉墓誌銘》(《碑傳集》卷五十一)云：『君厚於天稟，精力過人，然明恩怨，别是非，少容人量，往往負氣罵座。予好辨，每與之争至面項發赤不止。』亮吉自評亦然。《清史列傳》卷七十二洪本傳云：『亮吉忼爽有志節，自稱性褊急不能容物。好古人偏奇之行，每惡胡廣中庸，不悦孔光、張禹之爲人。』昭槤《嘯亭雜録》卷七『洪稚存』條記其『莽』云：『性狂妄，嗜酒縱飲。……戊午，大考翰林，公上《平邪教疏》，深中當時窾要，人争誦之。朱文正公招之入都，欲薦於朝。先生乃於朱座首斥其崇信釋道爲邪教首領之語，朱正色曰：「吾爲君之師輩，乃敢搪突若爾！」先生曰：「此正所以報師尊也。」又譏王韓城相公爲剛愎自用，劉文清公爲當場鮑老，一時八座，無不被其譏者。後裹裝欲歸，復上書於成王及朱石君、劉雲房二相公，多誹謗朝廷語。成王以其書上聞，上憫其書生迂魯，戍於伊犁，未逾年，即放歸田里。』亮吉最『莽』之事，即此越職上《極言時政啓》，言辭激切，語且侵及天子，幾以此膺極刑。《清史稿》卷三五六洪本傳録此疏全文，可參。陳文述有《鳴鳳行贈洪稚存太史》(《頤道堂外集》卷三)、《寒夜懷人詩》句『朝陽此鳳鳴』等，均指此事，彭兆蓀《洪北江先生畫贊并序》(《小謨觴館文續集》卷二)亦詳述此事，可爲贊語之箋。又亮吉爲學，亦多有率易魯莽處。林昌彝《海天琴思録》卷二即條指其《北江詩話》謬誤至數百言，蔣伯超《通齋詩話》卷上亦云：『洪稚存以「翻海洗青天」爲奇語，然閻百詩云，鐵函史實係姚士粦僞作，不可爲典要。袁子才七十後偶作

《生挽詩》，稚存以五十一年詞館後輩作詩痛詆，謂有可死者七，更不可爲訓。洪之幾陷大辟，非不幸也。』此雖過甚其辭，亦可見洪之爲人爲學。此外江藩《漢學師承記》卷四、沈濤《銅熨斗齋隨筆》卷四等，亦指摘亮吉考史之疏，可參。

② 此指亮吉風義高尚，能急人之難。謝階樹《洪稚存先生傳》（《碑傳集》卷五十一）記：『其友黄景仁亦客安邑，將死，詒書托以身後事。亮吉得書，即四晝夜馳七百餘里，至安邑，扶其柩奔里，且營葬焉。其風義皆此類也。』趙懷玉《洪君亮吉墓誌銘》（《碑傳集》卷五十一）記：『丁卯，吾鄉歲祲，首請當事設局振濟，而自捐金爲倡，主其事頗力，城鄉之民賴以就蘇。』所謂『菩薩相』者，殆指此類。

③ 魯智深兵器爲一條六十二斤水磨禪杖。此或指亮吉詩風雄肆，以力勝而不屑於字句工拙也。陳文述《蘭陵吊洪稚存先生》（《頤道堂詩選》卷六）云：『東南作者於今盛，力掃輕浮此大家。直以高文繼曹植，況聞博物并張華。』徐世昌《晚晴簃詩匯》卷一百八『洪亮吉』條：『詩有真氣，亦有奇氣。嘗仿鍾嶸《詩品》評騭同時名家之詩，或問君詩何如？曰：「僕詩如激湍峻嶺，殊少回旋。」蓋詩如其人，固自知之矣。』按，《國朝耆獻類徵初編》卷一百三十二洪氏傳記：『温和跋此書云：「激湍峻嶺」八字，蓋先生之謙詞。先生詩惟妙於回旋，乃益見激峻之不可及。』則爲尊者辯也。潘瑛、高岑《國朝詩萃二集》（《清詩紀事》洪氏條引）：『太史詩如風檣陣馬，勇不可當；而塞外諸詩，奇情异景，窮而益工。其雄健遒宕，在《秋笳集》之上。』張維屏《國朝詩人徵略》卷五十一『洪亮吉』條：『北江詩有真氣，亦有奇氣。

時或如飄風驟雨，未免失之太快。先生未達以前，名山勝游，詩多奇警。及登上第，持使節，所爲詩轉遜於前。至萬里荷戈，身歷奇險，又復奇氣噴溢。信乎山川之能助人也。』張且摘其佳句：『「一峰缺處補一雲，人欲出山雲不許。」又「雲光裏地亦裏天，風力飛人復飛馬。」又《天山大雪》句云：「雲頭直下馬亦驚，白玉闌干八千丈。」皆善狀奇境。』又：『先生絶句有奇情快論者，偶録數首：「大九州藏小九州，大瀛海外水仍流。九州各有開天聖，迭柱乾坤到盡頭。」「一粟先看世界浮，女媧摶土不曾休。自從未有人行日，玉兔金烏已出頭。」「轉覺雙鬟有定評，旗亭聲價一時傾。怪他九級慈恩塔，遍檢都無李杜名。」「都似空中飛鳥過，强分名目費編摩。試將列傳平心看，一代傳人本不多。」「門前三萬六千頃，架上二千四百年。胸次近來無一事，釣竿才放枕書眠。」』此類詩皆亮吉本色也。按，亮吉詩雄奇似太白，言之者已多。王昶《湖海詩傳》卷四十『洪亮吉』條：『七言古仿太白。然嘔心鏤腎，總不欲襲前人牙慧。』潘清撰亦言其『原本青蓮』（《挹翠樓詩話》卷三）。亦有言其詩似杜甫者，如舒位即評洪詩『詩格全身摹杜甫』，王昶亦言其『五古仿康樂，次仿杜陵』。另以其詩沾溉於大謝、昌谷、義山諸人者，亦不乏人。然李慈銘謂其詩『叫囂淺直』，朱庭珍則以爲其『叫囂粗率』之氣乃染自『損友』張船山（《筱園詩話》卷二），即『少洄旋』意。又，法式善《讀洪稚存亮吉編修詩集》四首斥亮吉詩多倚書而爲，無真情趣，詞鋒極厲，至以賊比之。而其《梧門詩話》卷二又稱亮吉詩『天才飆舉，雄視海内』，然所摘佳句則皆風華秀麗，或亦公私好惡之别也。

行者黄仲則 景仁，字漢鏞，武進人。諸生，四庫館議叙，主簿。著《兩當軒詩鈔》。

殺人者，打虎武松也①！

黄景仁（一七四九—一七八三），字仲則，一字漢鏞，號鹿菲子，江蘇武進（今常州）人。四歲失怙，母鞠以成立。少與洪亮吉同受業於邵齊燾，後游歷湖湘間，作賦吊屈原、賈生。朱筠督學安徽，延之入幕。筠上巳爲會於太白樓，景仁以少年賦詩折衆人，名遂大噪。乾隆四十年入都，輦下諸名士争與訂交。明年，帝東巡，召試，取爲二等。充四庫館謄録，例得主簿。陝西巡撫畢沅奇其才，厚給其貲，促其西游。四十七年，援例爲縣丞，俟任於吏部。爲債家所迫，抱病逾太行，道卒於解州，年三十五。洪亮吉經濟其喪，扶其柩歸里。景仁性倜儻孤傲，詩才冠世，書畫所造亦深云。著《兩當軒詩鈔》《兩當軒文集》《竹眠詞》等。

【箋證】

① 武松醉打蔣門神，爲施恩奪回「快活林」。蔣買通張都監，欲設計誣殺武松，武松偵知，於張家後院之鴛鴦樓大開殺戒。殺人後，於壁上書此八字。事詳《水滸傳》第三十回、三十一回。按，《録》點黄景仁爲武松，取意有二：一則以兩人爲人皆傲岸磊落，矯然不群。《水滸傳》第二十三回寫武松儀

表：『身軀凛凛，相貌堂堂。一雙眼光射寒星，兩彎眉渾如刷漆。胸脯横闊，有萬夫難敵之威風；語話軒昂，吐千丈凌雲之志氣。心雄膽大，似撼天獅子下雲端；健筋强骨，如摇地貔貅臨座上。』武松扶醉暴虎、殺嫂祭兄、喋血留名等事，皆快意而爲，無所顧忌。雖落拓江湖，而無所屈服。至仲則爲人，亦孤傲奇特，狂放不羈。洪亮吉《黄君行狀》（《卷施閣集》文甲集卷十）：『君美風儀，立儔人中，望之若鶴，慕與交者，争趨就君，君或上視不顧，于是見者以爲偉器，或以爲狂生，弗測也。』符葆森《國朝正雅集》卷三黄氏條引亮吉少作《玉麈集》狀仲則之傲更肖，略云：『仲則嘗與余游市中，一人從肩輿至，牽衣道故。黄努目曰：「汝輩亦知人間有黄景仁乎？」即拂衣去，其標致如此。』二則因兩人皆命途坎壈，落拓江湖。武松殺氣凌人，而輾轉流落，終至落草爲寇。仲則亦蹭蹬功名，雖詩名重於時，而幾至無以自立，終則客夭行旅。舒位《題黄仲則悔存詩鈔後》（《瓶水齋詩鈔》卷十七）句：『傷心人住斷腸天，零落栖遲五百篇。貧戀微名甘下第，僻躭佳句僅中年。』洪亮吉《黄君行狀》：『後二年，而亮吉游京師，君果以家室累大困，亮吉復爲營歸資，俾君婦及子奉君母先回，而君已積勞成疾矣。又二年，亮吉游西安，君繼至。今陝西巡撫畢公沅奇君才，厚資之，遂以乾隆四十一年上東巡召試二等，在武英殿書簽，例得主簿，入資爲縣丞，銓有日矣。爲債家所迫，復抱病逾太行，出雁門，將復游陝。次解州，病殆，遂卒于今河東鹽運使沈君業富運城官署，距生乾隆十四年，年三十有五。』

按，仲則詩學謫仙，逸氣旁出，乃諸家公論。此亦可比武松縱横莫當之氣概。洪亮吉《黄君行狀》：『自湖南歸，詩益奇肆，見者以爲謫仙人復出也。後始稍稍變其體，爲王、李、高、岑，爲宋元祐諸君子，又爲楊誠齋，卒其所詣，與青蓮最近。』邱煒萲《五百石洞天揮麈》卷四：『「清新俊逸」四字，爲李青蓮一家衣鉢，兼之實難。……乾隆如黄仲則七言古體，庶幾能兼此四字者。』推崇仲則最力者，乃張維屏。其《國朝詩人徵略》卷三十九『黄景仁』條推仲則詩云：『古今詩人有爲大造清淑靈秀之氣所特鍾，而不可學而至者，其天才乎！飄飄乎其思也，浩浩乎其氣也，落落乎其襟期也。不必求奇而自奇，故非牛鬼蛇神之奇；未嘗立异而自异，故非佶屈聱牙之异。衆人共有之意，入之此手而獨超；衆人同有之情，出之此筆而獨雋。亦用書卷，而不欲炫博貪多，如賈人之陳貨物；亦學古人，而不欲句摹字擬，如嬰兒之學語。言時而金鐘大鏞，時而哀絲豪竹，時而龍吟虎嘯，時而雁唳猿啼。有味外之味，故咀之而不厭也；有音外之音，故聆之而愈長也。如芳蘭獨秀於湘水之上，如飛仙獨立於閬風之巔。夫是之謂天才，夫是之謂仙才，自古一代無幾人。近求之百餘年以來，其惟黄仲則乎！』揚挹可謂至盡。然林昌彝《海天琴思録》卷三則云：『唐以後學太白神似者，惟高季迪一人。近代黄仲則得其肉而未得其骨。』林言是矣。仲則有太白之逸，而集中窮愁之語亦極多，不似太白詩逍遥天壤。其一生落落寡合，屈居幕中；與太白蕭條异代，時移世易，難同日而語，宜其詩中多鬱塞愁牢語。汪佑南《山涇草堂詩話》卷二及之：『《兩當軒集》詩希踪太白，予讀之，頗有杜、韓氣息，而似太白者轉少。惟《太白墓》一首極力摹擬，有『我所師者非公誰』句，此亦一時之傾倒語耳，非真有意學太白也。蓋太白謫仙轉身，故詩多高曠語，不愧仙才。仲則生不逢時，每多清迥之思，淒苦之語，激楚之音。』此評最確。洪亮吉《北江詩話》卷一即評仲則詩爲『咽露秋蟲，舞風病鶴』。崔旭《念堂詩話》卷二則云：『黄仲則景仁少年工詩，才思哀艷，多沈痛淒楚之音。如「忽風忽雨春愁客，乍暖乍寒天病人」「墨到鄉書偏黯淡，燈於客思最分明」「纏綿絲盡抽殘繭，宛轉心儀剥後蕉」「楚天和夢遠，湘月照愁多」「單斗餘我在，萬事讓人多」，每多苦語。其《别老母》一絶，人多傳誦：「搴帷拜母河梁去，白髮愁看泪眼枯。慘慘柴門風雪夜，此時有子不如無。」……予謂如善唱苦戲之優伶也。』語雖刻薄，要亦有據。太白之外，又有謂仲則詩學昌黎以下諸人者。吴蘭脩《黄仲則小傳》：『詩學太白，出入於嘉州、昌谷。如子晋之笙，湘靈之瑟，清越蒼凉，既於幽怨。其詞激楚，如猿啼鶴唳，秋氣抑何深也。』徐世昌《晚晴簃詩匯》卷九十八『黄景仁』條則云：『入都後作頗致力昌黎、東坡之間，蹊徑一變。實較專摹太白爲優。』

又，論者病其詩淒苦多秋之外，又有病其不守法度者。朱庭珍《筱園詩話》卷二：『黄仲則才力恣肆，筆鋒鋭不可當……然自非大將本領氣度。……真正大作者才力無敵，而不逞才力之悍，神通具足，而不顯神通之奇。斂才氣於理法之中，出神奇於正大之域，始是真正才力，自在神通也。仲則七古尚未望見此境，然足以自豪，卓有可傳矣。五古殊欠古厚，律詩則不免靡靡之音。蓋天賦奇才，中年早死，故養未純粹，詣未精深耳。』亦可參。至翁方綱選編仲則詩而序之，中言『一歸於正定不佻』，又言『其有放浪酣嬉自托於酒筵歌肆者，蓋非其本懷也』，恐不免强人就己，聊備一説而已。

步軍衝鋒挑戰正頭領一員

黑旋風王仲瞿 曇，原名良士，秀水人。乾隆甲寅舉人。著《烟霞萬古樓集》。善劍術。一日忽無疾卒，後嗣争産不殮。俄而尸蹶然起，怫然曰：『汝等嗜財如此，至同室操戈，何不念仁親爲寶乎？』遂出門棄家爲汗漫游，不知所終①[一]。

牛而鐵，風則黑②。突如其來，如學萬人敵③。

【校】

[一]『善劍術』一段文字荒誕不經。舒、陳與王曇關係至密，陳文述嘗爲王曇作墓誌銘，焉得謂『不知所踪』？金本、《東方雜誌》本亦有此段文字，必妄人所增，此姑存之。

王曇（一七六〇——一八一七），一名良士，字仲瞿，號瓶山，浙江秀水（今嘉興）人。乾隆五十九年舉人。言動每不拘常軌，嘗從大喇嘛某習其游戲之術，時時演之，其好奇如此。好言經濟，通兵法，嫺弓矢，慷慨不可一世。其座主吴省欽附和珅，曇三諫之，不聽。珅既敗，省欽以奇術薦曇，語涉不經，冀以避重罪，然曇自此遂不齒於士林矣。九上春官，以考官之格，終不售。狂遂愈甚，潦倒以終。曇詩有奇氣，縱横莫當。文擅四六，所爲《西楚霸王廟碑》，人以爲兩千年來所僅見。著《烟霞萬古樓文集》《烟霞萬古樓詩選》《仲瞿詩録》等。

【箋證】

① 龔自珍《王仲瞿墓誌銘》(《碑傳集補》卷四十七)記：『川楚匪起，某公疏軍事，則薦其門生王曇能作掌中雷，落萬夫膽。自珅之誅也，新政肅然，比珅者皆詔獄緣坐。某公既先以言事駴避官，保躬林泉，而王君從此不齒於士列。掌中雷者，神寶君説洞神下乘法所謂役令之事。即以道家書論，亦其支流之不足詰者。王君少從大剌麻章佳胡圖克圖者游，習其游戲法，時時演之，不意卒以此敗。君既以此獲不白名，中朝士大夫頗致毒君。禮部試同考官揣某卷似浙王某，必不薦；考官揣某卷似浙王某，必不中式。大挑雖二等，不獲上。君亦自問已矣，乃益放縱。每會談大聲叫呼，如百千鬼神、奇禽怪獸挾風雨、水火、雷電而下上，座客逡巡引去。其一二留者傴隱几，君猶手足舞不止。以故大江之南，大河之北，南至閩粤，北至山海關、熱河，賑夫騶卒皆知王舉人。言王舉人或齒相擊，如譚龍蛇，説虎豹。』

據此可見王曇性情及時人觀感。《録》中此段文字，言曇死而復生云云，荒誕不經，必妄人增入。葉德輝《郋園讀書志》卷十四『烟霞萬古樓詩選』條評曰：『此同一誣罔之談，豈足據爲口實？夫仲瞿之死，梅溪（按，錢泳）親見之而親記之。年月具在，何曾有此怪誕不經之事？况仲瞿一子，尚能傳其家學，身外并無遺産，又何爭之有哉？』故不足深詰也。

②《水滸傳》第三十八回李逵贊詩有句云：『力如牛猛堅如鐵，撼地摇天黑旋風。』按，《録》點王曇爲黑旋風李逵，疑暗指其爲坐主吴省欽所累事。事已見前引龔《銘》。陳文述《王仲瞿墓誌》《頤道堂文鈔》卷八）言之更明，略云：『吴公，君座主也，倚某相國。相國怙勢敗，懼罪及，因薦君知兵，以不經語入奏，冀以微罪避位，非愛君也。』而王於吴之附和珅，曾有諍言。吴仰賢《小匏庵詩話》卷五：『其座主吴白華總憲省欽欲薦仲瞿可制邪教。仲瞿以詩却之，有「六州生鐵鑄顔回」句，吴弗聽。……吴嘗館和珅家，珅方赫赫，仲瞿三上書於吴，請劾之，可謂鐵中錚錚矣。』李逵爲宋江嫡系，唯於宋江之受招安則極力反對（詳《水滸傳》第七十一至七十五回），而其亦終爲宋江所害。宋江以朝廷之忌而飲鴆，未遽發，懼李逵復爲嘯聚，賺逵同飲，遂俱遇害（事見《水滸傳》第一百二十回）。

③《史記·項羽本紀》：『項籍少時，學書不成，去學劍，又不成。項梁怒之。籍曰：「書足以記名姓而已，劍一人敵，不足學，學萬人敵。」於是項梁乃教籍兵法。』王曇少好奇謀，通兵法。錢泳《烟霞萬古樓文集序》云：『仲瞿好游俠，兼通兵家言，善弓矢，上馬如飛，慷慨悲歌，不可一世。』陳文述《王仲瞿

墓誌》亦言其『好談經濟，尤喜論兵』。此贊用項羽事，或因王曇極重項羽。嘗祭項王墓，感而成詩文，皆集中名篇。蔣寶齡《墨林今話》卷十二記：『嘗在東阿，以斗酒、牛膏、琵琶三十二弦，致祭於西楚霸王之墓。作詩二律，極悲憤。』按，王曇《住穀城之明日謹以斗酒牛膏琵琶三十二弦致祭於西楚霸王之墓》（《烟霞萬古樓詩選》卷一）乃三律，非『二律』。此三律寄托懷抱，慷慨沈痛。舒位、孫原湘、蕭掄等皆有和作，同一感慨。王曇另有《項王廟》七古一篇，亦抑劉揚項，蕩氣回腸。其駢文《穀城西楚霸王墓碑》（《烟霞萬古樓文集》卷一）一篇，竇光鼐評爲『兩千餘年以來無此手筆』，亦可參。

又此贊亦指其詩。王曇之詩，世人多以『奇』論之。沈濤《匏廬詩話》卷下：『詩稿藏陳雲伯處。金石千聲，雲霞萬色，流鈴擲火，誕幻靡涯。今録其稍平易者：《兜子岩雷雨》云：「處女白猨公，團欒一洞中。霓裳奔月入，雷斧駭人紅。龍影青天熱，魈聲夕照烘。鵂鶹伺人過，驚落滿山風。」《書稚存太史大江東去詞後》云：「銅弦鐵撥到江東，胡粉妝花一塞翁。除死頭顱孤注擲，補天文字女媧窮。身從魑魅荒山後，人與辛蘇辣味同。誰是關西開大漢，爲君彈唱夜燈紅。」他句如《昭關》云：「此關送盡吹簫客，前路重開乞食天。」《咏錢》云：「生從三日須湯洗，死到重泉要紙焚。」皆極抑塞磊落之致。』其詩風於同時人最近其姨丈舒位，其與舒位交亦最厚。兩人酬唱往還之作於集中觸目可見。舒嘗評曇爲『菩薩心腸，英雄歲月。神仙眷屬，名士文章』（見陸以湉《冷廬雜識》卷三『王仲瞿』條引）。位作《瓶水齋詩話》，謂曇七古『別有天地。以余所見，儕輩之作罕遇其敵』，且選録其七古多首，皆首尾完備，可見其賞。鄙薄曇詩者亦有之。如王汝玉嫌其用典多，不見真性情（《梵麓山房筆記》卷二）；法式善雖作《三君咏》，而實似嫌其飛揚躁動，乏沈静之致（《存素詩初集録存》卷十六有《懷遠詩》王曇下有『飛揚跋扈非奇才，豪傑多從閱歷來』云云），不備引。譚獻《復堂日記》卷二所論云：『一往清折，未免疏獷。世以爲奇，乃正病其無奇。不如其駢文遠甚。』今人袁行雲《清人詩集叙録》卷四十八『烟霞萬古樓詩選』條以王曇其人佯狂而内熱，其詩粗率多鄙語，頗有據，可參看。

步軍衝鋒副頭領一員

浪子郭頻伽 麐，字祥伯，吴江人。諸生。有《靈芬館集》。

東京燕，東林錢①，合傳之體司馬遷②。

郭麐（一七六七—一八三一），字祥伯，號頻伽，江蘇吴江（今蘇州）人。諸生。一眉瑩白如雪，風儀高秀。少見賞於姚鼐。性慷慨兀傲，不見用於世。三十以後絶意仕途，浪迹江湖，專力於詩文。詩詞清奇，古文亦雅奥有法。又通金石之學，嘗補潘昂霄《金石例》之闕。生平著述豐富，有《靈芬館詩集》《靈芬館詩話》《靈芬館詞》《詞品》《靈芬館雜著》《樗園消夏録》《金石例補》等。

【箋證】

① 宋江兩派燕青至東京開封，結交名妓李師師。時師師承寵眷方渥，宋江希藉之以成招安事。燕青由此與李相結識。平方臘後，燕青勸盧俊義歸隱，盧不聽，燕青遂留書出走，不知所踪。事詳《水滸傳》第八十一回、第一百一十九回。《東林點將録》點錢謙益爲浪子燕青。此《録》爲天啓五年閹黨指目東林黨的名單，而其時尚無錢柳之事。錢氏早年即結交内寺爲援（見《錢牧齋先生遺事及年譜》），『浪子』或指其立身無準，投機攀附，似非指其風流放誕。迨舒、陳嘉慶間作此《詩壇點將録》，以『東京燕』比錢，或已兼錢柳事而言。舒位《拂水山莊作》三首其二（《瓶水齋詩集》卷五）云：『咄咄占黄閣，匆匆下白門。可憐啼杜宇，不及食河豚。浪子銅駝陌，美人金谷園。江南紅豆曲，惆悵不堪論。』此詩言錢柳事而以『浪子』呼牧齋，詩含譏刺，惟錢、燕皆能及時抽身，亦可比附。

② 《史記》創數人合一傳之體。如《老子韓非列傳》《酈生陸賈列傳》等。蓋同列一傳者，必有相關。太史公持法家出道家説，故老、韓并列；酈食其、陸賈皆説客者流，故『方以類聚』。按，據舒詩三首，則燕、錢二人與名妓之軼事，艷傳天下後世，此其相類者一；燕青隱忍待時，終能跳出苦海，全身遠害；錢牧齋遭鼎革之際而得全首領，晚年又覺今是昨非，圖謀復明。二人心迹固异，其事要非全

無可比。此或其可相比者二耶？亦切中『天巧星』之『巧』字。然考郭麐平生，屢試不第，爲人伉爽不肯居下，年三十即棄絶功名之念，浪游江淮間（見馮登府《頻伽郭君墓誌銘》，《碑傳集補》卷四十七），固可謂『浪子』。惟與燕、錢行迹似無相合處。贊語用意待考。又舒集《寄懷子瀟》其三有句：『當年詩品記司空，人在龍門合傳中。』可見舒位好用此事。

郭麐作詩主性情，反模擬。屠倬《靈芬館詩集序》載郭氏詩論：『詩之風格不同，而詩人之性情亦各因其所近。世之言詩者執風格以求古人，惟恐一體之不肖，一字之不工。夫人心不同，如其面焉。服堯之服，非即堯也；繪孔之貌，非即孔也。即工且肖矣，而學唐者爲唐人之詩，學宋者爲宋人之詩，於吾之性情何與焉？』其自作詩，清泠脱俗，又頗有奇氣，能自成一格。陳文述《詩中十一友詩》：『頻伽之詩如閑鷗，江天浩蕩烟波秋，忘機落落隨天游。』阮元於《靈芬館詩二集序》中以爲，麐詩本源於《騷》，能『自抒其情與事，而靈氣入骨，奇香悦魂』，又言其詩『幽秀生峭』（《定香亭筆談》卷一），爲中肯之評。至其取徑，則言人人殊。王昶《湖海詩傳》卷四十四『郭麐』條：『祥伯詩初效李長吉、沈下賢，稍變而入於蘇、黄。予題行卷云：「攬其詞旨，哀怨爲宗；玩厥風華，清新是尚。如見衛叔寶、許元度一流人物，不患其過清而寒，過瘦而枯，過新而纖，如姬傳儀部所云也。」』吴錫麒《靈芬館詩二集序》則云：『郭白眉詩希軌於謫仙，取雋於玉局。麗而不縟，清而益深，其力可負風而飛，其氣累累乎如貫珠而不絶。』謝啓昆《題郭祥伯靈芬館詩草四首》其一有『瀟灑王摩詰，輕狂賀季真』之句（《樹經堂詩初集》

卷十五），則又以王維、賀知章比之，亦頗能道郭詩佳處。今人沈其光《瓶粟齋詩話》五編上云：『頻伽詩不拘流派，蓋熔冶香山、誠齋諸家詩而自成一體，能曲折道人胸臆間意，使人動魄悦魂，咏嘆淫佚，不能自已。』錢鍾書亦言郭詩能得楊誠齋神髓，云：『頻伽七絶時有似楊誠齋者，不特風格相類，字句亦每出挦撦』，舉證甚詳。錢氏於古今詩人少所許可，惟於乾嘉詩人則頗重頻伽，云：『清雋爽秀，風致嫣然，七絶、七律、五古尤所擅場。雖體骨未能遒峭，詞氣不免孱薄，而自是真名家，勝於僞大家，遠非吴蘭雪輩塗澤以爲麗、粗獷以爲豪者可比。』（《中文筆記》第一册［二三］）兹特爲標出。

頻伽詩之佳在清在奇，前引諸家已論之。阮元《定香亭筆談》卷一摘郭佳句，似頗能窺斑，徵引如後，聊供賞會：『頻伽詩佳句如《友人過訪》云：「故人舊約梅花記，遠客歸心小草知。」《即事》云：「月與梧桐尋舊約，秋將蟋蟀作先聲。」《仰蘇樓》云：「樹摇殘滴有時響，雲與暮烟相間生。」《小集》云：「滿眼青山秋士老，打頭黄葉酒人來。」《謝人餉梅花水仙》云：「詩人冰雪陳無己，寒女神仙謝自然。」《西湖春感》云：「湖山跌宕朝廷小，花月平章蟋蟀秋。」又：「二月落花如夢短，一湖新水比愁多。」《偶成》云：「山低風急兼疑雨，夢醒月明如有人。」《夜發》云：「水當殘夜自然白，我與露蟲同此凉。」《夜聞潮聲》云：「吹水魚龍秋有力，側身江海夜初長。」《述昏》云：「却月横雲張遇墨，宜男長壽阮修錢。」皆吸露餐霞，不食人間烟火者。』

水軍總頭領一員

混江龍姚姬傳　鼐，字夢穀，桐城人。乾隆癸未進士，官刑部郎中。著《惜抱軒文集》十六卷、《文後集》十二卷、《詩集》十卷、《今體詩鈔》十六卷。

家住潯陽江上①，欸乃一聲，有時絶唱②。

姚鼐（一七三二〔一〕—一八一五），字姬傳，一字夢穀，號惜抱，安徽桐城人。乾隆二十八年進士，歷官至刑部郎中。四庫館開，充纂修。致仕後主江淮間諸書院四十年，造就累累。工古文辭，少受古文法於同邑名家劉大櫆，然能自出機杼，不盡受劉範圍。所爲文高古雅潔，稱一代之

〔一〕按，《生卒年表》定其生年爲一七三一，編者江慶柏言所據爲姚氏門人陳用光《太乙舟文集》。又陳用光《姚鼐行狀》明言：『乙亥九月十三日以疾卒於鍾山書院，距生於雍正九年十二月二十日，享年八十有五。』李兆洛《姚鼐傳》言卒年月日與陳氏合。諸家碑傳皆言姚氏享年八十五，且於卒年無异詞（俱見錢仲聯《廣清碑傳集》卷九），故當定爲一七三一。

宗。與大櫆及同邑方苞號桐城派，其流至長。平生治學能得漢學之法，而歸心於程朱。嘗言：『義理、考證、文章，闕一不可。』性淵雅和藹，接人必盡其歡，然有所守則確然不能移。其涵養可見。著述極豐，有《九經説》《三傳補注》《老子章義》《莊子章義》《惜抱軒文集》《惜抱軒詩集》《惜抱軒筆記》等。所編《古文辭類纂》《今體詩鈔》通行於世。

【箋證】

①《水滸傳》第三十七回李俊贊詩云：『家住潯陽江浦上，最稱豪傑英雄。』

② 欸乃爲『棹船相應之聲』。柳宗元名句『欸乃一聲山水緑』，爲此贊所本。李俊本爲潯陽江上艄公，故出此贊語。姚鼐致仕後享林泉之樂，講學弘道江淮間。陳用光《姚鼐行狀》（《廣清碑傳集》卷九）云：『自是主講於江南，爲梅花、紫陽、敬敷、鍾山書院山長者四十餘年。』可謂渡人不倦。此贊或亦兼及姚氏爲人、詩風。王昶《湖海詩傳》卷二十八『姚鼐』條：『姬傳豈弟慈祥，而襟期蕭曠，有山澤閒儀，有松石閒意。簿書刀筆，雅非所好也。詩旨清雋，晚學玉局翁，尤多見道之語。』袁枚《隨園詩話補遺》卷一摘其句亦清空，徵引如後：『《岳陽樓見月》云：「高樓深夜静秋空，蕩蕩江湖積氣通。萬頃波平天四面，九霄風定月當中。雲間朱鳥峰何處？水上蒼龍瑟未終。便欲拂衣瓊島外，止留清嘯落湘東。」《吊王彦章》云：「亂世鳥飛難擇木，男兒豹死自留皮。」《哭劉耕南》云：「别來書到長安少，死去才教天

下空。」《淮上》云：「祇愁天上桃花水，浸失淮南桂樹山。」《釣臺》云：「可憐高鳥盡，回憶釣魚磯。」』洪亮吉《北江詩話》卷一則云：『姚中郎鼐詩如山房秋曉，清氣流行。』是均可與贊語相參證。按，姚鼐詩，以其門人及桐城派中人推崇最力。郭麐《樗園消夏録》卷下：『詩亦兼備衆長。七古沉雄廉悍，浩氣孤行，無所依傍。七律初爲盛唐，晚年喜稱涪翁。……絶句不爲柔脆之音，而清氣入骨，覺魏公更饒嫵媚。』姚瑩《識小録》卷五：『詩以五古爲最，高處直是盛唐諸公三昧，非膚襲貌取者可比。七古用唐調者，時有王、李之響；學宋人處時人妙境，尤不易得。七律工力甚深，兼盛唐、蘇公之勝。七絶神俊高遠，直是天人説法，無一凡近語矣。』此或不免爲尊親溢美。世人最重其七律。施山《望雲樓詩話》卷二即稱之，且云『古體力弱』，徐世昌《晚晴簃詩匯》卷九十一『姚鼐』條：『七律勁氣盤折，獨創一格。曾文正、吴摯甫皆效其體，奉爲圭臬。』至其取徑，則大抵不出東坡、山谷、少陵諸家。前引王昶説已言姚詩晚年學東坡，徐世昌亦言『晚年雖學玉局，而不失唐人格韵，非簡齋、船山輩所及。』近人沈增植《海日樓題跋》卷一則云姚詩『經緯唐宋，調和蘇、杜，正法眼藏，甚深妙諦，實參實悟，庶其在此』。

碩按，姚詩之取法黄山谷，於晚清『同光體』之發源關係非淺。錢仲聯《夢苕庵詩話》第一零五則：『「自姚姬傳喜爲山谷詩，而曾求闕祖其説，遂開清末江西一派。」』同書第一七一則又引錢基博之論，言之更詳。略云：『「桐城自海峰以詩學開宗，錯綜震蕩，其原出李太白，惜抱承之，參以黄涪翁之生嶄，開闔動宕，尚風力而杜妍靡，遂開曾湘鄉以來詩派，而所謂『同光體』者之自出也。吾常謂惜抱之文，妙不在盡；而惜抱之詩，則敢於盡，兼能開闢，體式絶异。而觀其（按，指陳衍）選定《近體詩鈔》，意豈不欲開户牖、設壇坫者，何意嗣響無人，遂貽論同光體者以數典忘祖之譏。」』錢鍾書《談藝録》第四十一則中於此事源流亦詳論之，其説似亦不出其尊人範圍，可參。

又，此點姚鼐爲『天壽星』，當切其享高壽。

相士頭領一員

紫髯伯翁覃溪 方綱，字正三，大興人。乾隆壬申恩科進士，官内閣學士。有《復初齋集》。

滄江夜夜虹貫月①。惟有玉蟾蜍，清泪滴②。

翁方綱（一七三三—一八一八），字正三，號覃溪，大興（今北京）人。乾隆十七年進士。五十五年，以江西學政擢内閣學士，後左遷爲鴻臚寺卿。先後與千叟、鹿鳴、恩榮三宴，其寵遇蓋稀見矣。方綱屢操文柄，與同邑紀昀、朱珪同以汲引後進爲務，門下皆一時俊彦。平生深研經術，耽考據，於群經皆有札記。尤精金石碑版之學，論者謂能剖析毫芒。以此貫徹發泄於所爲詩中，欲以實學矯王士禛空虚之弊，信能符其『肌理』之論也。又工書，與同時劉墉、梁同書、王文治齊名，稱『翁劉梁王』。著述宏富，有《復初齋詩文集》《兩漢金石記》《粵東金石略》《經義考補正》《石洲詩話》《小石帆亭著録》《蘇詩補注》等。

【箋證】

① 黄庭堅《戲贈米元章二首》其一有句：『滄江静夜虹貫月，定是米家書畫船。』（《山谷内集詩注》卷十五）。任淵注：『《詩含神霧》曰：「瑶光如虹蜺貫月，正白感女樞，生顓頊。」此借用言船中有寶氣。』此贊語之源。而王士禛《帶經堂集》卷五十四有《米海嶽研山歌爲朱竹垞賦》一篇，中有句云：『滄江夜夜虹貫月，莫令光怪驚菰蘆。』舒位《鸚鵡地圖》（《瓶水齋詩集》卷十三）有句：『滄江夜夜虹貫月，乃在鴉飛不到山以外，而居三千日月萬二千天地之中央。』黄詩『静夜』，贊語、舒詩與王漁洋句均作『夜夜』，贊語或徑取自王句。

② 米芾《懷南唐硯山》：『硯山不復見，哦詩徒嘆息。惟有玉蟾蜍，向余頻泪滴。』（陶宗儀《南村輟耕録》卷六『寶晋齋研山圖』條引）贊語本此。玉蟾，乃玉製蟾蜍狀水盂。磨墨時，傾盂於硯上，水自蟾

口滴入硯内。此贊言硯已不在，空餘玉蟾。按，據陶書米芾嘗得南唐硯山一尊，稀世之寶也。後以之易他人宅，終惜其不復得見，乃有此詩。據注①引王士禛詩言，則似此硯後歸朱彝尊矣。王集前所引詩後一篇爲《再題硯山絶句示竹垞》，中有『青峭數峰無恙在，不須滴泪玉蟾蜍』句。據翁方綱作《寶晋齋硯山考》（《復初齋文集》卷十七）詳考此事，謂米芾有南唐硯台者二，其一即與人易宅者。另一乃與薛紹彭相易者，於明一度歸許國，朱竹垞所得者即此也。按，除《研山考》外，翁《題傅獻簡手札二首》其二（《復初齋詩集》卷四十）小注云：『是日恰得借友人携來米老研山，與孫雪居、邵瓜疇二君所摹海嶽庵圖同賞。』集中《題汪退谷瘞鶴銘考手草三首何義門王虚舟跋》《寶晋齋研山歌》《小峰爲我摹邵瓜疇作米老海嶽庵圖裝於研山圖卷内再用前韵二首》《題諸君合作研山圖四首》《蘇齋圖》等累累十數首咏此事，可見其鍾愛。此或爲贊語本事。翁氏好古，於金石、碑帖、書畫靡不涉獵，此贊亦稱其爲人、學力。若綰合翁氏詩解贊，則似刺翁以實學入詩，餖飣堆垛，如所謂『七寶樓臺』，『寶氣』充斥。陳文述《寒夜懷人詩》翁氏下有句『腹中何所有？金石與卷軸』。翁氏門人張維屏《國朝詩人徵略》卷三十四『翁方綱』條：『《復初齋集》中詩幾於言言徵實，使閲者如入寶山，心摇目眩。蓋必有先生之學，然後有先生之詩。』此雖諛詞而可見翁詩風也。

按，翁詩之弊，前人言之多已。其勁敵袁枚於《隨園詩話》卷五云：『人有滿腔書卷無處張皇，當爲考據之學，自成一家。其次則駢體文盡可鋪排，何必借詩爲賣弄？自《三百篇》至今日，凡詩之傳者，都是性靈，不關堆垛。……近見作詩者全仗糟粕，瑣碎零星如剃僧髮，如拆襪綫，句句加注，是將詩當考據作矣。慮吾説之害之也，故續元遺山《論詩》末一首云：「天涯有客號詅癡，誤把抄書當作詩。抄到鍾嶸詩品日，該他知道性靈時。」』朱庭珍《筱園詩話》卷二：『翁以考據爲詩，餖飣書卷。死氣滿紙，了無性情，最爲可厭。』餘之同聲者尚多，不備引。然稱其詩者亦有之，前引張維屏説外，近人繆荃孫《重印復初齋詩集序》云：『所見法書、名畫、吉金、樂石亦皆有詩，以考據并議論，遂有「最喜客談金石例，略嫌公少性情詩」以譏之者。不知《石鼓》《韓碑》首開此例，宋元名集尤指不勝屈，正可以見學力之富，吐屬之雅。不必隨園之纖佻、船山之輕肆而後謂之性情也。』按，繆説或不滿於袁枚一派輕肆之風，轉而尊翁以抑袁，恐非持平之論。至於翁詩之取法，雖其尊蘇至於極，每年東坡生日必焚香祭之（見法式善《梧門詩話》卷一），然論者多言其詩出於山谷。陳文述《都門五君詩》即云『詩宗山谷淵源古』。而以陳壽祺《藤花吟館詩鈔跋》（《左海文集》卷七）所言最簡明：『覃溪所奉者眉山，所宗者漁洋。而其所爲詩瘦硬槎枒，乃於涪翁爲近，去眉山、漁洋若風馬牛之不相及。假令强附之眉山、漁洋之苗裔，其可乎哉！』錢鍾書以爲其於山谷等人亦『初無入處』，貶其詩至低。參錢氏《中文筆記》第一册（二一九）。

探信接賓四酒店頭領四員

摸著天盧雅雨　見曾，字抱孫，德州人。康熙辛丑進士，官兩淮鹽運使。有《出塞集》。

八百孤寒三大白①，豈有酖人難再得②。

盧見曾（一六九〇——一七六八），字抱孫，號澹園，又號雅雨，山東德州人。康熙六十年進士，輾轉官四川、安徽、江蘇等省，官至兩淮鹽運使。有幹才，爲官一地則興水利、理獄訟、倡文教，政聲卓著。乾隆五年，以蜚語奉詔戍軍臺。十八年，復主兩淮鹽運。三十三年，以鹽案被逮，瘐斃獄中。學宗漢儒，詩文亦工。駐揚州時，與衆名士流連觴咏爲樂，爲一時風雅之望。又好刻書，雍乾間詩文集多賴以存。著《雅雨堂詩文集》《雅雨山人出塞集》，刻《雅雨堂叢書》，輯《國朝山左詩鈔》。

【箋證】

① 此贊爲『探信接賓四酒店頭領四員』下盧見曾、李廷敬、曾燠、程晋芳四人合贊。王定實《唐

摭言》卷七『好放孤寒』條：『李太尉德裕頗爲寒進開路，及謫官南去，或有詩曰：「八百孤寒齊下淚，一時南望李崖州。」』贊語出此，指此四頭領之愛才。舒位《感懷李味莊》詩中有『我亦孤寒八百人』句，即贊所取。『三大白』者，指見曾與名士詩酒之樂。盧文弨《雅雨盧公墓誌銘》（《碑傳集補》卷十七）：『公最篤師友之誼，珍其遺文而表章之。若虞山汪容齋應銓、桐城馬相如樸臣、懷寧李嘯村葂、全椒郭韵清肇鐄，各家集皆公序而梓之。……公好汲引後進，孜孜如不及。其獎拔後皆有名於時。』乃其之賈禍亦以愛才也。高鳳翰以才學嘗見賞於盧，據《隨園詩話》卷十六記：『高南阜山人宰歙縣時，人誣以贓。盧抱孫轉運兩淮，營救甚力。有指爲黨者，并盧謫戍。故山人詩云：「幾曾連茹茅同拔，却爲鋤蘭蕙并傷。」盧和云：「不妨李固終成黨，到底曾參未殺人。」』而其再官兩淮時，作風如故，可見其胸次性情。至其主持風雅，召附才士，則當時人所公論。法式善《梧門詩話》卷六：『盧雅雨見曾都運維揚，招集名流，修葺平山堂，一時川沼呈秀，人物争妍，稱最盛矣。都運詩《一起》云：「治春宴罷風流長，畫船系遍平山堂。大雅不作山林寂，寒號枉自搜枯腸。」隱然以詩壇長老自命。』王昶《湖海詩傳》卷二『盧見曾』條：『前後任兩淮運使各數年，又值竹西殷富，接納江浙文人惟恐不及。如金壽門農、陳玉几撰、厲樊榭鶚、惠定宇棟、沈學子大成、陳授衣章對、鷗皋兄弟等前後數十人，皆爲上客。而是時地主馬佩兮曰璐、秋玉曰琯，及張漁川四科、易松滋諧，咸與扶輪承蓋，一時文酒稱爲極盛。』李斗《揚州畫舫録》卷十且詳記當時『虹橋禊』賓客姓名、籍貫、生平，以備掌故，可參。

②《晉書・羊祜傳》：『祜與陸抗相對，使命交通，抗稱祜之德量，雖樂毅、諸葛孔明不能過也。抗嘗病，祜饋之藥，抗服之無疑心。人多諫抗，抗曰：「羊祜豈酖人者！」』《資治通鑑》卷二九四改叙陸抗語爲：『豈有酖人羊叔子哉！』按，舒集卷十四《題陳圓圓小像》有句『豈有佳人難再得』，用李延年成句。此贊綰此兩句而出。合上句贊切『酒店』。《水滸》中開酒店者多用毒酒謀財害命，此反用此事。乃言盧爲人磊落。觀盧自辯其污之《上宰相書》(《雅雨堂文集》卷二)，可知其爲人。其蒙冤以終，而三年後得昭雪，名節終得保也。又，此《録》作時，盧及李廷敬、程晋芳早經謝世，故云『難再得』。惟其時此四頭領中曾燠尚在世，舒位以『難再得』加於生者，似無理。此《録》『隱姓埋名頭領』綽號不雅，舒爲免咎即付闕如，而況『死生亦大矣』哉？其由待考。

至見曾詩，多情韵悠遠之作，乃宗法漁洋者。林昌彝《射鷹樓詩話》卷十七：『《雅雨堂詩》及《出塞集》多風雅，七律及絶句尤有神韵，絶似漁洋山人。其《和田硯思同學見懷原韵》云：「離筵尊盡朔風吹，雲棧天高雁信遲。杜宇久醒游子夢，黄花况感故人詩。天涯小草憐今日，蜀道當歸定幾時。無限心情愁寄遠，滿山紅豆寫相思。」《將赴吴門口占棹歌奉别揚州諸故人》云：「三冬風雪阻歸期，春漲長淮路又歧。别意生憎河畔柳，新條偏緑向南枝。」「花朝送客愛新晴，夜雨春流畫槳輕。雨不作愁晴又好，淮南天氣似人情。」「舊寺名園春正饒，大江獨下月迢迢。回潮倘送還鄉夢，多恐勾留廿四橋。」』餘如王昶、法式善等亦以其詩宗漁洋爲説，不備引。然出塞後所作，論者以爲深厚真摯，慷慨蒼莽。沈起元《出塞集序》云：『抱孫出塞諸作未嘗不跌宕慷慨，而不失温柔敦厚之旨。』馬樸臣《出塞集序》亦云：『至其所歷白草黄沙、夜笳秋馬之荒凉，則夷陵、儋耳之所無，豈非天之另闢一境以位置先生而誘其詩也歟？』惟錢鍾書《容安館札記》第一八三則云：『詩什九爲七言律絶，酬應居泰半。流轉風華之體，而詞意乏新警，時有濫俗語累其筆端。舍《隨園詩話》所標舉外，可采者鮮。』按，《隨園詩話》卷三：『予在轉運盧雅雨席上見有上詩者，盧不喜。余爲解曰：「此應酬詩，故不能佳。」盧曰：「君誤矣。古大家韓、杜、歐、蘇集中强半應酬詩也。誰謂應酬詩不能工？」則盧不以此爲嫌也。《隨園詩話》所標舉者，如卷二摘盧《塞外接家書》句：『料來狼狽原應爾，便説平安那當真。』卷三録盧贈王斂福句：『席當散後猶呼座，馬到門前總不行。』卷三所録《生祭蔣羅邨文》，游戲詼諧，爲袁所喜；卷十六録盧《告休得請留别揚州故人》三首，稱爲『絶調』云。

碩按，《録》以盧屬『摸著天』，一則以盧身短。李斗《揚州畫舫録》卷十、王昶《湖海詩傳》卷二皆言盧『形貌矮瘦，時人謂之「矮盧」』，而『摸著天』之號乃狀長身者，以短擬長，正見『游戲』耳。

石將軍李味莊[一]　廷敬，字寧圃，滄州人。乾隆乙未科進士，官蘇松太兵備道。有《平遠山房集》。

【校】

［一］金本以李穆堂屬石將軍，另附「一作」點李味莊，原文如下：「石將軍李穆堂紱，字巨來，臨川人。康熙己丑進士，官侍郎，有《穆堂集》。一作李味莊廷敬，滄州人。」又此處有眉批云：「此皆乾嘉時人，當易以全謝山。」參本書「神行太保」條。

【箋證】

① 李廷敬久官淞滬一帶，於聚合東南文士，振興東南風雅，實有功焉。孫原湘《林遠峰詩序》（《天真閣集》）……

李廷敬（一七四三〔一〕——一八〇六），字景叔，一字味莊，號寧圃，河北滄州人。乾隆四十年進士。嘗知松江、江寧等地，擢官至蘇松太道，有政聲。樂成人之美，嘗襄助王顯曾編《華亭縣志》。與洪亮吉、吴錫麒等交厚，主東南一時風會。工書畫，精鑒別，擅琴。著《平遠山房詩文集》《平遠山房帖》等。

〔一〕《清代人物生卒年表》闕其生年。按，吴錫麒《李味莊同年誄》（《有正味齋集》駢體文續集卷八）云「乙未成進士，錫麒與同榜焉。君乃潘安仁始見二毛之日」云云。據潘岳《秋興賦》序「余春秋三十有二，始見二毛」，則知乾隆四十年李廷敬爲三十二歲，故其生年當爲一七四三年。

真閣集》卷四十一)云:『味莊風流四映,東南名宿翕然歸之。』徐綜亮《(光緒)重修天津府志》卷四十李氏傳:『好延禮名士,與袁枚、王文治、祝德麟、洪亮吉、陳廷慶、趙懷玉、何琪、林鎬、陸繼輅、吴錫麒輩以詩文相雄長。』又好提携寒士,感其庇護之恩者甚多。舒位《瓶水齋詩集》卷十二有《却寄味莊先生》三首,抒其感懷。卷十三有《滬上與香岩遠峰話舊感懷李味莊先生》有句『未知腹痛緣何事,我亦孤寒八百人』,『腹痛』用曹操與橋玄誓約事,乃哀李廷敬之已逝。又同卷有《林遠峰出雙樹圖索題爲書四篇以當情話且憶舊游如夢》句:『三千風月歸華表,八百孤寒感舊銘。』小注云:『謂奇麗川中丞、李味莊備兵。遠峰嘗居二公幕府,最稱知遇,每語次,欷歔及之。』正堪箋此贊。孫原湘亦受廷敬之恩,有句『身到龍門知大夏,手分鶴俸慰孤寒』(《味莊先生見饋肴蒸八簋朱提五流詩以志謝》)、『九重治行徵黄霸,八百孤寒要李膺』(《送李味莊備兵入覲》),亦重用此典,以表感戴。言此者尚有吴錫麒諸人詩,不備引。至其招徠文士事,陶樑《國朝畿輔詩傳》卷四十八『李廷敬』條下詩話云:『味莊官毗陵,延禮名士惟恐不及。東園本喬氏渡鶴樓故址,味莊拓而新之,公餘觴咏其間,題襟投轄,從者如雲。』另時人洪亮吉、吴錫麒、陸繼輅諸人集中屢見其事,不贅引。

廷敬之詩,言之者不多。洪亮吉《北江詩話》卷一:『李兵備廷敬詩如三齊服官,組織輕巧。』前引陶書同卷論廷敬詩云:『先生詩含宫嚼徵,性靈格律兼綜而互出之。』且録其詩廿餘首,頗疏秀。又摘其佳句,轉録於後:『蓉湖水咽延陵墓,梅裏春藏泰伯宫。』『塔影遥看雲際寺,梅花多在水邊樓。』『嬌楊罥霧藏鶯羽，細草和烟趁馬蹄。』『驟寒魚伏白蘋水，殘照鳥争紅葉山。』『雲霞蒲碙長生地，鐙火珠江不夜城。』『風塵須鬢羞窺鏡，羈旅謳吟易近騷。』『嘆逝每觀齊物論，感時惟寫度人經。』『馬是桃花初映水，人如楊柳未成陰。』『仙家豈惜金條脱，麗句難酬翠織成。』『楊柳千絲渾一夢，買春費盡沈郎錢。』『梨雲杏雨梅花月，一到微酡盡海棠。』亦風神流美者也。

碩按，金本以李紱爲正位，與廷敬并論。一則紱『三主文柄，所摸索皆名下士。聲氣應求，太丘道廣，徐健庵以後一人而已』（鄭方坤《國朝名家詩鈔小傳》卷四）；二則性剛直，於權貴無所避諱，堅硬如『石』，然終以此招忌，『忌之者以朋黨中之』（袁枚《臨川李公傳》），此與盧見曾生平可并論。然眉批以『非乾嘉時人』（按，李生於康熙十四年，卒於乾隆十五年），欲摒之《録》外。惟李紱詩，論者多以粗率疵之，此又與見曾、廷敬皆不類也。

雲裏金剛曾賓谷　燠，字庶蕃，南城人。乾隆辛丑進士。自號西溪漁隱。官至貴州巡撫。有《賞雨茅屋集》，撰《江西詩徵》九十四卷。

曾燠（一七五九—一八三〇），字庶蕃，號賓谷，晚號西溪漁隱，江西南城（今撫州）人。乾隆四十六年進士。五十七年超擢兩淮鹽運使，後歷官兩湖、廣東、貴州等省藩、撫。道光七年乞歸，不許，十年以五品京堂候補銜卒。性嗜吟咏，官揚州時，嘗於官署後辟「題襟官」，公暇則與賓客爲詩酒會於其間。燠居高位數十年，然所爲詩頗能悉閭里疾苦，無綺羅氣。又工駢體，有盛名於當時，論者以能得六朝初唐之勝云。著《賞雨茅屋詩集》，編有《江西詩徵》《國朝駢體正宗》等。

【箋證】

① 潘瑛、高岑《國朝詩萃二集》「曾燠」條（《清詩紀事》曾氏條引）云：「都轉才雄氣逸，意興超然。而大厦庇護、稷契許身之義，時流於楮墨之間，故纏綿悱惻，忠悃獨深。少陵爲一代詩史，良由至性過人，不僅以讀書萬卷、下筆有神也。」曾氏扶輪敦槃之功，玆略爲引證。錢泳《履園叢話》卷八「以人存詩」條羅列一衆名士，可見其盛況，録之如後：「南城曾賓谷中丞以名翰林出爲兩淮轉運使者十三年。揚州當東南之衝，其時川、楚未平，羽書狎至，冠蓋交馳，日不暇給，而中丞則旦接賓客，晝理簡牘，夜誦文史，自若也。署中闢題襟館，與一時賢士大夫相唱和，如袁簡齋、王夢樓、王蘭泉、吴穀人、張警堂、陳東浦、謝薌泉、王葑町、錢裴山、周載軒、陳桂堂、李嗇生、楊西禾、吴山尊、伊耐園，及公子述之、蒲快亭、黄賁生、王惕甫、宋芝山、吴蘭雪、胡香海、胡黄海、吴退庵、吴白庵、詹石琴、儲玉琴、陳理堂、郭厚庵、蔣伯生、蔣藕船、何豈匏、錢玉魚、樂蓮裳、劉霞裳諸君時相往來，較之西昆酬倡，殆有過之。」王豫《群雅

集》卷二十二『曾燠』條：『廉訪官兩淮都轉時，築題襟館，召致海内名士，弦詩鬥酒，於梅花、安定兩書院尤加意栽培，王文簡後所僅見也。』餘之論此者更仆難數，如王昶《湖海詩傳》卷三『曾燠』條、彭兆蓀《小謨觴館文集》卷四《題襟館記》及趙懷玉、王芑孫諸人詩集中均以此稱曾氏，不備引。按，然曾氏之濡澤廣泛，實『擇地而施』，『怨咨』者亦有之。邱煒萲《五百石洞天揮麈》卷四記一事云：『南城曾賓谷都轉燠，方以勢位聲譽奔走天下士，士或屈節，如丁謂故事。先生（按，指張際亮）座斥其人，詞連及曾。曾爲弗慊，遍訴貴人，謂先生狂無狀。貴人亦以狂目先生。先生概無真賞，益復發憤。迸其力於己，求爲可信，間借伎優傳志所識，弁其論曰「金臺殘泪記」，所以寓也。知之者謂其用意多諷，措詞能婉，蓋有《三百》《騷》《選》之遺云。然毁之之深，當時愛者且無能爲力。』張、曾之構怨經過，姚瑩《張亨甫傳》（《東溟文集》後集卷十一）述之最詳，略云：『曾賓谷鹺使在京師，聞亨甫名，召飲。同坐皆知名士也。曾以名輩顯宦，縱意言論，諸人贊服，亨甫心薄之。曾食瓜子粘鬚，一人起爲拈去，亨甫大笑，衆慚，曾不歡而罷。明日，亨甫投書責曾不能教導後進，徒以財利奔走寒士門下。復不自知愛，廉耻俱喪，負天下望，累數百言。曾怒，毁之於諸貴人。亨甫以是負狂名，慨當時諸公好士而無真議。』袁行雲《清人詩集叙録》卷四十八『賞雨茅屋集』條，言曾氏主《全唐文》館而不内嚴可均、江藩，此可與張際亮事合觀。張維屏《國朝詩人徵略二編》卷四十一『曾燠』條：『衆鱗望澤，無以濡之則情暌；群卉待暄，無以煦之則色變。以故揄揚固多，怨謗亦不少。』或即指此等事而言。曾之『好士』似可以覘焉。又曾有咏柳句

『阿誰似爾風流甚？曾蔭三千殿脚人』，則頗以養士自得也。

至曾燠之詩，前引張維屏《國朝詩人徵略》論之較細，略云：『性靈佐以書卷，故非空疏之性靈；才氣範以準繩，故非叫囂之才氣。五律多近唐賢，七律間參宋體。惟能貫以真氣，乃非貌似古人。在西江諸詩家之中，可謂能自樹一幟者。』當時曾氏門客如吴嵩梁、王芑孫等，皆稱其詩之『真』，不俱引。又有言其頓挫者。王芑孫曰：『而所有觸於石，有咽乎谽谺，有怒乎土囊之口者，世或不具知。』（《賞雨茅屋集序》）包世臣《曾撫部别傳》（《續碑傳集》卷一二二）云：『居華膴清要者數十年，未嘗歷怫逆失意之境，而其爲詩，顧深悉民間疾苦，微言激射，頓挫沈鬱，絶無珠翠羅綺之氣。』此或指曾集中如《寒春行》《後寒春行》《京師歲暮小樂府》之類揭發民瘼之作而言。而曾氏絶句，論者多許爲風神澹遠，清麗不俗。參袁枚《隨園詩話》補遺卷七、郭麐《靈芬館詩話》卷六、楊希閔《鄉詩摭譚續集》卷十等。錢鍾書《中文筆記》第一册（三一）論曾詩則云：『骨力頗開張，而平直無味，詞藻亦不新麗。咏物小詩偶有心思細膩處，惜通首皆不稱。』此論似較當時過譽者切實。

旱地忽律程魚門　晋芳，字蕺園，歙縣人。乾隆辛卯進士，官吏部主事。以校勘四庫書加官編修。著《蕺園詩集》十卷、《近詩》二卷、《勉行堂詩集》十卷。

程晉芳（一七一八—一七八四），字魚門，號蕺園，江蘇江都（今揚州）人。乾隆初，江淮程氏以業鹽故，豪奢名於時，然晉芳獨愔愔究心於學。嘗購書五萬卷，日夜討論之，故得淹貫群經，江淮宿儒咸與上下其論。乾隆二十七年，召試，授内閣中書，三十六年成進士。嘗與《四庫全書》之纂，書成改編修。性好施，豁然不計細故，而拙於謀生，晚乃逋積如山。往依畢沅，遂客卒關中。平生接引文學士若不知倦，時有『魚門先生死，士無走處』之論。著述豐富，於經學有《周易知旨編》《春秋左傳翼疏》《尚書今文釋義》《禮記集釋》《群經答問》等，另有《蕺園詩》《勉行堂詩文集》行世。

【箋證】

① 程晉芳以好施名世，庇護寒士亦不遺餘力。袁枚《程君魚門墓誌銘》（《小倉山房文集》卷二十六）：『又好周戚友，求者應，不求者或强施之。……遇文學人愫然意下，敬若嚴師。雖出已下者亦必推轂延譽，使滿其意。以故京師語曰：「自竹君先生死，士無談處；自魚門先生死，士無走處。」』徐書受《程魚門先生墓表》（《碑傳集》卷五十）：『笥河、魚門兩先生官不爲達，而汲引善類，敦尚氣節，名重當時，有古賢風範。蓋自先生騎箕而八百孤寒之望，皆若有漠然無所向之戚也。』餘言之者尚多也。

至其詩，論者大抵以『清』評之。郭麐《靈芬館詩話》續卷三評程詩最詳：『出入杜、韓，瀏漓頓挫，有光英朗煉之觀。近體清邁高華，卓然大雅。《聞鐘》云：「到耳生微聽，鐘聲出遠林。似隨流水影，能引入山心。嚮絶頗疑續，旨深如可尋。月寒烟盡處，應向此中沈。」《秋日過菰蒲曲感懷族伯父水南先生》云：「當年茹嘆鵬承塵，衰草重披重愴神。宰樹拂雲都作勢，鷲禽翔影更無人。性情清澈原非福，風雅評量自有真。幸得諸兄守遺澤，詩書門户不憂貧。」《有懷韓伯慧》云：「清淮握手暫逡巡，鬢髮驚看漸染銀。文物雕鎪虧福命，江山蕭瑟老才人。孤琴泛雪誰傾耳，雄劍如虹自繞身。歸去蘇閶門巷冷，緑槐深映舊家春。」《覆舡》詩云：「揚州西去片帆程，誰道輕舟夜忽傾。制命不須滄海闊，洗心先試暮流清。詩書失後懷佳本，戚友來時話再生。莫嘆遭逢磨蝎重，世間風浪幾曾平。」然亦有以『生新』評程詩者。楊鳳苞《葴園詩集跋》(《秋室集》卷二)：『其詩不規規於唐人風格，頗事生新，由其不沿歸愚尚書流派，勝於吴中七子遠矣。』此論殆以程詩少有膚廓門面語也。按，程集中如古體如《馬陵道懷古》《放歌》《宿焦山石壁庵》《游霍山》等作，學韓者也，似無平弱之弊，可驗郭、楊説。

管理文報頭領一員

神行太保戴金溪 敦元，開化人。乾隆庚戌恩科進士。謚簡恪。有《簡恪公遺集》。

飛行絶迹①，其言不出②。

戴敦元（一七六八—一八三四），字吉旋，號金溪〔一〕，浙江開化（今衢州）人。幼有神童之譽，乾隆五十八年成進士。歷官南北，嘉慶十二年，擢至刑部尚書。有吏才，每至一官，積牘立清。而明察巨細，屬員不能欺之。上有所咨，輒援引律例，滔滔千萬言，上以是重之。卒謚簡恪，贈太子太保。敦元性簡默，爲官清廉自守，刑名之外，究心天文曆算，然未嘗立一説也。罕著文，詩亦僅數卷。有《戴簡恪公遺集》。

【箋證】

① 此贊爲『管理文報頭領一員』下戴敦元、全祖望二人合贊。戴宗爲『天速星』，有神行之法，能日行八百里。見《水滸傳》第三十八回。此贊切敦元者有二：一、敦元自幼讀書即極速，一目十行。潘諮《戴司寇别傳》（《續碑傳集》卷八）：『公平生惟喜見書，姿禀殊絶，日成誦書可七八寸。』《清史稿》卷三七四敦元本傳亦言其『過外家，一月盡讀其室中書』。二、敦元雖居尊位，而性高簡，行事瀟灑無迹。張問陶《贈戴金溪比部同年敦元》（《船山詩草》卷十五）狀敦元爲人：『蕭散君尤甚，官身物外身。似無經

〔一〕 戴氏諸傳狀皆云金溪爲其字，而非其號。然吴振棫《杭郡詩輯》續四十五《寄寓》一首注云：『戴敦元，字士旋，號金溪。』又《浙江簡志・人物志》中卷戴氏傳云：『字吉旋，號金溪。』按，古人名字關聯，敦元、吉旋，或用《周易》『其旋元吉』語，則『士』或當爲『吉』之誤。又『金溪』爲江西地名，戴氏嘗官江西，故不應爲其字。本小傳取《浙江簡志》説。

意事，誰料有心人。』至其事迹，李元度《國朝先正事略》卷二十一《戴簡恪公敦元事略》記：『假歸武林時，大府宴之，雨，著屐往。終飲，群官擁送鼓吹，啓戟門，呼公輿馬。公笑索傘，自執之，揚揚出門去。其任天而動多類此。』陳康祺《郎潛紀聞三筆》卷十一：『戴簡恪公敦元長刑部日，值大雪，公著雨罩，手抱文書步至街衢，呼驢車乘之。御者不知公爲誰也。及至署，隸役呵殿而入，公下車去雨罩，帽露珊瑚頂。御者大驚，將棄車而逃。公强留與之錢而去。都中謂之驢車尚書。』餘之記敦元軼事者尚多，不備引。按，點敦元爲神行太保，亦以戴宗與敦元同姓。

② 指戴氏雖飽學，而慎於立言，著述極少。潘諮《别傳》言其『終歲不一搦管』，張問陶言其『心通無著作』，餘諸傳所記同。

至戴氏詩，論之者極少。徐世昌《晚晴簃詩匯》卷一百九『戴敦元』條：『詩於近體尤工，《項王廟》云「千古英雄曾墮泪，當時竪子亦成名」，《漂母祠》云「巾幗偶然存慷慨，塵埃何必辨英雄」，氣象灑落，可見一斑。其流連風景之作，取徑幽秀，如「疏星渡漢留無迹，敗葉翻鴉墜有聲」「蟋蟀吟殘星入户，芙蓉開遍水通門」「是處碧雲天又暮，階前閒殺石榴花」「不分曉風殘月路，又添吟思惱啼鴉」，皆不似達官語。』楊鍾羲《雪橋詩話餘集》卷六言其詩：『詩及長短句皆有法度。……《七夕立秋》云：「空際神光仍費巧，定中敗葉早知秋。」《送張子白宰鎮番》云：「生世多情寧忤俗，及時行樂要同民。」何减鑒止水齋。』按，戴氏近體情致疏澹，若持較鑒止水集，則戴詩能含蓄，似過於許氏。録徐氏所舉七律二首，以見一斑：《長路》：『天光盡處是平原，目斷寒榛望欲昏。人語夕陽聞遠渡，馬鳴春草識遥村。白麐奇木終童對，鵩鳥湘江賈傅魂。長路關心自消遣，獨憐幽意向誰論。』《分水廟》：『雲散星馳不盡流，殢人江海思悠悠。出山豈特分清濁，歧路無端感去留。咫尺便成千里别，縈回難挽百年愁。最憐萍葉隨波去，夜夜寒情上客舟。』

一作全謝山[一]

祖望，字紹衣，鄞縣人。乾隆丙辰恩科進士。著《鮚埼亭集》。

【校】

[一] 金本『神行太保』下無『一作』點全謝山。參本書『急先鋒』條。

全祖望（一七〇五—一七五五），字紹衣，號謝山，浙江鄞縣（今寧波）人。乾隆元年舉博鴻，是年成進士。時張廷玉當國，與李紱不相能。以祖望受知於紱，并抑之，祖望遂不復出。主諸書院。性剛直，耻受人饋，清貧以終。爲學博通經史，服膺王應麟、黄宗羲，嘗繼閻若璩、何焯之業補箋《困學紀聞》，又爲明遺民廣立碑傳，補訂黄氏《宋元學案》，誠能繼軌前修。尤精史地之學，成《水經注七校》，其研求之深如此。晚乃手訂文稿，删其十七，成《鮚埼亭集》内外集共八十八卷。另著有《經史問答》《鲒埼亭詩》等，編《續甬上耆舊詩》等。

【箋證】

① 此贊語本《莊子·繕性》：『古之所謂隱士者，非伏其身而弗見也，非閉其言而不出也，非藏其知而不發也，時命大謬也。』於全氏所指或有二：一、其爲勢要所抑而淪落事。《國朝先正事略》卷四十三《全謝山先生事略》：『臨川李侍郎紱見其行卷嘆曰：「此深寧、東發後一人也。」乾隆元年舉博學鴻辭，即以是科成進士，選庶吉士，不與鴻博試。時詞科尚未集，臨川以問先生。先生爲疏記四十餘人，各列所長以告。會首輔張文和與臨川相惡，又屢招先生不赴，以此深嫉之。二年散館，先生列最下等，以知縣候選。方侍郎欲薦入三禮館，辭之歸，不復出。』二、其慎於立言。《清史稿》卷四八一祖望本傳記：『晚年定文稿，删其十七，爲《鲒埼亭文集》五十卷。』陳康祺《郎潛紀聞三筆》卷十二記其弟子董秉純整理其遺稿事，略云：『謝山先生易簀時，以詩文稿付其弟子董秉純小鈍藏弆。手定凡六十卷，其餘殘篇剩簡，幾滿一竹笥。小鈍泣拜而受，粘連補綴，又彙爲七十卷。其中與正集重複及别見於他作者，幾十之四，擬重删定，以多先生手書，不忍塗乙。因手自謄寫，課徒之隙，抄得三百餘紙。船唇驢背，挾以俱行，竟未竣事。小鈍旋判那池州，地僻政簡，日課字四千，四閲月始卒業。即後所傳《鲒埼亭外編》也。』按，全氏手訂者爲《内編》三十八卷，《清史稿》所謂『五十卷』者，合《經史答問》十卷、《甬上族望表》

二卷而言(參丁仁《八千卷樓書目》卷十七)。

全氏不以詩名,當時後世論者,多止及其學術,而罕有言其詩者。《越縵堂日記説詩全編·評論門·評駁類三之下》一九則評曰:『其詩學山谷而不甚工,古詩音節未諧,尤多趁韵,然直抒胸臆,語皆有物。其題目小注多關掌故,於南宋、殘明事搜尋幽佚,尤足以廣見聞。五七律頗有老成之作,暇當最録,以見其凡。』葉德輝《郎園讀書志》卷十一『句餘土音』條評:『爲詩不拘家數,詞達而易曉,胎息於樂府者頗深。是知卷軸在胸,雖偶爾閑吟,無不神與古會。』兩家所評旨近,差可窺全氏詩風。

碩按,底本以全祖望屬神行太保,未免失當。金本『神行太保』下僅列戴敦元,而另屬全氏於『急先鋒』正位,其贊語似亦於全氏較切。據嚴可均《全紹衣傳》(《鐵橋漫稿》卷七)記:『祖望性伉直,不能容物。先嘗患齒痛,妻張因事相規笑曰:「此雌黄人物之報也。」卒不改。』則全性情亦差副『急先鋒』之號。惟全氏與周爲漢詩風不類,此亦『點將録』一體論人論詩限制所在也。

水軍副頭領五員

立地太歲劉芙初　嗣綰,陽湖人。嘉慶戊辰會元,官編修。著《尚絅堂詩集》。

不平則鳴①，如水上之風行②。

劉嗣綰（一七六二—一八二一），字醇甫，又字簡之，號芙初，江蘇陽湖（今常州）人。少有才名，然久困場屋，嘉慶十三年成進士，年且五十矣。晚歸講學於東林書院，貧病交加，年六十丁母憂，以哀毁卒。嗣綰工詩文，中歲以雄麗勝，晚乃變爲清邁。一生襟袍未開，僅以詩人名世焉。著《尚絅堂詩集》。

【箋證】

① 此贊爲『水軍副頭領五員』劉嗣綰、樂鈞、楊夢符、吴嵩梁、吕星垣、錢維喬六人合贊。韓愈《送孟東野序》：『大凡物不得其平則鳴。』贊語出此。阮氏三兄弟受官府及王倫梁山夾迫，『不平則鳴』，遂隨晁蓋、吴用等揭竿而起。見《水滸傳》第十五回。此指嗣綰懷抱未開，其詩多抒其漂泊淪落之感。陳文述《寒夜懷人詩》句云：『芙初傷心人，動輒唤奈何。』張維屏《國朝詩人徵略》卷五十二『劉嗣綰』條論其身世：『芙初以相門子，稽古績學，綺歲能文。乃青衫落魄，破硯依人，可謂窮矣。然卒以禮闈榜首，簪筆木天，不可謂非達也。顧中年以後，心力就衰。又以不工小楷，未獲奉使衡文，身居京國，心繫家園；歸咏循陔，出仍負米。迹其生平蓋窮而達，達而窮者也。然境嗇而才豐，位卑而名顯，以視榮華露

電轉瞬皆空者，吾知芙初必不肯以彼易此。』至其詩以言志，則其《尚絅堂集自序》言之甚明：『言，心聲也。余拙於言，而又好自道其心所欲言。然則余之詩，余之言而已。』按，考其所爲詩，抒懷之作俯拾即是。陸以湉《冷廬雜識》卷七『劉太史詩』條：『劉久困名場，羈旅漂泊，感慨無聊之意，悉寓諸詩，如「身世漫將書慰藉，姓名都與刺消磨」「全家别後貧兼病，獨客歸來哭當歌」「琴餘焦尾聲都死，燭燼傷心泪亦乾」「生原有恨偏同世，歸已無聊况异鄉」「萬念總由蠶自縛，一生衹有蠹相憐」，情辭悱惻，讀之尤令人輒唤奈何。』郭麐《靈芬館詩話》卷十亦及之云：『芙初太史居京師，落落寡合。性本疏懶，又不屑與邈然少年相諧際，昔人所謂「門庭蕭寂，居然有名士風流」者也。睽離十年，久不相見，近於人扇頭見其自書數絶句。《晚過法源寺》云：「碧天吹斷玉參差，吟坐秋堂有所思。霜果退紅篁退粉，艷情不似舊來時。」《題行脚看山圖》云：「酒簾十里不分明，燈火闌珊始出城。不是馬蹄偏款段，自家行路太遲生。」其寄托微婉可思。』

② 《易·涣》之《象傳》：『風行水上，涣。』孔穎達《正義》：『激動波濤散釋之象。』按，『水軍副頭領五員』，在《水滸傳》中皆依水爲生，精通水性，故贊以此切之。以觀劉氏，或指其詩有逸氣，靈動疏宕。前引陸氏《雜識》摘其句云：『「江遠全浮樹，山低半入城」「霽雪他鄉樹，春燈獨夜船」「野水自成渡，亂峰争入樓」「江上春陰孤店外，客中寒食百花前」「好春似水難消劫，名士如花易散場」「夢來好夜連天遠，情到中年比海深」「棋局在心還斂手，酒杯如影不離身」，吐屬雋妙，不愧名士風流。』袁潔《蠡莊詩

話》卷五：『常州劉芙初太史嗣綰，才華發越，爲詩清新俊逸，兼庾、鮑之長。《出丁沽》一律云：「十里丁沽水，長橋復短橋。一篷今舊雨，雙槳去來潮。市近魚蝦賤，村空鳥雀驕。如何鄉夢便，載不上蘭棹。」《歲暮》云：「如許光年真蔗尾，幾番春信上梅梢。」《飲酒》云：「千愁在眼俱成海，一醉埋頭便是鄉。」《晚栖慈仁寺》云：「身與孤僧同出世，心如遠客便還家。」《雨窗柬諸同人》云：「客況又寬新帶眼，歸心同折大頭刀。」』另梁紹壬《兩般秋雨盦隨筆》卷二摘其句甚夥，標格亦類此。總評其詩最明晰者，乃法式善序其詩集語，略云：『醇甫少作明艷居多，肄業太學以後則沈博矣，放浪江湖以後則排奡矣。兹則清遒駿邁，以快厲之筆，達幽隱之思，如水銀瀉地，天馬行空。』

短命二郎樂蓮裳

鈞，字元淑，臨川人。嘉慶辛酉舉人。有《青芝山館詩集》。

樂鈞（一七六六——一八一四），初名宫譜，字元淑，號蓮裳，江西臨川（今撫州）人。嘉慶六年舉人。少好游歷，爲奇麗之文，而無所遇。後曾燠召之入題襟館，與劉嗣綰、郭麐諸名士日相切磋，爲學日進。然才豐命嗇，晚落拓江湖，鬱鬱不展。事母至孝，以毁卒。鈞富才藻，與吴嵩梁同爲翁方綱詩弟子，江西詩家自蔣士銓後，推此二人。詩而外，倚聲、四六諸體，亦皆名家云。著《青芝山館詩集》《青芝山館駢體文集》《斷水詞》《耳食録》等。

【箋證】

① 此或指樂鈞詩以言志。王芑孫《青芝山館詩集序》：『蓮裳之詩，冥索圓間，顯豁象外；氤氲而成，夭矯而出。無善醜、貞淫、正變，而一肖乎其事之所適然；無洪纖、抗墜、紓蹙，不自知言之所及與所不及，而一稱乎其情之所必達。而其所欲言所不言者，常使人怳然遇諸天游，抑豈非善爲言者乎？劉向之論《詩》曰：「思然後積，積然後流，流然後發。」揚雄曰：「志莫辨於《詩》。」夫非温柔敦厚之至乎其極，何以思，何以積，何以流？有其思焉積焉流焉者，因以發而爲憤，遷之所謂發憤，亦雄之所謂辨志云爾。有蓮裳之志，則必有蓮裳之詩。蓮裳之志非一世之志，即其詩非一世之詩。由是發德宣功，上以推揚國家懿烈，扶樹理，本人事，浹天紀，昭得志於時之爲之也。由是集微揆著，下以申告民間疾苦，風曉在位，不得於時之爲之也。』樂鈞懷才落魄，宜乎其詩『發而爲憤』。陳文述《海上懷人詩》樂鈞一首惜之云：『樂生氣味馥如蘭，阮籍窮途永夜嘆。我已乘槎泛滄海，望君騎馬上長安。』張維屏《國朝詩人徵略》卷五十五『樂鈞』條言其人其詩云：『聞其槖筆江湖，爲諸侯客，鬱鬱不得志，竟侘傺以終。才士偃蹇，自古嘆之。然其詩文足以傳世，珠光劍氣詎受塵埋？以之位置於蓉裳、芙初之間，允堪伯仲。』劉嗣綰《寄樂蓮裳粵中》（《尚絅堂集》卷二十四）亦言其意氣風發而運命乖時，可參。按，沈濤《匏廬詩話》卷下記：『臨川樂連裳孝廉鈞《歷下雜詩》云：「海棠已見委蒼苔，急爲紅梨冒雨來。春色春情都絶世，可憐墻角背人開。」後二語爲天下失路才人同聲一哭。』沈記適可與諸家所言參證。

②樂詩既蓄不平，故多清勁之音。樂氏嘗與彭兆蓀同栖胡克家幕，彭《揚州郡齋雜詩》（《小謨觴館詩集》卷八）咏樂氏一首云：『生愛西江樂元淑（蓮裳），清才花骨綺情深。如何縱酒酣歌地，都是離騷屈宋心。』『風行水上』有動蕩之象，所謂『涣』也。樂集中如《登岱四首》《踏謡娘》《消寒弟四集都中古迹八首》等篇皆氣韵動蕩。《古迹八首》其一咏『法源寺磚塔』（《青芝山館詩集》卷二）：『猪龍翮鳥犯天弧，京觀哀邱萬骨枯。未信三摩留净土，何勞七級造浮圖。鼓鳴早兆孫恩亂，鈴語終徵石勒殂。夜半樂聲誰聽得，遺基時有餓鳶呼。』其三咏『報國寺窯變觀音』：『一尊長現女人身，緑帔珠冠妙相真。團土依然離火宅，拈花自在轉金輪。丹霞木佛燒無礙，紫竹蓮龕幻有因。幾許荼毗僧坐化，袈裟猶自未離塵。』《登岱》（《詩集》卷五）其二：『千崖多破裂，萬古不崩騫。空處積元氣，分來皆洞天。烟嵐浮掌上，雷電起胸前。膚寸當年石，秦人未敢鞭。』可與贊語參證。

一作楊六士[一]　夢符，字西躔，號與岑，浙江山陰人。進士，官刑部員外郎。

【校】

[一]金本『短命二郎』下無此『一作楊六士』。

楊夢符（一七五〇——一七九三），字西𪓐，一字六士，浙江山陰（今紹興）人，寓居江蘇武進。少聰穎，九歲能詩，乾隆五十二年成進士，宦迹遍南北，歷官至刑部員外郎。性温藹，與洪亮吉、曾燠等交厚。嘗作授硯圖而遍徵友朋題咏，以志其母喪，其孝又如此。工詩及駢文，著《心止居詩文集》《三惜齋筆記》。

【箋證】

② 楊詩以清幽爲主。洪亮吉《北江詩話》卷一：『楊比部夢符好學六朝文，小詩亦極幽陗。余嘗以一聯戲之曰：「詩筆四靈文六代，科名兩度籍三州。」』王芑孫《祭楊六士文》（《惕甫未定稿》卷二十）云：『詩境致高，秋雲墮几。樂府四十，西涯再起。怊悵風花，纏綿山水。具有性靈，風人之旨。』又楊詩似以咏古樂府爲集中之佳者。趙懷玉《心止居詩序》云：『詩工咏古而善於言情，使讀者累紙忘倦。』秦瀛《心止齋詩文集序》雖未詳論其詩，然評其人有云：『六士淵源忠孝，俶儻宏達。熟讀諸史，善持論，於古今人物事變，每見之於其詩。所爲樂府，人擬之李西涯。』諸説可會參。

碩按，楊氏之被點爲『短命二郎』，亦以中道而夭故。其詩無盛名，而底本以居高位，似可商。金本點楊爲『地劣星活閃婆』，於《録》中位在百名之後。以詩名而論，較底本愜當。考舒位《瓶水齋詩集》卷五有詩四首懷楊氏，知楊與陸元鋐有誼，於元鋐處讀舒詠史樂府而擊節，遂訪舒。會舒以卧病杜門。後雖名刺往還而慳於一面。至舒再入都，則楊已下世。底本以居高位，或寄舒挂劍之懷也。

活閻羅吴蘭雪　嵩梁，江西東鄉人。嘉慶庚申舉人，由中書官黔西知州。有《香蘇山館詩鈔》。

吴嵩梁（一七六六—一八三四），字子山，號蘭雪，江西東鄉（今撫州）人。少受詩法於蔣士銓，出游吴越間，飽覽山川。入都從翁方綱、王昶、法式善諸名士游，自是交游遍天下。嘉慶五年中舉人，屢上春官不第，捐國子監博士，嗣以内閣中書選知黔西州。詩名當時與黄景仁埒，并及於海外。高麗使臣得其詩，築龕以奉之，傍植梅花以護；又有日貫斥四金購其扇詩，其見重有如此。亦工書，識者謂學蘇、米云。著《香蘇山館詩文鈔》。

【箋證】

① 吴亦才高而多舛。少年即詩名聞天下，諸名士皆重其才。然年過而立方中舉，後屢試春官不

售，而終以博士得官。其朋輩多惜之。王昶序其詩集云：『子山少孤貧，以鬻文養母，積其憂幽疾苦之思，發而爲詩，往往感激頓挫，可泣鬼神。』劉彬華《嶺南群雅》二集卷二載張維屏《贈吴蘭雪》云：『一卷香蘇冰雪詩，藏園筆已讓君持。金門索米功名薄，酒市論交邂逅奇。花月歡場胸有泪，江湖浪迹鬢成絲。冷官莫笑腰難折，憶向梅花拜倒時。』餘如郭麐、曾燠等人詩文中，多言及此。

② 此或指吴氏性散澹，亦兼及其詩。陳文述《詩中十一友詩》云：『蘭雪之詩如青鳥，海外傳書遍烟島，顧影修修長不老。』法式善序其詩集有云：『蘭雪洊更憂患，性益澹定。其於天下事，若一無可爲，無不可爲。至於窮達弗能易其心，利害弗能變其節。故其詩真氣充徹，而寒酸愁苦之音固稀也。』曾燠序其集云：『香蘇山館之詩作者其有憂患乎？乃余涉而歷之，涵涵然，倜倜然，境又何其曠也；聆而察之，渢渢然，嫋嫋然，音又何其和也。雨苦之夜，華月自出；霜濃之晨，奇花大開。……有謝公之富艷，無孟氏之酸寒。嗟乎！蘭雪詩豈類窮者乎！』

按，袁枚評其詩『用筆能放能收，可華可樸』（《香蘇山館詩題識》）。其豪宕處，王昶評爲『如天風海濤，蒼蒼浪浪，足以推到一世豪傑』（《湖海詩傳》卷四十二『吴嵩梁』條），又云：『子山才高氣逸，其詩若神龍之夭矯而不可攫，若天馬之騰踏而不可羈也；若鸞鳳之翔於雲表而不能自隱其苞采也；又能約其才，持其氣，充其學問，以發抒其性情。』（《香蘇山館詩集序》）。錢鍾書則以爲此類詩祇是叫囂，全不足觀。其纖麗處，楊希閔《鄉詩摭譚正集》卷十評爲『情韵芊綿宛縟』，符葆森《國朝正雅集》卷五十吴氏下則云：『蘭雪詩實沿六朝，其規模則似唐之温、李，其清婉處又與長慶爲近，而下匹梅村。』然此類詩乃其早歲之作，中歲後頗自悔之，一變其格。劉存仁《屹雲樓詩話》卷一云：『王夢樓評蘭雪詩云：「才涌如潮，情艷於月，音節之妙，可被管弦。」又云：「余嘗以音樂論詩，蔣心餘、朱子穎如大吕洪鐘，沈雄暢遠；袁子才如琵琶，妙能移人；蘭雪才似蔣而稍遜其横，情似袁而不卷其妍，氣似朱而不極其縱。以哀艷之思，發清壯志響，穿雲裂石，往而復回，其鐵笛乎？」余謂此評極當，爲進一解曰：蘭雪少年詩風流艷冶，全是琵琶聲。故《懺悔》篇云：「結習年來痛掃除，肺腑空明差足喜。」又云：「自信猶無鄭衛聲，年來頗挾幽并氣。」何嘗無自知之明也？中歲以後，纏綿悱惻，清瑩見骨，凄咽激宕，全是鐵笛矣。』晚清以來，其詩聲價大減，抑之者屢見。朱庭珍《筱園詩話》卷二所言較詳，亦較中肯，徵引如後：『吴蘭雪香蘇山館詩筆力雄宕清峭，得力蘇、陸二家。七古、五古勝於近體，尤長於寫山水名勝，全集以「廬山紀游」一册爲冠，卓然可傳，無忝名家。惟集中應酬詩太多，滿卷公卿，投贈感激之什十，居其七，致後人以爲口實。又律詩好貪秀句，不免媚時，自貶品格。神完氣足之篇絶少，以此自累，殊可惜也。然在近人亦「鐵中錚錚，傭中佼佼」者矣。』今人沈其光《瓶粟齋詩話》續編卷一評吴詩云：『蘭雪古詩，筆雖縱恣，每多題外鋪叙，頗嫌詞費；近體則試帖氣未盡，未能臻開闔架構之妙。至其爲朋舊題圖卷之作，十居七八，尤令人厭倦。』錢鍾書至謂吴詩全集數十卷僅三句可采，薄之更甚於沈矣。

碩按，《録》點劉嗣綰、樂鈞、吴嵩梁爲阮氏三兄弟，乃以此三人交好，詩風相近，吴、樂且以同門而齊名。三人集中互相酬唱之作極多，不備引。以『短命二郎』點樂，或指其年未五十而夭也。《水滸傳》中此綽號之『短』，乃指短人性命，贊非用其原意。至樂詩與吴詩之軒輊，張維屏《徵略二編》卷五十三『樂鈞』條：『香蘇應酬投贈，外心較多，不如青芝多内心也。』楊希閔《鄉詩摭譚正集》卷十亦云：『蓮裳才氣似遜蘭雪、茗孫，而真意流露，秀韵天成，則反勝之。』兩説近似。

船火兒吕叔訥　星垣，陽湖人。貢生，官新陽縣訓導。有《白雲草堂詩集》。

吕星垣（一七五三—一八二一），字叔訥，號映薇，亦作應尾，江蘇陽湖（今常州）人。錢維喬甥。乾隆貢生。五十年，辟雍禮成，進頌册，欽取一等一名。歷官新陽縣訓導、直隸贊皇、河間知縣等，有令聲。少有文名，與同里黄景仁、洪亮吉、孫星衍等七人稱『毗陵七子』，詩高古奇特。兼工繪事，戲曲尤有名。著《白雲草堂詩文鈔》《康衢樂府》等。

【箋證】

① 吕氏一生沈淪下僚，然爲知縣時有吏才。張維驤《清代毗陵名人小傳稿》卷五吕星垣傳云：

『歷知贊皇、河間知縣，能決疑獄，減輕徭役，民甚便之。』至其詩似多奇險之作。洪亮吉《北江詩話》卷一：『呂司訓星垣詩好奇特，不就尺繩。曾用「七陽」全韵作柏梁體見貽，多至三四百句。末二句云「乾坤生材厚中央，前後萬古不敢望」，頗極奇肆，然古人無此例也。余亦嘗贈以長句，末四語云：「識君文名已三載，才如百川不歸海。銀河倒注弱水西，努力滄溟欲相待。」亦頗寓規於獎云。』法式善《梧門詩話》卷七亦云其詩『尚奇險，所謂「語不驚人死不休」者也』。評呂詩最詳者爲曹仁虎《白雲草堂詩鈔序》，中云：『大抵君詩直舉胸臆，空依傍，清雄逸艷，不名一家。心太慧，骨太峻，才太豪，氣太盛，故戊戌以前，多有橫溢汗漫處；一變而以古文法馭之，乃更九天九淵，左規右矩。若其靈光宕漾，妙諦一拈，輒有太白、文長未臻之境，而慨然利濟，興復不淺。』此或可箋此贊。

② 呂詩另有清空一路。童鈺《白雲草堂詩鈔序》云：『其詩如行天之月，出林之風，超然物表，毫端無塵氛。』阮葵生《序》亦云：『吸月餐霞，乘風御氣。類出塵埃外，落步虛之聲；似游天地之間，有凌雲之意。』楊鍾羲亦評爲『詩極雅澹，無乾隆季年人習氣』（《雪橋詩話餘集》卷六）。此殆贊語所謂『如水上之風行』。

又言呂詩者，多推其咏史之作。如李鋭《白雲草堂詩鈔題識》：『叔訥先生足迹半天下，尤好乙部之書，有通知古今之學，故其所爲讀史詩識見超遠，評論精當。』杜昌炎、鐵保等人題呂詩之語，亦言及之。按，呂《詩鈔》共三卷，其卷三爲咏史詩二百三十二首，可見其偏好。

浪裏白條錢竹初　維喬，武進人。乾隆壬午舉人，官鄞縣知縣。有《竹初詩鈔》。

錢維喬（一七三九——一八〇六），字樹參，一字季木，號竹初，江蘇武進（今常州）人。錢維城弟。乾隆二十七年舉人。嘗知鄞縣，有幹才。以畫名，識者謂所作蒼渾。旁及詩文、音律，乃至戲曲傳奇。晚耽禪，以居士自稱。著《竹初詩文鈔》，傳奇《鸚鵡媒》《乞食圖》等。

【箋證】

① 錢維喬既有辦事之吏才，復通詩畫之雅道，然爲官止於縣令，未展其才。據《（光緒）遂昌縣志》卷六記其幹練：『長於吏治，談笑剖決，破奸發隱，即積蠹不能欺。而宅心純厚，政不繁苛，故人憚其精明，而樂其和易。』袁枚《錢竹初詩序》惜之曰：『余方惜竹初以如是才，宜登蘭臺，上石渠，咏歌昇平；何屈於州郡之職，爲梁敬叔所嘆哉！』錢大昕《春星草堂詩集序》（《潛研堂文集》卷二十六）記錢氏飽經憂患而變其詩格云：『孝廉之船，往而輒返；中書之省，過而不留。南北奔波，舟車轣轆，逆旅非無知己，當場難索解人。重以骨肉摧傷，心腸鬱結，意有所觸，宣之於聲，而詩格愈奇。』此殆贊語所謂『不平則鳴』。

② 贊語或指維喬不耐俗務勞形，以中歲挂冠，歸老泉石。趙懷玉《錢大令自述文書後》（《亦有生

齋文集》卷九）記其歸隱：『竹初主人世紹通顯，早恬榮利。方優於仕，遽倦而歸。以宰官身遂居士服，學仙學佛，要以儒爲正宗；工畫工書，更極詩之能事。栖神家衖，肆意泉石，分半園以營十笏，擁萬卷而傲百城。』又，袁枚《隨園詩話》卷十六亦記其事云：『錢竹初擅「鄭虔三絶」之才，抱梁敬叔州郡之嘆，屢次書來，欲賦遂初。余寄聲規其濡滯。今秋才得解組，余賀以詩，渠答云：「海上秋風江上蒓，塵顔久已悵迷津。竊公故智裁今日，勸我抽身有幾人。世事楸枰留黑白，老懷盎臼雜酸辛。退閑自此陪裙屐，長作田間識字民。」』維喬另有答詩句云：『他日并登皇甫傳，可知心契在烟霞。』則其賦遂初，乃因晚耽仙佛故。其摯友洪亮吉於此有微詞，參其《哭錢三維喬三十韵》（《更生齋詩續集》卷五）。

至其詩，據其《自述文》（《竹初文鈔》卷六）自言：『居士論詩愛唐音，以李、杜爲宗，所作時或闌入宋人，皆粗涉門徑。』趙懷玉《竹初詩鈔序》亦云：『其詩出入少陵、眉山之間，而泛濫諸家。取法乎上，故能奄有諸長。大都摹繪景物而不病於纖，抒寫胸臆而不傷於直。隸事精切而無襞績之迹，托興高遠而有醞釀之致，所謂正始之音於今未墜者，其在斯乎？』而洪亮吉《錢大令維喬詩序》則云：『五言法魏晋六朝，歌行則自初唐以迄北宋諸家，無不涉歷，近體則尤近大曆十子。雖心摩古人，而於古人之外別有一種幽奇靈秀之氣，耐人尋味，余尤心折之。』按，諸序似溢美。惟葉德輝《郎園讀書志》卷十四『竹初詩鈔文鈔』條：『袁枚跋云：「今人七言從唐人入手者，多轉韵；由宋人入手者，多一韵到底。竹初先生深於李、杜，而略於蘇、黄。」』考今本袁集似并無此『跋』，惟錢氏《竹初詩鈔》卷末附之，姑録如上。

碩按,《録》點吕星垣、錢維喬爲『船火兒』『浪裏白條』,則舅甥於《録》中化爲兄弟矣,亦游戲之筆也。

馬軍護衛頭領二員

小温侯高東井　文照,字潤中,武康人。乾隆甲午舉人。有《闠清山房詩鈔》。

兩枝畫戟,縱横出没;對影山前,十蕩十決①[一]。

【校】

[一] 底本無此贊,據金本補。

高文照(一七三八—一七七五),字潤中,號東井,又號秋士,浙江武康(今德清)人。少穎异,從父游宦金陵,見賞於袁枚。朱筠典學安徽,招高入幕。時黄景仁亦佐朱幕,高與游唱無虚日。乾隆三十年,選拔貢,游京師。三十九年成舉人,次年殁於京。身後遺稿散佚,賴徐書受及宋維藩、宋維翰兄弟搜羅片羽。有《高東井先生詩選》。

【箋證】

① 此贊爲『馬軍護衛頭領二員』高文照、陳熙二人合贊。《樂府詩集·雜歌謡辭·隴上歌》句『十蕩十決無當前』。小温侯吕方販藥山東，折本無以歸，遂占對影山爲盜。後賽仁貴郭盛亦以販水銀折本而流落至此，與吕爭山。兩人同使方天畫戟，鬥至三十回合不分勝負，而戟縧纏結。時花榮路經此地，一箭斷縧，吕、郭遂罷手而同歸梁山。事詳《水滸傳》第三十五回。

王昶《高秋士七峰草堂詩集序》論高詩云：『觀其詩如玉有英，如金銀之有氣，如珊瑚夜珠孕育溟渤，而光采越於深淵。』按，高詩描摹山水之作多，以清幽爲宗。戴璐《吴興詩話》卷十摘論其詩較詳，兹節引如後：『佳句如《過衢州》云：「水回雙碓落，灘急一篙爭。」《壽山庵》云：「一磬隔花出，片幡當殿陰。」《送人》云：「且將一點思鄉泪，灑向君衣好寄歸。」《贈方子雲》云：「門外市聲三日雨，簾前風色一床書。」《過阮懷寧故宅》云：「鳥語尚疑偷法曲，池波無復照明妝。」』又云：『《秋帆尚書選東井，謂相其生氣如接美襟，其愛慕如此。如《趙北口》云：「風欲戰時波獵獵，月將生處柳條條。」《過吴江》云：「灘傳語鴨空抛彈，水到垂虹盡入湖。」《廣濟寺》云：「雙扉晝闔寒烟外，一磬秋飄落葉中。」《新秋湖上》云：「楊柳短長離思亂，芙蓉開謝酒人疏。」天機活潑，足見其倜儻之概。』按，高詩身後散佚，畢沅《吴會英才集》搜羅零散，得九十二首。見該書卷十一。又林昌彝《射鷹樓詩話》卷二十二：『高孝廉詩如明月上樓，檐花欲墜。其《側搶》篇七古足以雄視古今，七言絶句情韵獨絶。其《廣濟寺》七律可謂中晚名作。』亦可參。

碩按，吕方、郭盛兩人在《水滸傳》中分應『地佐星』『地佑星』，二人上梁山後，爲宋江近衛軍。《録》以此兩頭領點高文照、陳熙，亦用此意。陳幼年即拜入隨園門下，事詳『賽仁貴陳梅岑』條箋證。而高之慕袁枚，據袁枚《隨園詩話》卷十三記：『（東井）年未二十，詩已千首，目空一世。於前輩中所心折者，隨園與心餘而已。』高有《贈隨園先生》詩三首，中有句『宏奬何人得到斯，文章風義一身持。眼無後起偏憐我，座有先生敢論詩』，又有『此身幾肯受人憐，低首爲公拜榻前』，可見其傾慕。

賽仁貴陳梅岑

熙，秀水人。國學生，議叙，官安徽、河南州判，歷官至郡丞。有《騰嘯軒詩鈔》。

陳熙（一七五一——？），字梅岑，浙江秀水（今嘉興）人。天資穎特，能誦『十三經』云。顧廪試不售，以監生入武英殿鈔書。年滿議叙州佐，分發安徽，改河南，歷官至郡丞。幼即從袁枚學詩，著《騰嘯軒詩鈔》。

【箋證】

① 陳熙少從袁枚學詩。《隨園詩話》卷十六記：『梅岑年十五，大父即携至山中，命受業門下，曰：「此兒聰明跳蕩，非隨園不能爲之師。」果一見相得。爲取名曰熙，其梅岑則渠所自號也。性愛吟詩，不愛時文。』至其詩，則多山水之作，能出新巧，此亦與袁枚近。法式善《梧門詩話》卷六：『陳梅岑司馬隨園詩弟子也，王葑亭給諫極稱其近體詩無塵俗氣。……舉其近詩如「乍晴草色有新意，隔歲梅花如故人」「老圃入春花尚發，貧家無客燕仍來」「行隨芳草難爲别，看過桃花不負春」等句，可謂名下無虛。』蔣士銓所稱『一代高才有情者，繼袁夫子是陳君』(《隨園詩話》卷十四引)，雖爲譽詞，亦可備參。故評其詩者，多以小謝、太白擬之，亦取其秀氣也。謝啓昆序其詩云：『顧灑藻繽紛，深情綿邈，無噍殺之音，無矜藻之辭。曰典曰則，以「雅」以「南」。盛世之音安以樂，讀其詩可知其爲人焉。』談祖綬跋其集，則云：『先生之詩，原本玉溪，而入浣花之室，温潤而澤，縝密以栗。』錢陳群批其詩，則云：『近體規模中唐，獵其神韵；擬古諸作，含咀漢魏，氣厚辭雄，志趣高遠，期許不凡，尤爲難覯。』張大鼎批語又謂其『近體則石湖、遺山』。按，陳詩古體慷慨快意，辭氣相成；近體則秀麗清新。贊所謂『十蕩十决』者，約可評其古體。前諸家所評，亦必有據，可備參考。

碩按，《録》點高、陳爲地佐、地佑兩星，一則爲兩人皆宗隨園，亦且少時皆受隨園之賞拔，見前説；二則或因兩人集中皆多山水之作，詩風亦近。然陳作詩有捷才，《隨園詩話》卷一記其軼事云：『嚴冬友侍讀在沈學士雲椒席上，偶談及稚威以險韻咏葡萄事。沈因指席間橄欖，命門人陳梅岑云：「汝能以十三覃韻咏此乎？」陳即席成十二韻。』故高氏題陳詩集有句云：『揮毫七步才何捷，低首一生自心甘。』此固謙詞，然恐亦平心之語也。

步軍護衛頭領二員

毛頭星袁湘湄[一]　棠，字甘林，吴江人。國學生，嘉慶初舉孝廉方正。有《秋水池塘詩集》。

【校】

[一] 金本『毛頭星』下未點袁湘湄，而以李墨莊屬之。

袁棠（一七六〇—一八一〇），字甘林，號湘湄，江蘇吴江（今蘇州）人。嘉慶元年，舉孝廉方正。性和易，而短於治生，晚貧甚。寓金陵時，過江爲暴風所怖，遂病卒。工詩善繪，與郭麐、朱春生交最契，酬唱無間者數十年。著《秋水池堂詩集》《洮瓊館詞》。

【箋證】

袁棠詩，以其摯友郭麐之論最詳，略云：『學由心得，切近而精純，賦物叙事，俚語皆典；言情之什，憔悴婉篤，能令讀者拊膺太息。而五律一體，尤爲擅場。於唐人中最心契孟襄陽，謂孟之五律，煉意煉局而不煉字句，故有從容和雅之神，無慘澹經營之迹，惟杜陵晚歲間造此境。世乃以高亢之音擬杜，閒冷之音擬孟，失之遠矣。居常論詩如此，識者謂君自道所得也。』

又袁棠論詩，性情學問并重，不自囿於唐宋之分。而實則乃以爲作詩當根於性情，充以學問而出。其門人鄭璜《秋水池塘詩集跋》引其説曰：『先生之言曰：「詩先性情而後學力，若原泉然。瀾庭波蓄，擾之不濁，此性情也。鑿渠穿井，用之不窮，此學力也。性情少則氣和多滯，學力淺則游譚無根，猶之行潦之水，涸可立待耳。至於分唐分宋，殊可不必拘拘。唐詩渾厚，宋詩新生，此特氣運爲之，而非詩之所以高下也。故唐宋詩人，各有獨至之處，而亦各有其流弊。學者但就性之所近，宗其至處，去其流弊，則新生渾厚，并可成家。」』

碩按，孔明、孔亮爲宋江之徒，事見《水滸傳》第三十二回。袁氏兄弟之詩風以明秀爲主，乃袁枚一路。且觀前文所引其論詩語，持旨固與袁枚同，故底本如此安排。

一作李墨莊　鼎元，有《師竹齋集》。

枝連氣同，李蔡爲人在下中①[一]。

【校】

[一] 底本無此贊，據金本補。金本僅點二李，故此贊乃爲二李而發。

李鼎元（一七五〇——一八一五），字味堂，又字和叔，號墨莊，四川綿州（今綿陽）人。乾隆四十三年進士，歷官宗人府主事、兵部主事等。嘉慶四年，以内閣中書充册封琉球副使。鼎元久滯冷官而無所阿附，人所難能。天性奇偉，好游名山大川，慷慨抑鬱之氣壹發於詩，與弟驥元、從兄調元并稱『綿州三李』。著《師竹齋集》《使琉球記》等。

【箋證】

① 此贊爲『步軍護衛頭領二員』之李鼎元、李驥元二人合贊。《史記·李將軍列傳》:『廣之從弟李蔡與廣俱事孝文帝。……蔡爲人在下中,名聲出廣下甚遠,然廣不得爵邑,官不過九卿,而蔡爲列侯,位至三公。』後世用爲熟典。辛棄疾《卜算子·千古李將軍》有句:『李蔡爲人在下中,却是封侯者。』陳文述《漢李廣銅印歌》有句:『君不見李蔡爲人在下中,肘後黄金大如斗。』贊本陳詩而出。《湖海詩傳》卷三十六『李鼎元』條:『綿州三李以墨莊爲最,意沈摯,辭警拔。』又孫桐生《國朝全蜀詩鈔》卷二十『李鼎元』條下小傳:『先生才筆謹嚴,風骨高峻,在群季中尤稱白眉。……奉使諸作,才氣雄健豪邁,前無古人。即雨村詩老,亦當退舍,誠卓然爲西蜀一大宗也。』此或可見鼎元詩冠於三李,其弟驥元不及焉。舒、陳集中屢推鼎元,陳於其出使琉球事尤反復歌頌,以鼎元携文述及其從兄鴻壽詩至海外,文述詩名遂噪於東國矣。

至其詩風,要以豪爲主,然亦兼學衆長,情充於中。陳文述《灤河行館秋夜都門懷人》(《頤道堂外集》卷三)李氏一首有句:『醉墨揮淋浪,海氣筆端濕。』《湖海詩傳》卷三十六又云:『所過名山大川,發其抑鬱無聊之氣,拔地倚天,三吴士大夫以英挺自命者,未能或之先也。……君天才奇偉,佐以域外之觀,海涵地負,當有駭心而悈目者。』以爲鼎元之使琉球而詩愈『壯麗詼詭』。法式善序鼎元集,則駁此説曰:『或曰和叔海上詩一變而爲壯麗之音,殆其境有以發之耶?不知情既深矣,其才自壯,和叔即不過海，其壯麗自在。』此『或曰』殆指王昶也。按，法氏所謂『情深』，乃其《序》中所云：『其於父母兄弟之間可謂深於情矣。歌泣欣戚皆發於不容己，而非有所勉强。故其詩直抒胸臆，豪肆横出，舉人所不能達者，悉有以達之。』此説與王昶《師竹齋集序》之論李詩之深摯持旨全同，王《序》云：『凡人所欲言而未能言者，標舉出之，適如乎人之所欲言。有解頤者，有擊節者，大旨歸於君親夫婦倫紀之常，天時人事政治之大，故於少陵詩不求工而自工，非如明季詩人剽竊而比擬之也。』兩家之説，實相反相成。又王《序》論李詩之師法云：『君之詩自曹、劉以逮高、岑，下至韓、蘇，無所不仿，亦無所不似，而得之少陵者最多。其意激昂而慷慨，其格突兀而清蒼，其辭軒豁而呈露，雕鏤刻琢而不傷於巧。』馮培《序》所論與此大抵相近，有『其壯者驅策風雲，其細者雕鏤冰雪』語，即『無所不仿，無所不似』也。

獨火星袁笛生[一]　鴻，字健磐，錢塘人。枚從父[二]。有《鐵如意齋集》。

【校】

[一] 金本『獨火星』下未點袁笛生，而以李皛塘屬之。

[二] 據周文静考證，所點袁鴻實非袁枚從父，乃袁棠之弟，惟二人同名，故《録》誤彼爲此。

袁鴻（一七六二—？），字逵堂，號笛生，江蘇吴江（今蘇州）人。袁棠弟。嘗官福建永春州知州。著《鐵如意庵詩稿》〔一〕。

【箋證】

袁鴻詩，論者極少，要風格亦近袁棠。謝堃《春草堂詩話》卷三云：『莆田袁笛生明府，蘇州人也。與郭頻伽最相友善。其懷頻伽詩云：「望爾寄書來，去船未必即歸里；望爾夢中來，長江隔斷一條水；望爾即歸來，客纔出門無是理。」此等語非至性不能流出。又《送頻伽入都》云：「同有高堂垂老親，廿年期望在兒身。功名未必能尋我，車馬先來促此人。遲爾行旌多故舊，不愁虚牝費精神。一枝當柳杏花折，此是東風得意春。」「春波芳草碧紛紛，聽到驪歌酒易醺。一歲一回如有例，愈行愈遠奈何君。將辭巢燕猶貪住，同出山雲又欲分。珍重對床圖一幅，天涯風雨不堪聞。」』袁潔《蠡莊詩話》卷七摘其佳句亦有：『如《春風》云：「落絮作團無力起，賣花隔巷卷聲來。」《春雪》云：「庭梅有信花偏小，

〔一〕底本袁鴻小傳以爲鴻爲錢塘人，乃袁枚從父。而據周文静《〈乾嘉詩壇點將録〉研究》第二章考證，此『獨火星』下所點實應爲袁棠之弟袁鴻，乃吴江人。其舉證約有如下數端：一、朱春生、郭麐等袁棠摯友詩文中皆明言棠有弟名鴻，號笛生。二、馮桂芬《（同治）蘇州府志》卷一百三十著録袁鴻《鐵如意庵詩稿》，而袁枚從父『健磐公』袁鴻，顯非蘇州人。三、袁枚《隨園詩話補遺》卷十有『余過同里，與從子湘湄、笛生談詩』之語。周説是。

楊柳無風絮亦狂。」』故葉德輝《郋園讀書志》卷十四『鐵如意庵稿』條論曰：『笛生《鐵如意庵稿》中詩多類此。是其家學相承，皆隨園一派。棠有《春水池塘集》，體格亦相近。』

一作李蒀塘　驥元，字稱其，綿州人。乾隆甲辰進士，編修，官至中允。有《雲棧詩鈔》。

李驥元（一七五六——一七九八），字稱其，一字其德，號蒀塘，又號雲棧，四川綿州（今綿陽）人。李鼎元弟。乾隆四十九年進士，官至左春坊左中允，入值上書房，以勞瘁卒於官。性篤而亢，學務根柢，尤嗜吟詩，雖寒暑不輟，與鼎元稱『二難』。有《李中允集》。

【箋證】

驥元詩近郊、島一路。法式善《李中允集序》：『蒀塘生平耽苦吟，每當構思，屏棄一切。有薛道衡、陳後山之癖。』王昶《湖海詩傳》卷三十七『李驥元』條亦云：『蒀塘詩有奇氣，亦有逸氣。起句如「東風吹早霧，豁然露朝陽」「秋風捲地來，黄葉打窗牖」「山頂出天上，山根枕湖眠」「龍山如龍頭，垂胡飲江水」「大江日下流，我沿江水上」「天地爲大爐，煎此潼川水」「天雲送春去，山色青無邊」「結交不結心，同室如异地」。又如「荒鷄何與人，偏不穩栖宿。五更枕上鳴，唯愁客夢熟」。又「河連天上月，沙聚雲中雁。人來鴻雁飛，河動月光亂」「看山如飲酒，快意輒心醉」。皆能自鑄偉辭，未經人道。與兄墨莊工力悉敵，可稱「二難」。但奉粟一囊，臣饑欲死；未免流浪江湖，因人作計。故激昂慷慨中有危苦蕭颯之音。』故法式善《梧門詩話》卷十評其詩爲『縋幽鑿險』。《嘆逝詩二十首》又言『妙手工刻劃，奇情善刳剡。老境造平淡，半生事幽險』（《存素堂詩初集録存》卷十七），似於其詩風有微詞。王芑孫則更明言之，其《李四編修驥元示予所著晁塘詩集點勘既了作此奉柬》（《淵雅堂編年詩稿》卷十一）有句論曰：『君詩有真氣，激發從性情。昆侖玉所都，瘢胝錯精瑩。良苗薅其稊，無害爲稻秔。顧惟吟諷間，未能適鏦琤。少陵言句法，具知頗經營。韓銘樊宗師，從順字有衡。君誠少加意，和雅式鏘瓊。過承弗遐棄，邀我相題評。點勘附此詩，切磋志硜硜。』是病其詩險澀而諫之也。贊語以爲不如其兄，良有以也。

碩按，金本以李氏兄弟屬此兩將，且贊語用李廣、李蔡事，切其姓也。以詩言，前已論之。若以事功論，則鼎元之久滯冷官、索米不足事，已見孫桐生《全蜀詩鈔》其小傳；驥元之貧，據法式善《序》云：『早入翰林而久滯不遷，幸一遷階，旋復顛躓。舉恒坎坷與寒士等。』此固與乃兄無异也。底本以袁氏兄弟屬此兩將，且無贊語，乃以二袁詩學關袁枚也，已詳前論。二李詩名盛於二袁，所交皆一時名士，舒、陳亦在其中矣。

水軍護衛頭領二員

翻江蜃錢謝盦[一]　枚，一字枚叔，仁和人。嘉慶己未進士，官吏部主事。有《齋心草堂集》。

小隱山林，大隱朝市①。伊人宛在水中沚②[二]。

【校】

[一] 金本以錢叔美屬『翻江蜃』下，以錢謝盦屬『出洞蛟』下，合於《水滸》英雄榜童氏兄弟位次。

[二] 底本無此贊，據金本補。

錢枚（一七六一——一八〇三），字枚叔，一字實庭，號謝盦，浙江仁和（今杭州）人。嘉慶四年進士，官至吏部主事，以縱酒卒於任。貌黑而身頎，氣文清，工詩詞，著《齋心草堂集》《微波詞》。

【箋證】

① 此贊爲『水軍護衛頭領二員』二錢合贊。晉王康琚《反招隱詩》(《文選》卷二十二)有句:『小隱隱陵藪,大隱隱朝市。』後世詩文中多用此意,幾成俗語。『大隱市朝』一句爲錢枚發。枚卒於官,又於二錢中爲『大』(見錢林《文獻徵存録》卷七『錢枚』傳),故云。

② 此《詩·蒹葭》語。據《水滸傳》第一百十九回所叙,『出洞蛟』童威與其弟『翻江蜃』童猛於征方臘後,從李俊出太倉港入海,投海外暹羅國去也。贊字面指此。亦兼指枚詩。陳文述《病中無以自娱簡各家詩集玩之分題卷端》(《頤道堂詩選》卷十三)錢枚集下云:『武林錢吏部,詩格窅然深。似入空山裏,微聞太古音。空林澄道氣,流水澹禪心。一棹西溪雪,梅花應滿林。』似可箋贊語。龔自珍《錢吏部遺集叙》論其詩云:『詩十卷,無囂濁、俚窳、俶詭之言,如坐杭州山水間,重山二湖,孔翠鸞之屬往來鳴嘆,天清日沈,風起卉木,泠泠乎琴筑語而竽笙鳴,是其可狀者也。』郭麐《靈芬館詩話》卷九具論其各體云:『其《齋心草堂詩》四卷,詞一卷,皆清氣秀骨、不隨時俗爲波靡者。五古多作《選》體而有新意,七古出入唐、宋,時近長慶風格。近體五言淡逸,七言工秀和雅,而不爲忡慱之詞,隽爽而絶去畬末之氣。生平服膺兩當軒,一再題詞,有『倘許重泉稱死友,瓣香曾拜玉芝堂』之句,可以知其所尚矣。』又云:『謝庵小詩有絶工者。《秦淮雜興》云:「東風卷絮漸成灰,渡口何年打槳回。不訪桃花訪桃葉,春潮肯爲美人來。」「幾處鴟弦教小伶,春燈院本記零星。一條丁字簾前水,認得南朝柳敬亭。」又有《咏夜

來香》云：「露前雙鬢緑，夢後一花開。」亦佳。』另法式善《梧門詩話》卷十三等持論亦同，略云：『（謝翕）所爲詩空靈淡遠，自然入古。論詩最愛司空表聖「淡不可收」一語，謂非伐毛洗髓之功不能爲。古詩如「下士役群動，至人孩一心」，造語殊妙。近體倜儻不群。五言如「猿聲秋入峽，星氣夕沈江」，七言如《泰安道中》云：「雁影掠回沙草白，馬頭擁過嶽雲青。」《察哈爾》云：「天低白草遮春色，風卷黄雲壓雁聲。」余尤愛其絶句，《江上》云：「揚子江頭玉笛聲，千條楊柳向愁生。客中畏見傷心色，一夜微霜下石城。」《淮上》云：「秋聲驚起睡朦朧，怕有瀟瀟雨打篷。却是西風吹兩岸，葦花開在月明中。」皆詩中有畫。』

惟陳文述《秋夜聽雨讀錢謝庵吏部齋心草堂遺詩》（《頤道堂外集》卷五）有句論之曰：『曠若月一林，澹若水一池。發源岑嘉州，歸墟韋左司。湖山有清氣，得此絶妙詞。浙派數樊榭，意竊謂過之。』又其《松壺畫贅序》云：『謝庵之詩，雄秀蒼凉，邊塞諸作尤工。』則錢枚詩亦多蒼勁之作，或即郭麐所謂『隽爽』者。

出洞蛟錢叔美　杜，字東生，錢塘人。嘉慶五年舉人。有《竹醉亭吟稿》[一]。

【校】

[一]　此小傳誤錢杜與其兄錢林爲一人。東生爲錢林字，《竹醉亭吟稿》亦錢林集。丁未本作『有《松壺畫贅》，又《畫憶》』，則爲錢杜集。

錢杜（一七六四—一八四五），初名榆，字叔美，一字種庭，號松壺小隱，浙江仁和（今杭州）人。嘉慶五年進士，嘗官工部主事。少爲貴公子，中年棄家室，飄然遠游，足迹乃至於滇陲。晚歸隱西泠，旋就養於嗣子揚州官舍，遂卒。以繪畫名世，與金農、羅聘齊名。詩多題畫之作，著《松壺畫贅》《松壺畫憶》。

【箋證】

①錢杜號『松壺小隱』（彭藴璨《歷代畫史彙傳》卷十八），贊語或就此引出，亦與杜生平、爲人切合。葉廷綰《感逝集》（《清詩紀事》錢杜條引）：『叔美丈年少以貴公子官部曹，性耽曠逸，棄而不就。中年續婚松陵某姓，未及一月，亦厭家室事煩，飄然遠游，數年不還，足迹幾遍天下。晚歸隱西泠，旋就養於嗣子揚州官舍，年七十外乃卒。』程庭鷺《松壺先生軼事》（《畫贅》卷首）云：『幼時即有聲色之好，病已則澹然如老衲，自言聞婦女髮氣即頭痛欲裂。就婚吴門某氏，生一女，名楚長。一日托故避去，伉儷問音問遂絶。……性好卜居，在南陽於諸葛廬旁種松結屋。在金陵得陶谷餘地，近清凉山麓，貞白故居也。築青峰草堂，庭有六朝時古梅。在魚山營草庵，在西泠則卜居寶石山下，即今野鷗莊也。』

②此暗指錢杜詩風。錢詩皆題畫之作，贊語亦宛然如畫。且諸家論錢杜詩，大抵以清幽許之。陳文述《松壺畫贅序》云：『而其爲詩又超妙清曠，真氣往來，上之追踪太白，次亦不失爲嘉州、王龍

標。』葉廷綰《感逝集》以『信然』評陳説，且云：『詩皆題畫所作，而紀游感事、吊古懷人悉寓其中。然其五古清雋處，又是韋、柳家數也。』《軼事》云：『《畫贅》一集，空靈澹宕，純乎化機。』陳文述《詩中十一友詩》評錢詩爲：『松壺之詩如素鵰，蕉陰滿地苔花間，月明秋思生空山。』此境亦與贊語切合。郭麐《靈芬館詩話》卷八摘論錢詩：『《仿吴仲圭武山居圖》云：『江風颯颯打琴弦，傍午鳩啼欲雨天。一院蜻蜓人不見，蕉花紅到碧簾前。』《撫雲西老人》云：『荻蘆陰裏小徘徊，薄暝輕舠且未開。山葉打篷風拍水，蟲聲如雨過溪來。』《江鄉漁唱》云：『小樹冪歷生炊烟，夕陽野岸聞扣舷。老漁背網入城去，柴門寂寂江吞天。』《丹陽舟中題畫》云：『庚申十月初三日，柁尾南風晚飯遲。落日萬鴉槃樹起，吕蒙城下陗帆時。』《畫梅》云：『春老銅坑萬樹斜，老夫閑著叩山家。花須數遍日卓午，一塢蜜蜂晴放衙。』皆味在酸鹹之外，不僅詩中有畫也。』

管理軍政頭領一員

鐵面孔目王鐵夫　芑孫，字念豐，號惕甫，自號楞伽山人，長洲人。乾隆戊申舉人。著《淵雅堂集》。

斷斷不附和①，顧公在座②。

王芑孫（一七五五—一八一八），字念豐，號鐵夫，一號惕甫，别號楞伽山人，江蘇長洲（今蘇州）人。乾隆五十三年舉人。客京師，館於諸大僚家，爲代筆札，頗與朝廷典章之事。出而爲華亭教諭者五年，晚寓揚州樗園久，歸卒於里。身短瘠，然性狷介，不屑從諛。工書，以渾古名家。詩古文亦見稱於時。著《碑版廣例》《讀賦卮言》《淵雅堂編年詩稿》《淵雅堂外集》《惕甫未定稿》等，彙爲《淵雅堂全集》。

【箋證】

①《漢書·楚元王傳》：『朝臣斷斷不可光禄勛，何邪？』顔師古注：『斷斷，忿嫉之意也。』此指王芑孫性狷介，不從諛。王鎏《族兄惕甫先生傳》（《碑傳集補》卷四十七）云：『性耿介，不妄取與。非其人不友，能面斥人過。』秦瀛《楞伽山人詩集序》：『輦下人士以萬數，其游於公卿者大都借援聲勢，務爲關説。而鐵夫介然無所苟。館穀之外，不名一錢，雖金盡裘敝不自恤。』昭槤《嘯亭續録》卷四『王惕甫』條記：『謂法時帆云：「君有詩識無詩才，汪端光有詩筆無詩膽，其兼之者故有人在。」其自命如此。』芑孫之不遇，固由困頓場屋，而實亦與其性情不能無關。吴錫麒《送王惕甫之華亭教諭序》（《有正味齋駢

體文》卷十一）云：『吾恐挾其骯髒磊落之氣，憑其汪洋恣肆之才，謂能烟視媚行以爲呧訾乎？抑能重恎虺繆以作閃揄乎？徒却行而求前，不量鑿而正枘，是將重吾愓甫之憂已。』《水滸傳》第四十四回中『鐵面孔目』裴宣之贊詩有句『心平恕毫髮無私』，宣以剛正被流放沙門島，則此贊雙關王、裴也。

② 顧公指顧雍。雍性嚴正，《三國志·顧雍傳》記：『至飲宴歡樂之際，左右恐有酒失而雍必見之，是以不敢肆情。權亦曰：「顧公在坐，使人不樂。」其見憚如此。』芑孫之抗禮權貴，亦有記載可徵。秦瀛《序》：『顧性簡傲，少可多否。遇公卿若平交，人又以是病鐵夫狂。』《嘯亭續録》卷四『王愓甫』條又云：『嘗館睿恭王邸……王稍有過，愓甫輒厲色呵之，使冠帶謝過乃已。』裴宣贊詩有『爲吏敢欺蕭相國』（《水滸傳》第七十六回）句，亦與芑孫事切。按，葉德輝《郎園讀書志》卷十『淵雅堂全集』條云：『《乾嘉詩壇點將録》比於《水滸》之鐵面孔目，擬其人歟？亦擬其詩文歟？』則贊語或亦及其詩。鐵保《淵雅堂編年詩稿序》：『鐵夫之爲人如其詩，峥嶸傲岸，無一字寄人籬落下，而上下五百年，縱橫一萬里，自有一種不可磨滅之氣。』

世之論王詩者，多言其瘦硬。《湖海詩傳》卷四十『王芑孫』條：『愓甫詩臒然以瘦，戛然以清，亦縝密以栗。蓋上溯杜、韓，而實出入於郊、島間。』法式善《王愓甫寄淵雅堂編年詩至》（《存素堂詩初集録存》卷十八）有句評曰：『渣滓除已盡，字字出瘦硬。匪緣讀書精，安得行氣盛。』則似其瘦硬之中有勁氣充焉。故張維屏《徵略》卷四十九『王芑孫』條：『鐵夫學韓得其氣之盛。』餘諸家評其標格，大抵不出此，不備引。

諸體中，稱其五言者多。吴嵩梁《石溪舫詩話》卷一云：『其詩以五言古體爲最工，落筆有芒，壓紙有力，浮響膚詞，劃削殆盡，譬諸鐵笛横秋，霜鐘警夜，天高月白，木落江青。其境殊不易到。』袁潔《蠡莊詩話》卷二則言其『專工五律，一氣渾成』，秦瀛《序》則稱其五言『瀏漓頓挫』。論諸體最詳者，爲葉德輝《郎園讀書志》卷十：『近體學義山而遜其艷，五古學工部而遺其沈，七古似元人薩雁門。五律甚少，蓋奪於賦得詩也。文似勝於其詩。』按，芑孫詩古體時得杜、韓氣勢，然似未得其骨力。近體亦頗可讀，如秦《序》所言『時時有緣情綺靡之作』，故葉氏雖不甚重其詩，然亦云『要其卓然自樹一幟之能，可以概見』。惟洪亮吉《北江詩話》卷一云：『王典籍芑孫詩如中朝大官，老於世事。』似病其少骨力也。

馬軍驃騎舊頭領十員

百勝將孫補山 士毅，字智治，仁和人。乾隆辛巳恩科進士，官至總督，謚文靖。有《百一山房詩集》。

小邾莒，大齊魯①；迭長敦槃，各建旗鼓②。

孫士毅（一七二〇—一七九六），字智冶，號補山，浙江仁和（今杭州）人。乾隆二十六年進士。洊升至雲南巡撫，以失察左遷至翰林院編修，纂校《四庫全書》。書成，擢太常寺少卿。後屢膺封疆，内召後官至文淵閣大學士，卒於任，謚文靖。士毅爲官廉厲，有謀略，多立軍功。平生嗜石，嘗以其佳者一百一枚貯於齋，稱『百一山房』。著《百一山房詩集》。

【箋證】

① 此贊爲『馬軍驃騎舊頭領十員』十六人合贊。邾、莒爲春秋時小國，齊、魯爲春秋時大國。《洛陽伽藍記》卷三：『（王）肅初入國，不食羊肉及酪漿等物。常飯鯽魚羹，渴飲茗汁。京師士子道：「肅一飲一斗，號爲漏卮。」經數年已後，肅與高祖殿會，食羊肉、酪粥甚多。高祖怪之，謂肅曰：「卿中國之味也。羊肉何如魚羹？茗飲何如酪漿？」肅對曰：「羊者是陸産之最，魚者乃水族之長。所好不同，并各稱珍。以味言之，甚是優劣。羊比齊魯大國，魚比邾莒小國。唯茗不中與酪作奴。」』贊或用此典。合此兩句與下兩句贊語及此『馬軍驃騎舊頭領』十數人履歷觀之，此所謂『大』『小』，或非指詩名之高低、詩功之深淺，乃指地位之尊卑。參注②。

② 《周禮・天官・玉府》：『若合諸侯，則共珠槃玉敦。』贊或謂此十數人，無論朝野，要皆名士，能共襄風雅，助興一時一地之文氣。按，此贊泛泛，殊欠精切。此『十頭領』中孫士毅、顧光旭等人諸傳記

未言其愛士，若執片語爲説，固可『想當然耳』，然終似無當於贊；趙文哲、張熙純、孫星衍、錢大昕、趙懷玉輩，早年雖以名士風流，傾動一時，然『長敦槃，建旗鼓』之言，似稍過。而『十頭領』之外如項墉、王復輩，翻更切此贊。亦此《録》思慮不周之一端也。兹於此十數人中，實切此贊者則略爲舉證，否則『箋證』中但論其詩耳。

推孫詩最力者，當時有郭麐，後世有葉德輝。郭氏嘗佐士毅幕，故褒言尤多。其《靈芬館詩話》卷十云：『集中五七古渾厚沈雄，皆自出其胸中之所有，不屑依傍前賢，而骨體自高。五、七律不作唐以後語，七律尤高華典贍，精光昱然。《華陰道上》云：「神仙不度函關北，日月多流渭水東。」《滇南咏史》云：「河山帶礪慚功狗，歌舞樓臺擁媚猪。」《大功坊》云：「六代江山開建業，一家興廢視清淮。」《大詔寺》云：「蒼蔔有林開鹿苑，琵琶無語怨龍沙。」《和惠瑤圃》云：「塞上旌旗趙充國，軍中壁壘李西平。」《升庵雜感》云：「暮年人似將歸客，小住心如退院僧。」「征鑾將士凌烟閣，留守鶯花喜雨亭。」皆名句也。而言情之作又極凄婉，《營奠》云：「已判馬革歸原幸，一慟牛衣事可哀。」《七夕》云：「歷歷黄榆送晚寒，充庭兒女小團圞。一鸞初月如殘月，隔著明河不忍看。」《秋夕》云：「小劫摶沙感慨增，那堪暮景説飛騰。平生何事非孤負，兒女英雄兩不能。」蓋公自滇池回，悼亡作也。又《行帳無事題畫幅十六首》其一云：「夏木陰陰覆緑蘋，花如鵑血草如茵。茆亭莫被溪風卷，留蔭長途病暍人。」則又大人之心仁人之言也。』葉德輝《郎園讀書志》卷十二『百一山房集』條評孫詩云：『今觀全集，古近各體，皆格調雄渾，才氣縱横。而又研煉精工，無一字一句，不出以矜慎。所有詩雖祇二十卷，其光焰萬丈，不能以功業掩其文章。宜乎當時傾倒同聲，無不以詩壇主盟相推許。』按，孫氏詩好作闊大語，郭氏所引諸聯，可見其風格。郭評所謂『言情之作』，似不免發露。郭、葉之評似溢美。今觀當時人多推士毅事功而鮮論其詩，思過半矣。如陳文述兩度題詩於孫集後，於其詩僅泛泛言之，且有『侍從第一人』『朝天集好呈雙闕』等言，其無取於孫詩明矣。蘇去疾爲孫作墓誌銘，又序其詩集，交情不可謂不厚。而其《序》總論孫詩則云：『要其根柢深厚，文文章章，有黄鐘大吕之音，而忠孝之氣鬱勃發見於筆墨之外，非尋章摘句之士所可望見者。』

碩按，《録》點士毅爲『百勝將』韓韜亦有可箋者。孫士毅於臺灣林文爽亂、川藏廓爾喀亂、湖南苗亂之平皆有功，謂之『百勝』，亦無可厚非。葉德輝《郎園讀書志》即云：『《乾嘉詩壇點將録》戲以百勝將目之，得毋以其辟易萬人，力足以拔幟立幟耶？』惟平安南阮惠亂之役，以班師失時，致先勝後敗，爲其畢生之恨（事詳《清史稿》卷三百三十孫氏本傳，文繁不引）。《水滸傳》中韓韜號稱『百勝』，然先後敗於秦明、扈三娘、董平、張清等人之手（事詳《水滸傳》第五十五、五十七、七十等回），幾可謂『百敗』。且孫於當時逢迎和珅、福康安諸權要，非議其德者不在少數。故疑《録》以韓擬孫，或寄微意。以詩論，則李果、張錦芳等『格調派』詩人排位多靠後，葉氏所測，恐失作者用心。至士毅之所以排位不低，或以陳文述與其孫孫均（古雲）爲至交，觀陳集中提及士毅處多半與古雲有關，可以想見。

一作李鶴峰[一]　因培，晋寧人。乾隆乙丑進士。

【校】

［一］金本『百勝將』下無『一作李鶴峰』。

李因培（一七一七—一七六七），字其材，號鶴峰，雲南晋寧（今昆明）人。乾隆十年進士，得高宗賞識，平生揚歷中外，宦迹遍海内。居中則歷任刑、禮、兵、户四部侍郎，外放則充湖北、湖南、福建三地巡撫。爲官因循好粉飾，以撫湘時掩蔽倉庫虧空事發，賜自盡[二]。博通文史，精書法，著《鶴峰詩鈔》。

[二] 此取《清史稿》卷三三八李氏本傳説。然因培孫李浩《李氏詩存序》云：『先大父剛毅端嚴，雖親子弟望之生栗。歷官數十年，矢志清白。所至振拔單寒，伸理冤抑，風節凛凛。每公事叢集，悉心裁決，夜分不倦。』因培同時友人如袁枚、王芑孫等人詩中，皆特表其爲人爲官之清介，則因培之被賜自盡，或有隱情。

【箋證】

②陳康祺《郎潛紀聞三筆》卷四：『晉寧李鶴峰中丞因培，有人倫鑒。典學三吴，幕中賓僚如趙光少文哲、張舍人熙純、陸副憲錫熊、孫撫部永清，皆東南選也。』李又曾典學山東，當時名士出其門下者甚衆，時人集中多及此，不備引。

因培不以詩名世，故論者不多。兹據民國龍雲、周鍾嶽修《新纂雲南通志》卷七十六、卷一百九十六等，摘録翁元圻、張履程論其詩語。翁論云：『古今體詩，浩氣空行，光焰騰上。時而閎深肅括，杜宕飛揚；時而沈雄激楚，時而疏越清奇。大約得力於曹阮顏謝、高岑李杜者居多。於明則兼取李何王李之長，近代則酷似遂初堂、湖海樓二種。一時才人學人皆拜倒。』張論則云：『宏博典麗，跌宕沈雄，豪情奇思，凌厲無前。』按，兩家所論，不免溢美，然亦能見李詩風格。與法式善所謂『詩才奇放』(《梧門詩話》卷二)之説差合。王豫《群雅集》評因培詩曰：『中丞詩如葛稚川目陸平原文：「元圃積玉，無非夜光。」滇中自段皆山、王永齋後，無與京者。』王所言及之段昕、王思訓，皆詩名限於一時一地者。或較翁、張之漫爲揄揚，更切實際。

碩按，李集今存二卷，應制詩即占一卷，此與孫士毅詩能投上所好者合。《録》以李爲孫之副，此殆其所據之一端也。又兩人詩風皆闊，單以此論，亦可并論。再次，孫之爲人爲官，有可議處；李則以案自盡，《録》以李附孫，似亦以此。舒位於李之觀感，似與袁枚、王芑孫等异也。

天目將趙璞函 文哲，字損之，上海人。乾隆壬午召試，賜内閣中書。殉難金川。有《媕雅堂》《娵隅詩鈔》。

趙文哲（一七二五—一七七三），字升之，一字損之，號璞函，上海人。乾隆二十七年，召試，中舉人，授内閣中書，入值軍機。涉盧見曾案褫職。以尚書阿桂保奏，隨軍緬甸。嗣入將軍温福幕，從征金川。三十七年，平美諾，授户部主事。次年殉於果木果之役，追贈光禄寺少卿。少穎异，質弱而氣高，有詩名，爲「吴中七子」之冠云。著《媕雅堂集》《娵隅集》《媕雅堂詞》等。

【箋證】

趙詩前後期風格迥异。前期所作重神韵，秀麗委婉；後期則以多歷世事，身入邊陲，詩一變而爲勁健蒼凉。趙氏摯友程晋芳《趙璞函詩序》（《勉行堂文集》卷二）論此較明，略云：「璞函作秀才時，詩筆秀絶，江左老宿皆斂手，自謂莫及。來京師與吾輩倡和，詩格益進。而天於璞函猶恐其詩未臻至極也，必折挫勞勩之。使所經歷皆人迹所不到，志乘所罕傳，爰是抒難發奇，縱横怪變，一吐其胸中之蕴蓄，使後之覽者咸驚吒嚄唶，謂其才之不可量如是，而又訝其遭逢之慘爲重可哀也。』其詩風之變，王昶《湖海詩傳》卷二十六『趙文哲』條、法式善《梧門詩話》卷七亦皆及之，可參。然法氏則好其前期之《媕雅堂集》。其《梧門詩話》卷七云：『損之自訂《媕雅堂詩》，皆其未入官時所作，較《娵隅集》蒼老不及，而標格過之。如《紅橋絶句》云：「垂楊板渚一條條，碎雨零烟伴寂寥。落拓江湖心事改，不堪過被酒過紅橋。」「蘋花蘋葉媚清漣，妝閣家家鏡裏懸。依約緑窗人未起，湘簾如水颺茶烟。」「小秦淮接小東門，岸草汀花碧一痕。斜泊船唇畫樓角，不聞水調已銷魂。」』此或因法氏作詩、論詩，以王漁洋爲宗，而趙氏『論詩以新城爲主』（王昶語），《媕雅堂集》中詩，標格大抵近漁洋，故法氏有此言。至趙入邊後奇險之作，如《入大風洞不能窮游悵然有作》《將至騰越過高黎貢山絶頂分水關磴道危峻俗所稱五十三參也》《新街紀事》《過指丹山》《天威徑歌》之類，皆可見其風格。

又『七子』之中，王鳴盛推趙爲第一。《雪橋詩話三集》卷七云：『王西沚謂吴中七子，當以損之爲第一。企晋遜其遒，琴德遜其雄，來殷遜其清快。而洪北江極不謂然。』袁枚亦以爲『吴中七子，趙文哲損之詩筆最健』（《隨園詩話》卷十），吴嵩梁等亦附和之。而所謂『洪北江極不謂然』，見洪《北江詩話》卷一云：『趙光禄文哲詩如宮人入道，未洗鉛華。』此或即其神韻之作而言。

碩按，《水滸傳》中『天目將』彭玘與『百勝將』韓韜二人一體，爲呼延灼所統領。趙文哲與孫士毅皆從軍，陳文述《題趙璞函光禄娵隅集》即云：『君不見孫相國，幾度勛名威絶域，當日軍中共賦詩，戰場傳唱弓衣織。』又趙受知於李因培，李以『曠代才』稱之，又延之入幕（見程晋芳《趙文哲傳》，《國朝耆獻類徵初編》卷三五三），則趙實與『百勝將』之兩詩人，皆有可牽合處。

一作張少華[一]　熙純，字策時，上海人。乾隆壬午舉人，賜内閣中書。有《華海堂集》。

【校】

[一] 金本『天目將』無『一作張少華』。

張熙純（一七二五—一七六七），字策時，號少華，别號敬亭，上海人。乾隆二十七年舉人。三十年，賜内閣中書，充方略館纂修。卒於京師。賦性疏闊不拘，爲人所忌，故晚乃折節頽順以自存。詩與同里趙文哲齊名，尤工倚聲。著《華海堂詩》《曇花閣詞》等。

【箋證】

張熙純詩，論者不多。王昶《華海堂集序》（《春融堂集》卷三十八）云：『心所感憤，道古以刺今，緣情而類物，寫其無聊不平者必於詩。鏤肝琢腎，結爲章句，呀然以笑，奮然以躍，忘其饑寒奔走者必於詩。所擬樂府數十篇，出新意傅以古音，皆剔陳言去之。及在浙江游天台、雁宕諸山詩，益奔放奇偉可喜。蓋志足以植其氣，氣足以輔其才，才足以運其學，是以筆墨馳騁幾與古人相上下。』似不免溢美。《湖海詩傳》卷二十七『張策時』條言：『策時英姿壯氣，與升之同學齊名。而胸襟軒爽，照人若雪。兩人成名後臭味稍有差池。策時中年殁於京邸，未歷江山兵燹之奇，故所作稍遜一籌。五言如「人家藏遠樹，漁火入寒流」「澄澗分岩翠，虚亭受月明」「洗鉢承花雨，翻經和海潮」「竹陰連别院，花雨静禪扃」「香臺孤磬發，碧殿一燈深」。七言如「邱中久已馴龍性，隴上何須赴鶴書」「連江暮雨孤帆卸，萬樹秋聲一雁飛」「笛床風細催三弄，酒座香濃試一浮」「疏雨一旗山店酒，春風雙轡馬塍花」「詩就涪翁分一瓣，酒同坡老門三蕉」「紅牙曲罷千花暝，青翰舟回一水香」。亦數十年來吾鄉握槧懷鉛之士所當膾炙。』

碩按，《録》以張爲趙副，殆以二人以同鄉同學而齊名，又同客李因培幕，交最厚。然其交誼似以隙末。《隨園詩話》卷五：『吴中七子，有趙損之而無張少華，二人交好，忽中道不終，都向予嘖嘖有言，而余亦不能爲兩家騎驛也。未十年，張一第而卒，趙亦殉難金川。』王昶所謂『臭味稍有差池』，不知單指詩言，亦或兼及其交惡乎？

聖水將顧晴沙[一]　光旭，字華陽，無錫人。乾隆十七年進士，官甘凉兵備道。有《響泉集》。

【校】

[一] 金本『聖水將』下未點顧晴沙，而以錢竹汀屬之。

顧光旭（一七三一—一七九七），字華陽，一字晴沙，號響泉，江蘇無錫人。乾隆十七年進士。後乃歷官爲監察御史，會冀、魯大水，奏陳時政之弊，親赴其地行賑救，兩月而民安，遂著政聲。晚至甘肅凉州道，愛民如故。三十七年，朝廷用兵金川，光旭署四川按擦使，司饋餉，事竣歸里。主東林書院，議論繼其鄉先賢高攀龍、顧憲成之緒。工書，以售書所得施惠於民，其仁也如此。著《響泉集》，輯《梁溪詩鈔》。

【箋證】

顧以政聲、風節稱。論其詩者大抵言其宗唐。符葆森《國朝正雅集》卷十二顧氏條評曰：『所著詩甚富，錘煉聲響，上逼三唐。有句云：「早霜蒸馬背，殘月落橋心。」工細已極。集中如此者正多。』此既言其錘煉，又言其學唐，無所偏頗。餘如蔣士銓評曰『置之大雅堂，唐音何鏗鏘』（《論詩雜咏三十首》）、顧氏婿張誠《響泉集後序》等，亦皆就顧詩之壯闊沈雄言，似不如符論之周也。王培荀《聽雨樓隨筆》卷一云：『其《咏惠陵》云：「南陽諸葛真名士，天下英雄惟使君。」又《題石溪亭》云：「大峨峰外幾峰青，行盡岷江似列屏。依舊桃花春水緑，石溪人去已無亭。」「數莖白髮奈山青，秋雨秋風冷畫屏。閑與畫莊評邑乘，無名詩史石溪亭。」《高梁山道中》云：「泉聲山色送輕輿，空際林巒畫不如。叠澗雨深叢篠密，半坡雲薄小松疏。隔烟犬吠兒呼犢，傍水鼉喧獺趁魚。絶似江南好風物，濃陰四月插秧初。」』又可藉見顧詩風神之作。另，彭啓豐之序顧集，特重顧氏入邊隨軍之作，論曰：『觀其《南征》詩，據鞍有作，自打箭爐至章谷，叠嶂横峰，湍流駭浪，窅冥幽昇，羊腸百折，行五百里無咫尺坦地。又百里抵達武，大營駐焉。戰陣攻守，聚米成圖。至於紀木果木之役，吊慰忠之祠，凄凉悲壯，斫地可歌。而少年之什直與玉溪生相爲伯仲矣。』此論言其少作可匹李商隱，顯爲過譽。所舉《南征十首》，正以『工細』勝者也。句如『白濤寒峽動，紅葉亂山横』『雲根穿地白，石色冒天青』『燒痕空樹腹，雲氣東山腰』，可證符氏言。

碩按，底本以顧爲『聖水將』正將，與『神火將』正位之孫星衍，無所關聯。即單以顧與《水滸傳》中之單廷圭而論，亦似無可比附。金本改以錢大昕、孫星衍分屬『聖水』『神火』二將，則銖兩較稱（參錢氏箋證）；而以顧光旭移屬『母大蟲』下，一則取其同姓，二則兩者地位亦相當。且顧光旭與李果、張錦芳、周淮等詩風，詩風皆近沈德潛一派，此貼合《水滸傳》中顧大嫂與解珍、解寶有親之本事。故金本少勝。

一作錢竹汀　大昕，字曉徵，號辛楣，嘉定人。乾隆甲戌進士。著《潛研堂集》。

錢大昕（一七二八—一八〇四），字曉徵，一字及之，號辛楣，又號竹汀，江蘇嘉定（今上海）人。乾隆十九年進士，歷官至詹事府少詹事，嘗奉敕與修諸典。四十年，歸里丁憂，遂不復出。晚主江蘇諸書院，研學以終。大昕少時以詞章聞，名列『吴中七子』；既轉攻經史，遂於學無所不窺，而尤以考史見長。所著《廿二史考异》爲數百年來不替之作。札記《十駕齋養新録》所涉浩博，而精絶寡儔。此外著述尚富，有《潛研堂詩文集》《潛研堂金石文跋尾》《諸史拾遺》等。

【箋證】

錢氏以樸學名世，論其詩者不多。王昶《湖海詩傳》卷十六『錢大昕』條評爲：『詩清而能醇，質而有法。』又昶爲錢氏所作墓誌銘中言『詩格在白太傅、劉賓客間』。合而觀之，其詩風大抵可見。龔顯曾

《蔵齋詩話》卷一嘗摘錢句以論，頗可參於王說，茲引如後：『詩亦摭實博雅，不蹈虚薄之習。「韓子文皆從道出，温公事可對人言」「分茅列爵周三等，舞羽敷文舜兩階」「美政久著江表傳，詞人例作嶺南詩」「著書已勝金樓子，汲古常携玉帶生」「歐陽集古一千卷，洛社閑居二十年」「盡識軒轅通道遠，方知光武閉關非」「浪傳阿母來青鳥，却喜奇童對白麟」，皆精卓不得多得。』按，錢詩以論史之作爲最多，固以其深於史學也。然其論史詩，大都平穩。此與沈德潛詩風合。其寫景言情之作，似亦不免沈詩之弊。故洪亮吉《北江詩話》卷一論爲：『錢少詹大昕詩，如漢儒傳經，酷守師法。』又，錢氏非惟作詩守師法，其論詩亦一同沈氏說。其《春星草堂詩序》（《潛研堂文集》卷二十六）云：『愚謂詩亦有四長：曰才，曰學，曰識，曰情。放筆千言，揮灑自如，詩之才也；含經咀史，無一字無來歷，詩之學也；轉益多師，滌淫哇而遠鄙，俗詩之識也；境往神留，語近意深，詩之情也。』此與其師祖葉燮之『才、識、膽、力』說及沈德潛『去淫濫以歸雅正』（《說詩晬語》序）之論，一脉相承。此外查揆《呈錢竹汀宫詹》（《篔穀詩鈔》卷五）、《射鷹樓詩話》卷十六等，亦言錢氏遵詩教之旨，可參。

碩按，金本以錢大昕爲『聖水將』正位，與『神火將』孫星衍對應，乃因兩人皆以少年才人而攻樸學，終成一代宗匠。然以詩風論，錢詩平正而孫詩幽奇，則可謂『水火』兩立矣。

神火將孫淵如　星衍，號季述，陽湖人。乾隆丁未進士，官山東督糧道。有《岱南閣》《平津館叢書》《雨粟樓集》。

孫星衍（一七五三——一八一八），字淵如，一字伯淵，號季逑，别號芳茂山人，江蘇陽湖（今常州）人。乾隆五十二年榜眼，散館後官刑部主事，爲法寬簡。後歷官山東按察使、山東督糧道等，嘉慶十六年引疾歸。爲官有幹才，而性正直，不假借，以故爲權要所不喜，亦難諧於世俗。早歲以詩齊名於同邑之洪亮吉、黄景仁，袁枚許之爲『天下奇才』。後潛而攻漢學，嘉慶初受聘於阮元詁經精舍，多所造就。所著《尚書今古文注疏》，集歷來治《尚書》之大成。又好金石碑版，亦皆能窮其原委。著述豐富，除《注疏》外，尚有《寰宇訪碑記》《平津館集》《續古文苑》《芳茂山人詩録》等，彙爲《孫淵如先生全集》《外集》《補遺》等。另編校有《岱南閣叢書》《平津館叢書》，亦以精善稱。室人王采薇亦能詩，有名於時。

【箋證】

孫氏詩，人多評爲奇逸、幽峭并擅。石韞玉《芳茂山人詩録序》云：『先生詩初效青蓮、昌谷，以奇逸勝……晚年冲和静穆，乃近香山老人。』朱庭珍《筱園詩話》卷二評孫詩：『孫淵如早年詩筆頗悍，造語多峭拔。』」《北江詩話》卷一：『孫兵備星衍少日詩如飛天仙人，足不履地。』林昌彝《射鷹樓詩話》卷二十評曰：『詩筆瀟爽拔俗，飄然有凌雲之氣。』餘如唐仲冕《序》、龔慶《冶城遺集跋》、楊文蓀《濟上停雲集跋》等所評多類同，且似褒揚過當，不贅引。又論孫詩諸體者，似以其古體勝近體。楊文蓀謂『七古縱横跌宕』，符葆森引趙紹祖《蘭言集》云其七古『奇崛幽艷』，楊鍾羲《雪橋詩話》卷九則以爲『五言古體爲勝』。今人沈其光《瓶粟齋詩話》三編卷二分論其體甚詳，云：『其詩，五言古大率規摹二謝，參以韓、孟，幽秀刻削，自成一家。如《上大茅峰》云：「目流衣邊雲，足滑崖上翠。陷知仙踪深，斷若鬼斧利。」《憩鬱崗》云：「山栖寡俗駕，客至道人喜。開門響叢筠，繫馬落松子。檐澀挂薜蘿，階荒合榛杞。蕉心冷逾碧，茗味苦還美。」「念沈鐘聲前，影閉竹花裏」。七古多效長吉。五律「虚堂零竹雨，孤屋幕茶烟」「露肘天風冷，鈎衣竹翠深」「樹濃知鵲在，烟動識人行」「獨樹度雲影，一星争月光」「隗樹留殘蒂，湖波定曉雲」「暫游知客樂，獨往得愁佳」諸聯，信堪上躡郊、島，下轢四靈。』王曉堂《歷下偶談》（《清詩紀事》孫氏條引）亦摘其佳句：『《夏日曉行》云：「片風彈病葉，碎日射流波。」《雨後泗上旅館題壁》云：「旅夢因秋冷，河聲抱恨流。」《山行遇雨》云：「山川失行色，草樹起秋烟。」《晚景》云：「秋色沈荒渡，夕陽明亂山。」七言如《懷夷門》云：「夢裏河聲帶暮雨，天邊柳影帶歸鴉。」尤妙。至「菊存傲骨經霜見，山有餘情招隱來」「得時花有驕人色，出谷鶯無求友聲」，皆能寓意深遠。』

碩按，洪亮吉爲孫摯友，而《北江詩話》卷一評其詩獨加以『少日』二字，卷六云孫氏研經後所作，『與少日所作如出兩手』，似甚爲之惜，不以石《序》所謂『冲和静穆』之作爲重也。餘如袁枚、陳文述、張問安等，持論亦皆同洪氏，殆當時公論如此。然錢鍾書於此則有异見。《談藝録》第三十九則云：『余觀《芳茂山人詩録》，少年寫景，擅作幽峭語，初無大過人處。中年後詩亦殊有鋒穎情韵，何至如北江所揚挹乎？』且於人稱孫爲『仙才』亦不謂然，其考楊倫戲答孫氏諸詩後云：『想見淵如少年矜才，好名誇誕，必自負爲「謫仙人」，身有「仙骨」，得配「仙眷」，偶儕阿私標榜，遂目爲「天仙化人」矣。』

至孫氏之轉而攻經學，《隨園詩話》卷十六云：『余向讀孫淵如詩，嘆爲奇才；後見近作，鋒芒小頽。詢其故，緣逃入考據之學故也。孫知余意，乃見贈云：「等身書卷著初成，絶地通天寫性靈。我覺千秋難第一，避公才筆去研經。」』按，此所引孫氏言，不過客套，非其本心。孫《答袁簡齋前輩書》(《芳茂山人文集》卷四)有云：『侍正恐經世之疏，故汲汲不敢有暇日也。恐世之聰明自用之士，不求根柢之學，他日貽儒者之耻。』則其重樸學乃自有抱負在，非惟不爲旁人之惜所動，更遑論『避公才筆去研經』哉？袁枚於《隨園詩話》中每藉人言，曲爲自諛，宜乎不滿者多矣。

一作吴竹嶼[一]　泰來，字企晋，長洲人。乾隆庚辰進士，賜内閣中書。有《净名軒集》《硯山堂集》。

【校】

[一] 金本『神火將』下無『一作吴竹嶼』。參本書『九紋龍』條。

吴泰來（一七二二—一七八八），字企晋，號竹嶼，江蘇長洲（今蘇州）人。少由副貢生選校官，勾留竟歲，以病免歸。乾隆二十五年進士，越二年召試，賜内閣中書，不赴。畢沅撫關中，延之主關中書院。後隨至河南，主大梁書院。與洪亮吉、錢泳諸名士酬唱無虚日。好弆藏，築遂初園藏古書善本數萬卷，寢饋其中十餘年，其樂學如此。有詩名，與王昶、趙文哲等七人合稱『吴中七子』，沈德潛選七人之詩而刻焉。著《硯山堂集》。

【箋證】

② 王昶《湖海詩傳》卷二十三『吴泰來』條：『遂與江浙諸名士流連觴咏，座無俗客。惟李布衣果、惠徵君棟、王光禄鳴盛、錢詹事大昕、曹學士仁虎、趙少卿文哲、張舍人熙純、朱明經方、靄上舍昂、凌孝

廉應增、汪員外棣、張崗、沙維杓兩布衣，及名僧逸雲、念亭，畫師則王存素，琴師則周紫芝，皆一時之選也。如是者十餘年。後雖成進士，以召試賜中書，而少無宦情，壯而彌甚，東南人士望之如仙。』

論吴詩較詳者，乃惠棟《硯山堂集序》，略云：『余讀之，詩凡三變。其始清真古澹，直似王孟；繼而票姚跌宕，沉鬱頓挫，仿佛少陵、太白；久之而絶去摽傍，渾成蒼秀，遂能不名一家，而兼擅衆美。蓋君之性情高曠，而又有學問以培之，以故每變益上，卓然與古人抗衡。』王昶《吴企晋净名軒遺集序》云：『君詩以漁洋爲宗，并取《三昧集》五七言古詩，已探六朝大家名家之藴。而才學富有，風華灑落，諸體皆工。』按，吴詩之學漁洋者，如《對雪獨坐有懷》《送過湘雲之松陵》《索題漫成》《過中峰古公禪院》等作皆是。而其出沈德潛門下，壯闊之作亦復不少。《湖海詩傳》卷二十三亦頗采之，如《吴越王廟》《横石》《虎山夜泊》《黄天蕩懷古》《讀史有感》等作，則又是一格。吴似欲合兩家於一手也。而洪亮吉《北江詩話》卷一云：『吴舍人泰來詩，如便服輕裘，僅堪適體。』則嫌其才薄。

碩按，孫、吴二人同里，且嘗同入畢沅幕，素有交情。然以詩風、性情論，則不相類。金本點吴氏爲『九紋龍』正位，似不如底本以嚴學淦擬史進爲切。

鎮三山吴穀人 錫麒，字聖徵，錢塘人。乾隆乙未進士，官祭酒。著《有正味齋集》。

吴錫麒（一七四六—一八一八），字聖徵，號穀人，浙江錢塘（今杭州）人。乾隆四十年進士，官至國子監祭酒，以親老乞歸，主揚州諸書院以終。工詩文及倚聲。詩繼厲鶚、杭世駿而爲浙派首領，高麗使臣嘗争購其集。駢文尤有名於時，藝林咸推奉之。著《有正味齋集》。

【箋證】

② 王昶《湖海詩傳》卷三十三「吴錫麒」條：『（錫麒）情殷萱背，乞假南還。雖未即安於閑適，而世已以白、晁兩太傅相期。性好溪山，流連詩酒，青簾畫舫，緑箬紅衫，游筇所造，無不承蓋扶輪，掃門納履。』法式善《重刊有正味齋集序》亦言及此，不備引。

吴氏詩，論者大抵以清醇評之。余雲焕《味蔬詩話》卷二云：『吴穀人詩清華典重，歌咏太平。雖少骨幹，然天趣盎然，不費雕靡，小詩獨標新響。《澄懷園消夏》云：「萍面蛤蟆禪子語，草間蚱蜢女兒衣。南華齊物誰能悟？獨立晚風觀化機。」《舟中雜咏》云：「彭彭魄魄打麥聲，啞啞軋軋繅車鳴。唤儂挑飯下田去，樹上一鷄鳴午晴。」《蠶詞》云：「團圓日出鷄子黄，一曲歌聽陌上桑。前路看花慮更好，使君莫負紫絲韁。」斷句「君王明日新祈穀，小隊紅妝看象來」「牽牛花是鄰家種，瘦竹一莖扶上墻」「聽得鄰家耞板急，夢隨飢雁落霜田」。《題杜文貞像》：「千里麻鞋豺虎險，一身飯裹鳳凰饑。君臣正氣存風雅，妻子空山哭亂離。」清俊之音，未可以力弱少之。』潘瑛、高岑《國朝詩萃二集》（《清詩紀事》吴氏條引）云：『司成詩格清醇，得温柔敦厚之旨。間有宋體，不落纖腐，其風骨高也。』評吴詩者，以此兩家較細。陳文述《病起讀里中前輩詩各體一律》吴氏下云：『梅村老去樹栖鴉，祭酒新詩更一家。獨抱冬心對冰雪，最宜仙骨卧烟霞。徐摛宫體書金管，束晳笙詩譜白華。何處風流邀勝賞，西泠明月廣陵花。』諸家所言近似。

至吴詩之淵源，論者多以浙中前輩詩人如朱彝尊、厲鶚等比之。如吴應和《浙西六家詩鈔》卷六吴氏下評曰：『七古自出機杼，一空依傍，洵足稱名家。間或有似昌谷，似青蓮，似東坡，似梅村，非盡學杜。五古、五七律之極自在者，多近樊榭。雖尚辭華，仍歸清峭。』王芑孫《試帖詩課合存序》亦云：『予所尤服膺者，乃其八韵詩也。穀人他詩靡不工，然生峭之音，新蒨之色，超逸之解，雖脱化幾變，猶足以知其爲西泠前輩流風。』是知吴工試貼也。按，吴詩學厲，然似不及厲詩清蒼。《北江詩話》卷一評其詩『如青緑溪山，漸趨蒼古』。梁紹壬《兩般秋雨盦隨筆》卷一、朱庭珍《筱園詩話》卷二皆解洪氏之『漸趨』爲『尚欠』，可見不滿其詩者亦不少。今人沈其光《瓶粟齋詩話》三編卷二評曰：『其詩與香蘇山館相似，大都爲當時風尚所囿，不能盡脱試帖氣味。惟五言清越，似瓣香樊榭者。』此説似較中肯。錢鍾書評爲『以纖爲雋』，大抵不出諸家範圍。且云：『（樊榭）幽光密肌，豈穀人淺露之比乎？』（《中文筆記》第一册[四五]）則以爲貌襲樊榭而已。

醜郡馬夢文子 麟，正白旗人，號午堂，一號喜堂，西魯特氏。乾隆乙丑進士，授檢討。官至工部侍郎。有《大谷山人集》。

夢麟(一七二八—一七五八),字文子,一字謝山,號午堂,别號大谷山人,西魯特氏,蒙古正白旗人。乾隆十年進士。揚歷中外,二十二年以治河及山東水患有法,爲上所賞。次年調工部侍郎,署翰林院掌院學士,卒於任,賜祭葬。工詩,著《大谷山堂集》。

【箋證】

②王昶《湖海詩傳》卷九『夢麟』條:『生平宏奬風流,惟恐不及。典乾隆癸酉江南鄉試,予得出其門下。既進謁,歷詢南邦人士。予以鳳喈、企晋、曉徵、來殷、升之、策時、東有爲對。未幾視學江蘇,取來殷諸人悉置之首列,而於鳳喈輩推奬不遺餘力。』

論夢麟詩者,以沈德潛《大谷山堂集序》較詳:『謝山夢先生,窮詩之源而不沿其流者也。先生具軼倫之才,貫穿百家,其胸次足以包羅衆有,其筆力足以摧挫古今,而能前矩是趨,志高格正。樂府胚胎漢人;五言咀含選體,即降格亦近王、韋;七言馳驟豪蕩宗太白,沈鬱頓挫宗少陵,離奇瑰偉宗昌黎;近體亦不肯落大曆以下。奔湍急硤,百怪滉瀁。大波爲瀾,小波爲淪,惟發源昆侖,故能經絡九州而混混不竭也。』按,夢麟詩以古體勝。而楊鍾羲《雪橋詩話》卷六摘其七絶:『《東郡道中雜咏》云:

「日暮風吹杜甫臺，荒城孤嶂夕陽開。石門烟澹秋無色，潦倒誰傾濁酒杯。」「青山萬叠迴含愁，處處寒沙漲淺流。行返界河將北渡，濕雲草草不成秋。」「征軺鹿鹿復班班，一棹空明荇藻間。日暮雲軿更何處，晚烟凉露冷魚山。」《孟縣早發洛陽道中雜咏》云：「城外韓莊數里遥，暮田松柏晚蕭蕭。輪蹏却是匆忙甚，未溯靈風放小招」「青疇雨足絶纖塵，楊柳輕風似暮春。樹樹緑陰吹不散，亂蟬聲過小平津。」「曲澗縈迴上北邙，斷烟枯木野蒼蒼。殘碑覆地烏啼樹，一派平沙落照黄。」「古瓦長松羃曉烟，高歌空説巾興年。金鐙石馬無消息，日暮寒林拜杜鵑。」「紅樓紫殿已邱墟，寂歷孤城腐草餘。風起野棠花滿徑，苑墻蕭瑟憶羊車。」』似此氣象皆在中唐以後，與沈氏『近體亦不肯落大曆以下』説，似不相符。《梧門詩話》卷一所選七律《觀象臺》兩首宗盛唐，殆即沈氏所言者。張維屏《國朝詩人徵略》卷四十四夢氏下評曰：『其爲詩五言則蕭寥澄曠，七言多激楚蒼凉。方處春華之時，已造秋實之境。』此論最確，以與沈説合觀，差可得夢詩全貌。餘如王昶《湖海詩傳》卷十、《雪橋詩話續集》卷五所論，大抵不出沈説範圍，不備引。

碩按，宣贊以武藝出衆，郡王以女妻之。然郡主以其貌寢，飲恨而亡。事見《水滸傳》第六十三回。據王昶《夢公神道碑》（《春融堂集》卷五十二）記：『（夢麟）生於成都官舍，六歲入塾，敏悟絶倫。時大學士黄公廷桂總督四川，見而愛之，以女妻焉。……公初聘黄氏，未昏卒。』據《清史稿》卷三二三黄氏本傳，黄廷桂官至吏部尚書、武英殿大學士，加太子太保。夢麟之被點爲『醜郡馬」，似以此。

火眼狻猊張瘦銅　塤，字商言，吴縣人。乾隆三十年舉人，官内閣中書。有《西征》《熱河》《南歸》諸集。

張塤（一七三一—一七八九），字商言，號瘦銅，别號湖莊、吟鄉、石公山人等，江蘇吴縣（今蘇州）人。年弱冠即出而游學，乾隆三十一年成舉人，官内閣中書，入四庫館任編修。嗣乃奔走南北，多所游歷，晚歸京師而卒焉。塤博學多藝，在京與翁方綱論金石書畫甚洽，又與翁及洪亮吉、黄景仁等結京都詩社。詩學宋人，少與蔣士銓齊名。書及詞尤爲人所稱，勝其詩云。著《竹葉庵文集》《吉金貞石録》等〔一〕。

【箋證】

張氏詩學宋人及明公安派，尚鍛煉，求新穎，然不免瑣屑，故諸家不甚重之。袁枚《隨園詩話》卷十

〔一〕本小傳參李偉《張塤年譜》，江蘇師範大學二〇一二年古代文學專業碩士畢業論文。

六評曰：『吴門張瘦銅中翰，少與蔣心餘齊名。蔣以排奡勝，張以清峭勝。……《過比干墓》云：「祇因血脉同先祖，真以心肝奉獨夫。」《新豐》云：「運至能爲天下養，時衰拚作一杯羹。」讀之令人解頤。瘦銅自言：「吟詩刻苦，爲鍾、譚家數所累。」又工於詞，故詩近瑣碎，不入大家。然其新穎處不可磨滅。《咏風箏美人》云：「祇想爲雲應怕雨，不教到地便升天。」《借書》云：「事無可奈仍歸趙，人恐相沿又發棠。」真巧絶也。至於「酒瓶在手六國印，花露上身一品衣」則失之雕刻，無游行自在之意。』王昶《湖海詩傳》卷二十九『張塤』條亦云：『商言才情横厲，硬語獨盤。後乃學於山谷，後山，沿於文長、中郎，打油釘鉸之習時露行墨間。然如《新豐》云：「百家鷄犬英雄宅，萬歲枌榆故舊情。」《夜宴》云：「花露半晴題却扇，人扶殘醉唱回波。」亦殊工麗。』洪亮吉《北江詩話》卷一云：『張舍人塤詩如廣筵招客，間雜屠沽。』觀此數家言，張詩標格大抵可見。餘如葉德輝《郎園讀書志》卷十二等所論亦近袁説，不備引。又，楊鍾羲《雪橋詩話三集》卷八云：『瘦銅每曰詩不可自欺。有一字未愜便放過，是自欺也。』則其自作可符其論旨也。

一作史赤崖[一]

善長，字仲文，一字誦芬，吴江人。諸生。有《秋樹讀書樓遺集》。

【校】

［一］金本『火眼狻猊』下無『一作史赤崖』。

史善長（一七五〇—一八〇四），字仲文，一字誦芬，號赤崖，亦號赤霞，江蘇吴江（今蘇州）人。諸生。少隨父客秦隴，長游於諸大僚幕，踪迹幾遍海内，所交皆一時名士。晚鬻書自給，以貧終。善長工詩文，兼長隸書篆刻。著《秋樹讀書樓遺集》《翡翠巢文稿》等。

【箋證】

② 今人陳融《顒園詩話》（《清詩紀事》史氏條引）：『赤崖少時，遭遇困頓。而當世名公愛其才華，召之赴幕中。曾應邵州馮方伯兆熊及景如柏觀察之聘，至蘭州、寧夏。後回秦，入王廉使述庵幕。晚從畢秋帆制軍最久。姜尚書晟、翁宫詹方綱亦重其才，一時名士如孫星衍、洪亮吉、王芑孫等，均樂與之交。』按，史氏聲名實晦，時人言及此者蓋稀，姑録此説以備考。

史氏詩多記時事，有詩史之目。王昶《湖海詩傳》卷四十二史氏下云：『誦芬從其尊人客游秦隴，從畢秋帆制軍最久。其詩鏗鏘激楚，殊有北地之風。既而從秋帆制軍於湖廣，苗民未靖，楚寇旋興。誦芬目睹焚突之慘，故形之篇什者。雖一哭六太息，不是過也。體材本杜陵，而練詞琢句得之謝康樂、鮑明遠者居多。』此論善長詩最確。楊鍾羲《雪橋詩話餘集》卷六詳析其作云：『吴江史册崖善長有《秋樹讀書樓遺集》，朱梓廬謂爲竹垞檢討之派。客畢尚書幕，值川楚用兵，指情類事篇什爲多。其《襄陽紀事》云：「霸上真如戲，枋頭悔已遲。裹糧煩轉戰，卷甲費窮追。漫礪王孫劍，虚搴鄭伯旗。莫膺焦爛賞，史筆有微詞。」時永都統總統湖北軍務，與恒將軍并晋宫銜，賜雙眼翎。既而官軍屢失利，景安於事多所争執，永與明將軍不協。戰迄無功，大營駝馬亡失大半。永被逮入獄，詔以惠齡代之。秋帆銜命南行，總理苗疆善後。故又有「檻車征鄧艾，節鉞付班超」之句。其「竟落魚門胄，難歸白狄元」，則謂提督花連布戰殁青溪事也。』

碩按，《録》以史氏爲張塤之副，一則或以兩人皆游歷海内，而詩文得江山助者也（張詩之『得江山之助』，見阮元《西征集序》）。二則或以兩人皆工書故。然兩人詩風迥异，一沈雄，一新穎；一學唐，一學宋、明，此則不可不辯也。

鐵笛仙趙味辛　懷玉，字億孫，武進人。乾隆庚子欽賜舉人，官青州同知。有《亦有生齋集》。

趙懷玉（一七四七——一八二三），字億孫，號味辛，又號映川、牧庵等，江蘇武進（今常州）人。乾隆四十五年召試舉人，官至登州、兖州同知，以丁憂歸。晚主通州、石港諸書院。性誠正，事必求實，時有以迂儒目之者。於諸學尤精校讎，嘗佐李廷敬、阮元等校輯典籍。又工詩文，詩與同里洪亮吉、孫星衍、黄景仁齊名。著《亦有生齋集》。

【箋證】

趙氏詩以雅正含蓄爲宗。《北江詩話》卷一評其詩：『如鮑家驄馬，骨瘦步工。』陸繼輅《亦有生齋詩集序》論之曰：『若其義抉元要，音均同律；尋繹周孔，源流曹馬。感風雨於宵旦，變草木於春秋。淵淵金石之聲，落落星河之色。和鸞翽鳳，有響皆平；方玉圓珠，無詞不潤，則又盛德之元音，非候蟲寒鳥所得方矣。』吴錫麒序其集亦云：『一言著紙，如星之妥於天；隻字奏懷，必砥之平於地。典贍之至，彌見從容。』其弊則在平弱。懷玉自序其集即自稱『筆力平弱』，或非謙辭。郭麐《爨餘叢話》卷四評趙詩有云：『於毗陵諸公中，最爲純粹。微覺平衍少奇氣。』實中其弊。《越縵堂日記説詩全編·評論門·評騭類三之下》三七則評云：『詩集淺弱粗浮，全不足采。樂府俚率，詞尤拙劣。』則可謂不留情面矣。

摩雲金翅伊墨卿　秉綬，字組似，寧化人。乾隆己酉進士，官惠州知府。有《留春草堂詩草》。

伊秉綬（一七五四——一八一五），字組似，號墨卿，又號墨庵，福建寧化人。乾隆五十四年進士，歷官惠州知府、揚州知府等。知惠時，博羅陳爛屐反，秉綬請兵於總督吉慶。逢彼之怒，派失察教匪罪論戍。民咸訴其冤於前，遂得復官知揚州。爲官深通法律，明察巨細，聲望卓著。殁後揚州士民以之配食歐陽修、蘇軾、王士禎，合稱四賢。秉綬學宗宋儒，力倡文教。又工詩文，精古隸，書名尤著於世。著《留春草堂詩鈔》。

【箋證】

②《國朝詩人徵略》卷五十『伊秉綬』條：『抵揚州，寓黄氏園。一時名流酬唱頗洽。』《清史稿》卷四七八其本傳言其『宏奬文學』。餘之言此者散見各書。

伊詩重民生，寫時事，實秉敦厚之旨。《北江詩話》卷一云：『伊太守秉綬詩如貞元朝士，時務關心。』法式善《伊秉綬詩集序》則詳論之：『大抵少作多幽潔之篇，官西曹多綿密之作，居粤多峭厲之詞。溯源於温柔敦厚，托意於忠孝節廉，境屢變詩亦屢變，而在不與之俱變者，所謂道也。』葉廷綰《感逝集》

《紀事》伊氏條引）云：『性情氣息自然近古，真儒本領，因自异於詞章家也。』合觀可得其詩主旨。按，伊氏詩似以杜爲宗。林昌彝《射鷹樓詩話》卷七云：『寧化伊墨卿太守秉綬《留春草堂詩》，七古蒼健無枝葉，可稱名手。其《雷州寇司户祠》七律云：「海氣南州接大荒，樓臺何處廟蒼涼。注孤要識心無負，夜水長悲足有創。空苑落花疑泪蠟，野人薦飯感燕羊。漢書未讀天書進，坐惜奇才早擅場。」尤爲絶作。他名句如「月華洞庭水，蘭氣瀟湘烟」「籠山烟淡漠，穿竹月玲瓏」，皆清新可誦。閩縣陳葦仁先生贈詩云：「字法奇於碧落石，詩情麗作赤城霞。」非溢語也。』其集中如《賑灾》四首、《武勝關》《寄韓桂舲觀察》等作，皆學杜者也。陳衍《石遺室詩話》卷二十四論其詩：『近體筆情娟秀，而時時喜作雄邁渾成語。如《鄒縣謁孟子祠》云：「功不下神禹，象真同泰山。」《端硯》云：「磨人自是同磨墨，正筆應知在正心。」《滎澤渡河》云：「濤聲暮走鴻溝界，野色空高廣武原。」《武勝關》云：「天低鄖子國，雲没楚王臺。」《沅水》云：「湘夫人枉思公子，屈左徒空吊賈生。」《題登岱圖》云：「一杯東海水，九點齊州烟。」《六如亭》云：「因依玉局三生後，縹緲陽臺一夢中。」《看牡丹》云：「李白詩邀妃子笑，姚黄花損相公名。」《花朝》云：「歸雁帶將春信早，疏鐘聽到雨聲乾。」對句由「晨鐘雲外濕」翻出來。《戲呈劉石庵先生》云：「半世塗鴉鬢欲班，平生惟服謝東山。幾網欲試撥燈法，仍恐書遭批尾還。」』娟秀句如《青草塘》云：「一士袍同色，荒陂水有聲。」《寓樓對酒》云：「桃花春色好於馬，竹葉雨香濃到杯。」《再游西溪》云：「重來人狎前溪鷺，枯坐心成九夏冰。」《赴郡憶梅》云：「一樹半開人便去，昨宵孤立鶴猶猜。』《宿倚山樓》云：『南斗白生無月夜，佛桑濃發落花天。』《寄胡茂甫》云：「年年春草凋青鬢，樹樹梅花亂白雲。」《十七夜月》云：「自然光略損，敢厭上來遲。」亦皆可略窺其學杜之迹。

碩按，《録》之點伊秉綬爲『摩雲金翅』，依據約有二端：一、以生平論。《水滸傳》第四十一回叙歐鵬：『因惡了本官，逃走在江湖上緑林中，熬出這個名字。』《清史稿》卷四八七伊氏本傳記：『時提督既擁兵不前，其標兵卓亞五、朱得貴均通賊縱掠，爲僞渠帥。秉綬憤懣，請兵益力，逢總督吉慶之怒，復以失察教匪論戍。』二、以詩學論。歐鵬與『鐵笛仙』馬麟於上梁山前，即同落草黄門山。上梁山後，亦與馬麟及『火眼狻猊』鄧飛最親密。伊詩之重忠孝揚節氣已見前言；趙懷玉有《亦有生齋樂府》兩卷，專以表彰忠烈爲旨。兩人皆所謂醇儒，性情冲和，故以歐、馬之交厚相擬。至以詩風觀之，則伊詩與史善長詩相近（參史氏條箋證）。又伊故工書，亦可以史比附。要之，此數人當一體觀之，不宜泥於詩人頭領之關聯，一一求合。《録》時以技藝，時以詩學，時以生平，時以性情，錯綜比附，非通觀不易得作者用意也。

赤髪鬼查榕巢 禮，字恂叔，號儉堂，宛平人。乾隆十三年，由監生爲户部主事，官至湖南巡撫。有《銅鼓書堂集》。

查禮（一七一五—一七八三），原名學禮，字恂叔，號儉堂，一號榕巢，順天宛平（今北京）人。查爲仁弟。乾隆元年應博學鴻詞科，報罷，入貲得户部主事。以幹才洊升至知府。朝廷用兵西北累年，禮隨軍以行。以熟番情、知應變，屢建軍功。四十五年擢湖南巡撫，未赴任而卒於京。禮少好學，至老不輟。嗜收藏，得印刻碑版之屬尤富。又工繪事，風雅能文，公餘與厲鶚、程晉芳諸名士詩酒唱和爲樂，一方文人歸之云。著《銅鼓書堂遺稿》。

【箋證】

② 吕星垣《查公墓誌銘》（《國朝耆獻類徵初編》卷一八一）云：『尤愛士，於故人周焯、杭世駿、顧光旭、厲鶚、程晉芳尤惓惓。喜登眺憑吊，磨崖勒石。』餘不備引。

查禮詩，徐世昌《晚晴簃詩匯》卷七十二查氏下評：『少作類皆清新婉約，出自性靈；服官後之作才氣駿發。……詩以境殊，非復吟風弄月之舊矣。』此説實申杭世駿説而明之。杭《銅鼓書堂詩序》云：『儉堂之詩機杼性靈，原本忠孝，猶蓮坡之教也。今批其全集，少作已自可傳，而傳簡堂者尤在服官以後之作。』杭《序》以查遠出關外，多習异俗，且爲國安邊靖境，於己則立功立言，故其詩可以當史。葉德輝《郎園讀書志》卷十四『銅鼓書堂集』條賅述此意較簡明，云：『其間所歷荒徼崎嶇之境，軍事成敗之因，托於詩歌，情真事當，雖杜工部號爲詩史，無以過之。而其掞藻修辭，句斟字酌，千錘百煉，仍復動合自然。由其萬軸羅胸，借舌於筆，故能閎中肆外，聲情兩兼。』按，葉説後半襲顧光旭《銅鼓書堂集序》説。查詩寫景言情之作，清蒼疏宕，如《贈王昆霞道士》《家立功侄過陶然亭看雪》之類；其記軍旅异俗之作，或雄駿動蕩，如《金川歸化恭記一百韵》《西域行》《海陽山湘漓水源歌》；或生新清脆，如《采葛行》等，顧《序》所謂『時或驚風雨、泣鬼神；時或諧韶濩、沮金石』，殆指此焉。

碩按，《録》點查禮爲『赤髮鬼』，或以禮『神采岸异，談吐如洪鐘』（吴省欽《查公神碑》），可比劉唐之豪。

一作劉松嵐[一]

大觀，邱縣人。貢生，官奉天寧州知州。有《玉磬山房詩鈔》。

【校】

［一］金本『赤發鬼』下無『一作劉松嵐』。

劉大觀（一七五三—一八三四），字正孚，號松嵐，山東邱縣（今河北邯鄲）人。乾隆四十二年拔貢，授廣西永福知縣。歷官至奉天寧遠知州、山西河東道，有令聲。嘉慶十五年，以事罷官，遂不出。晚主書院於河南。好風雅，工詩畫，所交皆一時名士。著《玉磬山房詩文集》。

【箋證】

劉詩主幽寒，此諸家所評之大概。洪亮吉《北江詩話》卷一：『劉刺史大觀詩如極邊春色，仍帶荒寒。』同時人即評爲學張籍、賈島。吴嵩梁《石溪舫詩話》卷一評曰：『五言詩以張水部、賈長沙爲宗，清能徹底，瘦可通神，高格自持，名句有味。』樂鈞評其詩亦有『前代張司業，傳君筆一枝』句（《題劉松嵐詩集後》）。王培荀《鄉園憶舊録》卷二評曰：『邱縣劉松嵐大觀詩刻峭清蒼，刻苦絶似賈島。生平嗜高密二李詩，故取法如此。』餘言其學閬仙者尚多，此不贅引。其宗高密李憲喬、李懷民事，劉氏《重刻唐賢主客圖詩序》（《玉磬山房文集》卷一）自言：『觀初在桂林，與老友李松圃同受詩法於石桐季弟少鶴先生。』楊鍾義《雪橋詩話餘集》卷六言之更詳：『劉松嵐兵備初在嶺外學詩於李子喬，子喬謂其爲《才調集》所誤。三十後從新作起，又曰格律不合，色相不配，又火之。得其指授，一以清瘦峻削爲宗。如《得李子喬書》云：「想見寄時難，離愁有萬端。經年始能到，隔日又重看。積雪在枯樹，薄帷生峭寒。那能遼水上，一夕振輕翰。」他如「馬因行部瘦，民自下車肥」「血枯平虜後，家散拜官秋」，皆類長江一派。』按，法式善《梧門詩話》卷五曰：『劉松嵐詩工五言，袁子才謂思清筆老，風格在韋、柳之間。壬子訪余詩龕中，留詩一卷而去。《與友人游栖霞寺》云：「愜心三兩友，因興出東城。秋水城邊過，蒼烟寺裏行。逢僧無一語，聽鳥自孤鳴。靄靄峰頭月，增人幽曠情。」《暮春江上》云：「采藥一僧歸，林邊掩竹扉。雨餘江水漲，風定岸花稀。簾下人沽酒，渡頭漁曝衣。寂寥無一事，乳燕向人飛。」《江村偶步》云：「孤村泊舟處，江岸逐漁樵。乞藥尋山寺，看雲過石橋。曉松枝上露，春蕨雨中苗。何處能招隱，名心已漸消。」《秋夜懷友》句云：「暑氣忽已離，盡懷從此多。」《率郡人種花木於芳山麓》云：「此樂非吾有，分春與衆同。」《買舟》云：「已當臨去日，還似未來初。」《湘江懷友》云：「孤艇寺前直，一鷗沙上閑。」皆幽渺之音。』

於劉詩，亦有言其雄駿者。葉德輝《郋園讀書志》卷十四劉集條評：『松嵐先生詩於峻峭之中露雄直之氣，雖服膺李少鶴，而實能自開生面，獨樹一幟。』於其淵源，則王昶《湖海詩傳》卷三十八『劉大觀』條於諸家外，另持一見。略云：『推其源似出於《瀛奎律髓》，足與四靈三拜，分手抗行，不僅爲五言長城已也。』可參。

碩按，大觀爲舒位父執（見舒位《江上停雲詩》）。《録》以劉大觀爲赤髮鬼，揣其用意如下：一、與劉唐同姓。二、劉、查兩人皆身處邊徼有年。查隨軍西北，劉則由嶺南而至於關外，足迹縱貫中原，异風异俗頗見於二人詩。三、兩人早歲詩皆秀婉，中歲以後則詩風一變，劉詩主幽寒，然亦不乏蒼勁之作；查則主雄駿，亦時有生新之作。

專治詩病頭領一員

神醫薛一瓢　雪，字生白，吴縣人。著《掃葉山房詩存》六卷、《一瓢詩話》一卷。

望聞問切，洞見癥結①［一］。

【校】

［一］底本無此贊，據金本補。

薛雪（一六八一—一七七〇），字生白，號一瓢，江蘇吴縣（今蘇州）人。諸生，少從同郡葉燮學詩，雍正、乾隆間兩徵博學鴻詞科，不就。以醫術名，與同時名醫葉桂不相能，自名所居曰掃葉山房、斫桂山房，其不肯下人如此。詩文外旁及書畫，并擅拳勇。著《斫桂山房詩存》《抱珠軒詩存》《一瓢齋詩存》《一瓢詩話》《舊雨集》等，合刻爲《掃葉山房五種》。另有《醫經原旨》等醫書行世。

【箋證】

①『望聞問切』，出扁鵲所著醫書《難經》，乃醫病之四步法。《史記·扁鵲倉公列傳》記扁鵲得長桑君之傳，飲其藥，而能『盡見五藏癥結，特以診脉爲名耳』。薛既稱名醫，《録》遂點爲神醫。《水滸傳》第六十五回有『重生扁鵲應難比』之句以美安道全。《清史稿》卷五百二薛雪本傳：『於醫時有獨見。斷人生死不爽，療治多异迹。』又安曾爲宋江治療背瘡，救其性命，事見《水滸傳》第六十五回。薛與袁枚亦醫患之交而進於朋友者。《隨園詩話》卷五：『吴門名醫薛雪自號一瓢，性孤傲，公卿延之不肯往，而予有疾則不招自至。』袁另於《病中謝薛一瓢》（《小倉山房詩集》卷七）、《病起贈薛一瓢》（《詩集》卷十三）等詩中言及薛爲其療病事，《録》點薛爲安，或亦關此。《隨園詩話》卷五且記薛妙手回春事，不妨録於後：『乙亥春余在蘇州，庖人王小余病疫不起，將掩棺。而君來天已晚，燒燭照之笑曰：「死矣！然吾好與疫鬼戰，恐得勝亦未可知。」出藥一丸，搗石菖蒲汁調和，命輿夫有力者用鐵箸鍥其齒，灌之。小余目閉氣絶，喉汩汩然似咽似吐。薛囑曰：「好遣人視之，鷄鳴時當有聲。」已而果然。再服二劑而病起。乙酉冬余又往蘇州，有厨人張慶者得狂易之病，認日光爲雪。啖少許，腸痛欲裂。諸醫不效。薛至袖手向張臉上下視曰：「此冷痧也。一刮而愈，不必診脉。」如其言。身現黑瘢如掌大，亦即霍然。余奇賞之。先生曰：「我之醫即君之詩，純以神行。所謂『人居屋中，我來天外』是也。」』

薛氏諸書以《一瓢詩話》最著，贊語以診病爲言，或亦擬此。且似寓『作不如論』之微意在。薛詩論者不多。沈德潛《一瓢齋詩存序》論曰：『其詩綺麗者本飛卿，鎸鑱荒幻者本昌谷，平易者本樂天、東坡，而最上者則又闖入盛唐壺奥。是生白之生平難以一端概者，生白之詩亦難以一體盡之。』此可與彭啓豐《薛徵君生白郵示一瓢詩集》句『韋孟并清疏，温李同妍麗』參證。餘如徐世昌《晚晴簃詩匯》卷七十三、葉德輝《郎園讀書志》卷十一等，皆言薛詩能得其師葉燮之傳，以唐爲宗，并可參。前引《隨園詩話》卷五同則且摘其句：『先生詩亦正不凡。如《夜别汪山樵》云：「客中憐客去，燒燭送歸橈。把手各無語，寒江正落潮。异鄉難跋涉，舊業有漁樵。切莫依人慣，家貧子尚嬌。」《嘲陶令》云：「又向門前栽五柳，風來依舊折腰枝。」《咏漢高》云：「恰笑手提三尺劍，斬蛇容易割鷄難。」《偶成》云：「窗添墨譜摇新竹，幾印連環按覆盂。」』大抵清婉高遠。

芒碭山舊頭領三員

混世魔王杭堇浦　世駿，字大宗，仁和人。乾隆丙辰鴻博，官編修。著《道古堂集》。

才大術高①，一世之豪②[一]。

【校】

［一］底本無此贊，據金本補。

杭世駿（一六九六——一七七二），字大宗，號堇浦，浙江仁和（今杭州）人。少家貧，力學以通經。乾隆元年召試鴻博，成進士。授翰林院編修，旋改御史。八年，因對策忤上，罷歸，乃與同好結詩社於里。晚講學粵秀、安定等書院以終。世駿性亢直，學問淹貫，尤長於史。詩則以氣行，如其爲人。著述豐富，有《續禮記集説》《經史質疑》《三國志補注》《兩浙經籍志》《詞科掌録》《道古堂詩文集》《榕城詩話》等。

【箋證】

① 此贊爲『芒碭山舊頭領三員』杭世駿、齊召南、鄭虎文、王鳴盛四人合贊。此言杭氏才學，兼及其詩。李元度《國朝先正事略》卷四十一《杭堇浦事略》記：『少負异才，於學無所不貫。所藏書擁榻積几，不下數萬卷。枕籍其中，目睇手纂，幾忘朝夕。……先生博聞强記，口如懸河。時方望溪負重名，先生獨侃侃與辯，望溪亦遜避之。有先達以經説相質，一覽曰：「某説見某書某集，拾唾何爲？」學子有請益者，問其所業。以一經對則以經詰之，復以一史對則以史詰之，皆窮。乃曰：「某於西晋末十六

國事差能詳耳。」先生曰：「汝知是時有慕容垂乎？垂長若干尺？得年幾何？」其人慚沮去。以此頗叢忌嫉。』而其詩幸能無學究之酸腐氣，故爲『才高』。龔鑒《橙花館集序》：『大宗雖淵然不可究詰，而能運以越石之清剛，出以景純之豪隽。』潘瑛、高岑《國朝詩萃初集》（《清詩紀事》杭氏條引）亦評曰：『杭大宗先生詩格清老疏淡，逸氣横流，不爲書卷所累。』近世李慈銘以博學名，《越縵堂日記説詩全編·評論門·評騭類三之下》一七則論杭詩亦言：『大宗才情爛漫，詩學蘇、陸，頗工寫景。其刻秀之語，同時如厲樊榭、符藥林等往往相近，所謂浙派也。其叙事咏古之作，用字下語，亦頗横老，又與同時全謝山爲近。蓋筆力健舉，書卷尤足以符之，自非江湖塗抹輩所及。』并可參證。

② 此言其性情，亦兼及其詩。《清史列傳》卷七十一杭氏本傳言其『性伉爽，能面折人過，同官皆嚴憚之』。且記其以言忤上事，頗見其性情，兹引如後：『日未中，條上四事數千言，語過憨直。末又言滿洲人官督撫者過多，上怒，抵其卷於地者再，復取視之。時世駿試畢，方趨同官寓邸食，忽傳言罪且不測。同官恐，促先生急歸。先生笑曰：「即罪當伏法，有都市在，必不污君一片地也。何恐？」尋得旨放歸。』陳文述《病起讀里中前輩詩各題一律》杭氏下云：『鬱律蛟龍嘯鳳皇，至今奇氣吐光芒。袖中疏草新黄閣，天前文章舊玉堂。汲黯對君何戇直，賈生憂國太倡狂。分明滿耳聞松吹，萬斛秋濤響夜凉。』即咏此事。惟徐時棟《烟嶼樓文集》卷十六有《記杭堇浦》一篇，記杭以品行猥瑣而與全祖望交惡，竟至於反噬祖望事。此與陳文述觀感异，可參看。至其詩之『豪』，論者亦不乏。前引李慈銘説已及

之。袁枚評其詩有『氣猛才豪老尚堪』語(《仿元遺山論詩絶句》);汪沆《韓江集序》云:『其氣磅礴而磊落,其旨纏綿而悱惻,漢上題襟之咏,河梁落日之篇,希踪曩哲,殆庶幾焉。』餘如彭端淑《雪夜詩談》卷下等所論亦同,并可參。按,今杭詩中豪放之作,以罷歸之後爲多,前期則多刻秀者,即世所謂近於厲樊榭者也。錢鍾書《容安館札記》第六五〇則評杭詩:『詩祇是浙派伎倆,務屬詞比事而無巧對,好模山範水亦乏清音,遠不如樊榭、冬心輩也。』則似不屑措意於所謂『豪放之作』。又,其《嶺南》一集,最爲世所推重,袁枚即云『一集終須重嶺南』,然林昌彝《海天琴思録》卷八獨持异議,以爲『尚少蕭疏之氣、深厚之力,非其至也』,可參。

八臂那吒齊次風　召南,字瓊臺,號息園,天台人。乾隆丙辰鴻博,禮部侍郎。著《賜硯堂集》。

齊召南(一七〇三——一七六八),字次風,號瓊臺,晚號息園,浙江天台人。乾隆元年舉鴻博,成進士。以翰林院檢討與修《清一統志》《清會典》,繼充《續文獻通考》副總裁,洊升至禮部侍郎。十四年以墜馬觸顱祈歸里,主越中諸書院。三十二年,以族人齊周華事牽連,逮詣京師,籍家奪職,歸而卒。召南性聰敏强記,尤精史地之學,於詩亦有捷才。著《水道提綱》《歷代帝王年表》

《漢書考證》《隋書律曆天文》《寶綸堂詩文鈔》《賜硯堂集》等。

【箋證】

①齊氏深通經史，於詩亦有捷才。秦瀛《禮部侍郎天台齊公墓表》（《碑傳集》卷三十二）：『蓋公平時於學無不博，自天文律曆，以至山川疆域、險阻要隘，瞭若指掌。而又深知古今治亂得失，通習掌故。於經則通漢唐以來諸家之郵，於史則兼涑水、紫陽之義法。其經進之書皆蒙上嘉賞，而瀛則嘗讀公輪進札子，以爲尤似真西山《大學衍義》文字，非尋章摘句之士所能及公萬一也。』袁枚《原任禮部侍郎齊公召南墓誌銘》（《碑傳集》卷三十二）：『上於寧古塔得古鏡，未詳款式，問朝臣莫有對者。公引證書史，羅縷具奏，上大悦，顧左右曰：「是不愧博學鴻詞矣。」國家疆域恢宏，島喇、巴哈俱置候尉，又新開伊犁。諸臣奉使者，輒先詣齊侍郎家問路。公與一册，某堠某驛，應宿何所，所需若干糧。數萬里外若掌上螺紋，毫忽無訛。或問：「曾出塞乎？」曰：「未也。」「然則何由知之？」曰：「不過《漢書·地理志》熟耳。」』餘諸傳記皆記齊氏之聰强，不備引。至其詩才，則捷於集句，而拙於自作也。杭世駿《齊召南墓誌銘》：『在蕺山聽雲樓臨摹《蘭亭法帖》，即於原序中去其複字二百四字，仿千文體成三言詩十七章。客有以《淳化閣帖》三百字求跋者，即因其字數縱横集之，頃刻成五言律十二首。讀余《嶺南集》即集七十餘首，讀錢司寇《香樹續集》，即集十首贈之。敏捷如此。』至齊氏詩，論者鮮矣。阮元《寶綸堂詩

鈔序》云：『故其發而爲詩，皆沈博絶麗，宏偉秀彦。侍郎之詩不必盡見其學，而論學問者轉可以侍郎之詩見之。』其詩似遵浙派故道者也，與杭世駿詩風近。

碩按，杭、齊以及『飛天大聖』鄭虎文交厚，與《水滸》中樊瑞、項充、李衮等交誼相仿，故當合此數人而觀。此與『火眼狻猊』張塤、『鐵笛仙』趙懷玉、『摩雲金翅』伊秉綬等數人之例略同，可參看『摩雲金翅伊墨卿』後按。齊、杭朋友惺惺之情，據《梧門詩話》卷十二記：『齊次風侍郎特愛杭作淹博，嘗集蘇詩及大宗詩句爲一卷，戲題簽曰「蘇杭雜貨」。』杭且爲齊作墓誌，兩人交誼散見其詩文，不備引。

飛天大聖鄭炳也 虎文，號誠齋，秀水人。乾隆壬戌進士，授編修，官至左贊善。有《吞松閣集》。

鄭虎文（一七一四——一七八四），字炳也，號誠齋，浙江秀水（今嘉興）人。少孤，有至行。乾隆七年進士，官贊善。先後提督湖南、廣東學政，晚主江南諸書院以終。虎文立身謹重，不苟取，常懷濟民之心。學問博通，詩亦工云。著《吞松閣集》。

【箋證】

① 邵自昌《吞松閣集序》：『先生於書無所不閲，詩文隨筆立就，不自收拾。所論大都經史疑義及當世時務，瀾翻四出，援引古今。談必以夜，夜必漏盡而止。』又據諸傳狀，鄭負濟世才，贊語或亦兼指此。王太岳爲其所撰《鄭君墓誌銘》（《吞松閣集》卷首）云：『有濟用才，居閑無所施，徒以文學名於世。居京師，搢紳戚好，公私事有疑者，往往得先生一言而決。事或不易了，以屬先生，從容指畫，成就條理，身不出户，小大皆辨。爲人草奏陳利病，輒見采納施之事，人并受福，而莫知誰爲之也。』

至其詩，論者不多。前引王《銘》論曰：『爲文章及詩，一宗漢魏，而出入於韓愈、杜甫。歌行超妙，間乃似東坡。其趣博，其指嚴。』此論尚未周全。陶元藻《題鄭編修炳也詩稿即以代柬》（《泊鷗山房集》卷十七）論鄭詩句云：『鴛鴦湖畔詩人窟，冰雪清辭清到骨。袖中一卷出示余，怪底松風起蓬勃。秀如女几生春雲，净如洞庭漾秋月。有時大力攻中堅，如石在山怒猊掘。有時淺語亦復佳，如果在口輕脱核。』則及於鄭氏清幽之作。按，《梧門詩話》卷一：『鄭炳也虎文先生善爲排律詩。館中有難題，輒請鄭擬作，握管輒就，傳誦甚多，然非其至者。如「荒村古渡鷄聲月，寒雨空江雁背秋」「一遥草深香引路，四圍枝亞翠交門」「疲驢席帽三年客，細雨斜風兩鬢秋」，乃自見性靈之作。』此可印證陶説，并補王説之未及也。

碩按，《録》點鄭虎文爲『飛天大聖』，要亦就『芒碭山』四人之交誼及其詩功相當而爲，而頭領綽號與詩人關聯較弱。杭、齊、鄭皆浙人，三人集中互相酬唱投贈之什甚多，足見交好。又《郎園讀書志》卷十一『吞松閣集』條論鄭詩：『以全集論，足與杭堇圃、齊次風相抗衡。』則詩學亦相敵也。故《録》一體列之。若以綽號較詩人，則據齊召南諸傳記，齊目力極佳，能於山頂辨江船器物之微，此正可與孫大聖之『火眼金睛』比附。而鄭氏爲人謹重，則殊無『大聖』氣概也。

一作王西莊　鳴盛，字鳳階，號西沚，嘉定人。乾隆甲戌榜眼，官閣學。有《耕養齋集》。

王鳴盛（一七二二—一七九八），字鳳喈，號西莊，别號西沚、禮堂，江蘇嘉定（今上海）人。乾隆十九年，榜眼及第，官至禮部侍郎。三十四年，以濫支驛馬左遷。尋丁憂，遂不復出。鳴盛寡聲色玩好之欲，惟以讀書爲樂。致仕後讀書自娱者垂三十年。學問淹貫，尤長史學。所著《十七史商榷》，於諸史考訂詳贍，久享盛名。爲詩文亦有法，名列於『吴中七子』焉。著《西莊始存稿》《西沚居士集》《十七史商榷》《蛾術編》《尚書後案》等。

【箋證】

① 王昶《湖海詩傳》卷十六王氏條：『先時與惠松崖交，深究群經古義，著《尚書後案》及《軍賦

考》，皆闡發鄭君之説。又爲《十七史商榷》，據各史紀、傳、志、表，考其同异而折衷之。更著《蛾術編》列説十門，以見其學無所不該。古文宗遵岩、震川，詩兼綜三唐。初爲沈文慤公入室弟子，既而旁涉宋人，歸田後復守前説。於空峒、大復、鳳洲、卧子及國朝漁洋、竹垞咸服膺無間，故雖轉益多師，終歸大雅。』王豫《群雅集》卷五王氏條下記王自言：『余經有《尚書後案》，史有《十七史商榷》，子有《蛾術編》，集有詩文，以匹鳳州四部，其庶幾焉。』餘諸傳記皆稱王淹通無异詞，不備引。至鳴盛詩，錢大昕爲鳴盛所作墓誌銘，論其詩亦如王昶言。惟鳴盛晚年頗推温、李詩。符葆森《國朝正雅集》卷十三『王鳴盛』條引《懷舊集》云：『晚歲務爲綿密，時近西昆，風格又一變矣。』可補王説。按，鳴盛詩雖不出其師沈德潛一派，然較能得清幽之趣。前引符氏《正雅集》同卷云：『世人學王、孟皆僞體也。王西莊光禄五言皆學之而得其清氣。如「時於白雲裏，流水松花香」「疏鐘烟外寺，遠火渡頭船」，皆是也。』

登雲山舊頭領二員

出林龍吴竹橋[一]　蔚光，字哲甫，昭文人。乾隆庚子進士，翰林改禮部主事。有《素修堂詩集》。

【校】

[一] 金本『出林龍』下未點吴竹橋，而以祝宣臣屬之。

吴蔚光（一七四三—一八〇三），字哲甫，一字執虚，號竹橋，又號湖田外史。祖籍安徽休寧，幼隨父遷居江蘇昭文（今常熟）。乾隆四十五年進士。官禮部主事，以病歸，享林泉之樂以終。平生嗜金石書畫，嘗得王冕梅花卷，遂榜其室曰『梅花一卷樓』。通經學，工詩古文辭，著《素修堂詩文集》《小湖田樂府》《求聞録》《杜詩義法》等。

【箋證】

蔚光詩幽麗，時有機趣。洪亮吉《北江詩話》卷一：『吴禮部蔚光詩如百草作花，艷如桃李。』此其麗。法式善序其集評曰：『徜徉湖田山水間，自抒寫其蕭寥寂寞之狀。』此其幽。葉德輝《郎園讀書志》卷十三『素修堂詩集後集補遺』條總論之曰：『全集近體居多，清麗芊綿，似元人學温、李之作，其佳句時時觸目。』又王昶《湖海詩傳》卷三十六吴氏下評：『故發爲著撰，莫不刻羽引商，揚風扢雅。』且摘其佳句甚夥，兹録於後，以印證上引諸家之説：『佳句如「江城遠笛秋風早，山館疏燈夜雨多」「半湖流水青通市，十里垂楊緑到城」「卷幔榴花紅有焰，浮杯菖葉碧生香」「憑温小檻思題竹，行熟回塘爲看花」

「水氣陰涼將做午，山情平淡恰逢秋」「逢花客有留連意，對月人多太息聲」「夢裏驅韃歌白石，醉中薰麝寫烏絲」「貰來緑酒堪爲國，畫出青山可當家」「天寒睡怯孤衾重，夜雨吟貪小閣幽」「落花聲氣簾櫳悄，鬥茗時光幾格幽」「斜陽簾幕圍爐話，殘雪樓臺擁絮吟」「長日一筒荷葉酒，豐年萬頃稻花香」「千古功名春夜夢，半生交友曉天星」「紅雨半簾飛蛺蝶，緑雲千葉蓋鴛鴦」「空江短棹春波色，小院重簾暮雨聲」「夙緣未了時開卷，舊侣無多日掩關」，雖畫以旗亭之壁，寫以蜀錦之箋，殆不能窮也。』王氏所摘皆七言，近人汪佑南《山涇草堂詩話》卷二復摘其五言佳句若干，標格亦類其七言，此不贅引。又集中頗不乏『題畫』『書後』『咏古物』之作，頗見其學養之充。

論者以吴氏詩學之旨，歸於雅正。其《素修堂集自序》即以詩關風教爲言，其文繁冗，此不引。兹引孫原湘《素修堂集序》以見：『吾邑詩人，律莫細於馮定遠，才莫奇於徐芬若，氣莫豪於錢木庵，而先生實兼之。至於昌明詩教，一歸忠孝之旨，則三君者或未之逮也。……其眷念國恩，繫懷時政，一篇之中嘗三致意焉。……先生之詩胎原少陵，而出入於香山、眉山之間，其辭麗以則，其意温且厚。』法式善《吴君墓表》（《碑傳集補》卷十一）亦云：『能嚴辨乎人性之善惡，深究夫詩教之貞邪。上不背古人，亦不囿於古人。奬其所已至而勉其所未至，汲汲焉，皇皇焉，若不克終日者。其誠篤如是。蓋君之教可以化一鄉，可以化一國也。』

碩按，《録》點吴爲『出林龍』，似指其爲官日短，隱居日長。姚鼐《素修堂集序》説，其歸享林泉之樂垂二十年。而其乾隆四十五年中第，嘉慶八年辭世，其居官不過兩年而已。法式善《墓表》云：『君晚年蒔花藝竹，瀹茗滌硯，不藉手於童僕。春秋佳日，杖履優游，喜以圖書琴鼎自隨。至亭樹潔净，手親播拂。購王冕梅花長卷，以「梅花一卷」名其讀書小樓。』姚《序》、王《詩傳》卷三六等亦皆言其無心仕途，隱居爲樂，則其出而爲官真可謂『出林』矣。

一作祝宣臣 維誥，號豫堂，海寧人。乾隆丙辰舉鴻博，戊午舉人。官内閣典籍。有《緑溪詩稿》。

弗得雲，無以成其靈①[一]。

【校】

[一] 底本無此贊，據金本補。金本所點『登雲山二頭領』爲祝維誥、祝德麟，故此贊爲二祝而發。

祝維誥（一六九七—？），字宣臣，號豫堂，浙江海寧人。乾隆元年舉鴻博，部議不許試。三年，成舉人，官至内閣典籍。有詩名，其樂府廣記風俗時事，尤稱佳。於京師與錢載、萬光泰等人相唱和，所交皆一時勝流。著《緑溪詩鈔》。

【箋證】

① 此贊爲『登雲山舊頭領二員』之祝德麟、祝維誥二人合贊。韓愈《雜説四首》其一云：『然龍弗得雲，無以神其靈矣。失其所憑依，信不可歟？』此乃切『出林龍』『獨角龍』之名號及『登雲山』之山頭而言。於維誥，此贊涵義或有二。一指其游迹遼闊，詩能得山川助。沈德潛《緑溪詩鈔序》：『四卷中一卷多出游塞垣之作，激壯遒上，有燕趙音，所謂得江山之助者耶？』朱壬林《緑溪詩鈔序》則云：『召對殿廷，扈蹕紫塞，東至混同鴨緑之江，西逾太行、五台之嶺。寫周原之景物，和聖製而矢音。』二或指當時公卿、名流皆推重其詩，廣爲揚挹。沈德潛、全祖望、李鍇等當時名家皆序其集而稱其詩，《清史列傳》卷七十一其本傳云：『於京師時與錢載、萬光泰交最契，時相唱和，公卿皆爲延譽，淳郡王禮爲上賓。』

按，祝詩雖不乏雄壯之作，然大抵以清麗爲主，時見警雋。吴文溥《南野堂筆記》卷八云：『其詩清麗芊綿，咏古體尤佳。如《冬夜》云：「犂星芒寒水生骨，澹月半沈山硉矹。破籬犬作元豹嗥，巷内醉人笑咄咄。風吹草廬小如甕，密林斜漏燈光動。卧憶龍山寺裏游，殘鐘忽引尋僧夢。」《山行》云：「人影松門小，山風石路斜。蹇驢欺客倦，嘶入木綿花。」《咏蟬》运：「高居無奈爾，秋至亦徒然。誰施螳臂力，清我北窗眠。」《吴宫》云：「冷落紅闌徑裏春，吴王臺榭已成塵。館娃歌舞歡游日，忘却西施是越人。」《楚宫》云：「十二晚峰江上青，楚宫何處閟精靈。祇今雲雨年年在，不信襄王夢未醒。」《秦宫》云：「殿閣横空復道開，重關不閉楚人來。咸陽一片燒殘土，都是椒蘭焚後灰。」《閑立》云：「短籬數家成小村，老樹隔水蟠雲根。晚來義手傍檐立，九十九峰青到門。」」至其『得江山助』者，如《永平府》、《瀋陽歲暮》其四、《夜度長城嶺》諸作，皆摹寫深細，允稱佳作。

又沈德潛、朱壬林、李鍇諸序，皆許祝詩之雅正。朱《序》云：『故其發而爲詩也，宏聲肅括，若鐘鏞之振於庭焉。清越以長，若磬管之諧其韵焉。無側媚之態，無噍殺之音。昔賢謂文章爾雅，訓辭深厚，作者庶無愧已。』而沈濤之《序》則云：『先生之詩宏肆類酃舫，雅潔儷秋錦。至其凌轢波濤，穿穴險固，獨往獨來，自成馨逸，有拔戟劘壘於兩家之外者。家沈歸愚尚書謂云云，李鐵君布衣又謂云云，似未足以儘先生。』祝詩之雄放處，沈氏實言之，見前引。又徐世昌《晚晴簃詩匯》卷七十五祝氏條評『宗西江而去生澀』，亦可參。

碩按，金本以『祝維誥』爲此將正位，底本則以吴爲正，祝爲副。吴、祝詩風、詩論皆有近似處。兩人宗旨皆主『雅正』，正相契合。惟祝之生平不似吴可切『出林』也。

獨角龍吴巢松[一]　慈鶴，字韵皋，吴縣人。嘉慶己巳編修，翰林院侍讀。有《吴侍讀全集》。

【校】

[一] 金本『獨角龍』未點吴松巢，而以祝芷塘屬之。

吴慈鶴（一七七八—一八二六），字韵皋，號巢松，又號岑華居士，江蘇吴縣（今蘇州）人。少隨父宦游粤、魯，嘉慶十四年成進士。官至翰林院侍講，嘗提督河南、督學山東。性好山水，多於詩發之。其詩早歲綺麗，中年後詩境乃闊。與彭兆蓀交最契，駢文亦彭之敵也。其孫嘉椿編其著作爲《吴侍讀全集》。

【箋證】

吴詩前後期風格判然。其自題《鳳巢山樵求是録》云：『少年盛氣，不可束縛。絶鞅脱靷，生吞活剥。聲聞過情，既悟滋慚。中歲學道，由博返約。漸近自然，絲竹輸肉。以傲弇州，至老方覺。』其《舟中檢録舊作感賦》亦言中歲從軍後，詩境乃闊。曾燠序其集言之更詳云：『其初刻《蘭鯨録》也……蘭氣襲袂，則百草失芳；鯨音鏗鐘，則衆樂奪響。煌煌乎，赩赩乎。固已追躡孟、韓，并駕徐、庾。既乃涉歷多故，馳驅壯游，萵筆一枝，蕩節萬里。……揚雄少作悔其雕華，謝傅中年深以陶寫，則又原本忠孝，發抒性情，飲真茹强，簡精練鋭。譬諸老禪入定，百怪失其奸窮；宿將行軍，萬衆喑其咤叱。其旨深故其詞約，其理正故其氣直。婉篤諄復，酣嬉淋漓。』餘如張維屏《國朝詩人徵略》卷五十八、林昌彝《海天琴思續録》卷八等説亦同，不備引。又，《雪橋詩話三集》卷九記：『韵皋詩學韓、蘇。繼蓮龕謂韵皋七律尚沿晚唐體格。有《答蓮龕》句云：「詩肯攻吾短，知公此事深。」可謂虚已受善。』錢鍾書則獨持异見，其《中文筆記》第一册（四二）論吴詩云：『余甚不喜《蘭鯨録》，以其逞才華、使氣力，可驚四筵，難適獨坐也。《求是録》尚以藻富氣盛爲歸，排奡而不妥貼，白描處不多，亦未近人。自言學杜、韓，實則漁獵昌谷；自言好蘇、白，實則於蘇之典實尚有影響，白之真切全然未得耳。』錢氏論文，喜警煉，喜生新，喜幽深可味者，此外則貶多褒少。其持論良有以也。

碩按，底本以吴與祝德麟并舉，殆以兩人皆游歷南北，差可比擬。然以此『登雲山雙龍』而言，慈鶴似更當與吴蔚光參看。二吴之詩皆多綺麗之作；且兩人皆心繫國家蒼生。梁章鉅《鳳巢山樵求是續録序》云：『余尤重其謡咏民風，楷模儒範，其惓惓報國之志，隱然爲范希文、司馬君實一流。』彭兆蓀《序》及《秣陵寓館巢松以詩集見示激賞之餘爲題三詩歸之》（《小謨觴館詩集》

卷七)皆亟稱其詩能振風雅,可見其中歲後詩關風教也。惟慈鶴詩風非一以貫之,與『獨角龍』之『恃一角』者似不切。

一作祝芷塘 德麟,海寧人。乾隆癸未進士,官御史。有《悦親樓詩集》。

祝德麟(一七四二—一七九八),字趾堂,號芷塘,浙江海寧人。乾隆二十八年進士,歷官南北,官至監察御史。五十五年,以言事不合罷歸。晚主雲間書院,詩酒以終。德無足稱,嘗希風攻杭世駿懷時怨,幸未致大獄。工書,詩宗性靈,著《悦親樓詩集》。

【箋證】

① 此贊於德麟,或亦指其游歷廣溥,及其詩宗性靈。王文治《止堂詩集序》云:『君未冠登第,官翰林。其間或典試,或視學,關中、天府,川中地險,以暨八閩濱海之區,無不備歷。』至其詩之『靈』,茲略引數家之説以證。邱煒萲《五百石洞天揮麈》卷四:『宗向隨園,而不失其正。且能自出手眼,而成一家之言。』張維屏《國朝詩人徵略》卷四十祝氏下:『芷塘詩,以性靈爲主,亦能驅遣故實。蓋欲力追其鄉先輩查初白,及其房師趙甌北兩先生。』大抵其詩能免晦澀、酸腐、堆垛之弊,而又無袁枚輕佻邪狹

之病，即所謂『不失其正』。前引王《序》云：『止堂爲詩，絶去近今塗澤捃摭之習，以遂其清空皎潔之性。』能得其實。餘如李調元、翁方綱等持論同王，不備引。龔顯曾《葴齋詩話》卷一略摘其句：『《咏醉蝦》云：「有生難得作中酒，到死何曾肯著緋？」《辨事翰林》云：「肯拋册府詩書畫，忽學官箴清慎勤。」《鬻書及硯》云：「饑驅到爾真羞澀，鑒賞由人或愛憐。」又句如「并無富貴誇春夢，差免形神病夏畦」「每因一字難安處，吟到三更渴睡時」，皆可誦也。』可見其風格一斑。惟錢鍾書《容安館札記》第一二八則論祝詩云：『筆力條暢，苦木直無警策。最推袁簡齋，尤善王夢樓，會試出趙甌北之門，執弟子禮甚恭，故亦頗爲性靈語，而欠輕雋，使典亦不工貼。卷十《甌北先生枉貽大集敬題》第三首云：「史事瀾翻都貫穿，俗情點筆便高華。」不啻自道祈向而未能至者。罷官後稍有小詩可諷咏。』此可謂『無以成其靈』之别解也。

宋家莊舊頭領一員

鐵扇子袁香亭　樹，錢塘人，乾隆癸未進士，改知縣。官至肇慶知府。有《紅豆村人詩稿》。

難爲弟，貂續尾①[一]。

【校】

[一] 底本無此贊，據金本補。

袁樹（一七三〇—？），字芬香，號香亭，一號紅豆村人，浙江錢塘（今杭州）人。袁枚從弟。乾隆二十八年進士，官至廣東肇慶知府。晚以詩畫自娱，畫尤有名於時。著《紅豆村人詩稿》。

【箋證】

① 貂續尾，即狗尾續貂。『難爲弟』者，《世説新語·德行》：『陳元方子長文，有英才，與季方子孝先各論其父功德，争之不能決，咨於太丘。太丘曰：「元方難爲兄，季方難爲弟。」』按，《世説》此條謂元方、季方皆德行美善，兩人難分軒輊。『難爲』即今語『不好當』。此贊揚枚抑樹之意顯然，指袁樹弗如乃兄遠甚，而非用《世説》兄弟敵體之本意。袁枚《隨園詩話》卷十：『香亭弟隨叔父健磐公，生長廣西。叔父亡後，余迎歸故里。年十五，即見贈云：「坐無尼父爲師易，家有元方作弟難。」』此中袁樹句明以美袁枚，隱以自傲，似暗用《世説》本意。又袁枚《紅豆村人詩稿序》云：『使薦者謂敏中酷類其兄，後世

笑僧彌難爲其弟。殿中交代，有君已是替人；海内文章，無我當歸阿士。』袁枚《序》意在美樹，亦兼以自誇，故用唐白敏中、白居易，晋王珣、王珉事，譽樹能雁行其兄，乃至出兄之上。此皆可與贊語參證。

按，《録》以袁樹屬宋清，以宋清爲宋江之弟故也。袁樹之詩風，亦端如白敏中之『詞類其兄』，以綺艶爲主。《隨園詩話》卷七即云：『香亭弟偶吟，往往如吾意所欲出，不愧吾家阿連也。』又《隨園詩話補遺》卷三：『香奩詩，至本朝王次回，可稱絶調。惟吾家香亭可與抗手。録其《無題》云：「回廊百折轉堂坳，阿閣三層鎖鳳巢。金扇暗遮人影至，玉扉輕借指聲敲。脂含垂熟櫻桃顆，香解重襟豆蔻梢。倚燭笑看屏背上，角巾釵索影先交。」「一簾花影拂輕塵，路認仙源未隔津。密約夜深能待我，吃虚心細善防人。喜無鸚鵡偷傳語，剩有流鶯解惜春。形迹怕教同伴妒，囑郎見面莫相親。」「碧桃花下訪臨邛，含笑開門有病容。帶一分愁情更好，不多時别興尤濃。枕衾先自留虚席，衣鈕遲郎解内重。親舉纖纖偎頰看，分明不是夢中逢。」「惺惺最是惜惺惺，擁翠偎紅雨乍停。念我驚魂防姊覺，教郎安睡待奴醒。香寒被角傾身讓，風過窗櫺側耳聽。天曉餘温留不得，隔宵密約重叮嚀。」』可見其風格。故葉德輝《郎園讀書志》卷十二『紅豆村人詩稿』條：『村人詩本家學，專主性靈，最工無題詩。以余論之，在王次回之上，何止抗手而已。惜乎爲貧而仕，不能如乃兄之早退田居，專心於此事耳。不然聯珠二妙，於古人豈多讓哉！』胡德琳之序袁樹集，亦以爲樹能『抗』枚，此皆與補贊持論相异也。胡《序》且云：『香亭以省試不利，歸處於家，其卧室與余相望。嘗見其下帷静處，平居輒忽忽不樂。有所得則拈毫微吟，不以示人。余竊窺之，陶冶性靈，獨開生面，凡胸幽愁憂思、鬱勃不得遂之事，皆一一發之於詩，詩益進，吟益苦，效東野而不失之寒，慕長吉而不至於詭。歐陽子所謂「窮而後工」，信有之矣。』則袁樹早年即不專爲艷體也。至其晚年爲詩，《隨園詩話補遺》卷九：『弟香亭詩才清婉，而近日從澳門寄詩來，殊雄健，信乎江山之助，不可少也！』且録其《渡海》《越嶺至深澳》等作，開闊雄壯，皆异於其綺麗之格矣。

桃花山舊頭領二員

打虎將朱青湖　彭，字亦箋，錢塘貢生。有《抱山堂詩集》。

桃花流水，别有天地①[一]。

【校】

[一] 底本無此贊，據金本補。

朱彭（一七三一——一八〇三），字亦箋，號青湖，浙江錢塘（今杭州）人。諸生，嘉慶元年舉孝廉方正，辭不就。性澹泊，好游覽，吴越勝迹了然於胸。嘗著《武林談藪》等書，惜毁於火。然不爲所沮，益刻勵著述。詩宗唐人，而不憚錘煉。書、畫亦有名。著《抱山堂集》《吴越古迹考》《南渡寓賢録》等。

【箋證】

① 此贊爲『桃花山舊頭領』朱彭、項墉二人發。李白《山中答俗人》：『問余何事栖碧山，笑而不答心自閑。桃花流水窅然去，别有天地非人間。』贊切『桃花山』而出。陳文述《朱青湖徵君湖灣種魚圖》有句：『春水灩灩春柳長，湖堤二月桃花香。三月船頭散魚子，五月水面分魚秧。世外仙源孤棹引，間與樵青話茶笋。萬梅花下古苔磯，我亦西溪舊漁隱。』贊本此。於朱彭，則指其詩多山水之作，逸致閑遠。阮元《朱徵士傳》（《抱山堂集》卷首）：『不肯屑屑世故，徜徉於西湖山水者三十年。余在京師時，即已知名。及視學兩浙，見徵士與之譚名物掌故，皆能有所得。』其詩宗唐人，從容閑適，一如其人。朱氏《抱山堂集自序》：『猶幸生逢盛世，得以徜徉湖山，杖藜行歌，陶寫幽抱。譬之鳴鳥當春，和風鼓蕩，而不自知其聲之長也。』陳文述《病起讀里中前輩詩各題一律》朱氏下云：『武林文獻有高名，詩格蒼然見老成。湖上看雲多逸致，月中横笛有秋聲。心盟白水歌招隱，老卧青山托耦耕。一卷杜陵詩律細，怡園亭榭話生平。』可參證。王昶《湖海詩傳》卷三十八『朱彭』條記朱氏詩學詳盡：『西泠自金江聲、厲

樊榭、杭堇浦、汪槐塘諸公後，大雅將淪。青湖獨承其後，以詩法指示騷壇，故二三十年來從游甚衆。每言浙江明季多學鍾、譚，漸乖於正。自雲間陳卧子先生司李山陰，差知復古。後如西泠十子皆奉司李之餘緒。西河毛氏幼承賞識，亦宗其旨。即竹垞太史初時并效唐音。百餘年來，浙中詩派實本雲間。至康熙中葉小變其格，繼吴孟舉、查初白出，始競爲山谷、誠齋之習。檇李學者靡然從之，而武林兼學唐宋，無所取裁。故青湖專以歸愚宗伯《別裁》諸集傳示學者，於詩學自爲有功。』又論朱詩云：『其詩古體矩矱從容，今體聲情高遠。』復摘其佳句甚夥，要皆風神秀麗。郭麐《靈芬館詩話》卷六亦摘其句，録於後，以嘗一臠：『五言如「薄酒銷閑話，殘冬聚老人」「半山無夕照，萬鳥共歸心」「離情牽遠夢，曉色奪殘燈」「江雲飛極浦，風葉走寒聲」。《白桃花》云：「獨立自春色，相看無冶情。」七言如《懷羅臺山》云：「四海知名仍下第，空山學佛定何年。」《傷嚴古緣》云：「老思肥遁偕吾友，天忌蕭閑奪此人。」《過黄雪山房遺址》云：「小橋斜轉仍通港，舊客重來不識門。」《澄江送人》云：「南北雁鴻皆异地，短長亭堠又初程。」《葛嶺》云：「但有神仙傳抱朴，更無風月屬平章。」《贈丁魯齋》云：「白髮祇悲書籍散，紅藤聊當子孫扶。」《燈花》云：「坐聽玉漏憐長夜，笑指銅荷話遠人。」七絶亦極饒風趣。《春閨送別》云：「紅板橋頭鶯亂啼，江南客路草萋萋。別郎欲遺飛花送，無那東風祇向西。」《寄讓公》云：「南屏不見讓山師，飛錫頻年繫夢思。十月梅花三月笋，出山争比在山時。」《歲暮即事》云：「日暮天寒少客尋，主人寂寞抱冬心。閑園壓倒枇杷樹，臘雪階前一尺深。」』惟王豫《群雅集》卷十五『朱彭』下引朱氏門人蔣絅說：『集中五古清醇簡古，七古縱橫變化，有天馬行空、怒猊掘石之勢。五律純得杜神，七律聲情婉麗，以盛唐參中唐。絶句則在唐宋間。一字之疵，不憚百改。胸襟坦率，接人以誠。篤行潛修，卓然儒林模範，非僅以詩傳也。』此說或不免溢美，然觀朱氏古體，誠不乏清壯之作，似非風神一脉可盡之也。

小霸王項金門

墉，錢塘人。貢生，候選州同知。有《春及草堂詩集》。

項墉（一七四三〔一〕—？），字金門，號秋子，浙江錢塘（今杭州）人。貢生，候選同知。少有文才，乾隆四十五年高宗南巡，墉獻賦行在。四十七年，與修《西湖志》，師事主纂王昶。其人短小精悍，好風雅，與朋輩文酒之會無虛月，時老輩如阮元、秦瀛等皆相引重。著《春及草堂詩集》。

【箋證】

① 此贊於項氏，大抵言其詩酒風流事。《隨園詩話補遺》卷七：『錢塘項墉金門在吾鄉，大開壇

〔一〕 此生年取今人朱則傑先生說。朱說見其《清詩考證續編》，浙江大學出版社二〇一九年版，第一二一〇頁。

坫，一時風雅之士，歸之如雲。余到杭州，必主其家，讀其《謝胡葑塘招游湖上》云：「閑於翹足鷺，樂似聚頭魚。」《落葉》四句云：「客徑夜隨寒雨墜，僧窗晴帶白雲飄。繞坡屑宰過群鹿，臨水蕭疏抱一蜩。」不愧老手。』《湖海詩傳》卷四十五「項墉」條：『爲人情耽風雅，興協朋簪。自少即爲倪侍郎承寬諸君所知，既而老成徂謝，壇坫久空。秋子西泠文酒之會每月舉行，月榭風亭，籃輿畫舫，勝流交集，人望如仙。』至項詩，實無盛名於當時，故論及者極鮮。洪亮吉《北江詩話》卷一：『項州倅墉詩如春草乍緑，尚存冬心。』潘衍桐《兩浙輶軒續録》卷十九「羅文鑒」條：『少受詩法於項墉，一以王、孟爲宗。』今項集不存，以袁枚所摘句，及《湖海詩傳》卷四五録其《湖上雨中觀桃》《雨情》等詩合觀之，其詩或不乏清幽之作。

碩按，《録》點其爲「小霸王」，一則以其與項羽同姓，且爲人豪宕不拘。吴振棫《國朝杭郡詩續輯》卷二十五項氏下云：『秋子短小精悍，雙矑炯然，爲臨江鄉人入室弟子。與人辨論事理得失，意氣坌涌，務申所見，不稍唯阿。』二則或以其詩風與朱彭近，可符贊語。

枯樹山舊頭領一員

喪門神宋茗香 大樽，字左彝，仁和人。乾隆丁酉舉人，官助教。著《邗江雜咏》《學古集》《牧牛村舍外集》。

其意蕭條①[一]。

【校】

[一] 底本無此贊，據金本補。

① 宋大樽（一七四六—一八〇四），字左彝，號茗香，浙江仁和（今杭州）人。有篤行，幼割股以愈母疾。乾隆三十九年舉人，官國子監助教，以奉母歸。性豁達，好施捨，嘗讓財其弟。善占吉凶，屢試不爽。工琴嗜詩，恒以山水爲樂，以助其雅興。著《學古集》《牧牛村舍外集》《茗香論詩》等。

【箋證】

① 此贊切『枯樹』二字。或亦兼指宋之風貌、詩風。戚學標《茗香宋君墓誌銘》(《鶴泉文鈔續選》卷七)云:『茗香自解官終奉其親,即藤杖草笠窮探天台、雁宕、黄山,所至常數月留,歸亦不恒在家。於西湖僦屋數椽,隨意游適,興至則吟。隨身一老僕,藥爐、茗碗外無有也。嘉慶甲子四月初五日,無疾卒於湖上。先日語僕:「吾旦將去矣。」僕謂將旋里,又見夜整所閲書。手燭啓户,視米囊花者再,不爲意。迨曙則氣息奄然矣。歡容如常時,鼻玉筯垂寸許。逾月有人遇之孤山側,又有鄰人病亟恍惚至一處殿宇,甚嚴肅,甫入則茗香在焉。謂「若何來此」,令速還。既醒言之歷歷。茗香其爲仙乎?』『蕭條』指此。又宋乃舒位摯友,舒集中贈宋氏詩,多天涯淪落之慨。其《出都贈宋左彝助教》有句『辛苦何須怨行路,蕭條猶幸生同時』,堪移箋此贊。則此贊雖不出舒位手,其源或在舒詩。

其詩大抵學古,自上古至魏晋,概模擬之;於唐人則似李白。吴德旋《學古集序》:『宋君左彝,自編其詩,都爲一集。示其友人吴德旋曰:「詩之興,肇於前古。陶唐氏前,書闕不可信,虞歌夏諺乃時時見於紀傳中,其爲古而甚於周詩,漢氏以後莫之或爲。今欲追而復之,難矣。予顧爲其難者。法古歌謡作雜言一卷。五言出於漢時無名氏之十九首,蘇、李之贈答,遼乎敻哉!自是彌漫于東京,逶迤及于魏晋宋齊梁陳隋,雖作者所涉之淺深不同,然皆有風人之遺意存焉。法漢魏六朝作五言古詩一卷。自三百篇變而爲楚詞,又變而爲漢人之樂府,變而未失其正也。又變而爲唐人之七言古詩,蓋其靡矣。

然樂府遺音，惟太白能爲近之。法太白作七言古詩一卷。齊梁五言，體雜排偶，唐人諧聲而以律名。而摩詰、襄陽、太白，尤時以古法行之，沈、宋諸人瞠乎後矣。法王、孟、李三家作五言今體詩一卷。凡余之所得如是。」』若以贊語『蕭條』觀之，或指其詩之古澹。陳文述《西泠懷舊》(《頤道堂詩選》卷二十一)大樽下有句：『詩骨高寒栖瘦鶴，嘯聲清越答孤猿。』亦與贊合。龔自珍《三別好詩》(《定盦文集》古今體詩下卷)『題學古集』云：『忽作泠然水瑟鳴，梅花四壁夢魂清。杭州幾席鄉前輩，靈鬼靈山獨此聲。』此乃美之者也。按，宋氏學漢魏之作，時見俚俗荒率，論者似不免過譽。又郭麐《靈芬館詩話》卷八則云：『惜其晚年悔棄少作，欲變而之漢魏，如枯僧作禪語，了無生氣。往時酣嬉跌宕之作概從刊削，深可恨也。』此不滿其愈學愈古，然亦可證『蕭條』二字。至其詩學李白，爲當時公論。郭書同卷又言：『宋茗香大樽詩以太白爲法，能不襲面目，而别具神解。其《送人歸金華》云：「如何欲送君，花落忽紛紛。遥指金華渡，依然有白雲。風塵拂衣謝，天水遠帆分。不信江頭路，今朝日易曛。」《寄山塘酒家》云：「美人安在哉，猶在姑蘇臺。一片五湖月，香魂獨自回。春風忽吹散，化作桃花開。笑勸當壚女，如何不舉杯。」二詩極高妙。他如《淮陰釣臺》云：「三秦可傳檄，百戰失垂竿。」《維揚酒樓送人》云：「猶持故人酒，莫作异鄉看。」皆又極精煉。』另梁紹壬《兩般秋雨盦隨筆》卷三、吕善報《六紅詩話》卷四、于源《燈窗瑣話》皆持此論，并録宋氏佳作，兹不贅引。另，於宋氏之學古，除前引郭麐言外，近人陳衍亦致不滿。其《石遺室詩話》卷三云：『(茗香)爲詩跬步必求合於古，與所論實有不掩者。』錢鍾書《容安館札記》第九十三則論宋氏詩云：『乏真意境，虚聲枵響，故勿足貴。且邊幅實狹，故七古衹能作短篇，五律起四語後便意盡。卷一雜言仿漢、魏樂府，最浮淺不足觀。五古學陶、韋，偶有似處。』皆可參。

碩按，《録》點宋大樽爲『喪門神』，乃舒位游戲之筆。據朱駿聲《傳經室文集》卷六《記宋助教遺事》一文，朱嘗聆其外舅舒位述大樽善占事。一則言大樽卜知其宅將有祝融之災，既而果然『所居成灰』；二則言大樽卜知災將及身，擬往包山避之。既而其言又驗，『助教所居果復火，物無一存』。此非『喪門』而何？舒、宋至交，宋氏臨終以遺著付舒作序，故舒敢調之乃爾也。

一作陳東浦[一] 奉兹，德化人。乾隆庚辰進士，官江寧布政使。有《敦拙堂詩集》。

【校】

[一] 金本『喪門神』無『一作陳東浦』。

陳奉兹（一七二六——一七九九），字時若，號東浦，别號晴牧，江西德化（今九江）人。乾隆二十五年進士。官蜀二十七年，有功於金川戰事。官至江蘇巡撫，有政聲。學問博通，詩多記川藏風物，著《敦拙堂集》。

【箋證】

陳詩學杜甫，骨氣遒勁，此乃當時公論。姚鼐《敦拙堂詩集序》：『作詩一以子美爲法，其才識沈毅，而發也奮以閎；其功力刻深，而出也慎以肆。』趙翼《題陳東浦藩伯敦拙堂詩集》（《甌北集》卷三十八）言之更詳：『曠代有東浦，孤詣戛獨造。淵源溯雅騷，根柢本忠孝。讀書必破卷，陋彼管窺豹。出語必驚人，鷙若鞲脱鷂。力厚巨鼎扛，思沈重淵釣。每於樸僿處，雋味出揉抝。以追少陵作，磁鐵兩乎召。得皮兼得骨，在神不在貌。』此言陳詩原本忠孝，以學出之，故能得杜之厚重。王文治《敦拙堂集跋》等所論同。至陳詩之所言物，林昌彝《海天琴思録》卷二：『其於孺慕之誠，師友之誼，以及學問、志節、經濟、事功，一一皆流露於詩，非浸然作也。蓋陶柴桑後，復見此君。……余最愛其五言古、五言律，雅淡似陶，雄瘦似杜，五律直搗少陵之室。』此正學杜之證也。惟王《跋》又云：『鑿幽縋險，怵目劌心，凡難寫之景，難顯之情，他人累牘弗盡者，此則數語括之，所謂簡奥也。洵杜少陵入蜀後境界。』此論較切。又吴嵩梁『題辭』、王《跋》皆言陳氏詩有『砂石之疵』。王《跋》云：『間有用意過深之處，謭陋者轉嫌其未顯然。亦字句之小疵，瓦礫砂石固不足爲大海累也。』可參。

碩按，底本以陳宋并列，然二人除皆好汲引後進、爲官清簡外，似無相近處；詩則分學李、杜，更不相類。似不及金本單點宋較切也。

清風山舊頭領三員

錦毛虎盛青嶁　錦，字庭堅，吴縣人。諸生。有《青嶁詩鈔》。

清風明月本無價①[一]。

【校】

[一] 底本無此贊，據金本補。此贊爲盛錦、王復、方正澍三人而發。

盛錦（？—一七五六），字庭堅，號青嶁，江蘇武進（今常州）人。諸生。客京師時，王公以下皆折節交，以不耐冗雜歸。性好游覽，與沈德潛、翁照、周準等善。詩尚格調，與同里張錫祚、黄子雲齊名。著《青嶁遺稿》。

【箋證】

①　此贊爲『清風山舊頭領三員』之盛錦、王復、方正澍三人合贊。歐陽修《滄浪亭》：『清風明月本無價，可惜祇賣四萬錢。』按，蘇舜欽《滄浪亭記》記其以四十千得此亭始末。贊語出此，切『清風山』而言。此或指盛詩得江山之助，摹畫得神。沈德潛《盛庭堅蜀游詩集序》（《歸愚文抄》卷十三）：『庭堅無他嗜慕，獨工詩。其取意也遠，其徵材也博，其選辭也韵，品在長慶、元和之間。歲丁巳入蜀，抵瀘州，越二載歸，得詩若干篇，中間自吴之楚，自楚之蜀，凡登山臨水、俯仰古今、去國懷鄉之思，歲月變遷之感，以及蘭之秀，蓀之薌，竹之斑，杜鵑之泣血，鷓鴣之啼烟，哀猿山鬼之叫嘯，魚龍江豘之出没變幻，一切可喜可愕，俱於詩焉發之。視從前之追逐長慶、元和者變高格焉。是江山之助，果足以激發人之性靈者也？胸次之高深，與蜀道之險阻相遭焉，而合成兩美者。』至盛詩風，要爲宗唐尚格調。沈德潛《盛青嶁詩集序》：『庭堅之詩，自王、孟、錢、劉、元、白以下，至青丘、海叟之列，皆含咀其菁華而化其面目，幾乎津人之能事矣。由此而上劘少陵之壘，以直探乎典午、當塗、漢京之原。』此則言其能由唐上溯漢魏。又《晚晴簃詩匯》卷七十八『盛錦』條引沈德潛説：『青嶁早歲詩多芳華明麗，中年一變爲沈雄頓挫，晚歲更趨深婉，歸於敦厚。與翁霽堂、周迂村唱酬甚盛，其詩兼有兩君之長。』由沈氏諸評，盛詩大概可見。

一作徐尚之[一]　書受，武進人。監生，官天台知縣。有《教經堂集》。

【校】

［一］金本『錦毛虎』下無『一作徐尚之』。

徐書受（一七五一—一八〇五），字尚之，江蘇武進（今常州）人。乾隆四十五年拔貢。五十一年，兩出塞外，多歷險境。官河南葉縣知縣。書受少而食貧，長則多故，故詩文多牢落激楚語。有時名，列『毗陵七子』中。著《教經堂詩文集》《教經堂談藪》。

【箋證】

袁枚《教經堂集序》：『其才豪，其力大，其氣厚，其學充，以杜、韓、蘇三家爲歸。』然又云：『昔司空表聖所謂「弦外之音，味外之味」，似尊集中尚少此境界耶？……他日明府功名事畢，到獨樂園掃地焚香而坐，請陶淵明、韋應物爲左右賓，同作晚年之陶寫，或將有感於余言，而又泠泠然有虛徐之天籟乎？』又王昶《湖海詩傳》卷三十八『徐書受』條：『尚之少而食貧，長而多故。恒有四方之役，羈旅道塗。所作牢愁激楚，取法在孟東野、張文昌之間。然才情諧暢，兼效元、白。』此評較切。林昌彝《射鷹樓詩話》卷十二云：『州倅詩雅健雄深，善繪山水。其《宿績溪山店寄訊縣尉弟佑之》云：「泉聲奇以驟，嶺勢險在曲。今我心孔開，映我眉發緑。烟林乍回合，澗壑時斷續。仰愁危石壓，下有白鳥浴。徑折蛇逶迤，餘隙漏殘旭。頗聞新縣尉，既至問土俗。山田碎分綉，高下真五沃。作吏毋患貧，看山一生足。」《新嶺》云：「振衣忽霄漢，巉絶已平視。一綫上天奥，萬笏出地底。斜日在半崖，高鳥飛不起。豁然倚層空，盤旋徑邐迤。雲生乍籠袖，澗響復盈耳。何處烟林鐘，天風吹十里。躡景有羽翰，蒼蒼暮凝紫。」』諸説可互參。惟葉德輝《郋園讀書志》卷十三徐集條云：『今觀集中諸體，皆斂才就範，氣清詞腴，諸家所評，不甚相似。』聊備一説。諸家又言其詩守詩教。畢沅《吴會英才集》卷九徐氏下云：『性情純摯，内行可欽。其詩悱惻纏綿，意由心發。』王昶《詩傳》亦及此。洪亮吉《教經堂集序》云：『求其豐約適中，華實兼茂，説理而不涉於腐，言情而不流於綺者，庶惟君乎？』雖似過譽，亦可參看。惟洪氏《北江詩話》卷一評徐詩云：『如范睢宴客，草具雜陳。』此固言徐詩之真，而似暗嫌其粗，可與袁枚所言合觀之。

碩按，《録》以盛、徐分配『錦毛虎』之正副位，或以兩人同里，且皆多所游歷故。而前引葉德輝《讀書志》同卷論曰：『《乾嘉詩壇點將録》以《水滸》之錦毛虎配盛青嶁，而以尚之副之。然青嶁詩律嚴謹，乃歸愚一派；尚之則有才而不矜，仍不掩其筆舌之妙。蓋同一學有功候，而所造不同。《點將録》并爲一談，未免擬人於不倫矣。』此論徐詩風或可商，然論《録》之弊，則實中之。又葉《讀書志》卷十『青嶁遺稿』條云：『《點將録》中人詩，亦不免於雜凑。如錦者固可以自立，不必以入《録》而見重也。』亦有理。

矮脚虎王芥子[一]　太岳，字基平，定興人。乾隆壬戌進士，授檢討。官雲南布政使。有《青虛山房集》。

【校】

[一] 金本『矮脚虎』下未點王芥子，而以王秋塍屬之。

王太岳（一七二二—一七八五），字基平，號芥子，直隸定興（今河北保定）人。乾隆七年進士。宦迹遍甘、陝、豫諸省，累官至雲南布政使，以事左遷職於四庫館，卒於國子監司業任。性友孝，事母數十年如一日。與同時邵齊燾最善。爲官有經濟才，能惠民，尤留心水利。爲學重實際，兼工詩、駢文，著《青虛山房集》《西城小築詩》，編《涇渠志》等。

【箋證】

太岳爲官治學，據李元度《國朝先正事略》卷四十二王傳：『世共推其文學，而獨有志於經世之務。……在西安留心水利，著《涇渠志》。在雲南憫銅政之弊，於是旁搜博訊，補救厘剔，厥功甚偉。』其詩則氣韵高遠，無餖飣獷肆之習。王昶《湖海詩傳》卷九『王太岳』條論曰：『先生詩宗魏晋，下及唐人，醇古淡泊，可稱高格。生有至性，每言及古來忠義事，輒爲感慨流涕，即觀劇亦如之。』鹿傳霖《青虚山房集序》更具言之：『今讀是集，沈深澹雅，鈎元造微，詩之源出於陶，而杜、韓、王、孟以至香山、玉溪，皆仿之。』今録其五古《種藥》：『結廬近廛陌，獲與田夫齒。蒲杏日萸與，農候兹焉始。余方據稿梧，素業亦時理。荷耒竟不任，聊欲勤四體。鋤瓜夜雪餘，種藥春陰裏。酌以長生瓢，注之功德水。豈不念朝饑，好事良自喜。擾擾區中緣，遂性亦云已。』至其近體，楊鍾羲《雪橋詩話續集》卷五摘句云：『近體如《歸自東皋得顧密齋學士書口號却寄》云：「看遍秋山又獨歸，楓林樵徑晚風微。寒原漠漠耕人語，烟渚沈沈浴鷺飛。最有遠心當暮景，共誰盡醉典春衣。集賢舊侶能相問，人在東皋賦采薇。」《晚歸東屯敝廬》云：「林外春山緑一圍，月明寂寂掩荆扉。舊吟杜老無家别，賸有邯鄲故步歸。鄰父好懷知近局，兒童含笑繞春衣。廿年事業僧行脚，海鶴虚勞怨蕙幃。」《隴右晚行寄京師故人》云：「遠林如薺望中齊，殘照荒荒向客低。塞上驚沙還日夕，隴頭流水自東西。逶遲道路看人面，爛漫雲山信馬蹄。京洛故人都好在，征車誰信似鷄栖。」《肅州館舍》云：「席門窮巷尚風塵，行至悠悠旅病身。

菜把經時煩地主，酒材何處問門人。啼猨自叫空山夜，香草難回别浦春。總向芳時斷消息，落花如雨一沾巾。」』是皆藴藉深厚，可證王、鹿所言。徐世昌『騷騷及古，粹然雅音』（《晚晴簃詩匯》卷七十七）語，可爲的評。

一作王秋塍　復，字敦初，秀水人。監生，官偃師知縣。有《樹萱堂詩集》。

王復（一七四八——一七九八），字敦初，號秋塍，浙江秀水（今嘉興）人。王又曾子。少貧，往揚州依金兆燕，母卒乃捐監生。時畢沅鎮陝，奇其才，要置幕下。後歷官河南諸縣，臨事身先，民賴之如父母。性尚任俠，好急人之難，工奏箋。著《樹萱堂集》《晚晴軒稿》《偃師金石遺文補録》，輯刻《康成氏遺書》等。

【箋證】

① 此贊於秋塍，或差似之於盛錦，指其詩得山水助。畢沅《晚晴軒稿序》：『今更覽全稿，幽秀而清蒼，芊綿而藻麗，風格遒上，庶幾承其家學而無愧已。』洪亮吉《序》云：『憶初相遇於江都逆旅也。君時守丁辛老屋家法，及飫聞厲樊榭、杭堇浦諸先生緒論，故所爲詩以温雅典麗爲宗。越十年，而同客西

安，是時君已登太行，歷中條，覽洪河清渭之奇，搜中隆太白諸名勝，於是詩亦崻峭，同輩恒斂手避之。又五年，而君薦官河南，筆墨之餘，精研史事。舉凡民風士習、河防水利之巨者，一一皆寓之於詩。《春陵行》耶？《石壕村》耶？則又非僅詩人之詩，而循吏之詩也。蓋前後幾三十年，而君之詩亦三變，每變愈上，余亦何能測其所至耶？』王昶《湖海詩傳》卷三十八『王復』條：『秋塍承其尊人穀原之學，殫見洽聞，詩才凌厲。少即與汪雲壑、祝西澗、蔣春雨諸人聯吟鬥險，衆避其鋒。既而入京師，游秦中，從予及秋帆撫軍最久。迨筮仕中州，初任商邱令，又偕幕僚彭受園等流連觴咏。尋調偃師……游龍門砥柱，極山水之勝，作長卷以紀之。同安陽令趙君希璜皆以仙吏稱。句如「月明漁火全無影，夜静江濤漸有聲」「草色青迷沽酒處，杏花紅點渡江時」「凉氣吴衫輕易透，離愁魯酒薄難降」「碧窗晨展泥金帖，紅燭宵浮藥玉船」「吟來詩句清呈佛，老去容顔瘦有神」「新詞且共歌鹽角，舊醖還來撥甕頭」「燭花送喜春争發，弓月流輝夜未深」，皆繪藻相宣，宫商叶應。』《晚晴簃詩匯》卷一百三『王復』條稱秋塍詩『清麗綿邈』，亦云其『鈎心鬥角，辭必己出』，當有取於王説而云然。惟王昶所摘句但見清麗，不見雕刻，今略摘其押巧韵之句：『他時訪故人，更撥香泥甕。』『磯頭舊鷗鷺，斯盟應不寒。』『重檐一任芳華泠，中道勿使芳盟寒。』（按，『寒盟』即今語『毁約』，見《左傳》）『箋乞碧翁陰早合，同雲延望手頻叉。』『燕市舊壚頭，預訂酒錢醵。』餘之類此者尚多，不贅引。惟錢鍾書不然前人成説，以爲王詩乃『浙派之疏鈍者，不如乃翁《丁辛老屋詩》多矣』（《中文筆記》第一册[二二二]）。

碩按，底本以王復爲王太岳副，共屬『矮脚虎』下，殆以二人與《水滸》王英同姓。金本則以王復屬『矮脚虎』正位，王太岳屬『一丈青』下。綜兩本觀之，意此二人必關係甚密，然其詳尚待考。若以詩風論，則太岳蘊藉，王復生新，亦不相類也。

白面郎君方子雲　正澍，歙縣人。布衣。有《伴香閣詩集》。

方正澍（一七四三—一八〇九），一名正添，字子雲，號玉溪，安徽歙縣（今黄山）人，寓居南京。監生。乾隆五十五年，入畢沅幕，爲校訂典籍。嘉慶十年，旅揚州，得疾歸，遂卒。平生不求仕進，安貧樂道。詩宗晚唐，時名甚籍。著《子雲詩集》《花韵軒詞》等。

【箋證】

① 此贊於方氏，大抵亦言其詩摹寫山水風光較多。今引梁紹壬《兩般秋雨盦隨筆》卷一『方子雲詩』條以見一斑：『詩憑意造，近體尤工。五言如《送夏湘人出關》云：「山勢盤元氣，湖聲折大荒。」《舟次》云：「石争雙脉水，雲鬥兩來風。」《登金山》云：「萬古不知地，全山如在舟。」《竹林寺》云：「石氣青樓閣，湖光白古今。」七言如句《曲山》云：「雙峽束江通楚蜀，萬峰送雨落淮徐。」《潤州懷古》云：「人鋤

北府新生草，江走南朝舊夕陽。」《舟次即目》云：「潮初出海如雲白，月乍離山抵日紅。」《石湖舟中》云：「風急忽疑星欲墮，舟移如與月同行。」《鎮海樓》云：「急水與天爭入海，亂雲隨日共沈山。」《清凉山》云：「高閣紅扶臨澗樹，小亭青受隔江山。」絶句如《長干寺見隔院玉蘭》云：「粉裝玉琢素衣裳，拂面風來特地香。不阻游人阻詞客，人間無賴是紅墻。」《新月》云：「雲際纖纖月一鈎，清光未夜挂南樓。宛如待字閨中女，知有團圞在後頭。」《小亭獨坐》云：「小亭三面叠雲根，坐把澆愁酒一尊。西下夕陽東上月，一般花影有寒温。」風韵獨絶。』法式善《梧門詩話》卷二、林昌彝《射鷹樓詩話》卷二十等，摘其句亦夥，格亦近此。

按，方工於體物，狀難狀之景如在目前，而格近晚唐。畢沅選《吴會英才集》，以方冠其首。其書卷一：『方居士忘情仕進，樂志衡門。今之賈浪仙、羅昭諫也。詩工於體物，一聯一語，唐人得之皆可名世，何止「一一鶴聲飛上天」。與袁簡齋太史流寓金陵，激揚風雅，詩壇争長，照耀江東。居士賃屋長干，索居屏迹，於時詞客罕有頡頏。』推崇可謂至矣。《北江詩話》卷一云：『近時能爲中晚唐詩者，無過方上舍正澍。其《游仙詩》云：「鈞天樂苦無新奏，唱我紅窗夢裏詩。」「無數仙官齊仰首，殿中一帝一書生。」讀之飄飄欲仙。至若「月黑花台一個螢」「紅豆樓窗懸小影，年年一度忌辰開」，則又鬼氣逼人矣。』康發祥《伯山詩話後集》卷二：『閱子雲詩，邊幅不大，骨力亦不遒，方之賈、羅，未免過當。然近體每多琢句。』雖不免苛求，亦可參。錢鍾書論方氏詩，以爲於《吴會英才集》中僅次於黄仲則，『白描佳處，不讓晚唐名家』，而惜其學力未能副其才。評價已不可謂低。參錢氏《中文筆記》第一册（二一二）。

碩按，底本於此『清風山三頭領』點將欠周，已見前論；以金本所點三人詩觀之，則盛錦主格調，王復擅奇險，方正澍偏性靈，判然有別。且王、方生平行迹相近，而與盛錦不類。故金本之點將，似亦不妥。

少華山舊頭領二員

跳澗虎陳古漁[一]　毅，字直方，上元人。有《古愚詩概》。

其視眈眈，其文斑斑①[二]。

【校】

[一] 金本『跳澗虎』下未點陳古漁，而以吴竹橋屬之。參本書『出林龍』條。

[二] 底本無此贊。金本以吴蔚光屬『跳澗虎』下，以吴慈鶴屬『白花蛇』下，此贊語本當隨二吴。今校證既依底本而爲，若贊語隨二吴，則其切綽號『虎』『蛇』之義將無著落；若贊語隨頭領，則底本所點又非二吴，有違金本本意。底本所點陳毅、何士顒既不可移，箋證自當就陳、何

爲之，惟贊語仍就『跳澗虎』『白花蛇』論之，以副其本義。

陳毅（？——一七八六），字直方，號古愚，亦作古漁，上元（今南京）人。諸生。少失怙，母鞠之成立，故奉母至孝。與人交篤實尚義，然性傲岸，不諧於俗。尹繼善督兩江，欲延之掌鍾山書院，及見其邊幅不修，遂寢此議〔一〕。而毅之爲人可見也。工詩，袁枚推挹之不遺餘力。著《古漁詩概》，編《所知集》《攝山志》等。

【箋證】

① 此贊切『跳澗虎』『白花蛇』而發。

陳毅詩工近體。《隨園詩話》卷一：『萬柘坡光泰，精於五、七古，程魚門讀之，五體投地。近體學宋人，有晦澀之病。陳古漁專工近體，宗七子，故聞魚門稱萬詩，大相抵牾。』此可見古愚宗尚。袁枚《題陳古漁詩卷》（《小倉山房詩集》卷十三）：『新詩一卷勝方干，當作楞伽静夜看。孔翠屏開花爛漫，清商琴老調高寒。地當六代悲歌易，胸有千秋下筆難。我學王戎留贈語，森森更願束長竿。』此置其

〔一〕此取袁枚《陳古漁詩概序》説。然王豫《群雅集》卷九『陳毅』條云：『古愚呈詩有「餓夫爲將一軍驚」句，其議遂寢。』可參。

於方正澍之上，而論其詩風爲沈麗。蔣秦樹《古漁詩概序》亦云：『骨堅而氣逸，意警而格雄，古音亮節，屢變益上。』其集首諸序所論大抵近此，與袁論合。惟諸家序亦言其詩多窮愁語。今略摘其句，以見一斑。如『野花村婦髻，亂石古人墳』。『黄葉初飛處，秋聲不可聞』『已覺空囊歸故里，何因歧路感深秋』。『思量蹇滯平生事，來去還應笑野鷗』『蒼烟滿空暮色澹，紅日下江天影虚』『天低長路夕陽闊，樓破遠山秋色來』。惟其詩亦不乏新巧之句，如『却恐好書輕看過，折將餘葉待明朝』『花因拂地香方覺，橋影横波動即無』『年來一事真堪笑，祇覺來船是順風』『劇憐兒輩不及見，真似古人難再生』。此或亦袁枚推陳之一由也。

白花蛇何南園[一]

士顒，諸生。江都人。著《南園詩集》。

【校】

[一] 金本『白花蛇』下未點何南園，而以吴巢松屬之。參本書『獨角龍』條。

何士顒（一七二六——一七八七），字南園，江寧（今江蘇南京）人。諸生。浪游海内，畢生潦倒。詩宗性靈，袁枚編其遺稿爲《南園詩選》。

【箋證】

何詩主性靈，然機巧之中有清遠之致。袁枚《南園詩選序》：『雖讀書，不矜博覽。雖爲詩，不務馳騁。其志約，故邊幅易周；其思專，故性情易得。居秣陵城闉愔愔然，竹籬堇垣，與方外人游憩，薄醉微慵，雨餘風停，有愜於懷，一付於詩。久之而與詩兩相忘。』此頗能見其品。又《隨園詩話》卷一云：『何士顒秀才《感懷》云：「身非無用貧偏暇，事到難圖念轉平。」真悟後語也。其他如「貧猶買笑爲身累，老尚多情或壽徵」「書因補讀隨時展，詩爲留删盡數抄」，皆不愧風人之旨。歿後余聞信，飛遣人到其家，搜取詩稿得三百餘首，爲付梓行世。』而楊芳燦《贈何南園》（《芙蓉山館詩集》卷三）論何詩：『示我詩百篇，才情極清麗。朱弦海上彈，獨鶴雲中唳。澄心領衆妙，爽朗絶氛翳。』則言何詩之清也。

碩按，時何士顒與陳毅及方正澍齊名金陵。袁枚《仿元遺山論詩絶句》：『金陵從古詩人少，近得南園與古漁。更有閉門工索句，無人解扣子雲居。』而於《何南園詩後序》又云：『金陵有兩詩人，一爲陳古愚，一爲何南園。陳詩矯健，何詩清婉。』何之『清婉』，楊芳燦詩已言及。陳、何兩人同爲布衣，詩風又近，皆得袁枚賞識，并舉乃題中之意。金本以吴蔚光屬『跳澗虎』，然蔚光甚切『出林龍』，而底本之陳毅與《水滸》陳達同姓，似較切；至金本以吴慈鶴屬『白花蛇」，慈鶴之不切底本之頭領「獨角龍」，已詳其「箋證」後按；而金本「其文斑斑」之贊，單切其早歲詩風，中歲後歸於平淡之作，則不能副此。底本以陳毅、何士顒分屬「虎」「蛇」，約即袁枚「矯健」「清婉」意。惟陳詩多窮愁語，又多巧句，似非一「矯健」可盡。綜言之，底本點將似較金本爲當。

後寨頭領三員

一丈青王介人[一]　文潞，太倉人。諸生。有《羲亭詩鈔》。

【校】

[一] 金本以王芥子屬「一丈青」下。參本書「矮脚虎」條。丁未本以王介祉屬「一丈青」下。

王文潞（一七六六—?），字介人，江蘇太倉人。性聰敏，風度軒舉。嘉慶二十四年，應省試，不售。嘗至青浦，佐纂《太倉縣志》。與陳興宗、王紹成等游。年二十餘，以疾夭。嘗學詩於王昶婁東書院，尤工填詞，尚姜、張云。著《義亭詩鈔》《義亭詞》。

【箋證】

文潞早夭，交游又狹，除其師王昶外，幾無人齒及其人其詩。而昶所論又頗略。《湖海詩傳》卷四十止言其『五七言古詩頗得門徑』，録其詩三首，似頗清曠。今其集不傳，姑録此三詩：《題友人雲山紀游圖》：『人説遠行苦，誰解遠行樂？君游逮萬里，意氣尚磊落。甲乙志所經，瑶篇富囊橐。示我一幅圖，結構在雲壑。林深徑欲迷，山遠泉空落。萬籟此俱寂，紅塵净寥廓。倘遇青邱子，爲君歌憶昨。』《畫山水歌贈陳孝廉詩庭和陸孝廉學欽》：『陳畫生風格，超逸才峥嶸。朅來婁江地，意氣高同盟。平生好詩復好畫，揎袖落筆風雲生。昔嘗爲余作小幀，就中岩壑紛嶒崚。凉陰翛翛潤琴硯，落翠冉冉霏柴荆。恍惚别有小天地，坐移勝境來書櫺。我婁烟翁及湘碧，得其萃者惟茂京。近來畫法半榛莽，如君妙手得未曾。江山千里腕底赴，圖書萬卷腸中撑。淋漓元氣拗奇特，人巧直與天工争。河南季子雅好事，手持一卷光剡藤。作詩題贈播佳話，聞者四座皆心傾。畫中有詩詩有畫，觀詩讀畫神飛騰。繼聲之咏我何讓，歌成山月松梢明。』《送春詞》：『花如殘夢柳如烟，回首光陰一惘然。擬向東風買春色，枝頭榆莢已無錢。』

碩按，金本以王太岳屬此，丁未本以王陸禔屬此。王太岳詩冲淡醇厚，配女將似不切。王陸禔詩，袁枚評爲『清麗』。今觀其《蘇臺紀事詩》并序，綿麗纖弱，幾近艷體。又《隨園詩話》卷十三云：『介祉（陸禔字）好作無題詩，如「衣上石華新唾迹，帳中霞采舊豐神」「登墻不惜三年望，展畫誰甘百日呼」。人誚其輕薄，則云：「畢竟閑情累何德，不言惟有息夫人。」』故丁未本取以配『一丈青』，殆指其詩爲『女郎詩』也。又金本以王復爲『矮脚虎』正將，王復詩風與陸禔近，此與王英、扈三娘夫婦之名可綰合。且文潞、陸禔二人表字相近，頗疑底本此處异文，乃傳鈔致誤。故綜言之，以王復配『矮脚虎』，王陸禔配『一丈青』，似較妥。

母大蟲陳筠樵[一]　聲和，字叶宫，昭文人。廪貢。有《響琴齋詩集》。

【校】

[一] 金本以顧晴沙屬『母大蟲』下。參本書『聖水將』條。金本且於此將旁有眉批：『先點爲陳筠樵，塗去；改爲錢中諧，又塗去；最後改爲顧晴沙。』

陳聲和（一七六七—一七九六），字叶宫，號筠樵，江蘇昭文（今常熟）人。廪貢生。與試京師，遭母喪而歸。年三十而卒，袁枚痛惜之。性謙和，好急人之難。與孫原湘、詹應甲多唱和。著《響琴齋詩集》《響琴齋詩餘》《筠樵詩草》。

【箋證】

陳詩大抵分兩類。單學傅《海虞詩話》卷八論其詩：『入都新樂府九章，頗近香山。兹録其二云云。』觀其詩揭發民瘼，言淺意沈，能得白居易新樂府之神。惟亦步亦趨，殊少變化。又孫原湘《筠樵三十初度》（《天真閣集》卷七）亦有句云：『畫眉餘筆學丹青，脱手新篇壓元白。』可知聲和此類詩乃著意爲之。此外集中最多者，乃工於體物、抒寫性靈之作。近人陸寶樹爲聲和鄉後學，其《樵庵詩話》卷二摘聲和此類句至夥，有保存鄉邦文獻意。今以聲和集稀見，引陸文於後，亦以見其詩風：『陳筠樵先生，昭文人。工詩。五言《舟行晚眺》：「帆隨流水穩，山帶暮雲平。」《喜晴》：「篋想衣黴久，庭知礎潤收。」《書齋即事》：「樹疏霜降早，庭小月來遲。」《壽康弟就婚黄平》：「遠游憐汝小，出贅苦家貧。」《西山看楓》：「馬驚雲影立，風碎葉聲乾。」《燕子磯望江》：「樓閣秋烟碧，帆檣夕照紅。」《辭家》：「山水俱關學，科名豈救貧。」《東平中》：「堆沙兩岸夾，攔路一山横。」《游法源寺》：「福地饒僧占，雄心對佛降。」《泊天津關》：「詩到登程富，愁當入税輕。」《曉行野望》：「穴琢狐驅鬼，盤河馬渡人。」《泊李梅務閘》：「小鬟頻倚檻，健僕佐撑篙。」《守閘登岸》：「祠荒神鬼慘，官小吏胥尊。」《仲夫子廟》：「浮海心誠激，升堂道亦尊。」七言《鸚鵡洲吊禰正平》：「人間鼓調三撾絶，身後洲名一賦傳。」《金陵》：「最先王氣開三國，絶妙人文萃六朝。」《夏日即事》：「老艾簪冠偏畫虎，奇雲罨樹幻成牛。」《東西莊草堂主人》：「簾影疏還妨燕入，雨聲細不礙鶯啼。」「水高帆過當窗影，風緊花傳隔岸香。」《月夜蕩舟湖濱即席口占》：「招來月影燈遲上，坐對花枝酒易傾。」《寄懷陶秀才文燕》：「若非多病愁應可，但得工詩瘦不妨。」《王明府湘留飲》：「有客遠歸談更樂，得公留飲醉何辭。」又：「好山入座明於畫，老屋臨流静可詩。」《壽康弟携婦歸自黔中》：「人在團圞貧亦好，事曾閲歷過重論。」《茱萸灣》：「白塔箋天才子筆，緑楊踠地美人腰。」《晤查庫使滌源》：「官燭已深談轉劇，鄉音重换口嫌生。」《王家營曉發》：「夜話盡聯床曲尺，曉行猶見月彎環。」《遇李秀才步瀛》：「夢曾鄉去心翻怯，貧到清時口不言。」《贈戴嵩齡孝廉》：「見道方能談事業，讀書真不愧科名。」《舟行記事》：「路轉忽分風順逆，船輕偏逐浪高低。」《示言尚煜》：「未除豪氣原非福，欲證枯禪奈有情。」《界首驛》：「爲客日多身轉健，到家路近夢先行。」《寄袁簡齋先生》：「見面轉無終日聚，從游真悔十年遲。」《戊申重陽節前同人飲酒陶然亭》：「立身有品俱徵學，住世無情不是才。」《王芑孫孝廉見過話舊》：「得第自然歸福命，憐才能有幾親朋。」《除夕呈耕岩叔父》：「身爲游子銜恩易，家有名賢嗣響難。」詩筆饒有韵致，誠如邵松阿先生所謂「沖和淡宕」者也。』

碩按，金本以顧光旭屬此將下，其依據已詳『聖水將顧晴沙』後按。底本以陳聲和屬之，或以陳乃孫原湘之戚。孫氏《陳筠樵遺集序》(《天真閣集》卷三):「筠樵於余爲舅氏行,嘗謂余曰:「余與子之親服盡矣。子弟兄我,論學則且師子。」余愧不敢當。然其能自下人類如此。」而《水滸傳》中顧大嫂乃孫立之弟婦,此即《録》游戲處也(參「浪裏白條錢竹初」後按)。據蕭掄《傷逝詩》有懷陳一首,知陳、蕭至交,其入《録》或以此。據孫《序》,陳性謙和,底本或因此屬之女頭領下。且金本之贊,似更切聲和。然聲和詩風亦與周準等人不類,尤與「小尉遲」陳廷慶無可比附,此又不如顧光旭之切。兩本所點,各有短長。

母夜叉沈芷生　清瑞,字吉人,吴縣人。乾隆丁未進士,官知縣。著《群峰集》。

守其雌,爲天下溪①[一]。

【校】

[一] 底本無此贊,據金本補。金本「後寨頭領三員」點爲:王太岳、顧光旭、沈清瑞三人。故此贊語實對此三人而發。參「少華山舊頭領二員」贊語「其視眈眈,其文斑斑」校記。

沈清瑞(一七五八—一七九一),初名沅南,字吉人,號芷生,江蘇長洲(今蘇州)人。幼穎异,從吴下諸名士游，有『小鴻博』之譽。乾隆五十五年進士，年未四十卒。於詩詞曲無所不通，散曲尤著名。詩宗六朝，才與兄起鳳埒。著述甚富，有《韓詩故》《史記補注》《櫻桃花下銀簫譜》《沈氏群峰集》等。

【箋證】

① 此贊爲金本『後寨頭領三員』之沈清瑞、王太岳、顧光旭三人合贊。《老子》第二十八章：『知其雄，守其雌，爲天下溪。』贊出此。乃爲三女頭領而發也。此或指沈詩風纖麗。沈氏詩宗六朝，乃論其詩者公識。陳文述《讀沈芷生集兼哀亡弟壽蘇》（《頤道堂外集》卷五）有句：『偶托艷情寫奇抱，陳思羅襪温歧鞋。』郭麐《靈芬館詩話》卷六摘句頗富，録之以證：『詩亦宗法齊梁。没後所刻《群峰集》，十得四五而已。《贈朗上人》云：「雨風入手雙丸疾（上人能舞劍），冰雪爲家一衲寒。」《無題》云：「紅箔一重連屈戌，碧桃三月是芳庚。」《渌春詞》云：「比翼鳥無孤宿影，叩頭蟲有可憐心。」「蓮葉東西南北路，鶯聲廿四十三弦。」「祓夢未離蝴蝶局，傷心合住杜鵑門。」「温郎舞袖張公子，寒女歌容謝自然。」「碧花小小疑唇吐，秋水長長到眼梢。」「燈火上元蘭上巳，星期初七月初三。」「香來春半紅薔底，月在秋千畫索西。」又《秦淮雜詩》云：「新月秦淮欲上潮，畫船打槳過長橋。汀花無數留儂宿，丁字簾前夢六朝。」洗馬言愁，讀之真欲愁矣。』而石韞玉沈集《序》云：『芷生詩若文皆祖禰齊梁，出入初唐四傑之間。』則

其詩尚有較清壯者。觀其《秋月》《度縉雲嶺宿嶺下村舍》《石門洞觀瀑布》等作，可知石序所言有據。兹録《秋月》以見一斑：『夜色凉於水，風高朔雁還。長空一片影，吹落萬松間。思婦高樓上，含愁照玉顔。可憐千里道，何處是秦關。』

飛書走檄頭領二員

聖手書生吴澹川　文溥，嘉興人。諸生。著《南野堂集》。

使筆如劍劍氣出①，此公無乃能鐵兵②[一]。

【校】

[一] 底本無此贊，據金本補。

吴文溥（一七四一——一八〇二），字博如，號澹川，浙江嘉興人。貢生，中歲以家貧游江淮間，後乃出入秦中、浙、閩，多閲山川世事。富韜略，佐汪新、畢沅、阮元等大僚幕，論時事如掌上觀紋。詩文著名於時，阮元許爲浙士之冠。著述頗富，有《霾林山人集》《南野堂詩集》《南野堂筆記》《所見録》《師貞備覽》等。

【箋證】

①此贊爲「飛書走檄頭領二員」二人吴文溥、陳鴻壽合贊。王士禎《周文矩莊子説劍圖》（《帶經堂集》卷二）：「二人按鐔神欲生，一人拔劍作虎步，怒如截兕吞長鯨。使筆如劍劍氣出，此公無乃能鐵兵！」贊語本此。而陳文述《李靖舞劍臺歌》（《頤道堂詩選》卷五）：「摩崖大字何年筆，使筆如劍劍氣出。」贊語前句當徑取陳詩而出，爲「聖手書生」而發。《水滸傳》中蕭讓以善四體書法，專司文書碑表起草之事。然梁山攻王慶時，蕭讓師古人故智，以「空城計」保宛城，足見其胸有丘壑，非尋常刀筆吏可比。事詳《水滸傳》第一百零六回。贊語殆兼指此兩端言。吴文溥游諸大僚幕，所爲事亦無非奏箋書簡，然其人實富韜略。陳文述《吴澹川傳》（《頤道堂文鈔》卷三）云：「在幕府好言兵事，持論多與古合。在楚適苗疆不靖，論增兵改戍之法甚備，古人中蓋應詹、孫惠之流。惜乎無所際遇，僅以詩鳴於世。」

若以詩言，此贊殆指吴中歲後沈鬱蒼涼之作，如《關中草》《閩游編》等集中所載者。阮元《定香亭筆談》卷二即特稱此兩集「直逼古人」。文溥《南野堂筆記》卷二記將軍奎林最愛其《入關馬上作九首》《短歌》《甘泉山》《杜陵曲》《瘦馬行》《紫騮馬二首》《渭橋送朱八》《三原夜發》《途中春暮登樓即目》《渭橋逢陳丈》《鄂縣早春》《咏老馬》《桃林送别》等作，謂『皆一時興到之言，莽莽而來，目空古今，自成絶調。然亦須是關中高山大川，地廣物博，乃稱其志氣耳』。此等作可謂『劍氣出』也。按，吴詩廣爲人所稱者，乃其早歲淡遠明麗之作。潘清撰《挹翠樓詩話》卷三評吴詩云：『詩宗王、孟、韋、柳及杜、韓，故氣體高華，詩筆簡澹。』前引陳《傳》亦云：『詩以清微澄澹爲宗，源本陶、謝，出入王、孟，世多以規模少之，然獨到處不減施愚山。』餘之持此論者尚多，不贅引。兹引陸以湉《冷廬雜識》卷四『吴澹川詩』條所摘其句，以見一斑：『秀水吴澹川明經文溥詩品高遠。五言如「桐影方流月，琴聲不見人」「鶯啼春去後，客到雨深時」「江湖多落木，風雨急歸舟」「暮雨啼禽緩，殘春過客稀」「峽雲開曉色，關樹老秋聲」「鳥飛風未定，人語月初生」「别浦流春水，閑門落古花」。七言如「并州雁到楓初冷，江上人歸橘又黄」「青山獨行路不盡，白日欲暮春無多」「一笑身家書卷外，半生心事酒杯間」，皆清逸出塵。吴自言：「幼嗜吟詩，三十歲而成癖，寢食都廢。」嘗有《示兒詩》云：「秀才衣鉢傳三世，選佛功名隔一塵。除却驚人詩句外，平生事事不如人。」可想見其用力之深矣。』

然吴氏晚年詩觀變易，幾欲盡刈早歲綺語。兹録葉德輝《郎園讀書志》卷十二『南野堂詩集』條所論，以備參考：『集中詩於少作多删去。沈濤《匏廬詩話》中云：「吾鄉近日詩人，以吴澹川文溥爲第一，《關中》《閩游》諸草，沈鬱蒼凉，尤爲獨絶。然吴丈亦有極穠麗新艷者。《相逢》云：『相逢女伴踏莎回，共試簾前鸚鵡杯。别有酸心傳不得，暗將釵股刺青梅。』『春情摇蕩木蘭橈，楊柳娉婷學楚腰。細到不勝烟雨處，送人離别替人嬌。』」二詩僅見《筆記》中，蓋以少作删去。余謂詩緣情而綺靡，麗而不纖，故亦無傷風雅也。又《隨園詩話補遺》七：「秀水詩人吴文溥，别十五年，今秋復來，詩已付梓。讀之轉多窒礙，不如從前之明秀。信境遇之累人，而師友之功不可少也。」余偶取全集，校之如《詩話》所録《孤山》詩，今載集中，已經改竄，殊不及原詩遠甚。又所摘之句，如《詩話》十六載其《咏月》詩云：「清暉半邊缺，似妾獨眠時。」《補遺》二載其「卧病揚州，族弟魯暮橋親爲稱藥量水」，贈詩有「生我父母知我子，骨肉待我救我死」之句。又七録其新句之可愛者，如「竹裏不知屋，水邊聞有鷄」「問徑花相引，開門鳥亂啼」「風静溪逾響，雲來樹欲移」。皆佳。又一絶云：「酒後客來重酌酒，飛花留客送殘春。主人醉倒不相勸，客轉持杯勸主人。」除「問徑花相引」一聯，題爲《飲山翁舍》，見集二卷，餘皆未載，則其删汰及遺漏之詩多矣。』

玉臂匠陳曼生　鴻壽，字子恭，錢塘人。嘉慶辛酉拔貢生，溧陽知縣，江南海防同知。工書畫，製宜興壺刻作甚佳，人珍賞之。著《種榆仙館詩鈔》《桑連理館集》。

陳鴻壽（一七六八——一八二二），字子恭，號曼生，浙江錢塘（今杭州）人。陳文述從兄。嘉慶六年拔貢，官至淮安同知。爲官廉明，於任倡文教，賑災荒，政聲卓著。工書畫，精篆刻，識者以爲有瀟灑之致。又通諸工藝，嘗造砂壺百枚，而鎸以銘詞，世珍呼爲『曼聲壺』。少與文述同以詩受知於阮元，稱『二陳』。著《種榆仙館詩鈔》《桑連理館集》《種榆仙館印譜》等。

【箋證】

② 鴻壽固工篆刻，此技又稱『鐵筆』，贊語指此。蔣寶齡《墨林今話》卷十云：『篆刻得之款識爲多，精嚴古宕，人莫能及。』《國朝書人輯略》卷八『陳鴻壽』條下云：『篆刻追秦漢，浙中人皆宗法之。八分書尤簡古超逸，脱盡恒蹊。』餘凡言及鴻壽者，必稱其篆刻，不贅引。以鴻壽配『玉臂匠』，亦以此。

至鴻壽詩，大抵清壯。阮元《定香亭筆談》卷一謂鴻壽詩『峭拔秀逸』過於陳文述。郭麐《靈芬館詩話》卷五云：『詩宗太白、長吉，灑然而來，不屑屑於字句，而標緻自高。』吴文溥《南野堂筆記》卷九云：『錢塘陳曼生鴻壽，才敏過人，性靈獨鑿。爲詩不事苦吟，自然朗暢。如《過楊大夜話》云：「數數謀良覿，子雲居未遥。檐禽歸獨樹，湖月冷雙橋。緩步荆重敞，深談燭屢燒。因緣托文字，不敢負良宵。」《咏老伎》云：「朱顔鏡裏擅風流，侵曉妝成怨白頭。北里烟花懷舊侣，東家弦管動新愁。人歸溢浦三千里，夢斷秦淮二十秋。莫怪門前車馬絶，王孫敝盡黑貂裘。」《往返天台不得入山》云：「紫陽仙去剩丹臺，百步溪深瀉緑苔。笑我初經便迷路，匆匆兩度走天台。」曼生《秋喋詩》爲時傳誦，其佳句云：「幾度銷魂悲楚客，半生落魄謝東風。」又云：「此日早驚團扇妾，前身慣傍荔枝奴。」』此頗可見鴻壽詩風。

又，其七絶清中帶逸，亦頗可觀。近人童賡年《歸田老人詩話》卷三：『陳曼生七絶極有風致。《贈漁者》云：「東津打網北津收，載取霜鱗問別舟。一夜西風何處醉？滿江紅樹不知秋。」《溪上夜坐》云：「流螢如雨竹間飛，荷氣撲人香滿衣。遥聽隔溪打門急，知君何處夜深歸。」《江頭送客》云：「無數青山送客航，兩邊紅樹飽經霜。暮天惟有雁聲遠，秋水不如人意長。」《孤山遺興》云：「林逋宅畔有提壺，醉倒壺頭不用扶。見慣青山如我懶，梅花開老一詩無。」』

碩按，《水滸傳》中蕭讓、金大堅二人一體。吴文溥亦陳鴻壽老友。《兩浙輶軒録》卷三十八『吴文溥』下記：『陳鴻壽曰：「余年十二即識吴丈澹川，飄然如神仙中人，能作蘇門之嘯。時方自關中歸，應庚子南巡名試，酒後耳熱，輒道遇赤脚仙事，刺刺至漏盡不休。報罷後，館吴門數年，復涉臺海，歸又見之。言大兵征林逆時狀甚悉，意致猶昨日也。戊午同客濟南，次年冬中丞師撫浙，又同依幕下。《輶軒録》稿，丈所校訂。庚申夏余方施節海上，而丈以病歸，成永訣矣。」』

行刑劊子手頭領二員

鐵臂膊錢南園　灃，字東注，昆明人。乾隆辛卯恩科進士，官通副。有《南園集》。

利器不可以示人①[一]。

【校】

[一] 底本無此贊，據金本補。

錢灃（一七四〇—一七九五），字東注，一字約甫，號南園，昆明人。乾隆三十六年進士。四十六年，授江南道監察御史，敢於任事，劾甘陝總督畢沅之狃於職守、魯撫國泰之貪蠹國帑而不少避，由是名動朝野。五十八年，復除湖廣道監察御史，上疏論和珅之止於内右門理事不合舊制，請敕悉復舊規，高宗納之。其持正如此。灃受學於姚鼐，遂工詩古文辭，繪事亦精，尤工畫馬云。然凡此等皆爲政聲所掩。著《錢南園先生遺集》。

【箋證】

① 此贊爲『行刑劊子頭領二員』四人合贊。《老子》第三十六章：『魚不可脱於淵，國之利器不可以示人。』贊語出此。此指錢灃爲御史，指摘權貴無所避，而其仕途挫折，乃至遘疾而没，亦實以其剛直也。灃先劾甘陝總督畢沅於甘肅布政使王亶望之冒賑折捐事無所聞問，次劾山東巡撫國泰之虧空庫銀而以商銀填庫事。畢、國皆和珅私人，珅苦心救國泰而終無如灃何。事詳《清史稿》卷三二二錢灃本傳。此兩事固使灃名振朝野，然其構怨於和珅亦深矣。且據程含章《錢南園先生墓誌銘》（《錢南園先生遺集》卷首）云：『然自是嫉者愈衆，忌者愈深，欲求先生瑕隙以中傷之，而卒不可得。』而五十八年又請復軍機處議事舊制，其意實在和珅。高宗雖納其議，然據《清史稿》灃本傳：『和珅素惡灃，至是尤深嗛之。上夙許其持正，度未可遽傾，凡遇勞苦事多委之。灃貧，衣裘薄，宵興晡散，遂得疾。六十年，卒。或謂灃將劾和珅，和珅實酖之。』則灃之正直乃至殞喪其身！

至若灃詩，殆以其人傳也。有論者以其詩如其人。郭嵩燾《錢南園遺集跋》云：『先生浩然剛大之氣，無屈無橈。其著於文，絶雲霓，負蒼天，巉嚴峻絶，不可逼視。……排奡挺跱，既挫彌厲。』汪佑南《山涇草堂詩話》卷二摘句以證，略云：『七古魄力極大，勁氣直達，絶似昌黎。兹録其近體名句。《宿太華寺》云：「樹交危磴盤青靄，天縱飛樓納白波。」《送文西浦》云：「孤鞭落日不凡馬，高柳連天無盡蟬。」《留宿季氏園小飲》云：「門接山光來异縣，墻分花氣與芳鄰。」《嚴家寨避雨》云：「樹摇殘滴兩三點，日透重雲千百層。」又：「雨過苦遭行潦阻，暗中時借電光行。」清新凝重，不落恒蹊。是得力於少陵者。』餘如姚鼐《序》、劉昆《序》、《梧門詩話》卷十二持論亦同，汪氏殆本諸人説。故贊語殆指此言。惟細味之，似嫌錢詩發露少味也。按，錢詩之較佳者，似在其真摯深沈之作。以其情真，其理正，故亦能動人。持此論者，亦不乏人。洪亮吉《北江詩話》卷一：『錢通副灃詩如淺話桑麻，亦關治術。』又『五言如「寒渚一孤雁，烟籬五母鷄」「風連巫峽動，烟入洞庭寬」，七言如「夜不分明花氣冷，春將狼藉雨聲多」「曉簾才捲燕交入，午夢欲終蟬一吟」「拆皆成字蒸新麥，望即生津飣小梅」「門接山光來异縣，墻分花氣與芳鄰」，皆戛戛獨造。至五言古《長風》三首及《還家》三首，七言長短句《赴隨州》一篇，無意學古人而自然入古。其杜老《北征》、元叟《春陵行》之比乎？』此論得之。近人由雲龍《定庵詩話》卷下評曰：『其詩樸實説理，於陶、白、宋人爲近。』亦同洪説。

碩按，《録》以灃屬『劊子手頭領』，當指其爲官嚴正、威能辟邪而言。然《水滸傳》中，蔡福以柴進之威逼利誘，而保盧俊義性命，終以此而『逼上梁山』（詳第六十二回）。錢灃與《録》中『玉麒麟』畢沅針鋒相對，正與本事相反。點將如此，似微欠妥。然畢沅生平可切盧氏，點將遂難兼顧矣。

一作謝薌泉 振定，字一之，湘鄉人。乾隆庚子恩科進士。官御史。有《知耻齋詩文集》。

謝振定（一七五三—一八〇九），字一之，號薌泉，湖南湘鄉（今湘潭）人。乾隆四十五年進士。歷官江南監察御史、兵科給事中、禮部主事等。性嚴正，和珅妾弟嘗乘違制車馳騁通衢，振定痛杖之，并焚其車，直聲振於天下。而乃以此罷官。嘉慶四年，復起，出視通州，坐糧廳，勇於任事如故，通州氣象爲之一新。十四年，勞卒於任。性豪宕，好山水，遍履東南名迹，著《知恥齋詩集》《知恥齋文集》。

【箋證】

① 贊當指謝殺和珅妾弟而丢官事。《清史稿》卷三二二振定本傳載：『巡視東城，有乘違制車騁於衢者，執而訊之，則和珅妾弟也。語不遜，振定命痛笞之，遂焚其車。曰：「此車豈堪宰相坐耶？」居數日，給事中王鍾健希和珅意，假他事劾振定，奪職。』

謝以風節名世，古文亦有章法，惟詩名則無聞，故論其詩者至罕。袁枚《隨園詩話補遺》卷九及之云：『《游泰山》五古數章，直追韓、杜，以篇長不能備載，僅録其《飛瀑崖》云：「石罅中峰劈，飛漯曳練來。自天張水樂，平地起風雷。題咏此間遍，幽敻衆妙該。封巒經七二，御帳望中開。」又，《跨虹橋南見唐陶山勒石絶句欣然如見故人時唐宰荆溪詩以寄之》云：「失喜陶山入望來，丹崖赤字獨徘徊。吟情正憶鳴琴暇，罨畫溪頭日幾回。」』葉德輝《郎園讀書志》卷十三謝集條亦評曰：『詩則古、近體俱真氣鬱勃，放筆雄豪。』據此，似其詩如其人。

一枝花尤二娛 維熊，字祖望，長洲人。乾隆己酉拔貢生，官雲南知縣。有《二娛小廬詩鈔》。

尤維熊（一七六二—一八〇九），字祖望，號二娛，江蘇長洲（今蘇州）人。乾隆五十四年拔貢。歷官淮安訓導、雲南蒙自知縣。知蒙自時厘弊政，倡文教，化民俗，而民德歸厚矣。有幹才，屢爲節府廷典箋奏。性好交游，工詩文，尤長填詞。著《二娛小廬詩詞鈔》等。

【箋證】

維熊詩少則明秀，中歲後有沈著之致。葉德輝《郎園讀書志》卷十四『二娛小廬詩鈔補遺詞鈔』條論之略云：『沈濤《匏廬詩話》卷中：「長洲尤二娛廣文維熊《端江花船詞》：「心字香熏心字衣，爐灰撥盡焰微微。歡來一似收香鳥，守定羅襦總不飛。」若使阮翁見之，當不數彭少宰《嶺南竹枝》。」郭麐《爨餘叢話》卷三：「二娛詩如單椒秀澤，不屑附麗，少陂陁漫衍之觀。」二家所評，皆就廣平少時之作而論。其後宦游滇徼，跋涉舟車，沈鬱激昂，頗得江山之助，其體又一變矣。乾嘉詩人，如二娛者，其亦詩壇健將哉！』證以尤氏友彭兆蓀《尤君墓表》（《小謨觴館文續集》卷二）所云『君長擅才筆，奇章秀句，風發川涌』。又云：『始以雅才渺旨，馳藻藝林』，及周鈴《二娱小廬詩鈔補編後記》所云：『君自滇南歸後，時相過從，酒杯情話，每出新詩相賞。前後所得手寫之作不下數十首，皆直抒懷抱而不涉豪放，細貼景物而一歸渾雅，所謂神明規矩中者。』可知維熊詩風轉變軌迹。而陳鴻壽《序》云：『其詩詞於行役、羈旅、登臨、憑吊之作，爲尤工。』亦維熊役使四方所致也。另，郭麐亦序尤詩集，然多膚泛諛詞，轉不如其《叢話》所論之真切。

一作胥燕亭 繩武，鳳臺人。貢生，官萍鄉知縣。有《晋普山房詩鈔》。

胥繩武（一七五七—一八〇八），字燕亭，號芝天老圃，山西鳳城（今晋城）人。乾隆四十二年拔貢。四十五年官江西萍鄉知縣，於任重民事，崇文教，主修《萍鄉縣志》，後牽於萍鄉賑灾事解官。年三十餘游幕江浙間，欲買田終老焉。卒於浙江藩司幕中。著《晋普山房詩鈔》。

【箋證】

① 唐仲冕《胥君墓誌銘》（《陶山文録》卷八）云：『少年負氣節。萍鄉界湖南，厨傳駱驛，君爲令頗

稱强項，治民則耡暴植良，折獄如神。毁叢祠爲泮宫，禱雨徯期，與神像琅鐺而曝於庭，尋大澍至。今邑人稱之。』可見其爲人。又據繩武《萍鄉行》五古長詩，乾隆四十九年萍鄉大水，毁屋吞人。繩武以縣令開倉濟民，安撫流離，以實上報。上司且勉之曰「令乃民父母，勿憂上官嗔」。而詩後文乃云：「誰料滋咎戾，翻令他事牽。」竟以此解官。唐《墓誌銘》未及此事，其内情不可知。然據吴騫《宜興縣志拾遺序》（《愚穀文存》卷三）記，胥繩武後助唐仲冕修宜荆志，事未卒而『陶山移官，燕亭亦爲人排擠以去』，則似其爲人自少年至中年未變，以是故多坎壈。贊似指此而言，與評錢澧、謝振定例同。

言及其詩者亦鮮矣。唐仲冕《胥君墓誌銘》：『君生而穎秀，甄綜經史，詞筆超朗。』又云：『休官年未四十，專肆力於詩古文詞。』又《隨園詩話補遺》卷五記：『胥明府諱繩武者，讀《小倉山房文集》見寄云：「不爲韓柳不歐蘇，真氣行間辟萬夫。所説盡如人意有，此才豈但近時無？掃除理障言皆物，游戲文心唾亦珠。喜是名山藏未得，傳抄今已遍寰區。」「聲名在世任推排，自擅千秋著述才。天爲斯文留此老，我思親炙待將來。風回海上波争立，春到人間花怒開。比擬先生一枝筆，迂儒秃管枉成堆。」』胥似頗不惡袁枚風格。加以唐氏所謂『詞筆超朗』，及其《銘》所稱『才如銛鋒，一割中綮』，則燕亭持旨或近性靈乎？然今其集不傳，僅《萍鄉縣志》録其詩詞十四首，王昶《湖海詩傳》卷三八録其詩四首，多記萍鄉一地風物民生，抒懷之作則幽怨蕭颯，詩筆似亦平鈍，其實情無可究詰矣。

步軍協理頭領二十六員

病關索王夢樓　文治，字禹卿，丹徒人。乾隆庚辰探花，官臨安知府。著《夢樓詩集》。

鐵中錚錚，庸中佼佼①。各奏爾能，有時獨到②[一]。

【校】

[一] 底本無此贊，據金本補。

王文治（一七三〇—一八〇二），字禹卿，號夢樓，江蘇丹徒（今鎮江）人。乾隆二十五年探花。官至雲南臨安知府，以事鐫級，遂不復出。歸主杭州、鎮江書院，復至甘、鄂，悠游以終。於藝精音律，能度曲，行必以歌伶一部自隨。尤工書，與同時梁同書、劉墉齊名。少隨侍讀全魁渡海，琉球人争重其翰墨云。詩則尚雄壯，實不免於空疏。晚耽禪學，自言其詩、書皆涵禪意，而奉聲色口腹不少減，時人譏之。著《夢樓詩集》《快雨堂題跋》等。

【箋證】

① 此贊爲『步軍協理頭領二十六員』五十人合贊。贊語乃漢哀帝評劉盆子之語。見《後漢書·劉盆子傳》。李賢注曰：『鐵之錚錚，言微有剛利也。……言佼佼者，凡庸人之稍爲勝也。』

② 《詩·賓之初筵》：『其湛曰樂，各奏爾能。』奏，進獻也，見《毛傳》。

王文治詩大抵以雄豪見長，然亦不乏清雅之作。張學仁、王豫編《京江耆舊集》卷九『王文治』下：『侍讀天才豪縱，音節宏亮。《南詔》《洮河》諸集雄傑瑰麗之篇，不愧唐音；晚年多應酬之作。』王昶《湖海詩傳》卷二十二王氏條，言文治渡海後，『詩一變頗以雄偉見稱』。按，此類詩如《將往琉球別諸同學》《函谷關》《倉卒》等，闊大豪宕，然詩意不免浮露。如《倉卒》中一首云：『屬草真傳用左徒，登壇高議日紛如。漫言蛇鳥親臨陣，已覺螳螂敢抗車。虎旅不遵孫武約，鯫生原誦趙奢書。夷酋一隊翻堪仗，娘子孤軍直搗虛。』似不免叫囂之弊。陳文述題王渡海後之《海天集》有『此客風情亦太豪』句，似已寓不滿。而持論异乎此者亦多。張懷桂《夢樓選集序》云：『袁子才嘗有書於余岳翁曰：「夢樓詩，其奇横排奡處雖不如蔣、趙，而細筋入骨，神韵悠然，實爲過之。」』又袁枚《仿元遺山論詩絶句》云：『彈絲吹竹譜宫商，刻意推敲格調蒼。不許神通破禪律，遺山心早厭蘇黃。』《隨園詩話》卷七：『裴晋公笑韓昌黎恃其逸足，往往奔放。近日才人，頗多此病。惟王太守夢樓能揉之使遒，煉之使警，篇外尚有餘音。』又卷十四記：『雲松才氣，横絶一代，獨王夢樓不以爲然。嘗謂余云：「佛家重正法眼藏，不重神通。心餘、雲松詩專顯神通，非正法眼藏。」』言之不置，可見其論旨。又頗有視其詩爲正聲者。洪亮吉《北江詩話》卷一：『王侍講文治詩如太常法曲，究系正聲。』陳用光《懷寄王夢樓先生》（《太乙舟詩集》卷一）有句云：『巍巍王夫子，起衰功鮮匹。正聲諧神聽，古義續亡逸。累黍測黄鐘，八風悉從律。』餘如謝振定等，所言亦同。按，此諸家所謂『正聲』者，殆指其清雅之作而言。此與袁枚説不盡同，亦可相參。王詩如《游顧龍山》《常熟顧氏芙蓉莊紅豆樹歌》《笄崖月夜聽徐傅舟彈琴》《伯牙琴臺》等作，要皆清潔。惟其詩之『正』時不免涉於腐，如《函谷關》一首有句云：『强秦昔恃險，要害於兹據。一夫足嘆唶，九國盡猶豫。由來得地利，天意亦難迕。』似此則殊無謂也。

碩按，《録》點王爲『病關索』，疑指其書法言。舒位《瓶水齋詩集》卷十七有追念梁舟山長篇，論及梁書法云：『淡墨探花王禹卿，濃墨宰相劉諸城，不若同時學士濃淡相與成。濃亦不肉食，淡亦不骨立。』據此，舒不愜王書之『骨立』，或即以切『病』邪？又舒位此語，與『插翅虎』贊語句法極似，亦贊出舒手之旁證。

一作邵二雲　晋涵，字與桐，自號南江，餘姚人。乾隆辛卯恩科會元，官編修。

邵晋涵（一七四三—一七九六），字與桐，號二雲，又號南江，浙江餘姚人。乾隆三十六年進士。以特詔入四庫館充編纂，散館後擢翰林院侍講學士，充文淵閣直閣事，日講起居注官。晋涵左目眚，體清羸，性和易而介，嫉不義如仇。平生私淑其鄉賢劉宗周、黄宗羲輩，爲學博通四部。其疏《爾雅》，能補正刑疏之失，開清人新疏之先河。尤長史學，四庫史部書多經其手而定。嘗輯訂薛居正《五代史》，書成刊布學宫，薛史自是與歐史并傳矣。又病史籍載南宋事多疏漏，欲爲趙宋一代之志，未蒇事而卒。著述豐富，有《爾雅正義》《南江詩文稿》《輶軒日記》《方輿金石編目》等。

【箋證】

邵以經史名世，詩文特其餘事耳。王昶言其『不以詩賦見長』（《湖海詩傳》卷二十二），張問陶言其『懶從時輩誇詩律』（《哭邵二雲學士》），故論及其詩者罕矣。兹排列數家，以存其詩風之梗概。郭麐《樗園消夏録》卷下：『鐵門嘗言：「學人之詩古體工於近體，五言又工於七言。蓋藴蓄既深，發聲自遠。」余謂竹垞云「近人開卷即七言律，詩格必卑」，是也。邵二雲學士經學湛深，古詩多深思古意。然如《和童二樹梅花詩》其中一絶云：「折枝贈别曉江寒，好句長留畫壁看。三載銷魂梅嶺雨，黄椰根苦荔支酸。」注謂懷羅二嶺南。言情婉娩，深得風人之旨。《秋草》云：『長驛露寒人獨去，橫塘水落雁初過。』《落葉》云：「從遺深山征月令，是誰中夜讀離騷。」皆有遠韵。』葉德輝於郭言後按云：『《詩鈔》所存多類此。』（《郎園讀書志》卷十四邵集條）然晋涵子跋其父《詩鈔》云：『於唐取少陵、昌黎、義山、牧之諸家，性不喜觀黄涪翁詩。故所作多出入於韓、杜間，而無江西派生硬及四靈派瑣碎之弊。』謝寶書編《姚江詩録》中評邵詩語襲此。論其詩較詳者，爲陳壽祺《南江詩文鈔序》，中云：『詩歸雅音。《明宫詞》百首，則仲初之儔；《姚江棹歌》七十餘首，則竹垞「鴛湖」之匹也。中年以後，歌行長篇益臻勝境。與瑞金羅臺山唱和諸篇，則硬語排奡，直追昌黎。亦足見先生之才無施不可矣。』按，邵詩近體清疏，格近中晚，古體則學韓愈，如諸家所言也。今録其《萬柳堂》其一以見概：『横雲池館已荒凉，衰柳今依選佛場。細路獨來尋曲澗，孤亭無主對斜陽。蘆摇霜氣飛千點，雁過風棱并一行。惟有西山留過客，濕嵐欲墮石橋旁。』

碩按，《録》點其爲『病關索』，或切其詩中蕭疏之氣。另，據洪亮吉、錢大昕爲邵氏所作碑傳，邵體貌清羸，若不勝衣，則『病』字當亦指此。

拼命三郎毛海客　大瀛，字又莀，寶山人。諸生，官簡州知州，剿賊殉難。有《戲鷗居詩鈔》。

毛大瀛（一七三五—一八〇〇），原名思正，字海客，一字又莀，江蘇寶山（今上海）人。以附監生入四庫館，後署漢陽通判。乾隆五十六年，隨惠齡入藏討廓爾喀部，還知四川中江。以赴鄂討白蓮教有功，擢簡州知州。嘉慶五年，教匪張子聰部擾簡州，大瀛率鄉勇禦之，殉難。未官前嘗居諸大僚幕者二十年，遂工奏箋。山東巡撫國泰尤敬重之。國泰敗，大瀛盡始終之誼，時人稱之。少有詩名，爲『練川十二才子』之一。著《戲鷗居詩鈔》《醉嘯軒集》。婦吴氏亦能詩。

【箋證】

毛氏詩論者不多。法式善《梧門詩話》卷十三云：『（毛海客大瀛）詩有奇氣，尤工咏古。』陳文述《題毛海客大瀛戲鷗居詩集》（《頤道堂詩選》卷二十四）有句云：『行間邊月苦，紙上陣雲凉。絶似娵隅集，招魂下大荒。』按，此謂毛氏詩風類趙文哲。趙詩多寫邊塞事，乃以雄奇勝，故陳氏持論與法氏同也。且趙、毛皆殉國，故陳并論之。陳又於《書孫蓮水書毛海客遺詩後》（《頤道堂詩選》卷十一）略摘其句云：『如《羊太傅祠》云：「豈能事業皆如意，未有英雄不好名。」《黄鶴樓》云：「憑闌勝概人間少，此處詩才我輩争。」《襄陽懷古》云：「兒郎莫怪皆豚犬，乃父平生祇好鷹。」皆性靈獨得之作。』惟雷國楫《龍山詩話》卷三則云：『大瀛詩詞旨冲淡，可稱雅音。《寄汪緗青》云：「吾子岑華子，疏狂每自哀。十年長作客，四海孰憐才？漂泊依蓮幕，風流續玉臺。揚州留滯久，暮歲好歸來。」《贈内》云：「篝燈佐讀苦相依，太息黔婁百事非。豈有雄文傳狗監，空勞清泪滴牛衣。釵荆裙布家風冷，麥飯葱湯活計微。他日鹿門歸舊約，絲緡共理釣魚磯。」此其未遇時傷感之作也。

碩按，《録》點毛爲「拼命三郎」石秀，主切其人。毛氏屢立軍功，以守城戰死（事詳《清史稿》卷四八九毛氏本傳），豈非「拼命」？石秀爲人重義尚氣，而大瀛亦奇人也。陳文述、張問陶同時諸人皆以奇士目之。王培荀《鄉園憶舊録》卷二録吴秋漁挽毛氏詩，中有句云：「噫吁嘻！毛簡州君乃海上狂客，邈焉寡儔，後車十乘，作賓諸侯。胡爲乎名心躍躍老不休，白首忍作籠頭牛！」此其尚氣處也。而石秀爲楊雄盡朋友之義，見《水滸傳》第四十四、四十五回。大瀛於國泰盡始終之誼，隨之同入都，國泰死則「偕其弟入哭」，無少退避焉。事詳洪亮吉《跋簡州知州毛大瀛所致書及紀事詩後》（《更生齋集》文甲集卷四）。此則其重義處也。

一作徐朗齋

鑅慶，原名嵩，金匱人。乾隆丙午舉人，官蘄州知州。著《玉山閣集》。

徐鑅慶（一七五八—一八〇二），原名嵩，號朗齋，江蘇金匱（今無錫）人。徐乾學裔孫。乾隆五十一年舉人。嘉慶初，教匪起，以知縣投效川楚軍營，權黄梅、崇陽等縣。時川陝難民聚楚境，鑅慶傳檄草奏，開倉賑民，撫全甚衆，巡撫畢沅亟稱其幹才。後以功擢蘄州知州，以事自縊亡〔一〕。故工詩文，少游甘陝即與楊芳燦、楊揆、顧敏恒齊名。論詩不拘唐宋，但問工拙。著《玉山閣集》。

【箋證】

論徐詩者，或言其奇壯，或言其悠遠。前者如林昌彝《射鷹樓詩話》卷十三評曰：『其詩逸藻古艷，擅青蓮、昌谷之長。孝廉少歲即游秦隴，兼涉伊凉，故作者清激中時露奇響。』法式善《梧門詩話》卷十三則云：『近讀《玉山閣集》，雄駿悲壯，繼響唐賢。蓋少時所作，僅存十之二三耳。《絶塞》云：「絶塞不辭苦，遠行人未還。西風驅萬里，落木滿三關。獵火黄龍磧，軍書青海灣。城南有思婦，腸斷大刀環。」』後者如洪亮吉《北江詩話》卷一云：『徐刺史嵩詩如神女散發，時時弄珠。』又如張維屏《國朝詩人徵略》卷四十八『徐鑅慶』條下云：『朗齋刺史有絶句云：「家住梁溪楊柳郵，山房細雨約開尊。鴛鴦岸口桃花水，一夜春潮緑上門。」最近晚唐風調。』按，諸家言各有當。徐詩固有此兩類，要以清麗之作爲

〔一〕此依法式善《梧門詩話》卷十三説。《清史列傳》卷七十二、《國朝耆獻類徵初編》卷二四四之徐氏諸傳，均未及其死因。然據王芑孫《徐君墓誌銘》（《惕甫未定稿》卷十三）記：『去蘄州，以官事未訖，止黄州府城，暴亡。年四十五。君貧，累世赤立，蚤游當世。所至交歡王公大人，輒致千金，緣手盡。不得已奮思階便，巧獵功名。終不能自摧隳以趨時會。既見柢梧，爲州縣益不敢放手，公私逋積。自畢公歿，上官滋不悦君。君既内不自慊，又乘外憤，意惑亂，倉猝求死。死之日妻子莫在。』則徐之死於非命無疑。故意法氏之説，當有所據。

主。即主雄壯者，似亦有清氣充其間。如《横笛曲》亦言關塞風情，詩云：『隴客吹横笛，梅花滿玉關。此花開又落，不見一人還。漢將屯青海，單于度雪山。燕支年少婦，十五損紅顔。』可見其風格。至其近體清麗之作，實近中晚。前引林氏《詩話》同卷摘選其詩至夥，如《九龍山晚歸》《崆峒道中》《次金山》《落葉》《上元夜》《渡太湖》等作，皆清疏。兹録其所摘句如後：『五言句如「孤花含暮雨，殘笛隱秋潮」「鄉樹横雲外，春江細雨中」「關河風雨夜，燈火弟兄心」「帶水分秦晉，斜陽澹古今」「人游青嶂外，我愛白雲深」「劍明疑有月，香細欲生雲」。七言句如「醉來舊事關心事，人入中年憶少年」「千載銷魂惟有别，十分愁艷不成詩」「好襯晚霞烘落日，欲拚沈醉笑春風」「却嫌春恨銷難盡，欲問天台路未通」「華嶽雲烟朝暮改，昆侖河水古今流」「瀑過佛頂驚僧夢，葉落花臺醒鶴眠」「嶺樹雲移青到地，松巒石破碧摩天」「數竿修竹紅藏寺，幾樹垂楊緑到門」「蟲沙變幻成今古，鋒鏑消沈起物華」「水面風來寒欲雨，岩腰雲斂晚初晴」「浮名也抵腰懸綬，壓卷新排手訂書」「五更霜月欺燈影，一樹風鴉續雁聲」「寒浦帶星垂似露，夜風吹月動如波」「愁年不共生年短，死日方知别日佳」「烟中紫燕相離語，霜裏紅渠獨自花」「住久小樓因對嶺，斷來清夢又無家」「寒天細竹人孤倚，斜日空檐燕對飛」。』

碩按，《録》以徐鑅慶爲毛大瀛之裨，其故有數端：一、徐亦死於非命，可切『拚命』。二、二人皆佐戎行，討白蓮教，以軍功擢官。三、二人集中多寫邊地風光，詩風蒼凉處相近。四、二人皆有奇氣。詹應甲《題東歸贈别圖後即用卷中曉蘭尚書原韵并記》（《賜綺堂集》卷十七）記徐：『玉山閣主人徐閬齋，負才磊落，與餘爲甲辰同年老友。嘉慶元年丙辰試禮部，報罷。聞其袖落卷往謁河間尚書，頗有辯論長安人海中，或病其狂。』其艱於一第，而更名投軍，亦非奇人不能爲也。

錦豹子楊荔裳 揆，無錫人。乾隆庚子舉人。由中書官四川布政使，贈太常卿。著《桐華吟館集》。

楊揆（一七六〇—一八〇四），字同叔，號荔裳，江蘇金匱（今無錫）人。楊芳燦從弟。乾隆四十五年召試舉人。五十七年，從福康安征衛藏，多歷异境，頗有功於軍事。官至甘肅布政使、四川布政使。以積勞卒，贈太常寺卿。性誠慤，有篤行，少與芳燦齊名鄉里，文格亦近之。出塞後詩風蒼雄，與乃兄异。著《桐華吟館詩稿》《衛藏紀聞》。

【箋證】

楊揆詩，大抵以出塞爲界，前後有别。早歲詩風綿麗，與芳燦同格。至出塞後詩，得江山之助，風格一變。《湖海詩傳》卷三十七『楊揆』下：『荔裳偕其伯兄才雄藻密，世稱「二難」。張千層之錦綉，門八尺之珊瑚，其爲貴重，無以逾也。然蓉裳既已黄巾青幘，績著岩疆；荔裳復以碉門而外，出塞數千里，耳目所見，得未曾有。與前代文人簪毫佩玉、雍容華要者不同。蓋造化奥區，久而必發。而窮荒戰地，自嘉州、昌黎之後，紀載無多，天或俾翰墨以發其奇。』吴嵩梁《石溪舫詩話》卷一：『荔裳早擅風華，中年從嘉勇公出征衛、藏所歷熊耳山、星宿海諸勝，异境天開，詩格與之俱變，極造幽深，發以雄麗，字外出力，紙上生芒，非摹擬《從軍行》者所能道其一語。』餘者論皆同，不贅引。論其出塞前詩者，如畢沅《吴會英才集》卷二十『楊揆』條：『楊舍人俊逸清新，才兼庾、鮑，與其兄蓉裳齊名。嗣以詞賦通籍，珥筆機廷，吟紅藥之翻階，對紫薇於畫省。摛華掞藻，倜儻不群。』惟朱庭珍《筱園詩話》卷二以爲其詩『學初唐四子及温、李、西昆者也。華多實少，有腴詞未翦、終累神骨之病』，中其弊矣。論其出塞後詩者，如趙懷玉《楊公墓誌銘》（《碑傳集》卷八十七）云：『詩初學長慶，出塞後境日險，句亦日奇，駸駸乎入杜、韓之室。』所謂『學長慶』者，指其輕綿之作而言。

一作楊笠湖　潮觀，字閎度，金匱人。乾隆丙辰舉人，瀘州知州。有《吟風閣詩鈔》。

楊潮觀（一七一二—一七九一），字宏度，號笠湖，江蘇金匱（今無錫）人。乾隆元年舉人。宦迹遍晉、豫、滇、川諸省，官至四川邛州知州。爲官心繫民生，令聲振振。性嚴重〔一〕，晚好禪學，戒律益嚴。善音律，嘗取古今事作樂府劇本數十種，蓋藉以勸世也。著《吟風閣雜劇》《吟風閣詩鈔》《左鑒》《易象舉隅》等。

【箋證】

潮觀以雜劇名世，詩名不稱，故論者極鮮。潘瑛、高岑《國朝詩萃初集》評其詩曰『詩格清蒼，殊多傑句』。袁枚《隨園詩話》卷八：『楊刺史潮觀，字笠湖，與予在長安交好。以運四川皇木，故再見於白門，垂四十年矣。《山行遇雨》云：「廣厦千萬間，不免炎暑熱。蓋頭一把茅，亦避風雨雪。」《馬跑泉》云：「十月冰霜潔，真陽坎内全。任教無底凍，不到有源泉。」所言皆有道氣。』按，今楊集不傳，彙今人劉世德《楊潮觀撰述考》（《藝文志》第一輯）、趙山林《楊潮觀四考》（《中華文史論叢》一九八四年第三輯）等所輯録者，共得其詩六十五首。以此存者觀之，其詩多咏史、寫景之作，然詩風平淡，亦無風緻。又袁枚所録説理詩，今存，其詩之所存者多此類，然所説之理皆迂淺乏故『多傑句』之論，似於此無驗。

〔一〕楊氏於袁枚記其夢遇李香君一事怒不可遏，而至於詈罵，一似視所謂清名如性命之正人君子（見袁枚《答楊笠湖》，《小倉山房尺牘》卷七）。然其藉運皇木之便，私贈袁枚木植料件以爲壽（參袁枚《喜楊九宏度從邛州來有事即作》其四，《小倉山房詩集》卷二十二），斷非正行，故袁枚後乃以『僞儒』譏之。本傳姑取通行之説。

新警。袁枚素惡此類詩，其爲楊作傳而不及楊詩，其觀感可知矣。

碩按，『錦豹子』下二人皆楊姓，以與《水滸傳》中楊林同姓故也。而《録》以潮觀爲楊揆副，蓋以其爲楊芳燦之父。秦瀛爲楊揆所作《楊君墓誌銘》（《碑傳集》卷八十七）云：『父鴻觀，與其世父邛州知州潮觀并工詩文。』然二人詩風毫不相類。故欠妥。又陳文述《頤道堂詩選》卷二十九有詩叙舒位、畢華珍於京『仿楊笠湖吟風閣體填院本數十出』，則舒位似頗不惡潮觀其人其才。

金錢豹子石琢堂　韞玉，吴縣人。乾隆庚戌恩科狀元，官至臬使。有《獨學廬稿》。

石韞玉（一七五六—一八三七），字執如，號琢堂，又號花韵庵主、獨學老人等，江蘇吴縣（今蘇州）人。乾隆五十五年狀元及第。歷官湖南學政、重慶知府、陝西潼商道、山東按察使等，有循聲。負經世才，時白蓮教興川楚間，韞玉獻分兵及堅壁清野之策於經略勒保，卒成其功。晚主金陵尊經、吴中紫陽諸書院以終。通諸藝，琴棋書畫篆無所不能。然嚴於衛道，書有不合正教之言者，見之即焚。善作劇，詩文亦有捷才。著《獨學廬全稿》《獨學廬尺牘偶存》《竹堂文類》，及傳奇集《花間九奏》等，編《蘇州府志》。

【箋證】

石氏詩風總言之爲温柔敦厚。分言之則大抵爲兩種，描摹山水之作，以清秀雅正爲主；抒懷紀事之作，時有雄健之篇。石氏《沈氏群峰集序》自言其『詩格宗尚陶、謝、王、孟』。潘焕龍《卧園詩話》卷三云：『東吴石琢堂韞玉廉訪《獨學廬稿》，詩極秀潔。《岳陽樓》云：「蕭蕭木落繫蘭舟，遥指君山似髻浮。孤雁一聲天在水，斜陽千里客登樓。魚龍浪静滄江晚，橘柚霜寒白屋秋。生遇聖明全盛日，江湖廊廟兩無憂。」《舟行雜詩》云：「渡頭誰問孝廉船，秋水如藍一棹烟。無恙布帆天上坐，此來原自五雲邊。」「酒旗風颭杏花村，野店人稀掩篳門。鵾鳩一聲山雨足，板橋緑到舊潮痕。」』法式善《梧門詩話》卷九云：『其詩格高律細，胎息唐賢。王柳村謂「與秦小峴、阮雲臺皆江左正聲」，非謬也。』且摘其篇、句，格亦類潘氏所摘者。至石氏雄健之作，如其《七盤關感舊》（《獨學廬三稿》卷一）：『秦山萬叠塞蒼冥，蜀道西來若建瓴。白屋數家成聚落，青天一障作藩屏。重經廢壘觀兵紀，曾踐危塗仗佛靈。問訊抱關人識否，棄繻客已鬢生星。』可見此體一斑。俞樾《石琢堂先生竹堂文類序》（《春在堂雜文續編》卷三）：『詩亦風格遒上，有盛唐人之遺音。自道光中葉至咸豐之季，海内多故，運會少衰，詩文體格亦流於骫骳。數十年中未見有與抗行者。』此論似非僅爲其壯闊之作發，亦指其山水之作氣度從容，乃盛世之音也。

另，陶澍《石公墓誌銘》（《國朝耆獻類徵初編》卷一九五）論曰：『詩破唐宋門户，風發泉涌，援筆立就。』按，此論或不確。石氏詩宗盛唐，已見前論。而其《遂高堂詩集序》(《獨學廬三稿》卷二)云：『其志和，其音雅，不爲矜奇炫异之語，而陶冶性靈，别裁風雅，浸淫於三唐諸賢，而不入蘇黄以下滄海横流之習。』其《汪安節詩序》(《獨學廬餘稿》)云：『余嘗觀近世詩人，每喜取法於唐之韓，宋之蘇、黄，盤空硬語，競出新奇，而緣情之義微矣。此先正所謂有韵之文，非詩也。』觀此知其論詩、作詩嚴分唐宋，而非『破唐宋門户』也。

一作顧立方　敏恒，金匱人。乾隆丁未進士，官蘇州府教授。有《笠舫詩鈔》。

顧敏恒(一七四八—一七九二)，字立方，號笠舫，江蘇無錫人。乾隆五十二年進士。官蘇州府教授。性簡默，少有才名，嘗游貴池，撰《昭明太子廟碑》，袁枚驚爲六朝人手筆。詩筆清幽，與外弟楊芳燦齊名，以『顔謝』稱。著《笠舫詩稿》《古文辨體》等。

【箋證】

論顧詩者多以與其外弟楊芳燦并論。畢沅《吴會英才集》卷十五顧詩小序云：『顧進士氣清詞贍，藻密思沈。早年與蓉裳競秀，梁溪以顔、謝擬之。楊則鏤金錯采，顧則初日芙蕖也。』喻文鏊《考田詩話》卷二亦云：『蓉裳詩或疑其秾麗處多，立方則如臨清泠之淵，澄澈見底。』然其中歲後詩，亦有泠清乃至哀颯者。楊鍾羲《雪橋詩話三集》卷八摘論其詩云：『《感秋》云：「月落露華重，南烏巢北林。浮雲中夜起，萬里生秋陰。幽居屏營慮，庭户多蕭森。哀鴻正南翔，聲促無遺音。荒徑生蓬蒿，蟋蟀入户吟。浮飆委時卉，飄零怨秋深。歲寒霜雪多，顧懷松柏心。」依人遠游，故多哀怨。』錢鍾書《中文筆記》第一册（二二二）論顧詩言其『詞贍藻密』似楊芳燦，而『筆力較振宕』，摘其句：『如《暮春》：「睡鴨池塘波澹澹，落花簾幕雨疏疏。」《澄江寓舍》：「梟鶴短長寧有定，鷄蟲得失未須争。」《無題》：「新寒可耐春衾薄，殘醉方知昨酒濃。」「寧知似笑原非笑，未到言愁已欲愁。」《玉峰官署有懷》：「亦知面壁難成佛，聞説吹笙易得仙。」卷十六《閑居》：「笑我磨磚將作鏡，阿誰點石會成金。」「已拚心作沾泥絮，莫怪身同上水船。」此皆楊雪橋所謂「多哀怨」語也。』

碩按，《録》以敏恒爲石韞玉副，或以敏恒詩之清秀，較近石詩。惟敏恒乃楊芳燦外兄（見楊《辟疆園遺集序》），少時詩亦齊名；且若不拘泥本事，此與《水滸傳》中湯隆、徐寧兄弟亦勉强可比附。然《録》既以芳燦屬之撲天雕；而以彭兆蓀配徐寧，則似不欲就此點將。

轟天雷侯夷門　嘉繙，臨海人。貢生，上元縣丞。有《夷門詩文集》。

侯嘉繙（一六九七—一七四六），字元經，號夷門，臨海（今浙江台州）人。乾隆元年應鴻博試，以字迹潦草不中。以選貢考得官，歷知上元、金山等縣，嗣調江寧巡捕廳，爲官有政聲。性嶔崎詼詭，才名甚藉，詩文倚馬可就，袁枚甚稱之。鎮江太守黄永年邀至署閲卷，一夕忽不見，覓之則死厠中矣。著《夷門詩鈔》。

【箋證】

侯詩風迅猛凌厲，一如其爲人。程晋芳《芋圃以侯詩書扇見遺作詩志之》（《勉行堂詩集》卷三）云：『侯生文體如奔驥，掣電崩雲千里逝。錦韉綉韉不勞施，峻坂層崖豈防墜？發狂使氣氣益雄，埋頭渴飲千盞空。自矜奇節似遠祖，抱關擊柝將無同。昔年共我游春墅，名士座中多楚楚。放紙寧嫌十丈長，摇筆如風目如炬。』且其作詩迅疾，亦如雷電。袁枚《侯夷門墓誌銘》（《小倉山房文集》卷五）云：『詩文迅疾，始於筆染，終於紙盡，揮霍睥睨，瞬息百變。每裹袖潑墨，數十人環而擁之。丞抽思乙乙，十指雨下，字迹旁行斜上，如長河堅冰，風裂成文，莫知條理，而天趣可愛。又如《成相》佹詩，窮劫野曲，可解不解，而俶詭獨絶。』阮元《兩浙輶軒録》卷十八『侯嘉繙』條亦云『其詩古文奇崛奥衍，不可羈勒』，又引《沐雲詩話》：『秦劍泉云：「吾嘗讀侯夷門詩「石斧砍寒冰，雲裂無紋理」，真奇峭崷屼。更覽其《和御製潭柘寺》詩云：「一水淡於畫，空山或有人。」又覺其深情綿邈幽致動人。」』按，其集中如《天台山房即景》《同張石帆登巾子峰》《寄汪若木》等作，亦皆情致悠然，頗近王、孟，則其詩亦可謂剛柔并濟矣。沈德潛《夷門詩鈔序》云：『間又窺其用意之所在，焚香默坐有如老禪，而月朗天空，蕭然自得，一切世味不足以汩之。其骨氣之高，又豈世之捐心鋭氣，嗡嗡於名利者可同日語耶？』可資參證。

碩按，《録》以侯屬轟天雷，以切其人其詩，亦指其作詩之速，已見前論。此外如戴璐《藤陰雜記》卷二記侯爲某尚書作祭文，不移晷而成，亦可證。袁枚《墓誌銘》記其醉鬧報恩寺之狂態，頗見其性情，録之如後：『一日大醉，登報恩寺殿，摩古佛羅漢數百尊，各贈詩萬餘言，書其頂，箕坐大呶。窗外風雨暴至，雹光燭其手，益喜，奮筆不能休，且吐且書。取殿旁石臼戴頂上，折旋舞如風。衆僧疑爲鬼神异物，不敢逼視；又疑病狂易，妄笑語昏亂。酒既醒，雷雨亦息。觀其詩，奇字奥句，不能讀。舉其臼，重千二百斤。』此文以意行，如『千二百斤』者，顯爲誇大，傳侯之神而已。

一作謝藴山 啓昆，號蘇潭，南康人。乾隆庚辰進士，授編修，官廣西巡撫。有《樹經堂詩集》。

謝啓昆（一七三七—一八〇二），字良壁，號蘇潭、藴山，江西南康（今贛州）人。乾隆二十五年進士，知江淮間諸府，有政聲。尤善理財，晋、浙諸省虧空至巨，啓昆亦能彌補之。嘉慶四年，擢廣西巡撫，疏請革財政積弊，詔如所議，廣西氣象爲之一新。七年，卒於官。學問淹通，所主修《廣西通志》爲世所稱。著《樹經堂詩文集》《小學考》等。

【箋證】

謝以幹才稱，故其集大抵以民生爲念。胡虔《樹經堂詩集跋》：『大抵惓念民生、感懷往哲之篇爲多，而摹狀山水、副其幻譎者亦盛焉。』其師翁方綱《樹經堂詩集序》亦云：『其觀風化俗，行政莅民，一寓之於詩。』故其詩風，以樸實爲主。秦瀛《樹經堂詩集後序》（《小峴山人文集》卷三）：『余嘗見先生負氣果敢，勇於任事，意所不可，輒形於色。而其詩則冲和藴藉，若不相類。然先生外若峻急，而中實寬然有餘。故施之於政，吏民皆蔭受其福，宜詩之穆如清風也。且先生遭逢聖世，揚歷中外，視魯直諸君子之遇迥殊，是以心氣和平，有异於憔悴悲憤者之所爲。其爲詩也，博而麗，典而則，殆渢渢乎大雅之遺。』

集中以『咏史』組詩最著。陸以湉《冷廬雜識》卷六『咏史詩』條：『南康謝藴山中丞啓昆《咏史》七律五百二十六首，琢煉名貴，自成一家。句如：「玉檢封中呼萬歲，金童海上引三山。」（漢武帝）「十載覃思二京賦，千秋絶唱四愁篇。」（張衡）「益州刺史三刀夢，建業將軍百丈船。」（王濬）「學道卅年呼宰相，讀書萬卷作神仙。」（陶弘景）「朱三跋扈凄凉詔，鄭五平章歇後詩。」（唐昭宗）屬對工切，妙合自然，正不必以議論見長。吴縠人祭酒爲作序云：「公事纔閑，吟箋已設。一燈摇雨，如夢古人；萬葉呼風，忽來好句。」恰能寫當時吟趣也。」

碩按，謝爲官敢於舉措，於各省虧空之弊剴切陳詞，犯衆大僚之禁而無所避忌，剛烈可風（詳《清史稿》卷三五九謝本傳），點爲『轟天雷』殆以此。而謝長於理財，可切『神算子』之號，以與蔣知讓互换，似更愜。

神算子蔣藕船[一]　知讓，字師退，鉛山人。士銓次子。召試舉人，官唐縣知縣。有《妙吉祥室詩集》。

【校】

[一] 金本『神算子』下先點蔣藕船，後改以吴敬儒屬之。原文如下：『吴敬儒楷，江陰人，乾隆庚辰進士，官騰越州，有《退圃集》。』

蔣知讓（一七五八—一八〇九），字師退，號藕船，江西鉛山人。蔣士銓第三子。乾隆四十五年召試舉人。嘗署安肅、阜城、房山、武清、官塘等縣，居下僚以終。詩能傳家法，而才力不及乃父。著《妙吉祥室詩集》。

【箋證】

蔣詩遠不逮其父，實無名於當時，而其前後期風格不同。吴嵩梁《妙吉祥室詩鈔序》（《香蘇山館文集》卷二）：『師退曩時如鯨呿鰲擲，震懾一世，其氣雄以悍，其節壯以哀。今一變而爲優柔和澹之音，其中殆有所自得者耶？』又云：『君詩出杜、韓、蘇、黄諸家，序事矯變，尤得藏園先生家法。』康發祥《伯山詩話後集》卷二評曰：『詩衍家學，而力厚思深處不逮其尊人。《漳河》詩云：「本無真度學高祖，祇要佳兒學武王。」《寄泰州陶鑪》云：「遠將茶焙子，附寄上江船。釉碧春蛾澹，泥澄粉蠣堅。離心仍活火，歸思沸新泉。何日紅窗底，吟餘手共煎。」』按今其集不傳，《晚晴簃詩匯》卷九十六僅録其詩三首，故難論。

碩按，底本以蔣知讓屬此將，取其與蔣敬同姓也。然兩人生平、性情皆不類。而金本以吴楷替知讓。王昶《湖海詩傳》卷二十二『吴楷』條記：『乾隆戊子己丑間，緬甸因蠻暮、木邦土司内附，侵犯邊境，屢討未克。乃命忠勇富察公爲經略，率兩副將軍討之。惟時滿漢官兵征調數萬，又有吉林、福建水師造舟下南大金江，軍實所資，動須百萬。君以一知州搘柱其間，供億浩繁，無不咄嗟立辦。督撫倚藉如左右手，軍帥皆器其才。』則吴楷之算才，恰與蔣敬合。金本改楷較勝。

一作潘榕皋

奕雋，字守愚，吴縣人。乾隆三十四年進士，官户部主事。有《三松堂集》。

潘奕雋（一七四〇——一八三〇），字守愚，號榕皋，别號三松老人、水雲漫士等，江蘇吴縣（今蘇州）人。乾隆三十四年進士，以引見不到，未授館職，以内閣中書用。官至户部貴州司主事。晚歸泉林，詩酒自娱，而名望重於東南也。工書善畫，所畫蘭尤傳神。著《三松堂詩集》《三松堂文集》《説文蠡箋》等。

【箋證】

《録》以潘屬『神算子』下，以其嘗爲户部主事也。至其詩，王昶《三松堂詩集序》評云：『以清高排奡論君之詩，其亦無愧於杜、韓也已。……漸近自然，有太史吹律而采風，孰不以爲母音之布濩？人籟本於天籟也。而豈沾沾焉研聲調、論派别者所可同日語哉！』又其《湖海詩傳》卷三十一潘氏下評云：

『詩温厚和平，而清遠閑放之致自在。餘句五言如「青簾烟外舫，紅樹畫中山」「風將殘磬遠，鳥與暮雲歸」「澗聲疑過雨，嵐影欲沈烟」「凉波沈鳥影，高樹落蟬聲」「花影移吟几，湖光上客衣」；七言如「移來密竹篩蟾影，種得甘蕉送雨聲」「舊游殘夢尋無緒，同輩晨星看漸稀」「秋士風情宜對菊，老年世味勝銜杯」「新圖屏幛青團座，舊種檐蕉緑上衣」「香浮古鼎閑臨帖，花倚晴窗伴校書」「過雨紅蓮才破萼，衝烟白鷺自分行」「古寺烟消梅放萼，小橋水暖柳抽芽」「簾前巒翠疑排闥，檻外湖光欲上樓」，皆令人攬擷無盡。』惟葉德輝《郎園讀書志》卷十三潘集條於王氏摘句少有异議：『《蒲褐山房詩話》摘其五、七言句皆取其秀美清遠之作，不知其全詩多以歡愉之言，出之高曠之境，於富貴詩人中别辟一蹊徑也。』按，潘詩平和冲淡，風味悠然，求境而不求句者也。葉氏所論與王氏所評合觀之可也。

鐵叫子陶篁村　元藻，字凫亭，會稽人。諸生。有《泊鷗山房集》。

陶元藻（一七一六—一八〇一），字龍溪，號篁村，又號凫亭，浙江蕭山人〔一〕。乾隆貢生，屢試

〔一〕《湖海詩傳》卷十八、《國朝詩人徵略》卷三十三言陶爲紹興人。梁同書《凫亭陶君生壙志》（《頻蘿庵遺集》卷八）云：『先世自晋處士隱潯陽，至元季有諱寧者遷會稽之陶堰。又十三世入國初，遷於蕭。』此從梁説。

不第。乃赴粤、閩與修方志爲生，曾燠主兩淮鹽政，元藻即客其幕。晚歸杭州，築泊鷗山莊，著述以終。工詩文，兼長制義。著《泊鷗山房集》《全浙詩話》《越彦遺編考》《越畫見聞》等。

【箋證】

論元藻詩者，以王又曾《泊鷗山房集序》較周，略云：『蓋取格於開元、天寶，而徵材之廣則下逮乎嘉祐、熙寧，鏤冰琢雪之思致，加乎季鍛月煉之功程，故能變化縱横，牢籠百態；麗句清詞，層見叠出。如山陰道上，應接不暇。尤長於樂府歌行，慷慨激昂，纏綿悱惻，直與梁園、鄴下諸公頡頏上下，豈王仲初、張文昌所能拾其牙慧哉！』其説雖不免過譽，然能兼及『清詞麗句』與『慷慨激昂』兩面。按，陶氏近體似優於古體，饒有風神，且時見性靈。《晚晴簃詩匯》卷七十八陶氏條下論曰：『篁村詩格不高，而才分充足，情味藴藉，在越中同時足與商寶意相抗。袁簡齋傾倒其《良鄉題壁》詩……後與訂交，蓋兩人詩亦相沆瀣也。』袁、陶訂交事，袁枚《隨園詩話》卷一詳記之，可參。李調元《雨村詩話》卷八摘句云：『篁村著述甚富，詩似雕琢，却極自然。《由紅橋至平山堂》云：「層樓天半起笙歌，面面雕窗瞰碧波。若計揚州二分月，紅橋應占一分多。」「亞字墻圍柳萬條，棗花簾比酒旗飄。不教尺地清閑過，更建長廊接畫橋。」「平山堂接古名藍，太守遺踪仔細探。山色有無何處領，一簾烟雨望江南。」又《六如亭》云：「斷石闌杆薜荔垂，夕陽亭外認荒碑。春風吹落朝雲墓，一路空山鬥畫眉。」俱可入畫。』錢鍾書亦賞此

『倩秀』，而又不滿其『靡滑』，謂陶氏詩格近袁枚，而『澤古更淺，益形脆薄』，祇可供摘句耳。摘其句如：『卷十六《題周青崖書屋》：「多栽堤樹貪聞鳥，輕掃庭花怕損苔。」卷十七《冬日寓紫陽書院》：「眼底江山争白下，樽前人物過黄初。」《發家書獻兄菊坡》：「十寐九不成，何不夜爲旦？」卷二十《歲暮書懷》：「路到升沈交易見，寒來深淺客先知。」卷二十四《游西園》：「書瘦却憐蕉葉大，頤饞恰遇荔支紅。」《絲面》：「剪來白髮三千丈，數出冰弦四十條。」卷二十七《重宿開元寺》：「余鬢已增前度白，佛頭未改昔年青。」卷二十九《題山齋》：「寐當秋枕無完夜，食遇殘牙有定庖。」卷三十四《中秋遇雨》：「我意鬱如雲不散，天心慳到月俱藏。」』（參《中文筆記》第一册［四二］）

一作秦小峴　瀛，字凌滄，號邃庵，無錫人。乾隆三十九年舉人，官湖南按察使。有《小峴山人集》。

秦瀛（一七四三—一八二一），字凌滄，號小峴，又號遂庵，江蘇無錫人。乾隆三十九年舉人，授内閣中書。後揚歷中外，官至刑部右侍郎。爲官恒以蒼生爲念，敢於任事。於浙江、湖南任時，有司匿灾不報，瀛直言於巡撫，全活甚衆。於時事亦多建樹，疏陳廣東治盗事，持論侃侃。詔下，行之如議。瀛屢爲刑官，治獄精明，多所開釋。晚歸里設堂，授徒以終。工詩文，文法桐城，詩宗唐人。著《小峴山人集》。

【箋證】

秦瀛詩蓋分兩類，一則淡遠出塵，一則警健雄渾。論前一格者如王豫《群雅集》卷十六秦氏條：『詩謹守唐賢，古文希踪歸、方兩家。以叫呶狂縱爲才大者，當奉爲清凉散也。』其友王芑孫《塞館雜詩後十首》其三（《淵雅堂編年詩稿》卷九）論其詩曰：『吾每讀其詩，如聞夜堂磬。清泉奏哀玉，松風互答贈。迢迢自孤迥，兼以情韵勝。』郭麐《靈芬館詩話》卷八：『（秦小峴）侍郎亦宗法唐音者也。其中咏古諸作及《南宋石經歌》《北宋石鼓拓本詩》《金塗塔歌》等作具見風格。五言律尤工，如《酬徐絅齋》云：「湘水有時合，暮雲何處深。」《贈奚鐵生》云：「名因布衣重，客過草堂多。」《贈金選樹》云：「奉母北堂上，灌園春雨餘。」《留別李西齋》云：「詩情如水澹，家事比僧閑。」皆入唐賢三昧。』惟王昶《湖海詩傳》卷三十三『秦瀛』條詩話云：『雒生給事兄弟所著《泉南山人存稿》，頗能接迹柴桑，以及襄陽、摩詰。君爲給事再從孫，五言今古體具得其傳，至七言古詩兼宗范、陸，具體而微，蓋其家學所未曾有也。』則秦七言詩亦兼學宋人。論後一格者如張維屏《國朝詩人徵略》卷四十三『秦瀛』條：『五七律多警健之作，録數首於此。《荆軻墓》云：「一死報燕丹，如卿亦大難。酒徒從此盡，易水至今寒。擊筑歌聲古，招魂俠骨殘。惜哉疏劍術，孤負白衣冠。」《毉巫閭》云：「萬古大荒東，開天一鎮雄。空青塞遼薊，蒼翠割鴻蒙。石壓危崖樹，潮鳴大壑風。夫犁莽蕭颯，碑碣問遺宫。」《文信國祠》云：「天留正氣作星辰，滄海横流繫此身。風雨崖山思帝子，衣冠柴市泣纍臣。北枝夢冷梅花月，南國啼殘杜宇春。异代孤忠鄉後進，從公碧血化青燐。」（明李忠肅邦華自經於信國祠）《謝文節祠》云：「書成却聘已長饑，賣卜餘生涕泪揮。滄海祇餘孤鶴在，錢塘不見六龍歸。衣冠南渡空禾黍，日月西山長蕨薇。天水到公殘局盡，蒼凉蕭寺送斜暉。」』秦氏門人凌鳴喈《小峴山人集序》所云：『詩始宗盛唐，繼泛濫於蘇、陸諸家，渾渾浩浩，無所不有，而要歸於性情敦厚，風格高迥。』似較切。

碩按，《水滸傳》第四十九回叙樂和『諸般樂品，盡皆曉得，學著便會』。陶、秦兩家詩兼學各家，詩而外，兩人古文、制義亦皆有名（秦之工制義，見王芑孫爲其集所作《序》），《録》或即取以相擬耶？

玉幡竿汪劍潭　端光，江都人。乾隆三十六年舉人，官廣西府同知。有《沙江》《晚霞》《才退》諸集。

汪端光（一七四八—一八二六），本名龍光，字劍潭，江蘇儀徵（今揚州）人。以原籍安徽歙縣，遂號叢睦。乾隆三十六年舉人。歷官南寧、慶遠、鎮安知府，晚主安定、樂儀書院以終。能詩工書，尤長填詞。著《劍潭詩鈔》《叢睦山房未刻詩稿》〔一〕。

【箋證】

汪詩風格綿麗，時有寄托。法式善《梧門詩話》卷十三云：『汪劍潭詩境幽俊，《秋花》四首率多自傷語。如「莫怪芙蓉春及第，爲人遲暮兩番紅」「以色事人先鄭重，風情垂老更須憐」。才人落魄，同此浩嘆。然其中又有句云「桂到山崖成藥樹，菊當籬落引丹泉」「夜半錦城風露起，更無蜂蝶敢横飛」。自負不凡，可占後福。』汪氏一生沈淪下僚，故集中自傷語特多。前引法氏言外，符葆森《國朝正雅集》卷二十七汪氏下云：『劍潭太守詩多凄清之韵。《古寺》云：「青山前代去，黄葉老僧歸。」《江樓晚眺》云：「一年明月登樓少，千古重陽作客多。」《殘菊》云：「遇我聲華多減色，寄人籬落不成行。」《柳城春泛》云：「水情全在春寒裏，花氣多聞客病中。」』按，汪摯友洪亮吉《北江詩話》卷一則言汪氏擅艷體，略云：『汪助教端光詩如著色屏風，五采奪目。而復能光景常新，同輩中鮮有其偶。艷體詩尤擅場，嘗有

〔一〕王昶《湖海詩傳》卷三十三、吴修《昭代名人尺牘小傳》卷二十四，列汪氏著作皆與此《録》同。本小傳依柯愈春《清人詩文集總目提要》『劍潭詩鈔』條下提要著録。

句云：「并無歧路傷離别，正是華年算死生。」描摹盡至，《疑雨集》不能過也。』張問陶亦與汪相善，其《讀汪劍潭端光詩詞題贈》（《船山詩草》卷二十四）云：『詩材詞料總兼金，撿點閑愁醖釀深。宛轉九環隨妙筆，横斜五色綉靈心。敲來瘦骨誰知馬，聽到哀絲欲廢琴。手爇名香低首拜，廿年粗笨悔狂吟。』陳文述《寒夜懷人詩》所謂『天下情一斛，君定得八斗。愛君纏綿詞，讀之不去口。』持論皆同洪氏。據《（道光）重修儀徵府志》卷三十一汪本傳，汪有《據梧詩鈔》十六卷，而今汪詩僅存兩卷，難知其全貌矣。

一作鐵梅庵　保，字冶亭，東鄂氏，滿洲正黄旗人。乾隆壬辰進士，官山東巡撫。有《惟清堂詩文鈔》。

鐵保（一七五二——一八二四），棟鄂氏，字冶亭，號梅庵，滿洲正黄旗人。乾隆三十七年進士。歷官禮部侍郎，漕運總督，山東、廣東巡撫。嘉慶九年，加太子太保。十年，擢兩江總督。以失察山陰謀毒冒賑事，謫烏魯木齊，後復遷吏部尚書、禮部尚書。性耿介，敢於論事，而行政時或失於草率，以故多浮沈。爲官留心文獻，嘗任《八旗通志》總裁，廣羅滿、蒙、漢軍遺集，成《八旗詩》，仁宗賜名《熙朝雅頌集》。書法最著名於世，與劉墉、翁方綱、永瑆稱『四大書家』。詩文亦有名，著《惟清齋全集》。

【箋證】

鐵保《梅庵詩鈔自序》詳言其詩凡四變，可見鐵氏作詩之軌迹及其持論宗旨。兹録之云：『余自髫齔隨先大夫官於易。易爲古名區，多慷慨悲歌之士，涉荆卿頹波，登金臺故址，少年意氣，動與古會。然時方攻舉子業，不耑事吟咏，偶有所作，率寫胸臆，不拘拘於繩墨。故其詩出於性情流露者居多。此一境也。通籍後觀政吏部，筮仕之始，志氣發揚，不知天下有難處事。抑塞磊落不減少時。此一境也。既擢詹事，雋級家居，初列校書之班，再遷農曹之秩，入世漸深，意氣初斂，詩格亦爲之稍變。此又一境也。戊申冬，余年三十有七，膺廣庭相國薦，廷試第一。不四十日由翰林學士擢禮侍，與經筵，兼都統，典試事，感荷殊榮，自慚非分。此又一境也。夫詩成於我，境成於天。少壯异其時，窮達异其遭，喜怒哀樂异其節，强而同之，不亦顛乎？且詩以述事，紀君恩，緬祀德，申屺岵之思，寫棠棣之樂，篤室家之愛，聯友朋之情，推之山水奇踪，風雲變態，鳥獸草木，托興適懷。詩存則境存，於以驗少時之性情，證中年之得失，勵晚節之操舍，所關綦重，非徒較章句短長，自附於文人之末也。』據此，則其詩實本於詩教。今觀其詩，醇厚之中真氣貫注，且善於體物言情，非空言温柔敦厚者也。吴文溥《南野堂筆記》卷三評曰：『滿洲鐵冶亭侍郎詩有别才，精鋭之至，筆可洞鐵。如《讀楊鐵崖詩》云：「歸全堂冷鎖秋旻，抗節猶傳却輦塵。一代臣心羞客婦，兩朝王迹係詩人。鳳琶絶響烟波古，鐵笛聲殘歲月新。老去子陵垂釣後，高風千載接遺民。」他句如「石形參魅影，虎目誤村燈」「白雲擁樹洞長黑，紅葉滿山峰更青」「對面馬隨飛鳥没，上山人帶斷雲來」「草深僻路客談虎，日暮遠山人牧羊」，奇景天開，刻劃如畫。』《梧門詩話》卷三摘評其詩云：『冶亭侍郎少負逸才，爲人闊達有奇氣。所作當以七言古體爲最，以《聯床對雨》《容臺》二集囑余勘定，且云：『此中自有公評，萬不可以世法相處！』因就鄙見删存之。長篇大章固多傳作，至其碎金屑玉，尤有可采。五言如《廢寺》云：「古墻屯蝎母，敗壘據蜂王。」《早赴西園》云：「栖禽酣抱樹，落月冷摇風。」《幽栖》云：「寒葩横短砌，鬥雀墮疏櫺。」《小閒》云：「蜂冷低穿牖，花殘卧出籬。」七言如《熱河道中》云：「山徑肥草藏野雉，關門地迥叫天鷄。」《古北口道中》云：「秋垂廣野雲陰大，雷入空山雨力雄。」《灤陽道中》云：「荒榛翳霧埋雲竇，飛瀑懸珠下石潭。」《書近況》云：「繞屋黠奴搜敝橐，當階怒馬嚙枯萁。」《試馬》云：「萬里途增雙眼闊，四圍山擁一身高。」皆有蒼勁之致。』

又其自認不屑屑於『章句短長』，然論其取徑者亦有之。其門人吴鼒《梅庵詩鈔序》云：『維公之詩問津雅材，探源選理。樹律必依杜曲，通變兼及劍南。此深於詩者皆能知之。』此言及劍南，殆指鐵詩中秀逸機靈之作而言。徐世昌《晚晴簃詩匯》卷九十五『鐵保』條則言：『五七古出入韓、蘇，神似少陵；七律則唐十子遺音。』此言及中唐十子，殆指鐵氏詩中清泠之作如《春夜》《熱河道中》之類。

碩按，《水滸傳》中孟康善於造船（詳第四十四、四十七等回），而鐵保嘉慶四年即任漕運總督，八年任山東巡撫時，又嘗治河；十二年復屢疏論治河之策，詔行其法。然據《清史稿》卷三五三鐵氏本傳，其治河之績似僨事多，成事少，《録》於此思慮或微欠周。

兩頭蛇徐龍友[一]

夔，長洲人。諸生。著《西堂集》《凌雪軒詩鈔》。

【校】

[一] 金本『兩頭蛇』下先點徐龍友，後改寫爲徐堅。原文如下：『徐堅，字孝先，號友竹，吴縣人。有《綅園詩鈔》。』

徐夔（一六七六—一七二五），字龍友，號西堂，江蘇長洲（今蘇州）人。諸生。年四十餘以貧游京師，而恥謁貴人，故無所遇。後應廣南學使惠士奇聘赴粤，遂歿焉。與沈德潛、張錫祚交最契，嘗共結城南詩社，唱和切磋有年。詩宗韓愈、李商隱。夔博學多才，詩而外，古文、駢體亦皆得體，金石篆刻尤冠絶於時云。著《西堂集》《凌雪軒詩鈔》等。

【箋證】

論徐夔其人及其詩最詳者，莫若其摯友沈德潛。夔性狂傲，與世難諧，故懷才屯鬱以没。沈德潛《徐龍友哀辭》（《歸愚文鈔》卷二十）：『素性伉爽，能面斥人過。朋友有闕失，劘刃尤切。喜自負，人有議其非者，掩耳不受，以故人目爲狂生。視天下事若無不可爲，年四十餘，孑身走京師，謂取上第如握券。……龍友侃侃卓立，過貴人門不投一刺，或相遇坐間，脱巾高談，目睒睒不顧左右。有大不可於中，輒駡曰：「京師無人。」因群口騰毁之，困窮日甚，幾無所得食，翻然歸曰：「徐生此行大錯也。」』邵泰爲徐所作小傳稱徐『爲人意氣如虹，肝腸如雪』（《凌雪軒詩鈔》卷首），此可與沈説參照。

至其詩，沈德潛《徐龍友遺詩序》論曰：『龍友論詩，以學問浩博、鋒穎四出爲尚，謂王、孟詩可假托，而昌黎不可假。故少歲放筆，備極瑰奇滂濞。年四十後，獨宗義山。嘗論義山爲楚騷苗裔，中有難言之隱。每托之夫婦，以申其悃款之情。蓋宗臣同於靈均，而遭時遇變亦復相似。世之學義山者，徒取其麗而忘其貞也。持論如此，故後所爲詩亦多纏綿娟好，句襞字積，變向時瑰奇滂濞之習。風旨愈高，而龍友之詩亦遂絶筆於此。』楊鍾羲《雪橋詩話餘集》卷三襲沈氏之意，而評徐四十以後詩爲『色鮮、氣逸、味遠』。又汪啓淑《續印人傳》卷一之《徐夔傳》言沈德潛嘗序徐集有云『摭拾奥博而能探其原，馳騁變幻而不傷顛蹶，不淪荒怪』，且斷曰『蓋龍友詩之定論云』。按，沈此序見《歸愚文鈔》卷十三，所論者乃實王儕鄴之《裛爽亭詩集》，汪氏所言張冠李戴矣。前引邵《傳》亦評徐詩，略云：『專門詩學，筆力雅健，而深思汲古，不爲苟作。原本風騷，凌躐漢魏，出入於三唐，而又非徒鰓鰓焉摹其色象、仿其音節也。君耻爲邯鄲之步，而食古而化，有冰寒於水之奇。含毫邈然，風骨高邁。晚年詩律彌細，而蹊徑不存，直欲與古人馳騁千載之上。所遺《凌雪軒詩稿》六卷，蓋吉光之片羽，其標格略可見矣。』按，徐以印刻名世，後世論者以其詩聲勢有餘，頓挫不足，劣者流於膚廓叫囂。徐世昌《晚晴簃詩匯》卷七十『徐夔』條則曰：『大篇力求排奡，未脱凡近，近體差勝古體。』葉德輝《郎園讀書志》卷十一徐集條則論曰：『龍友詩，實未有過人之處，沈、邵之推尊，未免近於阿好。大抵吴中詩人，多與歸愚相近，邊幅修潔，聲律和平，詞句之間不使有半字疵纇。然規矩嚴而變化少，作者、讀者皆覺其無深趣。故長洲一派，時起時伏，不能如隨園之逢時利見也。』兩家之論可參。

碩按，徐夔爲康雍時人，其卒於雍正三年，非『乾嘉時人』，其入《録》似不無可議。故金本以徐堅屬『兩頭蛇』下。徐堅生於康熙五十一年，卒於嘉慶三年，正當乾嘉之世，以年代論，較徐夔愜。然徐堅亦以篆刻名世，其詩則『多清雋之旨』（《湖海詩傳》卷十九），頗近王、孟。惟未聞與沈德潛有誼，以詩學論，則又不如徐夔妥當，惟差可與『雙尾蝎』李果配。此又點將左支右絀之一例也。餘參『李客山』箋證及『張粲夫』後按。

一作周迂村　準，字欽萊，長洲人。諸生。有《虛室吟稿》。

周準（？—一七五六），字欽萊，錢塘人，長洲（今蘇州）籍。諸生。少嗜讀書，受業於陳鵬年。年弱冠隻身游江漢間，窮山水之奥。性亢直，志節凛然，嘗隨沈德潛游京師，耻交權貴，人或以迂誚之，遂號迂村。居半載而歸。晚爲庶母弟侵産，貧甚，病殁於廣南友人舍。論詩與沈德潛契，嘗助沈編《明詩别裁》。自作詩宗唐音，符其論旨也。著《迂村詩文鈔》《虛室吟稿》等。

【箋證】

《清史列傳》卷七十一周本傳記其性情云：『晚之京師，不交權貴，志節皎然。人或以迂誚之，益自喜，因號迂村。時有就高僧問京師人物，僧曰：「一爲名，一爲利，迂村超然名利外。京師祇有三個人。」其見推如此。』至其詩，論者極少，沈德潛《周欽萊詩集序》（《歸愚文鈔》卷十三）：『詩簡古玄澹，不適於俗。所謂「詞人之賦麗以淫」者，必迸而絶之。近體契唐本宗，而五言古詩每會晋、宋餘潤。流俗有譽之者必自疑，二三同志攻摘其短，輒欣然自喜，應時改定。』而《清詩别裁》卷三十亦稱其『五言古、七言絶尤善』。

雙尾蝎李客山　果，字碩夫，長洲人。布衣。有《石閭集》《咏歸亭詩鈔》。

李果（一六七九——一七五一），字碩夫，號客山，晚號悔廬，江蘇長洲（今蘇州）人。布衣。少貧，堅苦力學，而怡然自得。爲人有遠識，客揚州鹽政李煦幕時，或欲任以鹽筴，果堅却之。後任事者皆罹禍，而果獨免，人咸服之。與沈德潛同受業於葉燮門下，詩格深遠。爲文力守矩矱，晚年名愈盛，有魯殿靈光之目。著《在亭叢稿》《咏歸亭詩鈔》。

【箋證】

李果詩主温和深厚。其《咏歸亭詩鈔自序》擬客言以明其宗旨，略云：『客曰：「子之詩，性情之所寄也，不亂於貧賤之境，不爲雕巧快心之語，而有和緩之思。此則吾子自爲之詩，而非世俗之詩也。」』雅爾哈善《咏歸亭詩序》亦云：『客山之詩無刻厲之音，有温柔之致；無華飾之語，有冲淡之情。凡親串之合離，朋友之贈答，無不纏綿委摯。間或托以山川，寄懷魚鳥，一一本乎性情之真。而又不惑於時，不趨於利，决然有辨理欲審，好惡不可移易之識。』

至李詩之取徑，大抵不出盛唐，尤好王、孟。陳鵬年《咏歸亭詩鈔序》云：『其爲詩又不習爲吴淞間派……五言古風寢食太白，神與之似；五律出入盛唐，瓣香尤在襄陽、輞川間。』陳氏所謂『不習吴淞間派』，意或謂李果詩淡遠之作多，壯闊之作少。至其之宗王、孟，法式善《梧門詩話》卷五摘論其詩曰：『客山諸體擅美，五言尤工。《懷葉荃園黄山》云：「黄山好山色，三十六芙蓉。以爾烟霞侶，高居第一峰。松圍秋屋雨，雲渡隔溪鐘。我欲搜奇迹，憑虚駕白龍。」《題葉荃園畫》云：「自得林泉趣，因之筆墨間。終朝依老樹，獨坐寫秋山。野鶴隨雲下，孤園踏葉還。不知幽澗水，何日到人間。」《真州》云：「邗水通江郭，真州更買船。桃花開滿路，燕子别經年。野客閑呼酒，村姬正饁田。鍾山看不遠，飛翠到帆前。」皆不減唐人。』可見其概。

碩按，其詩集乃其身後由沈德潛編訂，沈評李詩曰：『詩格蒼老，一洗肥膩。』（《清詩别裁集》卷二十九）。然據鄧之誠《清詩紀事初編》卷三李氏條云：『德潛制行不足以望果，詩文疏漏亦相去遠甚。集中不朽之作，必有因忌諱而删者。』且舉李氏《感舊詩十三首》注文，多記明清間遺老事迹，蓋欲以詩存史也。是足可覘其人。今人黄裳《來燕榭書跋》『在亭叢稿』條，亦深然鄧説，以爲沈必删改果詩。且云沈之好篡亂他人詩文，爲『詩文一厄』。鄧、黄説似頗有據，録之以備考。

一作張粲夫[一]

錦芳，號藥房[二]，順德人。乾隆五十四年進士，官編修。

【校】

［一］金本『雙尾蝎』下『一作張永夫』。丁未本『雙尾蝎』下『一作孫蓮水』。

［二］據此《録》通例，皆姓與號連寫，再記名、字。此條中號與字位置調換。然據周文静考證認爲，『藥房』與『粲夫』同爲錦芳之字，可參。

張錦芳（一七四七—一七九二），字粲夫，一字藥房〔一〕，號花田，廣東順德人。乾隆五十四年進士。官編修，以病歸卒。錦芳魁梧倜儻，然性恬淡。事親至恭，與弟錦麟情亦篤厚。深於金石文字及經學，爲翁方綱、錢大昕等所器。有詩名，與馮敏昌、胡亦常并稱『嶺南三子』，又與黎簡、黄丹書、呂堅稱『四家』。繪事亦名家云。著《逃虚閣詩鈔》《南雪軒詩餘》《南雪軒文鈔》。

【箋證】

張錦芳詩，論者多以平和雅正目之。與張齊名之粵詩人馮敏昌，於《逃虚閣詩集序》（《小羅浮草堂

〔一〕藥房，前人或以爲張氏字，或以爲張氏號。周文静《〈乾嘉詩壇點將録〉研究》一文於此有詳辨，其説合理，姑從之。參周文第三九—四〇頁。

文集》卷二)中論其詩最詳云：『早年穎异秀發，已不猶人；壯歲思精筆健，得心應手。諸體擅勝，而七古一體，所得於杜、韓、蘇者尤多，故能與一時名流上下其議論。……至入翰林後，則又有和聲鳴盛之思，其體至是而大，方當作爲雅頌，垂示後來。』又云：『君之詩，汪洋馳騖，平正通達，而抑揚微婉，牢籠百態。要以自言其志，自寫性情，而歸於風雅之途，以不謬於聖人之教。以此接武曲江，猶不覺前賢畏後生也。』其於《太史張君墓誌銘》中亦兼論及張詩，持旨亦與《序》同。它如陳昌齊之跋張集、劉彬華《嶺南四家詩叙》等，持論亦同馮氏，不贅引。惟劉氏《嶺南群雅》初集卷一中，於馮氏所謂『接武曲江』似有微詞，略云：『論者謂直可接武曲江，談何容易！要其才力富健，氣韵深醇。雖以魚山絶大之筆，二樵絶奇之才，聯鑣并驅，莫相先後。』張維屏《國朝詩人徵略》卷五十張氏條下，亦論三家軒輊云：『藥房詩不及魚山之大，亦不及二樵之奇，然言必稱乎心，才必範以法。文根於情，味餘於聲，是真得温柔敦厚之旨者。』於前及諸人之説，亦無异詞。又林昌彝《射鷹樓詩話》卷二十二云：『余謂太史七言古喜作長短句，大蘇詩則無是也。集中佳者尤在五古。』則异乎馮論，可參。

碩按，《録》屬張錦芳於『雙尾蝎』下，爲李果之裨，有可議者。《水滸傳》中『兩頭蛇』解珍與『雙尾蝎』解寶爲兄弟，形影不離，可一體視之。《録》中『兩頭蛇』下之徐夔、周凖，『雙尾蝎』正位之李果，皆與沈德潛密邇，則此副位似亦當爲一與沈有關者。今底本所點之張錦芳，乃嶺南派之詩人，與沈疏遠，此或不諧。考金本此處改點『張永夫』，丁未本此處點『孫蓮水』。孫蓮水韶詩宗袁枚（參『小尉遲孫蓮水』箋證），其不諧乃更甚於張錦芳；張永夫錫祚，則確爲沈氏至交，嘗與德潛、徐夔等共結詩社者也。且其詩『後一歸平淡，在柳柳州、韋左司之間』（《清詩別裁集》卷二十五），此亦與正位李果詩風近。以詩言，似永夫最愜。惟張錫祚生於康熙十一年，卒於雍正二年，以年代言，則『非乾嘉時人』。此又點將難周之一例。

小尉遲陳桂堂[一]

廷慶，奉賢人，字兆桐。乾隆辛丑進士，官辰州府知府。有《古華詩鈔》。

【校】

[一] 丁未本無『小尉遲』一將，揆諸『二十六員』之數，當有此將。

陳廷慶（一七五五—一八一三），字兆同，號桂堂，一號古華，晚號非翁，江蘇奉賢（今上海）人。乾隆四十六年進士。官至湖南辰州知府，以丁憂歸。後應阮元聘，主紹興蕺山書院。晚爲漫汗游，貧卒於杭州。性豪宕，好汲引孤寒，一日書百薦函無倦色。工書，著《謙受堂全集》《法帖集古録》等。

【箋證】

論陳詩者不多，祝德麟《悦親樓詩集》卷二十八《贈陳辰州桂堂即題其古華詩鈔後》中有句：「槃槃大才衆美具，豈獨四山申景慕。直把靈均哀怨音，化爲謝脁驚人句。」句下小注云：「君有四山詩屋，指子山、香山、義山、眉山，言平生宗法在此也。」此陳氏自言取徑。戴敦元《題陳古華近稿次舒鐵雲韵》（《戴簡恪公遺集》卷五）云：『詩雜仙心落九天，吴門燈火暫聯船。長吟不盡清泠韵，響徹春江何處邊。』以其詩清幽蕭森，與祝説通。惟曹振鏞《謙受堂集序》則言：『流傳題咏，争妍競爽，春容而妙麗，鏗鏘而鏜鎝，非猶夫蒼蠅之鳴側出於蚓竅者也。』吴錫麒駢體《序》亦言其詩警捷沈雄，外放後奇歷山水，骨格益高。則陳詩於壯闊清泠兼有之也。

一作孫蓮水　韶，江寧人。諸生。著《春雨樓詩略》。

孫韶（一七五二—一八一一），字九成，號蓮水，江寧上元（今南京）人。諸生。以詩見賞於袁枚，遂師事之。游江淮間諸大僚幕以爲生，卒於江西。韶性憨厚，而嚴於立身，無詭隨之習。方袁枚之盛時，江左少年馳騖聲譽者，咸稱弟子，而韶未借枚絲粟之力。及袁没，向之稱弟子者皆反唇攻之以自重，韶聞則必力護之以至面赤。詩秀麗藴藉。著《春雨樓詩略》。

【箋證】

孫韶詩秀麗藴藉，風神悠遠，此當時公論。阮元《孫蓮水春雨樓詩序》（《揅經室三集》卷五）云：「蓮水從隨園游，奉其所論所授者以爲詩。而本之以性情，擴之以游歷，以故爲隨園所深賞。……吾觀蓮水之爲詩，清麗有則，唐人正軌也。且不苟作，不多作，意必新，警語必遒峭，一字未安，吟想累日，所以性情正而詞氣醇。與其肆於詩之外，無寧有所蓄於詩之中。吾固曰此唐人正軌而善學隨園者也。」按，此論孫詩較切。孫詩能得袁詩之清麗，然無其佻肆。惲敬《孫九成墓誌銘》（《大雲山房雲集》卷二）所謂『爲詩以清雅有藴藉爲宗』是也。郭麐《靈芬館詩話》卷六：『金陵孫九成韶以《春雨》詩見賞隨園，因以春雨樓名其稿。雲臺中丞以爲出於隨園而善學隨園者，是爲定論。集中詩工穩秀麗，七言尤多雋語。《春草》云：「幾番好夢如雲過，一片春風似水柔。」《春燕》云：「春風白酒剛逢社，舊巷烏衣又落花。」《游赤壁》云：「萬片頹雲沈赤壁，一天急雨過黄州。」《渡泲水》云：「濟水清流如玉碧，棗花風遠作蘭香。」《歲暮書懷》云：「世味嘗深心轉怯，家山别慣夢俱無。」《吴蘭雪同游西湖》云：「野艇乍浮新水活，故人剛及好春來。」《侵曉》云：「就日濕禽争獨樹，墮池殘果碎輕冰。」雜之隨園集中應不能辨。隨園聲華煊赫，奔走海内，既没之後，論者多有違言。即常依附門墻者，或更名他師，反唇相稽。九成獨守其師法，始終不背，可以箴砭浮薄矣。余有《題春雨樓詩集》云：「若把名場比朝局，袁安門下一任安。」餘如阮元《定香亭筆談》卷一、法式善《梧門詩話》卷十三亦摘其佳句不少，格亦類此，不贅引。

碩按，《録》以孫韶列『小尉遲』下，甚貼切。其與《水滸傳》中孫新同姓，且詩風與『病尉遲』孫原湘類似，可以詩兄弟目之。又底本『母大蟲』點陳聲和，陳氏詩學袁枚之工細（詳其箋證），與孫韶可謂各得袁之一邊。《録》以夫婦擬之，可謂亦莊亦諧。

病大蟲趙艮甫　函，震澤籍。諸生。著《樂潛堂詩文集》《菊潛庵剩稿》。

趙函（一七八〇—一八四五），原名晋函，字元止，號艮甫，又號菊潛，江蘇震澤（今蘇州）人。諸生。屢試不第，浪游海内，以窮終。嘗助兩淮鹽運使鄭某選乾嘉兩朝詩百四十卷，故其所見當時人别集獨多，能别白流派。然詞名勝詩名，詩多紀時事，可備史乘。著《樂潛堂詩集》《菊潛庵剩稿》《飛鴻閣琴意》。

【箋證】

趙詩似多蕭瑟意，時或流入險怪。謝堃《春草堂詩話》卷五云：『趙艮甫落魄揚州，作《枯柳》四首。其三首云：「徐娘老去太伶俜，勝有風情倚畫屏。陡覺十眉全失翠，不知雙眼爲誰青。前塵已悔成飛絮，後世休教更化萍。屋角疏星如夢裹，要憑羌笛一吹醒。」』又同書卷三摘趙詩云：『函有《景陽井》一篇云：「宫鴉縠縠啼桐花，宫人曉汲古井華。胭脂一斗化枯葉，南朝美人眼中血。素絲白馬江南哀，桃魂恨不三泉埋。鴛鴦飛飛戀香水，銅瓶破碧澆秋苔。鳧火無眠鏡栖鳳，草滿石城早霜凍。珠衣人罷哭，玉蝶青，華鐘不唤瓊花夢。」近長吉也。趙又有《銅雀妓》云：「不殉驪山葬，高臺消翠蛾。珠衣人罷哭，玉帳鬼聞歌。蜥蜴留紗久，鴛鴦化瓦多。西陵松柏盡，妾夢繞漳河。」』陸嵩《酬趙艮甫即題所著樂潛堂集後》（《意苕山館詩稿》卷四）亦有句云：『一編授我讀夜深，肝腎心驚苦雕鏤。此境高寒那可尋，獨立空亭仰星斗。』亦可參證。按，惟孫爾準《趙艮甫樂潛堂詩叙》云：『艮甫少禀异才，余初識之九峰二泉間，年甫弱冠，抗聲高吟，遐瞻遠矚，有俯視一世之概。其爲詩，操筆立就，光華焕發，爛若芙蓉之萼。私心竊謂他日高文典册必出其手。』又云：『今年春哀其所作，厘爲八卷寄予。鯨鏗春麗，音雅志和，絶無顑頷侘傺、無聊不平之氣。』則與諸家所論者异。然意其必有所據而云然，今趙詩所存不全（詳柯愈春《清人詩文集總目提要》之『樂潛堂詩集』條），此姑存其説備考。

又符葆森《國朝正雅集》卷六十九『趙函』下引王嘉禄云：『艮夫詩才豪逸，五七古生新遒宕，真有戛戛獨造之能。余以爲下筆尤蒼凉沈鬱，其勝處不讓前人獨步。』今趙集中如《滄海八首》《十哀詩》《鐵槍贈張永祥》等詩，多紀時事，筆調沈痛，可備史乘之采。

碩按，《録》以『病大蟲』點趙函，或即以其詩有鬼氣，可切『病』字也。又孫爾準《樂潛堂詩集叙》云：『繼乃連擯於有司，間歲槖筆，浪游之浙，之閩，之京師，賣文之資復值跖徒胠篋以去，垂槖而歸，樵蘇不爨，可謂窮矣。』其懷才不遇，亦與『病大蟲』之綽號相合。

一作蔣立崖

業晋，字紹初，長洲人。乾隆丙子舉人。官漢陽同知。有《立崖詩鈔》。

蔣業晋（一七二八—？），字紹初，號立崖，江蘇長洲（今蘇州）人。乾隆二十一年舉人。官至湖北黄州同知，有吏才。四十六年受《芥圃詩鈔》文字獄牽連，發配至烏魯木齊，五十年還歸里。嘉慶九年仍在世。少從沈德潛、王鳴盛學詩，詩有風骨。著《立崖詩鈔》。

【箋證】

蔣受業於吴派諸人，而詩風豪宕雄奇，蒼勁森嚴，能寓變化於法度。此爲當時公論。王昶《蔣立崖司馬詩序》云：『吾友蔣君立崖，吴之詩人。其議論意氣，往往凌厲一世。放筆而爲詩，則感激豪宕，稱其爲人。……審其音，廉而謙，正直而静；按其節族，倨中矩，勾中鈎，累累端如貫珠。考其登臨贈答，若蕭然無事者所爲，而江漢之風濤，及大别之雲烟變滅，皆取以供詞章之用。甚矣，能兼人所不能兼也。』趙翼《立崖詩鈔跋》云：『乃知其天才超邁，本如絳雲之在半霄，而骨力堅勁，則千鈞强弩；氣勢豪横，則萬里長風。至於工力老成，千錘百煉中，仍復彈丸脱手；天衣無縫，更非三折肱者不能。』於氣勢外，亦著眼其錘煉，尤爲有識。餘之論者所言不出此。至蔣詩取徑，論者大抵言杜、韓、蘇諸家。王豫《群雅集》論爲『七言雄健蒼勁，兼有杜、韓』。袁枚《立崖詩鈔題詞》則言：『大概以杜少陵爲宗，以蘇玉局爲輔，各體俱佳，以七古爲最，當與吴季子《秋笳集》并傳焉。』孫星衍等論亦無异詞，則亦近乎公論矣。

金眼彪屠琴塢 倬，字孟昭，錢塘人。嘉慶戊辰翰林，官九江知府。著《邪溪漁隱詞》《是程堂集》。

屠倬（一七八一—一八二八），字孟昭，號琴塢，又號潜園漫士，浙江錢塘（今杭州）人。中舉後與查揆、胡杲等讀書山中，嘉慶十三年成進士。嘗知江蘇儀徵縣事，政聲卓著。擢江西袁州知府，嗣調九江知府，以毒瘡生於面，不赴任。卒於揚州。倬通諸藝，山水見重於時，書工篆隸，旁及治印。詩與郭麐齊名。著《是程堂集》《是程堂二集》《耶溪漁隱詞》等。

【箋證】

屠詩分前後兩期，《是程堂集》與《是程堂二集》風格有别。《晚晴簃詩匯》卷百二十「屠倬」條評云：『少時才氣伉爽，入官後詩境澹遠。蓋其胸襟高曠，故與年俱進焉。』屠氏於《是程堂二集自序》中言頗悔少作，以爲不能見其氣度。論其早年凌厲之作者，如其摯友郭麐《是程堂集序》云：『氣伉以爽，音大而宏。不名一家之學，而發揚蹈厲，有幽并烈士、河朔少年之風。』《郎園讀書志》卷十四屠集條引吴振棫《杭郡詩輯續》論其詩云：『如快馬入陣，靈禽弄音，一洗質悶填綴之習。』郭麐《靈芬館詩話》卷五摘論其詩云：『琴隖神鋒雋爽，有無前之氣。弱冠登科，不即赴春官，與陳白雲、查梅史爲師友，劬書嗜古，旦夕切磨。初刻《是程堂詩》四卷，雖皆少年之作，風骨已自遒上。五古如《雜詩八首》《感興五首》，七古如《醉歌行》《盧峰行》《雨中移竹》《自題山水障》諸作，皆駸駸乎欲闖韓、蘇之室。五言如「童牛三尺短，老樹半身枯」「人情重到熟，風俗近年忙」等句，何減青邱。其《同人集西湖送余之揚州》云：「乳燕雛鶯又一年，扶頭相約醉花前。故人小别紛如雨，春水方生已拍天。笋長猫頭應上市，酒呼缸面不論錢。去程約略揚州路，時節匆匆過禁烟。」《九日曼生招集吴山用頻伽韵》云：「百年此會剛重九，千里懷人各一方。木落亭臯催旅雁，江空樓閣倚斜陽。且判酒户分中下，豈有詩篇接混茫？却笑登臨翻百感，諸君容得次公狂。」絶句又能婉約出之。《題雩門花影樓》云：「碧紗虚掩一重重，照不分明蠟炬紅。却把湘簾都上了，讓他明月坐當中。」《晚眺》云：「扁舟初卸落帆風，獨立江亭指斷虹。東面夕陽西面雨，春陰衹在半江中。」』此論較周。法式善《梧門詩話》卷九摘論其詩云：『《葫蘆嶺》云：「十里不見人，但見松影直。徑轉松亦轉，半松半山色。」真畫不能到。《南屏歸舟》云：「雲氣欲成雨，萬山都是烟。烟開見山色，落日又歸船。時有白鷗至，飛來水底天。疏燈出湖口，已泊藕花邊。」飄逸豪宕，以古爲律，唯青蓮腕下有之。』則偏好其瀋遠之作。按其後期詩多蕭疏之氣。楊鍾羲《雪橋詩話三集》卷十云：『屠孟昭「論詩」句云：「春氣漸深宜燕語，秋心先得是蛩聲。」……《聖果寺》云：「秋氣一山老，亂山摇夕陽。江雲到門黑，沙磧抱城黄。」頗見蕭瀋之趣。』

惟錢鍾書并屠氏兩集而論之，以爲與其友郭麐相伯仲，蓋同學楊誠齋者也。此論前人未道。其《中文筆記》第一册（一〇）云：『頻伽□鬆爽清峭，每以白描擅勝，蓋得力楊誠齋者。孟昭於誠齋有同嗜，七言近體遂與頻伽同調，而遜其輕靈妥貼。古詩視頻伽貌爲雄厚，頗學東坡，而新意不如。乾嘉時解學誠齋者又得一人。』并摘其新巧之句甚夥，可參觀。

碩按，《録》以金眼彪點屠，或狀其形貌聲勢。其摯友查揆《小檀欒室讀書圖贊》（《篔穀文抄》卷十一）屠倬贊云：『未見其人，先聞其聲。火色在面，電氣貫睛。』

陳文述嘗以屠氏助兩淮鹽運使鄭氏選乾嘉詩，而贈詩四首（見陳《頤道堂詩選》卷二十四），則屠與趙函當一度共事；而屠曾以斷袖之癖而面生惡瘡（見謝堃《春草堂詩話》卷三），端可謂之『病』矣。故似可以趙、屠并列於『病大蟲』下。

一作范瘦生　起鳳，字紫亭，寶山人。諸生。

范起鳳，生卒年不詳〔一〕，字紫庭，號瘦生，江蘇寶山（今屬上海）人。諸生，游幕南北。乾隆四十一年，獻賦天津行在，遭病未赴詔試。四十三年，以家藏顧亭林詩犯時禁，有司議讁戍，尋赦免。晚客教授李保泰揚州學署，落拓以終。嘗從沈德潛學詩，詩爲袁枚、趙翼所賞。著《瘦生詩鈔》。

【箋證】

論范詩者頗鮮，趙翼《瘦生詩鈔序》評其詩云：『索其詩而讀之，則精思結撰，務言前人所未言，寧

〔一〕李保泰《瘦生詩序》云『瘦生年不及中壽』及李《序》落款爲嘉慶八年，則范卒年不晚於一八〇三年。

險勿平，寧瘠勿肥，沈思要渺。妙如游魚銜鈎而出重淵之深，鷙鳥奮翮而投青雲之表，洵藝林之傑作也。君嘗出袁簡齋之門，得其奇警俶詭處，全力追之，故所就如是。』《隨園詩話》卷六云：『寶山范秀才起鳳，字瘦生，有詩癖。《咏梅》云：「微月雲際升，獨鶴踏花影。」又：「風急衆香齊度水，夜深孤月獨當天。」皆可喜也。《萬華峰應馨贈》云：「瘦真同鶴立，命若與仇謀。」其困躓可想。《送别》云：「酒惟可化當前泪，詩尚能傳别後情。」《咏桃源》云：「樹木自生無税地，子孫常讀未燒書。避地不知誰日月，成仙可惜廢君臣。」』可證趙説。趙《序》又云：『令嗣蔚林刻其遺詩，余得而覆閲之，益覺其寒鋩銛鋒横見側出於行墨間，不可逼視。』按，范詩中尚多清壯之作。雷國楫《龍山詩話》卷三亦云：『其詩大概尚氣格，不屑屑於對偶聲律間，頗有俯視一切之致。《晚過楞伽山》云：「石室何年築，來游日已曛。野烟空際斷，清梵静中聞。鶴去盤青嶂，僧歸度白雲。林皋疑暮雨，木葉下紛紛。」』據《（光緒）重修寶山縣志·人物志》卷二范本傳，范『客吴中，爲沈德潛高弟』，其詩之清壯者亦頗近沈派。而趙翼《范瘦生枉訪并投佳什次韵奉答》（《甌北集》卷二十八）其二注云：『君師袁簡齋，友王西莊。』則范似欲綜袁、沈兩家之長也。

碩按，《録》以范爲屠倬之副，或以范詩之清麗，與屠中歲後詩風略近乎？且兩人皆不登中壽，亦相類。惟前文已論趙函、屠倬可并舉，蔣、范亦有可比處。蔣業敬亦少時受業於沈德潛、王鳴盛者，此與范可比者一。范嘗以逾期上繳所藏之《亭林詩集》而觸文網，議譴戍編，後遇赦（詳《清代文字獄檔》第七輯『韋玉振爲父刊刻行述案』條）；而蔣以校訂違礙書《芥圃詩鈔》而戍邊（詳《清代文字獄檔》第四輯『石卓槐《芥圃詩鈔》案』條），此范、蔣可并論者二。惟兩人詩風不近，或爲其分列之由歟？

鬼臉兒薛香聞　起鳳，字皆山，吴縣人。乾隆二十五年舉人。有《香聞居士稿》。

薛起鳳（一七三四——一七七四），字家三，又字皆三，號香聞，又號震湖，江蘇長洲（今蘇州）人。少孤，其舅爲僧，鞠之成立。故薛深通佛理，彭紹升亦爲傾心。乾隆二十五年舉人。屢上春官不第。晚主沂州書院，三十九年歸卒於里。性愷悌，能急人之難。詩深隱從容，耐人咀嚼。著《香聞遺集》，編《鷺江志》等。

【箋證】

薛詩大抵禪意處近王維，從容處近孟浩然，意藴悠長。彭紹升《薛家三述》（《二林居集》卷二十二）評薛詩云：『居常好爲詩，思深味隱，耐人尋索。』汪縉《薛家三詩叙》評曰：『至其詩之成就，多寬裕肉好、順成和動之音。然骨法故自深肅，予比諸春秋時賢大夫，往來聘問，威儀言辭，雍容典則，以光邦國文物之盛，猶有先王之遺澤焉。美哉！』按，《郎園讀書志》卷十二『香聞遺集』條摘論薛詩：『集中佳句，五言如「文章花落後，净信月生初」「落日無公事，青山見客心」「秋隨木葉下，塵到海鷗空」。七言如「照地月華澄水觀，深宵草樹發天光」「白髮歲差行有度，青山世業祭無田」「修竹鶯啼小有洞，桃花犬吠下仙家」「人同社燕年年客，夢似春潮夜夜靈」，皆非心境空明，不能有此妙語。是知香聞於詩，功頗深，於彼法尤精徹也。』然法式善《梧門詩話》卷一摘評云：『詩皆獨造，自辟門徑，亦近時有數才也。《月夜渡江》云：「潮隨秋月滿，天與大江平。」《孟蜀宫人詩》云：「蜀國弦淒恨未傳，冰崖碧血冷猶鮮。千秋貞魄歸無處，夜夜山頭拜杜鵑。」「焚香别殿畫張仙，花蕊生歸亦可憐。十四萬人齊解甲，不知殉國有嬋娟。」蛾眉如黛月如鈎，淪落空岩骨未收。一種香魂千古泪，青陵冢樹緑珠樓。」』則其詩亦不乏清壯之作，此殆汪序所謂『骨法深肅』者邪？又吴德旋《初月樓聞見録》卷八記：『起鳳嘗與彭允初論詩，其言曰：「詩，志之所之也。未有不端其志，而能爲詩者。求端其志，莫先於知道矣。孔子讀《詩》三百篇，獨贊《鴟鴞》《烝民》，爲知道。然則爲詩者求爲周公、尹吉甫其人而可也。」又言：「古聖賢人尚矣，次焉者，其惟志士乎？志士之詩，吾於近世得二人焉：曰謝翱，曰杜濬。其志潔，其思苦，其音哀。故其爲詩也，非復人人之詩，而必二子者之詩也。」』此亦可與汪説參證也。

一作楊簣山 之灝，婁縣人。諸生。

楊之灝，生卒年不詳，字簣山，婁縣（今屬上海）人。諸生。年十八，父没於蘭州，匍匐至之，扶櫬歸葬。西北亂起，佐從弟楊芳燦守伏羌，頗有勇略。嗣則十試不售，畢沅重其行，招之入幕，乃悉以所得奉母，并爲弟娶婦，弟没始以家爲。其友孝如此。至老無所遇，年六十四卒。嘗問學於王昶，工詩，詞尤清艷云。著《窈窕草堂詩詞集》〔二〕。

【箋證】

之灝詩論者絶少。楊芳燦《窈窕草堂詩詞集序》：『當夫隴首停驂，秦川捧袂。言尋昌谷，共訪仇池。荒草斜陽，隗孟尚留軍壘；頹垣老樹，杜陵曾賦羌村。攄懷古之思，多寄愁之作。至於星闌燭灺，葉早花新，醉墨題柯古之襟，俊侶把浮邱之袖。伯歌季舞，酒座琴言。此則引聲發唱，宫羽相和，因物騁辭，情靈無擁者也。洎乎花門構孽，草竊挺灾，鶻騎晨馳，狼烽夜警。助余張目，與子同仇。却攻之

〔二〕 此《録》諸本及《（光緒）婁縣續志》卷十七『人物志』下楊之灝傳記，均未及之灝著作。此據楊芳燦《窈窕草堂詩詞集序》《芙蓉山館文鈔》卷五）著録。

帶一圍，禽敵之符九寸。雄心憤薄，壯氣飛揚。和僧超斫陣之歌，應越石登陴之嘯。落紙而風雲鬱起，擲地而金石争鳴。推塞上之豪吟，爲集中之變格矣。」則其詩似至平亂而一變爲豪壯矣。今其集不傳，零篇斷簡亦稀，散落一二總集、方志間而已。

碩按，《水滸傳》中『鬼臉兒』杜興落草前爲『撲天雕』李應主管李家莊，最終與李應同得善終，歸老鄉里（詳《水滸傳》第四十七、一百二十等回）。之灝與芳燦本爲兄弟，又同仇敵愾，終成其功。故《録》有此擬。

催命判官沙斗初　維杓，長洲人。布衣。有《耕道堂集》《白岸亭詩》。

沙維杓（？——一七八二），字斗初，江蘇長洲（今蘇州）人。長髯巨嗓，時作悲歌，如酒豪劍客然。而心慈厚，有好生之德。與同時張岡交善，乾隆間同居城西下津橋，自號『兩布衣』。來往江西、湖北間。精醫術，工詩，生平窮抑之氣多發於詩，與吴泰來、王昶諸名士相酬唱。著《耕道堂集》《白岸亭詩》。

【箋證】

王昶《沙斗初布衣白岸亭詩序》(《春融堂集》卷三十八)論沙詩曰:『斗初詩才力奇傑,或沉雄而踔厲,或抑塞而悲壯。有無聊不平之憂思,與泉石若相遠者。』又云:『顧自今以往,竊願進而爲瀓澹清遠之旨,以與兩君子合(按,指李果、張崗),以庶幾於安貧樂道者。則斗初之可傳,又將不僅以詩也夫。』按,考《湖海詩傳》卷十二『沙維杓』所録詩,多開闊清遠之作,此固以王昶選詩宗其師沈德潛之説故,而此體實亦沙詩之一格。汪縉《沙斗初詩叙》(《汪子文録》卷三)謂沙嘗自言『吾故篤嗜唐人詩,下筆不欲涉唐以後一字』,汪且評其詩曰:『沙子詩蓋以盛唐爲宗,出入建安以下,迄於大曆諸家爲趣,發無浮響,動不逾格爲容節,宣導一時之所會爲神明云。』則王所賞、所選之沙詩,可與汪説相參。至沙『悲壯激發』(《詩傳》評沙詩語)之作,則《瓜州城樓晚望》《宋徽宗畫鷹歌》之類是也。

碩按,《録》點沙爲『催命判官』,殆以李立與沙維杓形貌皆類判官。《水滸傳》第三十六回寫李立容貌『赤色虬鬚亂撒,紅絲虎眼睁圓』。羅有高《壽沙斗初序》(《尊聞居士集》卷二)言沙『身長美鬚』。《湖海詩傳》狀沙貌:『長髯巨嗓,時作悲歌,如酒豪劍客然。』

一作黎簡民　簡，字二樵，順德人。乾隆己酉選貢，未廷試。有《五百四峰草堂詩鈔》。

黎簡（一七四七—一七九九），字簡民，一字未裁，號二樵，廣東順德人。幼即能詩，以擬韓愈『石鼎聯句』見賞於李調元，補弟子員，人呼爲『黎石鼎』。乾隆五十四年，充選貢生，以丁憂未赴廷試。嗣遘氣虚疾，遂不復出。居里與花鳥爲伴，吟咏自娱。詩名高一時，海内詩人咸想望丰采，來粤必折節訪之。簡故自慎，不輕許人，袁枚欲求一面而爲所拒，其孤高如此。書、畫亦享盛名，能造古人之境，與詩并稱『三絶』云。著《五百四峰堂詩鈔》《黎二樵未刻詩》《藥烟閣詞鈔》《芙蓉亭樂府》等。

【箋證】

黎簡自承其作詩刻意求新奇。其《答同學問僕詩》（《五百四峰堂詩鈔》卷十二）云：『簡也於爲詩，刻意輒新響。當其跨闊步，語亦頗倜儻。』又《詩鈔》卷十五《與升父論詩》剖析更詳：『士生古人後，寧有不踐迹。始則傍門户，終自竪綮戟。裨校轉渠帥，揮叱赴巨敵。一身數生死，百戰資學識。絶境無坦步，高唱有裂笛。彎弓石爲肉，磨刀水先赤。萬仞虚我踵，我射自正直。人方蹋而哭，我已游八極。究其所歸理，静破萬物的。要於其發端，真氣貫虹霓。』世之論其詩者極多，然亦皆首肯其自道，羌無异詞。劉彬華《嶺南四家詩鈔》「黎簡」條下評語云：「其詩意境幽峭，吐屬深警，戛戛獨造，劌目驚心，似非經營慘澹不能成一語者。顧才思敏捷，無論長篇短什，援筆立就。蓋其天姿既高，又深造自得，故雖縋幽鑿險，如出天成。」餘不備引。其佳句如「慘淡石見血，無乃蛟龍怒」「西日東流水，無語各自急」「風長雲亦厭，江洞月無依」「遠帆破雨入，疾鳥捩江歸」「湖上秋光闊無著，約束結成明月團」「不辨海含何處雨，漸窺雲斂半池星」「不勝今昔親垂老，如此風波我再來」「縠絲已倍尋常價，父老休談少壯年」「哀樂以來長夢鬼，死生無著轉疑仙」等，皆不猶人。錢仲聯《夢苕庵詩話》第二三九條至第二四二條，分體摘其句至富，文長不録。黎集中以七古最多，張維屏《徵略》卷四十六「黎簡」條論其七古深細有見，玆録於後：「二樵詩好奇。以七古論之，有清奇者，如「湖上秋光闊無著，約束結成明月團」；有雄奇者，如「刀色抱人不見人，人乃聲出刀中央」；有瑰奇者，如「黃昏碧火行木客，陰洞雄狐拜金馬」；有幽奇者，如「長狐嘯血成碧苔，一絲冷夢尋不回」，語皆匪夷所思。」

惟病其雕琢過甚者亦有之。譚敬昭《書黎二樵五百四峰堂詩鈔後》（《聽雲樓詩鈔》卷五）云：「及暮年定《五百四峰堂詩鈔》，欲自辟門徑，以奇險爲孤高，以艱深爲玄妙，節節爲之，豈復有竹乎？憶甲寅秋，余與先生爲忘年交，嘗見其自訂詩集，塗乙補綴，蘭亭初本，幾不復辨，時微諷之，先生不以爲然。」《國朝詩人徵略》沿此説云：「二樵力避平熟，斧鑿太過。遂有初稿極佳之詩，經屢改而致壞者。」此即袁枚《隨園詩話》卷二所謂「詩不可多改，多改則機窒」意也。屈向邦《粤東詩話》卷三則駁譚氏，謂其非『深知二樵者也』。意謂黎氏初稿或不免蹈襲古人，後詩功與閲歷俱進，遂改訂前作，自成一隊，乃順理成章之事。按，黎批李長吉集《題記》中云：『亦知作詩須從難處落手；不嫌酷肖，到此時自然會生出面目來。見今人朝學古人，暮欲立一格，動畏優孟之譏，必至濩落無成，入於野體而已。』則黎初不反模擬，深信功到自成也。屈説於二樵所自道者無驗，蓋一家之言而已。此外，其禁足粤中，近人有嫌其詩境狹隘者。如陳衍《論詩絶句三十首》（《石遺室詩集》卷四）有句『不出其鄉黎二樵，江山文藻太蕭寥』，王瀣《冬飲廬讀書記》病其『堂廡之隘』，亦可參。

至其淵源，二樵《題記》云：『余幼好長吉，非長吉詩不讀，且學爲之，甚肖也。』且自言於李長吉詩批點數過，可見用力之深。李遐齡《臘盡始聞黎二樵之訃遥以詩吊之》其一（《勺園詩鈔》卷二）注云：『二樵昔語予，謂其作詩雖不名一體，實初學李昌谷，後師黄山谷，深覺於二家得力，故其琢削瘦勁，往往似之。』張維屏《徵略》盛推之云：『其詩由山谷入杜，而取煉於大謝，取勁於昌黎，取幽於長吉，取艷於玉溪，取瘦於東野，取僻於閬仙，錘焉鑿焉，雕焉琢焉，於是成其爲二樵之詩。』餘之論者所言要不出張氏範圍，可與前所摘句參證。

頎按，黎詩有重名於當時，王昶且其許爲嶺南諸人之魁。《録》乃點爲『催命判官』沙維杓之副，排名一百開外。近人洪棄生《寄鶴齋詩話》卷六云：『舒鐵雲撰《詩壇點將録》，置二樵於「催命判官沙斗福(按,福當作初)」之外,則《瓶水齋詩》多涉旁門,《五百四峰詩》多循高躅,宜臭味之不投也。』其論或是。惟陳文述有《從浣筠假黎簡民五百四峰草堂詩集翦燭讀之因題一首》(《頤道堂外集》卷五),甚稱黎詩,與舒位异趣矣。

中箭虎宗芥帆[一]　聖垣,會稽人。乾隆甲午亞元。有《九曲山房詩鈔》。

【校】

[一]金本『中箭虎』下先點宋聖恒,後抹去,改點史赤崖。旁有眉批如下:『蔣時庵元益,字希元,長洲人。乾隆乙丑會元,官至兵侍,有《志雅齋集》。』則豈又以蔣屬此將下耶?

宗聖垣(一七三六——一八一五),字价藩,亦作芥颿,浙江會稽(今紹興)人。少時以詩古文名越中,與商寶意、劉豹君等選編《越風》。乾隆三十九年中舉,五十二年,大挑一等,授廣東文昌知縣,歷官至雷州知府,有善政。嘉慶十五年,致仕歸里,築九曲山房,安貧樂道以終。性梗概多氣,有任俠風。交游頗不狹,與一時名士相唱和。詩外工書,在米、董間云。著《九曲山房詩鈔》《讀畫録》《歸越詩》等。

【箋證】

論宗詩者蓋稀。《隨園詩話》卷十：『余最愛言情之作，讀之如桓子野聞歌輒唤奈何。……宗介颿《别母》云：「垂白高堂八十餘，龍鍾負杖倚門閭。泣惟張口全無泪，話到關心衹望書。」』此摘句也。今其集中此類情味深厚者不少。又《隨園詩話》卷十四録其《磨盤山》句云：『分明尋丈恰隔里，指點乎夷偏落陡。東西俄轉望若失，呼應已逼待還久。中央簇簇攢牛宫，四角層層布魚笱。更疑去路即來處，幾訝迷途欲退走。入世敢云肱折三，立峰頓覺腸回九。』此則摹寫工細，言人所難言者。

一作崔幔亭

龍見，永濟人。乾隆二十六年進士，官荆宜施道。

崔龍見（一七四一——一八一七），字翹英，號槾亭，又號莨坪，故山西永濟人，五世居常州，遂隸籍焉。乾隆二十六年進士。歷官至湖北荆宜施道，有政聲，搜捕教匪尤力。所至重文教，嘗主修《江寧縣志》。好吟咏，著《萬迴詩草》《莨坪詩草》〔一〕。妻錢孟鈿，錢維誠女，詩名過崔，著《浣青詩集》。

〔一〕今崔集散佚，未見著録。小傳據趙懷玉《題崔别駕龍見萬迴詩草》（《亦有生齋詩集》卷九）、錢維喬《莨坪詩草序》（《竹初文鈔》卷一）列。

【箋證】

崔集久佚，今無以據論。戴璐《吴興詩話》卷十六嘗摘其詩：『崔漫亭觀察龍見，辛巳進士，少隨外舅錢文敏公視學浙中。其《和蘇法華山》詩落句「舊游棖觸立蒼茫，卅年慚負題詩債」，蓋隨侍軺車未暇游賞也。及癸卯通守杭州，因公至湖，《次竹垞先生韵二首》云：「已醉烏程釀，初游碧浪湖。落梅風渚淡，斜日峴山孤。烟艇春歸早，窪尊興到無。驚心思舊賦，倍欲老蒓菰。」碧浪湖。「選勝菰城北，言尋白雀岩。忘機共鷗鷺，問道入松杉。天與湖光動，山將樹色銜。吾生倦行役，孤往任雲帆。」白雀寺。』此二詩頗疏秀。錢維喬《送崔莨坪之南鄭序》論崔詩云：『有太白、少陵、温、李諸家風格。』維喬乃龍見妻之叔父，與崔氏夫婦酬唱甚密，其言當有據，存以備考。

碩按，金本先寫之『宋聖恒』，疑爲宗聖垣之形誤。後改定爲史善長。史善長詩學杜甫，蒼雄頓挫。且嘗客畢沅幕，於其時川楚用兵事多有詩篇。『中箭虎』副將崔龍見嘗赴川楚間平教匪（趙懷玉《亦有生齋文集》卷十九《湖北荆宜施道崔府君墓誌銘》詳記其事），錢維喬有言崔『好吟咏，工詩詞』（見《送崔莨坪之南鄭序》），揆諸情理，崔於平亂事不能無詩，惜今不存矣。此或即崔、史之可類比者。至詩風，則維喬言崔詩能融少陵風格。考宗聖垣生平及詩，與崔不類。故此處似以金本點史稍佳。金本眉批之蔣元益，爲彭兆蓀岳父（見彭《感舊詩》），詩名不著，舒、陳集中亦未及之。

花項虎嚴道甫　長明，字東有，江寧人，官侍讀。有《秋山紀行詩》《金闕攀松集》《玉井搴蓮集》《歸求草堂集》。

嚴長明（一七三一—一七八七），字冬友，亦作東有，又字用晦，號道甫，江蘇江寧（今南京）人。幼穎异，見賞於李紱、方苞。乾隆二十一年，以獻賦行在受召試，賜舉人。後入值軍機，工箋奏，見事明，大學士劉統勛深器之。三十六年，擢侍讀。後迭遭父母喪，遂不復出。佐阮元陜西幕府十數年，晚主廬江書院以終。長明博通典籍，旁及金石，詩文亦工。著述豐富，有《嚴東有詩集》《毛詩地理疏證》《五經算術補證》《知白齋金石類簽》《三經答問》《三史答問》等數十種。

【箋證】

嚴詩共分四集，曰《秋行紀行詩》《玉井搴蓮集》《金闕攀松集》《歸求草堂集》，由葉德輝彙編爲《嚴東有詩集》。據葉德輝《題記》，《秋行》一集，乃長明扈蹕木蘭之作；據畢沅《金闕攀松集序》，《玉井》一集乃隨畢氏游華山之作，《金闕》一集乃游泰山之作。而『歸求草堂』乃其致仕後齋名，集中多寫江東風物，亦歸後游覽之作也。

葉德輝《嚴東有詩集序》論嚴詩云：『先生詩自召試至官内閣，其境前後不同，詩亦隨時而變。《秋山紀行》寫塞外風光，至今讀之，朔風秋草，如在目前。其游嵩、岱二嶽之作則，鑱刻造化，驅策山靈，尤爲有山水詩以來未見之奇作。』而畢沅《序》云：『《玉井搴蓮集》，假騁敻厲，雕辯萬有，而一歸於精簡。余振其致力之遒崒，又惜其用意之刻深也。』又云：『出「登岱」一集相質，并屬爲序其簡首。余覽之則驚才壯，思絶塵而奔，如仲春氣至，萬木華發，噴雲欲火，而不能循其翕闢之原。其與向之所見采潛而嚮秘者，固迥异焉。』袁枚《序》云：『危詞硬語，陵暴莽蒼。縋深者而出之，揭隱者而顯之，以七尺軀、三寸管與五千仞奇峰相爲俶詭。噫！何其壯也！讀此一編，則古人所謂「精金削成，鳥猿愁視」者。』又潘奕雋《歸求草堂集序》：『道甫之作，氣恬而法密，神清而韻和。其才大，不矜才；其氣盛，不使氣，讀其詩而見其人，殆一代之正聲乎？』葉序承諸家序而來。是知長明能兼『清遠』（洪亮吉評語）遒勁於一手也。

又其詩喜襲用前人詞若境，爲其一弊。洪亮吉《北江詩話》卷一云：『嚴侍讀長明詩如觸目琳琅，率非己有。』同書卷四又申此意。法式善《梧門詩話》卷七亦云：『嚴侍讀長明，詩思新穎，又善運用古人成句，略一移轉，愈覺生新。』今其集中如『拂天誰奮羲和鞭，敲折玻璃萬條紫』『料得此時依母坐，看封書禮寄長安』等句，顯用唐人名句，其隱用暗化者更不勝舉。《晚晴簃詩匯》卷九十嚴氏條謂洪評『不免門户之見』，恐不確。又葉德輝推重嚴詩出黄景仁之上，徐氏《詩匯》襲其説，似可商。

碩按，《水滸傳》中『中箭虎』與『花項虎』皆張清部下，二人一體。嚴長明與崔龍見之親友皆相熟。如《隨園詩話》卷五記嚴自陜歸蘇，崔妻錢孟鈿厚贈之。而崔氏夫婦詩友兼親戚之錢維喬，亦與嚴時相唱和；錢氏詩友莊炘更嘗與嚴共事於畢沅陜西幕府，故嚴當亦崔之詩友。史善長與嚴雖無交誼，然先後皆久客畢沅幕府，且兩人皆遍游海内，詩并得江山之助者也。

一作英夢堂[一] 廉，字計六，漢軍鑲黄旗人。雍正十年舉人，官至文淵閣大學士。謚文肅。有《夢堂詩鈔》。

【校】

[一] 金本原於『一作』下點英夢堂，後删去。

英廉（一七〇七—一七八三），字計六，號夢堂，又號竹井，漢軍鑲黄旗人，漢姓馮。雍正十年舉人。初爲江南下吏，乾隆初以外河同知治永安河不力，奪職。後復起，歷官至刑部尚書、直隸總督，開漢軍授大學士之例。卒於京師，謚文肅。工詩，少時與厲鶚、查爲仁等相唱和；亦善丹青，尤工山水云。著《夢堂詩稿》。

【箋證】

英廉詩以清幽藴藉爲主。錢載《夢堂詩老傳》（《夢堂詩稿》卷首）評英詩曰：『其詩温潤縝密，超然意象之表。』張維屏《國朝詩人徵略》卷二十六『英廉』條：『「鳴泉赴壑，脱葉隨水，空山無人，明月欲洗。」此夢堂相國詩也。清妙不減坡公「水流花開」之語。』皆能得其大體。袁枚《隨園詩話補遺》卷五摘其句：『《除夕》云：「老趣隨時异，流光過眼非。善忘心轉暇，遲聽語因稀。臘酒催拈管，春燈照掩扉。不干兒輩事，鞍馬六街飛。」《出郊》云：「隔宵意先樂，今日出郊行。風定有禽語，雪消添雨聲。當春山氣重，入夜客身輕。預擬重來日，垂楊聽早鶯。」』法式善《梧門詩話》卷四摘其句：『夢堂相國五言如《初冬》云：「檐禽争曉日，盆菊帶餘秋。」《秋村》云：「落葉不分路，野花開到門。」《冬夜》云：「霜寒增夜氣，葉盡減林聲。」《入山海關》云：「野店人談虎，荒墳客認碑。」又如《靈雨寺》云：「雨餘龍氣留僧鉢，漲後溪痕上石梁。」《登北固山》云：「帆隨雁度低昂白，雨壓潮來遠近青。」皆清新俊逸，直逼古人。』能見其詩風一斑。楊鍾羲《雪橋詩話》卷五摘英詩句甚多，格亦類此，可參。

又其集中尚有一種沈雄之作，譽之者溯至老杜。其子延福《夢堂詩稿跋》引錢載語云：『夢堂詩詣之精，全從老杜得來。』畢沅《贈英夢堂少司農》其二（《靈岩山人集》卷十六）亦有句云：『格律由來老益工，瓣香應自浣花翁。』此類如《即事》二首云：『度遼横海近何如，聞道欃槍未掃除。天末蟲沙難孟浪，陣前鵝鸛敢踟蹰。伏波無意思歸葬，馬服當年讀父書。十萬貔貅雄閫外，誰令羽檄達宸居。』「西北浮雲作陣雲，飛書旁午念紛綸。邊人思得雲中守，漢帝原憂灞上軍。堅壁條侯能克敵，屯田充國舊成勛。杜陵野老懷諸將，洗甲無忘慰大君。』惟似少欠頓挫、不避重字耳。然洪亮吉《北江詩話》卷一云：『馮文肅英廉詩如申、韓著書，刻深自喜。』則似以爲其詩冷峻尖利。洪氏稱英詩乃達官中僅次於錢載、紀昀者（見《北江詩話》卷二），當於英詩別有會心，姑録此備考。

碩按，《録》以英廉爲嚴長明副，或以二人皆曾出關，且皆紀之以詩。嚴詩已見前論，英氏邊塞之作如《東北詩七首》《入山海關》《東行詩》《出威遠堡》《吉林道中》《松花江》《納木嶺》等，俱見集中；以詩風論，二人詩皆兼有清疏與蒼雄之作。

金本删去英廉，或與其人不無關係。王昶《湖海詩傳》卷五『英廉』條：『（夢堂）既而職掌六曹，殫心時務，或舉舊稿爲言，輒遜謹謝之，蓋不欲以文人自命也。』王揖唐《今傳是樓詩話》第二二三則言之更明：『惟夢堂以下吏宦江南最久，平日頗多車笠之交。不十年超躋政地，對於故舊一變面目。蒲褐詩話，即有微詞，故匏廬詩中及之。然集中入都以後，多清言見道之作，又似與其晚節不類。於此益見知人論事之難。』所謂『匏廬詩中及之』，指沈濤《論詩絶句》論英氏一首：『味和家世席韋平，白燕沈吟懼獨清。崛起夢堂躋九列，頗疑相度遜詩名。』

没面目金壽門　農，字冬心，錢塘人。布衣。有《冬心先生集》。

金農（一六八七—一七六三），字壽門，又字司農、吉金，號冬心，浙江錢塘（今杭州）人。乾隆元年舉博學鴻詞，不赴。游迹半海内，晚寓揚州近二十年，鬻書畫自給。初以書名，年五十始學畫，所繪竹、梅、馬、佛之屬，皆能自創一格。又嗜收藏，精鑒賞，弆金石拓本千卷。性逋峭，世以迂怪目之，名列『揚州八怪』。詩亦奇古。著《冬心先生集》《冬心先生續集》《三體詩》《畫竹記》等。

【箋證】

金農《冬心先生集自序》自述其詩始末較詳，兹節録之：『近交里閈二三能言之士，大抵多與予同其好，林壑間俊僧隱流，鉢單瓢笠之往還，復饒苦硬清峭之思，相與抒發抉摘，盡取高車彯纓輩所不至之境、不道之語而琢之、繢之，由是世遂比數予於詩人。予翻然秘匿，懼其隘而不廣於見聞，直而不愜於比興，瘠而不腴於枝葉，笑覆陸機之瓿屢矣。或有躋予於鉅公派别者，予曰：昔徐師川不深附西江，張伯雨能超乎鐵雅，詩固各有體，趨今何如則古耶？乃鄙意所好，常在玉溪、天隨之間。玉溪賞其窈眇之音，而清艷不乏；天隨標其幽遐之旨，而奧衍爲多；然寧必規玉溪而範天隨哉！予之詩，不玉溪、不天隨，即玉溪、即天隨耳。比長年來益爲汗漫游，遍走齊、魯、燕、趙、秦、晉、楚、粤之邦，或名嶽大河傾寫胸臆，或荒臺墮殿棖觸古懷，或雨零風欷感傷羈屑，或箏人酒徒飛揚意氣，境會所遷，聲情隨赴，不諧衆耳，唯矜孤吹，此則予詩之大凡也。』

世之論其詩者，大抵亦以清潔許之。李堂《緣庵詩話》卷二：『冬心先生詩清妙絶塵，吴穀人丈謂「如清夜九霄，落魚山之梵；深雪萬嶂，品雷威之琴」，是評最確。集外佳什尚多，每散見於他處，未識當時何以不編列之。兹隨所見録得近體數首，吟誦一過；譬如饜飫八珍，忽嘗藕芽菱角也。《老馬》云：「古戰場中數箭瘢，悲凉老馬憶桑乾。而今衰草斜陽裏，人作牛羊一例看。」《虹橋觀芍藥》云：「看花都是白頭人，愛惜風光愛惜身。到此百杯須滿飲，果然四月有餘春。枝頭紅影初離雨，扇底狂香欲拂塵。知道使君詩第一，明珠清玉比精神。」《題畫菖蒲》云：「菖蒲九節俯潭清，飲水仙人緑骨輕。砌草林花空識面，肯從塵土論交情。」《題芭蕉》云：「緑得僧窗夢不成，芭蕉偏向竹間生。秋來葉上無情雨，白了人頭是此聲。」《晚秋湖上分韵》云：「最無情事性相乖，祇有朋游老更偕。不怕湖雲欺白髮，且尋秋草試青鞋。今年九月此佳日，把酒一杯多好懷。小雨段家橋外去，晚波十里若磨揩。」《小玲瓏山館時樊榭西顥江皋將歸武林》云：「少游兄弟性相仍，石屋宜招世外朋。萬翠竹深非俗籟，一圭山遠見孤棱。酒闌遽作將歸雁，月好争如無盡燈。我與梅花有良約，香黏瑶席嚼春冰。」《題畫》云：「畫舫空留波照影，香輪漸遠草無聲。怕來紅板橋頭立，短命桃花最薄情。」』錢鍾書亦持此説，惟嫌金少學力耳。其論金詩云：『冬心於交游中，腹笥最陋。蓋乞食江湖，不若鈍丁之能閉户讀書也。故其用事多附會，不精切。亦以此不作餖飣體。而奇情妙趣，自饒靈秀，浙派中與樊榭抗手。堇浦身中亦無此仙骨，况他人哉！』（《中文筆記》第一册〔三八〕）。故世多稱其近體。法式善《梧門詩話》卷二記金氏於其鄉前輩王士禛、查慎行等皆有微詞，金且援趙執信『家鷄』説以譏王。同書同卷又云：『翁覃溪先生曰：「壽門短章精妙，不得以初白限之，至長篇巨制，焉能企及初白？文章千古之事，以平心得師，乃爲善耳。」余謂壽門詩擇其孤潔冷峭之作，豈唯突過漁洋、初白，直入唐人閫奥。第持《冬心集》與《精華録》《敬業堂集》衡較，必有能辨之者。七言如「陰壑斷崖泉出樹，飛檐浮柱塔生風」「日斜黄葉先朝寺，山映青旗賣酒壚」「水明於月宜同夢，樹老如人又十年」，言皆戛戛獨造，羼提、他山，罕臻斯旨。』此亦能見金氏性情。

惟於金詩取徑，則論者頗有异乎其自言者。金農《冬心先生續集自序》引何焯言：『吾門俊乂衆多，多擅麟角之奇，唯斯人。五七字詩，儼然孟襄陽、顧華陽流派。』吴騫《拜經樓詩話續編》卷二云：『金壽門農徵士詩多學盛唐，而五言規模王、孟，絶有神似者。如「匠里聚村落，高春湛露晞。溪清鑒堯韭，山野勝周薇。風以淳初古，人多道勝肥。耦耕今不廢，椒酒共春祈。」匠車。「訪道通幽象，仙山視聽殊。鶴鳴知子午，松吹葉笙竽。香霧迷三里，天漿散百觚。肯教容易别，瓊月閉金鋪。」聖王坪。「遺蜕懷仙史，翠微通草堂。何時安藥臼，於此置繩床。叩玉陰泉出，如人雙樹長。嗒然白雲外，巾舄得清源。」尋孟師草堂。「公子美無度，讀書吴郡間。門留鬱林石，床對小鷄山。終歲淹秋駕，何時綴玉班。殷勤通旅夢，細雨穆陵關。」懷吴門陸嶠。書此以見大凡。』而於其自言之『苦硬清峭』，或以爲近孟郊、黄庭堅。阮元《兩浙輶軒録》卷二十『金農』條引《二存詩鈔》論金詩云：『今讀其詩苦硬清峭，乃與東野相近，晚年始稍平夷。亦但似松陵詩派，比之玉溪，相去甚遠。豈深淺自知，固非他人所能測量耶？』同書引朱文藻《碧溪詩話》云：『雕琢極精，尚山谷。』此皆可與其《自序》參證。要之，其詩大抵主清幽，時或不免入於澀也。陳文述《題金壽門冬心先生集》(《頤道堂詩選》卷二十一)：『當年壽道士，詩卷抱冬心。明月在天地，空山自古今。翠深松樹嵢，香遠梅花林。仿佛朱弦瑟，寥寥雲外音。』又同卷《稽留峰懷金壽門》有句『詩若老蛟寒可詈』，可參證。

碩按，《水滸傳》第六十七回寫焦挺『平生最無面目，到處投人不著』，故外號『没面目』。此處『面目』，猶言情面、交情。考《清史稿》卷五〇四金農本傳言其『性逋峭，世以迂怪目之』，故『中歲徧游齊、魯、燕、趙、秦、晉、楚、越間，無所遇。歸，妻亡，遂寄居維揚，賣書畫自給』(蔣寶齡《墨林今話》卷二)，正切此。

一作張浦山　庚，號瓜田，秀水人。監生，舉鴻博。有《强恕齋詩集》。

張庚（一六八五—一七六〇），原名燾，字溥三，改名庚後，字浦山，號瓜田，又號彌伽居士、白苧村桑者等，浙江秀水（今嘉興）人。少貧，有篤行。雍正十年應鴻博試，不售。乾隆元年舉鴻博，又不遇，乃絶意科舉。乞食四方，足迹半海内，所交多一時賢者。博通群籍，爲文簡樸，詩亦可觀。尤以書畫名，山水氣韵過人云。著述豐富，有《强恕齋詩文鈔》《畫徵録》《瓜田詞》《通鑒綱目釋地補注》十餘種。

【箋證】

張庚詩以古體見長，簡古可味。張氏自序其詩集，言其詩爲杭世駿、萬光泰等名流所賞。按，杭世駿《詞科餘話》卷四云：『嘉興張浦山以古調自鳴。秀水萬光泰有詩送之云：「山人好咏詩，作古不作律。所法魏以前，作五不作七。」』可證其説。魯克恭《强恕齋詩序》細評曰：『大抵五古原於三謝，流衍於曹、陸、左、鮑、三張。七古則遠宗浣花，近禰北地。五律多以古運，七律則純以清氣行。不軌一家也。』徐世昌《晚晴簃詩匯》卷七十三『張庚』下論張詩，大體不出魯《序》範圍，然於其五古有微詞，略云：『詩多古體。五言專學《選》體，然不免斧鑿之痕；七言則天骨開張，有落紙雲烟之概；七律清氣往來，天才流亮；五律亦不失唐人格調。』按，戴璐《吴興詩話》卷十五録其五古《同徐茗花以坤任余堂慶壽登峴山》：『浮翠映城雉，市喧亦已違。舒根入陂塘，危顛散烟霏。巉岩石氣積，參差堂宇輝。古迹能歷指，穢雜殊可欷。幽賞轉後麓，密竹涵朝暉。傍經屹墓碣，遺骸瘞細微。墓有碣云：石蒲齋侍兒明霞之墓。乃前明司李馮公可賓瘞侍女處。石蒲其齋名也。女奴亦何幸，名字垂芳菲。德色分軒輊，世情乖是非。三嘆返舟楫，凉風吹我衣。』其五古多類此。至七古如《李方伯藏倪雲林溪山無盡圖》《大樹鋪山家》等，皆清幽絶俗，差副徐評。

青眼虎李載園[一]　符清。有《海門詩文集鈔》。

【校】

[一] 金本『青眼虎』下未點李載園，而以李旦華屬之。原文如下：『李旦華憲吉，嘉興人，貢生。有《青蓮館集》。』

李符清（一七五一——一八〇八），字仲節，號載園，廣東合浦（今屬廣西北海）人。乾隆四十八年舉人。歷官直隸滿城知縣、天津知縣、束鹿知縣、開州知府、直隸知州等職，在任政事裕如，人有『仙吏』之目。性豪邁，喜游歷，好書畫，傳其藏杜甫《贈衛八處士》墨迹，故榜其齋曰『寶杜齋』。嘗從方苞、汪龍崗學。著《海門詩文鈔》《鏡古堂檢存文鈔》《左傳節録》等，主持《鹿東縣志》《開州志》〔一〕。

【箋證】

符清詩，葉德輝《郎園讀書志》卷十三『海門詩鈔』條論之最詳，兹録於後：『刺史詩出翁覃溪學士方綱門下，以詩名嶺南。同時如吴穀人錫麒、梧門法式善祭酒、張船山太守問陶、洪稚存太史亮吉、趙渭川大令希璜，皆互相推譽。是時，粤中詩人如宋芷灣湘、馮魚山敏昌、張藥房三太史、黎二樵簡明經，均未足與之抗衡。知刺史之詩於粤派中獨樹一幟矣。……集中七古、七律，獨擅勝場。七古學杜，波瀾老成，一篇之中，字斟句酌，無不穩固之韵。七律首尾一氣銜貫，化去對偶之迹，筆如轉圜，意態極新。或不能求新，則於句法中研煉精純，以避甜熟之習。全詩律體功力，較七古尤深，皆慘澹經營而作也。五、七絶皆直起直落，有水到渠成之妙，似又有得於東坡、遺山二家者。道光中，陳雲伯、舒鐵雲戲

〔一〕本小傳據許雋超《乾嘉循吏詩人李符清年表》編成。許文徵材於奏摺、檔案及時人詩文集，編成李氏簡歷，較《清史列傳》卷七十一李本傳所記爲詳明。許文載上海社科院歷史研究所編《傳統中國研究集刊》第十七輯，二〇一七年。

作《乾嘉詩壇點將録》，以《水滸》中青眼虎喻刺史。讀其詩，如見其人，洵足令人莞爾也。』按，此《録》成書時間已見前言，葉言『道光中』，誤。而謂李符清出翁方綱門下，當據法式善《梧門詩話》卷十二。法氏云：『李載園大令詩逸致出塵。甲寅春邂逅津門，余與覃溪先生、吴銘茶學士同時扈蹕。載園出《海門集》屬勘。余最愛其《連州江口》云：「峽中霧重天沈沈，千山萬山嵐氣深。雨昏風緊行不得，鷓鴣啼徹芭蕉林。」《英德道中》云：「湞陽峽口烟初暝，彈子幾邊雨半斜。竹鷄格磔啼不歇，西風吹落山茶花。」皆古峭天趣。載園補博士弟子，舉京兆試皆出覃溪先生門。先生極賞之，題一詩於集後有「李生海門自名集，近與鮑皋思并時。時和不識賦役繁，數卷殘縑自料理」，觀此知不同俗吏所爲矣。』

碩按，金本以李旦華替李符清，二人皆與《水滸》李雲同姓。吴文溥《南野堂筆記》卷十一論旦華詩云：『爲詩博綜閎麗，出都以後作多凄惋愁嘆之辭，境使然歟？如《夜雨》句云：「離情似春草，一夕雨中生。」《武林》云：「紅葉乍添秋後樹，緑蕪初洗雨中山。」《邯鄲馬上作》云：「大漠風高飛隼急，平原日落晚鴻哀。」「元都一别春風老，白鶴重來歲月徂。」不減有明前後七子。』郭麐《靈芬館詩話》卷五摘録其詩，頗有沈鬱蒼凉之致，與此副將鄭澐詩風相類。符清詩古體亦學杜，而近體以清壯爲主，或得蘇之力不淺（馮敏昌題其集詩亦有『還看繼大蘇』句），此兩家詩之异同也。

一作鄭楓人　澐，字晴波，儀徵人。乾隆二十七年舉人召試。官浙江糧道。有《玉鈎草堂詩集》。

鄭澐（？—一七九五），字晴波，號楓人，江蘇儀徵（今揚州）人。乾隆二十七年召試舉人，授内閣中書。歷官福建建寧府同知、温州知府、浙江督糧道，政聲卓著。後以失察屬吏之過，謫新疆，尋赦歸。與汪中等善，詩學老杜，嘗編刻《杜詩全集》，詞尤有名於時。著《玉勾草堂詩詞》《夢餘集》《鷗翥集》。

【箋證】

鄭以詞名，其詩則論者不多，大抵學杜。阮元《淮海英靈集》丁集卷四評曰：『平生學杜詩最深。』陳鱣《玉句草堂詞叙》附論其詩亦曰：『以典籍之華，舒沈鬱之致。』阮元《廣陵詩事》卷七摘其句：《曉行》云：「初陽平野外，蒼潤到眉睫。」又云：「野霧如空江，茫茫半天白。」七言云：「河聲送雨過沙市，山翠横烟入柁樓。」「孤宦遠同千載上，畸人多在萬峰間。」「扁舟久住成安宅，小吏平看似故人。」「雲昏楚樹春如夢，風薄吴棉曉欲秋。」』楊鍾羲《雪橋詩話》卷七云：『吴子律稱其襟度瀟灑，鵲爐鷗舫，判牒湖山，仿佛紅豆詞人之在吴興。《杭州府志》以鄭志爲佳。有《玉勾草堂詩集》。《和同年施鐵如侍御過訪夜話并送別之作》云：「楚客垂垂老，燕臺草草過。秋聲連日夜，鄉夢落關河。暖眼逢人少，離憂自古多。非君今夕話，誰與慰蹉跎。」』又《雪橋詩話三集》卷七録鄭氏《萬安橋懷蔡忠惠》云：『荒忽移文事，逢人問洛陽。大書森廟碣，惠政在輿梁。海國魚龍静，雲天螮蝀長。還聞種松日，百里蔭蒼蒼。』皆學少陵，并可印證阮説。又戴璐《吴興詩話》卷十六：『督糧使者儀徵鄭楓人先生澐，壬午召試中書，官浙省十餘年。《經碧浪湖懷無軒學博》云：「一酌烏程酒，重經碧浪湖。漲迴新雨闊，天倒晚雲孤。柳色隨征鷁，漁歌起浴凫。臨風懷我友，惆悵滿菰蘆。」又《爲無軒題碧浪湖圖》七言古落句云：「結鄰有約願他年，更書雙鷗傍溪石。」亦深愛吾湖山水之佳。』此則其疏秀之作，所謂少陵集中之『水荇牽風翠帶長』者耶？

碩按，《水滸傳》中『青眼虎』李雲爲徒弟『笑面虎』朱富所賣，被迫落草（見第四十三回）。而鄭澐『以失察屬吏被議，謫新疆』，兩者近似，《録》或據此點之。

笑面虎詹石琴［一］　應甲，字鱗飛，號湘亭，吴縣人。乾隆戊申舉人，官湖北知縣。有《賜綺堂集》。

【校】

［一］石琴乃乾嘉時詹肇堂之號。肇堂爲揚州人，乾隆五十七年進士，著《心安隱室詩詞集》（見王昶《湖海詩傳》卷四十）。與應甲分明兩人。然各本皆作「詹石琴」。《水滸傳》中「笑面虎」朱富與「旱地忽律」朱貴爲兄弟。《録》中「旱地忽律」程晋芳，與詹肇堂同爲揚州人。然年輩不接，肇堂於曾燠「題襟館」詩酒流連之時，程已下世，二人似無交誼。若點肇堂，似稍不倫。惟應甲亦程晚輩，更無可比。兹以肇堂箋證爲正文，應甲箋證附於其後，以備參考。

詹應甲（一七六〇——？），原名廣桃，字鱗飛，號湘亭，安徽婺源（今江西婺源）人，寄籍蘇州。乾隆五十三年舉人。屢上春官不第，乃作漫汗之游。嘉慶七年知湖北天門縣，而歷掌湖北諸邑，隆於政聲，民立碑以紀其德。工詩，尤長詞曲。著《賜綺堂集》《賜綺堂雜曲》等。

【箋證】

詹以詞曲名，詩名不著，論者或以其詩綺麗傷質。王芑孫《詹鱗飛獨繭詩鈔序》：「其詩務在鳴聲躍色，大抵沈休文所謂易誦而賞譽者。此《獨繭詩》一卷，篇體光華，洋洋甚綺，敷句爲春，則花新葉早；縱心極暢，則劍拔弩張。闌玉潤珠，涉目有獲；鏤金錯采，措手綦難。嗟乎妙哉！」王氏又於《序》

中諍諫，論作詩一道當原本性情，以義運辭，增以閲歷，方能入堂奥。否則徒以聲色動人目，難稱大才。按，《獨繭詩鈔》乃詹氏早歲所作，詹氏《賜綺堂初稿自序》云：『初著《獨繭詩鈔》四卷，詞格綺靡。吾友王鐵夫序之。中年頗悔少作，汰去其半。』乾隆五十九年羅長麟序其集，則曰：『詩跌宕奇肆，間有緣情綺靡之詞，要不失爲唐賢風格。』據詹門人王兆春等爲其《賜綺堂集》定稿所作序，亦述詹先後數次删訂舊稿，力刈綺語，乃成此集。故鮑桂星嘉慶十九年序詹集而論其詩云：『讀其詩始而妍逸，進而雄奡，又進而渾古，蓋屢變而益上。』比觀此，可略知其詩演變之迹。

一作吴白華　省欽，南匯人。乾隆癸未進士，官左都御史。有《白華詩鈔》。

吴省欽（一七二九—一八〇三），字冲之，號白華，江蘇南匯（今屬上海）人。乾隆二十二年以舉人爲内閣中書，二十八年成進士，遷至順天府尹、督察院都御史。爲官於定糧價、理户籍等多所措施，出而充四方學政者十數，故革科考陳規尤力。而性機敏，善保其身。嘉慶四年，上書奏李基、王曇有奇術，能爲國用，冀以避其附和珅之罪。諭嚴斥之，革職遣鄉，遂卒。工詩文。著《白華前後稿》《入蜀詩文鈔》等。

【箋證】

吴氏詩大抵兩類，一則藴藉，一則森嚴。王昶《湖海詩傳》卷二十九「吴省欽」條曰：『白華著撰，精心果力，不屑蹈襲前人。少日與趙損之、張少華同學漁洋、竹垞。既而別開蹊徑，句必堅凝，意歸清峻。入詞垣，大考翰林第一。由是衡文荆楚，以及西川，遇山厲水刻處，輒以五七字寫之。或以東野、長江爲比，未盡然也。』則似吴氏『學漁洋、竹垞』體乃早歲之作。崔旭《念堂詩話》卷二云：『吴白華總憲工於言情，其纏綿悱惻之情，婉約旖旎之態，楚楚可人。』殆指此體而言。《梧門詩話》卷十摘其此類句甚夥，兹録之以見一斑：『吴白華省欽，學問該洽。《白華集》古體詩不能備載。五言如「沙昏前岸雪，潮裂半湖冰」「水依天到岸，人與月同船」「一湖全化月，數艇忽衝雲」「柴門連竹隱，松艇隔花招」「霜明孤葉定，雲暗一禽翻」「人烟金雁驛，祠火石犀橋」「斷雲松葉暗，疏雨豆花凉」。七言如「燈將水氣螢相似，觽帶秋聲雁不如」「海棠樓暖春舒蕾，石笋衝寒土没尖」「亂水白吞三峽下，斷峰南擁七星來」「徑流草露濃於雨，屋起紫烟凍即雲」。五律如《雨後宿山館》云：「前山涌晴翠，雨自後山飛。山氣本如此，人行殊未歸。林端松鼠滿，階下草蟲稀。兹夕望河漢，迢迢秋影微。」絶句如《發南四灶》云：「富場廟頭西日偏，龍珠庵口寒月圓。浦東客上浦西去，黄葉打人風滿船。」《泖口》云：「漁舍田莊入望孤，琉璃千頃界菰蒲。一聲沙鳥背人去，西日半竿黄滿湖。」《松閣》云：「高館生晝凉，碧陰散流水。疏雨落松花，疏風落松子。」《野泊》云：「山雲載瀟雨，孤青暗篷背。河鳥影翛翛，銜魚上沙埭。」皆風格遒上之作。』至其變體，則王昶《吴君墓誌銘》(《春融堂集》卷五十六)云：『作詩本杜、韓、蘇三家。』其《湖海詩傳》所選《鳳嶺》《馬鞍嶺》《五丁峽》《慰忠祠》《蒲州》《登鬱姑臺》等作，皆學杜、韓，正吴衡文四方時所紀也。惟王昶《吴冲之白華詩鈔序》又云：『余曩者見君之詩如攫翢援簭者，然深其爪，出其目，作其鱗之而。於以聲大而宏。今奉輶軒之使，攬乎蠶叢之崛奇，陸海之富衍，圖經古迹之可喜可愕，省風入詩，乃一歸於温柔閑雅，協於賦比興、風雅頌之旨。淫與過、凶與慢，無有也。……取君詩而聽之，則金川之將寧，軍事之將戢，其可燭照而兆卜矣。』以爲吴入川後詩翻多閑雅，則其詩亦難於一概也。

碩按，點吴爲『笑面虎』乃因其品性奸猾，其明薦王曇，暗避己罪，而王曇遂淪落終身矣(詳『黑旋風王仲瞿』箋證)。當時不齒其人者甚多，訾議紛紛。洪亮吉《乞假將歸留别成親王極言時政啓》(《卷施閣文甲集續》)中，即痛詆之，可參。

通臂猿畢子筠　華珍，太倉人。嘉慶丁卯舉人，官浙江知縣。

畢華珍，生卒年不詳，原名喬珍，字松心。改今名後，字子筠，别號少弇山人，江蘇太倉人。顧光旭外孫，畢沅族孫。嘉慶十二年舉人，次年赴京會試不第，以詩文交當時諸名士。十六年，復游京師，與舒位同客禮親王昭槤府中，爲王作雜劇，以供排演。嘗官浙江諸邑，晚歲築梅巢於嘉興，同治間仍在世。工曲善詩，山水亦佳。著《梅巢雜詩》《少弇山人詩文録》《采真衡論》等，均佚，唯《律吕元音》存。

【箋證】

畢以詞曲名，雖享高壽，然當時論其詩者絶少。今著述皆亡佚，其詳情更不可知矣。陳文述《贈畢孝廉兼呈鐵雲樊郈》（《詩選》卷十三）論畢詩有云：『鋭意爲詩文，所師在韓愈。奇光五色石，勁筆萬鈞弩。』而《太倉州志》卷二十一有畢氏小傳，中云：『詩古文沈博絶麗。』今畢氏詩，零星附見於舒位、陳文述等友人集中，如《瓶水齋詩集》卷十四附畢《放歌行送别鐵雲》，《頣道堂詩選》卷十三附畢《錢塘陳雲伯大令丈杜詩走筆奉答并呈令子孟楷茂才》歌行，皆豪宕，與陳論合。而張鳴珂《寒松閣談藝瑣録》卷一則云：『晚築梅巢以居，作雜詩三十七首，清微澹遠，神似王、孟，與少年所作附刻《瓶水齋集》中者迥不相侔。』且録其五古三章，學陶、孟者，張氏引姚椿評云『似宋人學魏晋之作』。則畢早晚詩風似异也。

碩按，《録》點畢爲『通臂猿』，或以其人清瘦。如張祥河《聞畢子筠同年將南歸詩以訊之》（《詩舲詩録》外集卷一）有句『瘦骨空負金丹仙』，又有句『君緣多病輒書卧』，包世臣《畢孺人六十壽序》亦云子筠『弱如不勝衣』。

一作王載揚　藻，吴江人，號梅沜。監生，乾隆丙辰薦舉博學鴻詞。著《鶯脰湖莊集》。

王藻（一六九三—？），字載揚，號梅沜，江蘇吴江（今蘇州）人。監生。其少也賤，販米奉母，而艱苦力學，遂通典籍。以詩見賞於沈樹本。乾隆元年吴士玉薦應鴻博，報罷，乃專力於詩文。晚客揚州，與諸名士相唱和。好藏書及印。著《鶯脰湖莊集》。

【箋證】

論王詩者，大抵以爲其能熔典麗情韵於一手。袁景輅《國朝松陵詩徵》『王藻』條下引顧瞻泰説：『梅沜好讀名人集，而於「帶經堂」「曝書亭」二種尤能瀾翻背誦，不遺一字。故世之評其詩者，亦謂能集兩家之長。』而『世之評者』，如符葆森《國朝正雅集》卷四王氏下引鮑鈴説：『載揚詩上下古今，無所不窺，而一以漁洋山人爲宗，而時時出入於小長蘆釣叟。故余之贈載揚詩云：「師資兼秀水，宗派本新城。」』又引沈德潛説：『載揚詩字必典，語必穩，偶儷必工，舒徐容與，步奏有節，可謂雅音矣。』全祖望《鶯脰山房詩集序》亦云：『梅沜之詩，其取材也精，其就律也細，清和温潤，匠心獨運。蓋兼前人之長，而别有閑情逸氣出於行墨之表，未嘗屑屑描摹之迹。』皆可證鮑説。餘如袁枚、劉大櫆等序王集，所論不出此。其集中名句如『衣上桄榔雨，吟邊瑇瑁潮』『百首淋浪長慶體，一生慚愧義熙民』『百五正逢寒食節，十千誰醉美人家』『大抵端相求人畫，最難割愛似删詩』等，皆工巧可喜，可見一斑。

操刀鬼汪小海[一]

淮，桐鄉人。有《小海自定詩》一卷[二]。

【校】

[一] 金本『操刀鬼』下未點汪小海，而以屈悔翁屬之。

[二] 丁未本所列著作爲《心知堂詩集》。前言已考出各本小傳均非舒位原稿，據《兩浙輶軒續録》卷二十九『汪淮』條，汪淮詩集乃《小海自定詩》，丁未本所列誤爲汪仲洋（少海）集。箋證本當就汪淮而作。惟舒、陳集中皆不及汪淮，少海《心知堂詩稿》卷首有文述評語云：『國朝則心餘、甌北、稚存、仲則，皆摩其壘；近人中則與張紫峴、周翊雲、嚴麗生，皆當抗手，與船山太史亦復如驂之靳，亦春木之傾倒不置也。』所與比仲洋者，大抵《録》中人。葉德輝《郋園讀書志》卷十四《心知堂詩稿》條辯此云：『《詩壇點將録》操刀鬼列其人，一本作汪淮，字小海，誤也。前序及題詞，如姚椿、錢栻、楊芳燦、嚴學淦、畢華珍、查揆、李鼎元、陳文述，皆《點

將録》中人。固知當時，聲氣滿江湖，詩名遍吴越。』葉言『一本作汪淮』不確，實各本皆作汪淮。又『操刀鬼』曹正於二龍山爲楊志之副（詳《水滸傳》第五十七回），而時人咸以仲洋與其鄉前輩張問陶并論。故本稿於底本原文不作改動，而『箋證』則取仲洋。

汪仲洋（一七七七—？），字少海，四川成都人。少孤，而力學不輟。嘉慶六年舉人，知浙江諸邑。於海鹽任治海塘，有德於民，民爲立生祠。官錢塘時，以獄中婦縊亡，坐失察，改官教諭。後擢知餘姚縣。時中英戰起，有英軍之竄入餘姚者，仲洋設計盡擒之，時論稱焉。有詩名。著《心知堂詩稿》。

【箋證】

當時論汪詩者，多以奇險風發許之。陳文述評語（見汪集卷首）云：『尊作才奇筆健如長江赴海，奔濤洶涌，又如五丁開山，縋幽鑿險，源出昌黎及少陵入蜀諸作。』姚椿《心知堂詩稿序》云：『汪子之爲詩，才大而氣盛，能自極其力之所至。……張翰林問陶之詩，奇險捷出，不主故常，其極主於能道人意中事而止。汪子沈縋奧鑿，句鏤字鍛，又善用事相佐證。翰林詩以天勝，汪子兼盡學力。』《晚晴簃詩匯》卷一百十六『汪仲洋』條云：『在當時名與船山亞。情韵圓美處稍遜，排奡巉刻更欲争勝。』餘不備引。惟晚近葉德輝獨持別説，其《郋園讀書志》卷十四『心知堂詩稿』條云：『張、汪同爲天資高敏之人。張詩意態清新，吐詞別雅。每一詩成，使人讀之，有味外味，此其所長也。「奇險渾成」之語，擬之實爲不倫。汪詩則才思縱横，筆力强健，長篇近律，一揮而就，讀之淋漓盡致。而選詞煉句，波瀾老成，全集并無沈鎚奥鑿之詞，亦無刻削之處。是集余翻閲再四，頗洞悉其淺深，若如姚序云云，實皮毛之論矣。』按，楊鍾羲《雪橋詩話三集》卷九摘論其詩云：『詩如《海鹽塘上》云：「潮上猶疑戰鼓聲，天風吹净戰雲横。孫恩死後艨艟散，徐海歸來島嶼平。父老能談晋時事，蛟龍都避戚家兵。投戈但議安瀾策，却要長堤與水争。」句如「心窮造化天應忌，氣太縱横福可知」「官如傳舍何妨攝，政似文章祇要真」《鄴下懷古》云：「生逢亂世稱周德，死欲欺人署漢封。」均有英氣。』可與葉説相證。

一作屈悔翁　復，字見心，蒲城人。有《弱水集》。

屈復（一六六八—？），原名北雄，改復，字見心，號金粟，晚號悔翁，陝西蒲城人。故學者稱『關西先生』。諸生。年十九入泮，後棄舉業，游海内。晚至京師授詩爲生，卒於揚州。復性孤高，不屈節下人，時人以林逋爲比。博通經史、形勢、天文、曆法諸學。詩文主寄托。著《弱水集》《玉溪生詩意》《楚辭新注》等。

【箋證】

屈詩多寄故國之思。鄭方坤《國朝名家詩鈔小傳》卷四『弱水詩鈔』條云：『其所見於詩篇，大率多殘山剩水之思，麥秀黍離之感。如白首狂夫，歌哭道中，輒向黄河亂流欲渡，令人累增欷歔而不能已已。疑若夏肄周遺之所爲作，又或附鳳攀龍，與前明有瓜葛者近是。……今試取《弱水集》讀之，繁音促節，詞多悠謬。知翁之寄托，固自有出天入地而莫可窮詰者。古之傷心人別有懷抱，不足爲外人道也。』則知屈詩或有深曲之弊。至屈詩取徑，論者以爲得力少陵爲多。符葆森《國朝正雅集》卷二屈氏下：『蒲城屈悔翁徵君樂府咏史，獨開生面，古意盎然。五言古詞意渾勁樸質，近體直接浣花，不盡空響。誦其《春日》《秋日》《雜興》諸作，可謂於神貌兩得者，而其托意亦自不凡。』晚近平步青《霞外攟屑》卷八又云：『弱水詩，道源少陵七古，間學昌谷，最長於七律，如《旅懷》三首、《秋懷》八首、《登岱》五首、《戊戌春日雜興》十八首、《秋日雜興》二十首、《錢唐懷古》十首，沈鬱頓挫，慷慨悲歌，真浣花嫡乳也。』

然沈德潛《清詩別裁集》卷十二『孫蔚枝』條云：『近有秦人，胸無典籍，好爲大言，至云「作詩先洗去李、杜俗調」，庸妄如此。』同書卷二十八『屈復』條：『詩雖未純，亦時露奇氣。惟過自矜許，好爲大言。而一二標榜之人至欲以一悔翁抹倒古今詩家，於是學者毛舉疵瘢而苛責之，悔翁無完膚矣。』袁枚《隨園詩話》卷四云：『專改削少陵，訾詆太白，以自誇身分，耳食者抵死奉若神明。山左顔懋倫心不平，獨往求見。坐定即問曰：「足下詩有《書中乾蝴蝶》二十首，此委巷小家子題目，李杜集中可曾有否？」屈默然慚，人以爲快。』杭世駿《詞科掌録》卷十四評屈詩云：『古詩闌單少力，惟律調近熟。……其流傳之詩，有不必爲之題，如《書中乾蝴蝶》《水中雁字》，多至數十篇。有不可通之句，金壇史公度曾舉其《楊花》詩。』錢鍾書《容安館札記》第一七二則細摘其字句之疵，可參。據此，屈似諱言學古，欲自成一隊，而力不能任，舉鼎絶臏矣。無怪管世銘《讀雪山房雜著》評爲『屈豪而俚』。此與前言其『深曲』者爲表裏也。至其爲人，杭世駿以爲其托名布衣，故爲高行，希動天子，其人虚妄可鄙。更徑問屈詩『寄托爲何』，屈氏聞之而嘆：『此欲置我於死地也。』錢鍾書亦考其晚乃寄食於滿洲貴胄之門（《札記》一七二），則杭氏宜有此問也。聽言觀行，其人可知。

碩按，《録》點屈爲『操刀鬼』，似有微意。《隨園詩話》卷一、卷四等屢議屈削改杜詩爲妄。又雷國楫《龍山詩話》卷一論屈襲用古今成句云：『如「此生安得杭州死，添個梅花處士墳」，本唐張祜「人生祇合揚州死，禪智山頭好墓田」；「我欲盡除桃李樹，年年不放一花開」，本同邑王孝廉垣「我欲檐前遍結網，年年不放燕兒飛」；「十日西泠五日雨，偏無半日到吴山」，本余族曾祖亨坤「五載記程三萬里，偏無半日到嵩山」，諸如此類，僂指難數。』其改其化，皆可謂『操刀』者也。金本此將獨點屈，以點將之諧趣、貼切言，金本勝。

菜園子童二樹　鈺，字二如，改二樹，號璞岩，會稽人。著《竹嘯集》《抱影廬詩鈔》。

童鈺（一七二一—一七八二），字璞岩，又字二樹、二如，别號借庵、梅道人等，浙江山陰（今紹興）人。布衣。少棄舉業，專攻詩古文。性豪俠，游海内。工書畫，尤善寫梅，有『萬樹梅花萬首詩』之句。又好聚金石書籍，典衣鬻婢易之，無所惜。平生推仰袁枚，病篤猶畫梅題詩，欲寄袁，未成而卒。袁枚爲編訂遺集。著《二樹山人集》等。

【箋證】

童詩以清健勝，而無晦澀之弊。劉鳴玉《二樹詩略序》云：『當其沈思湛然，白月停空，萬燈無烟。及意與象會，則颯爽透利，春坼紅翠，復如秋風砭肌。而毛髮清籟，驅若聰明，鞭若精鋭，何文而弗逮！』李調元《雨村詩話》卷十云：『其詩深入顯出，多流水對，工整而典麗。佳句如《小吴軒》云：「沼吴今已矣，平楚正蒼然。」《劍池》云：「斗間猶虎氣，雨後忽龍吟。」《春日歸園寄俞鶚岑》云：「招隱桂之樹，歸來桃始華。」《吊劉戢山》云：「可憐文信國，不及武鄉侯。」皆不愧作家。』又其工畫梅，詩格似亦近梅之清韵。袁枚編訂其遺集，復摘句甚夥，兹録以見其概。《隨園詩話》卷六：『《黄河》云：「一氣直趨海，中含萬古聲。劃開神禹甸，横壓霸王城。幾見榮光出，剛逢徹底清。浮槎如可借，應犯斗牛行。」

《金山》云：「三山名勝豈尋常，彼岸居然一葦航。重疊樓臺知地少，奔騰江海覺天忙。梵音祇許魚龍聽，佛面時分水月光。回首蓬萊應不遠，幾聲長嘯極蒼茫。」五言如「落花隨棹轉，隔樹看山移」「蟻閑緣水過，蜂健負花歸」「山遠雲平過，天空月直來」。《觀潮》云：「一氣自開闢，衆星相動摇。」《齒落》云：「無煩重漱石，所恨不關風。」七言如「秋聲如雨不知處，落月帶霜還照人」「風梅落紙畫猶濕，松雪撲弦琴一鳴」「客感每從孤館集，老懷常覺暮秋多」「茶聲響雜花梢雨，簾影晴通竹塢烟」「詎有庚寅同正則，敢誇丁卯是前生」「花猶解媚開如笑，水不忘情去有聲」，皆可傳也。」

一作金棕亭[一]

兆燕，全椒人。乾隆丙戌進士，官國子監博士。有《棕亭詩鈔》。

【校】

[一] 丁未本『菜園子』下無『一作金棕亭』。

金兆燕（一七一九—一七九〇[二]），字鍾越，號棕亭，别號蕪城外史，安徽全椒（今屬滁州市）

[二]《清代人物生卒年表》未定金氏卒年。此據袁行雲《清人詩集叙録》卷三十一『棕亭詩鈔十八卷』條説。

人。早歲客盧見曾幕十數年，乾隆三十一年成進士。官揚州府教授、國子監監丞。性好言笑，時有『喜鵲』之稱。工詩詞，尤精元人院曲。客揚州時，與諸名士詩酒酬唱爲樂，著詩詞、駢散文集多種，彙爲《國子先生全集》。

【箋證】

沈德潛《椋亭詩鈔序》論之曰：『凌空飛動，縱横變滅，如蛟龍之不可捕捉。』《序》又言其詩「劌心鉥肝」，有欠渾厚。吴錫麒之《序》則駁沈説曰：『先生詩興來如贈，情往若答，縱横排奡，又不可以派别繩之也。』又稱金詩曰：『雷霆精鋭，坌集筆端，見之者但覺灑灑千言，不假思索。及讀之，又若句鍛季煉而始得者。』兩家持論相反，而所見實近也。按，今金集序跋題詞雖富，而大抵過譽，唯此兩家説可資參證。王昶《湖海詩傳》卷三十一『金兆燕』條謂其『游黄山諸作，奇崛可喜』，楊鍾羲《雪橋詩話續集》卷五録其即席賦八絶句及古體一首，字句固工矣，氣勢亦『飛動』，然似皆未見其高格超越，兹姑録楊氏所録古體：『其《題白秋齋游戎所藏陳榕門相國手札卷軸即送入都》云：「古來良相與良將，氣類猶如乳投水。不有伯仲伊吕才，焉識絶倫軼群士。秋齋將軍今人雄，意氣直貫垂天虹。榕門相國撫吴日，愛其勇敢堪元戎。手書慰勉叙契闊，絶似髯公與諸葛。即今故紙數行中，片語猶教真氣活。去年偵盗淮徐間，跰足走遍芒碭山。談笑一探囊底智，逋藪各膽皆摧豩。孟冬良月朔風急，匹馬朝天入京邑。天子方思將帥臣，將軍正向彤墀立。群帥邊疆多則多，三川壯士尚横戈。請看銅柱標功業，至竟終歸馬伏波。」沈浮溪稱其凌空飛動，得之自天，略可見也。』

小遮攔許青士　乃濟，字作舟，仁和人。嘉慶己巳進士。官太常寺少卿。

許乃濟（一七七七—一八三九），字作舟，又字叔舟，號青士，浙江錢塘（今杭州）人。嘉慶十四年進士，授編修。官至太常寺卿、光禄寺卿等。時英人潛銷鴉片入華，乃濟上疏請弛其禁而納其税，士論多非之。越二年，以是降職，遂卒。其人氣局安雅，詩作與弟許乃普集合編爲《二許集》，另有《許太常奏議》。

【箋證】

論許詩較詳者，乃胡敬《答許青士書》（《崇雅堂駢體文鈔》卷三），中云：『竊窺諸作，五言雅馴，近體流麗。歌行元本太白，規模靈均。時於行間流露真氣。真氣所在，情韵生焉。』陳文述《寒夜懷人詩》懷乃濟一首：『青士抱逸氣，風度如神仙。粲花發妙論，吐咳落九天。五字行贈君，斗酒詩百篇。』論與胡氏同。郭麐《靈芬館詩話》卷六云：『許青士太史下第歸時有句云：「青衫未脱庸非福，紅粉能憐倘是才。」人所膾炙者。《古意》云：「人言春風樂，儂言春風愁。昨日枝上花，今日溪中流。」』又沈濤《匏廬詩話》卷上：『錢唐許青士給諫乃濟《擬孟東野聞砧》云：「新寒昨夕至，户户傳哀砧。秋風一萬里，送入游子心。不怨軍門笳，不悲關塞笛。如何枕戈者，泪滿征衫滴。」又云：「寄書書不達，寄衣衣欲裂。誰將一片聲，敲落千山月。欲知聲中悲，請看指上血。血指猶可澣，奈此兩鬢雪。」二詩逼真東野，非淺學所能到也。』則其近體頗能變化，非主一家者也。上引諸詩話，未及其清曠之作，而集中此格最多，兹録二首以見一斑：《夜》：「天闊星芒大，風高月勢孤。鐘聲敲未歇，人影澹疑無。西轉窺銀漢，南飛感夜烏。夫君渺何處，流夢入江湖。」《之江晚眺》：「江波倒折群峰開，沈沈烟翠蒙樓臺。輕猋戛樹雪初霽，暗水嚙沙潮暮來。舟子移舟傍塔影，塔外殘霞紅半嶺。白鳥雙飛入遠天，回流鎖斷斜陽冷。」』《之江晚眺》一首换韵，仿王勃《滕王閣詩》體也。

碩按，《録》以『小遮攔』點許乃濟，意在與『没遮攔』許宗彦配合。宗彦集中數及乃濟，兩許時相過從。又陳文述《錢叔美松壺畫贊序》(《文鈔》卷一)云：『吾杭門才之盛推許治中、錢方伯家。許氏因同年青士交菊船、仲容、玉年、經崖昆季。而踪迹不若錢氏之密。』陳、許以同鄉、同年而同客京師訂交(見陳《孫古雲傳》)，交誼非淺。

一作沈雲椒　初，字景初，平湖人。乾隆癸未榜眼，歷官至户部尚書。謚文恪。有《蘭韵堂集》。

沈初（一七二九—一七九九），字景初，號萃岩，一號雲椒，浙江平湖人。少穎异，乾隆二十八年榜眼及第。歷官福建、順天、江蘇、江西等地學政，至兵、户、吏等部尚書。又嘗任四庫、三通、實録等館副總裁，卒謚文恪。初以文學受知兩朝，詩文能得體，應制之作多至六卷，輯爲《御覽集》。另有《蘭韵堂詩文集》《西清筆記》等。

【箋證】

葉德輝《郎園讀書志》卷十二『蘭韵堂詩集』條云：『公詩雍容華貴，皆和平中正之音。由其生際盛時，終身侍從，中終屢任學政，叠主禮闈，又充《四庫全書》副總裁，日與典籍文字濡染摩挲，出入風雅之林，陶融詩書之澤，吐屬全無俗韵，吟咏彌見冲襟。』按，此論晚出，而較簡明。沈詩大抵近沈德潜一派，惟集中亦多清怨之作，如《秋懷五首》之類。又林昌彝《射鷹樓詩話》卷二十一論曰：『詩多入情之句，如「静中求我方知樂，局外看人未覺難」「詩情添似桃花水，春夢輕於柳絮風」，皆婉秀可誦。』則知非盡春容者也。當時論其詩者極少。以汪中之《序》言之最周，兹節録如後：『竊爲品目，蓋有四焉：曰微，曰適，曰遠，曰深。……先生澄懷體物，構以精裁。思無路而不通，物無形而不肖。譬夫車輪之虱，屨中應心；棘刺之猴，日出遂見。則所謂微者，此也。……先生身依清禁，抽此秘思。游「卷阿」以矢音，效「崧高」而作誦，固宜體歸莊雅，音取和平。若夫山公宦達，早游竹林；幼輿清標，宜在邱壑。何嘗不對酒當歌，興高采烈，而意思安閑，應手赴節，吹彼天籟，止乎衆心。譬夫交衢自舞，徒御不驚；屨帶相當，并忘腰足。則所謂適者，此也。……先生高挹群言，優游案衍。超然物表，自得天機。譬夫姑射神人，比綽約於處子；清廟之瑟，有唱嘆之遺音。則所謂遠者，此也。……先生早緣負米，書劍飄零，已過中年，漸多哀樂。山陽聞笛，河梁把酒，送將歸而贈别，賦懷舊而傷神。靈襟獨寫，餘味曲包。譬夫車子轉喉，哀感頑艷，成連海上，能移我情。則所謂深者，此也。微以言乎其思，適以言乎其度，遠以言乎其氣體，深以言乎其性情。凡此四端，足該六義。」

活閃婆林遠峰[一]　鎬，龍岩人。布衣。有《雙樹生詩草》。

【校】

[一] 金本「活閃婆」正位點楊六士，「一作」爲林遠峰。且於楊六士旁批有「與岑」二字。

林鎬，生卒年不詳，字遠峰，號雙樹生，福建龍岩人。諸生。少隨父宦，僑居吴門，嘗客李廷敬揚州幕。後以奉母還蘇州，依御史吴雲，年六十三卒焉。性豪放，好聲色，易使酒，虬髯戟張，有磨盾横槊之慨。工詩，與東南諸名士相唱和。著《雙樹生詩草》。

【箋證】

林詩如其人。孫原湘《林遠峰詩集序》（《天真閣集》卷四十一）云：『予讀遠峰之詩，而遠峰之性情如見焉。即不知遠峰者，讀遠峰之詩，而其鬚眉意氣躍然楮墨之上。此吾所以反覆諷味而嘆其詩之工也。……少受詩學於袁隨園，顧能自出機杼，不爲倉山所牢籠。……於諸體中尤善歌行，時稱林七古。篇帙甚富，晚年手自刊削，僅存百五十首。』徐渭仁《序》亦云：『大抵沉鬱礌砢，追踪李、杜諸詩。出之酒酣耳熱，興會淋漓。』葉德輝《郎園讀書志》卷十四『雙樹生詩草』條云：『集中五、七古直學李、杜。七律則近玉溪，亦兼有似東坡、放翁者。集中所録，近體不多，其擅長皆在古體，卷帙寥寥，可云精詣。』此承孫、徐説而來。按，林詩今存一卷，中如《春夜平遠山房席上聽俞浦彈琵琶》《徐滄晴秀才序次金陵女伶愛妹事徵詩歌爲賦》等長篇，或瀏漓，或曲折，俱有豪氣。近體如《同鄒愛山放舟西山》《冬日自上海至揚州》等，則頗蕭疏，可見其人其才。

碩按，金本以楊夢符配此將，或以楊與錢維喬交好。錢集中屢屢及楊，其《答楊比部六士見贈之作即和其韵》前小序，述兩人交誼甚明。而《水滸傳》中王定六與張順交厚，正與此合。林爲舒位密友，舒集中屢屢及之，俱見情誼。

險道神鄭板橋　燮，字克柔，興化人。乾隆丙辰恩科進士，官濰縣知縣。著《板橋詩鈔》。

鄭燮（一六九三—一七六五），字克柔，號板橋，江蘇興化（今屬泰州市）人。幼失恃，家貧，而讀書穎悟。乾隆元年進士。歷知山東諸邑，有善政。十八年，以請賑忤上官，被罷。隱揚州，鬻畫以終。其畫有重名，合詩、書稱『三絶』。所繪蘭竹，風格遒勁，尤其獨詣。性脱略不拘，好爲高論，名列『揚州八怪』。詩詞亦以性情爲主，而詞名遠勝詩名。著《板橋集》。

【箋證】

鄭燮詩以真切勝。葉德輝《郋園讀書志》卷十一鄭集條賅前人之説而申之曰：『《詩鈔》乃先生自定詩，真所謂老嫗能解者。自言「其格卑下」，誠哉其然。然真氣勃勃，流露於楮墨間。故其述事言情，往往惻惻動人，得興觀群怨之旨。其題畫五、七言絶，更别饒逸趣，能使讀者心曠神怡。』此評鄭詩最明切。而其所謂『自言』，乃鄭《板橋詩鈔自序》所云：『余詩格卑卑，七律尤多放翁習氣。』所謂『老嫗能解』，則取阮元《淮海英靈集》丙集卷四『鄭燮』條：『作詩不拘體格，興至則成，頗近香山、放翁。』又《隨園詩話》卷九論曰：『工畫，詩非所長。佳句如云：「月來滿地水，雲起一天山。」「五更上馬披風露，曉月隨人出樹林。」「奴藏去志神先沮，鶴有饑容羽不修。」皆可誦也。』是即葉氏所謂『别饒逸趣』者。按，鄭詩題材廣泛，凡山水、書畫、史迹、人物、瑣事、雜感、飲茶、賞花，皆可歌咏，頗近明人唐寅。而於民生疾苦尤眷眷，揭發不遺餘力。集中如《悍吏》《私刑惡》《孤兒行》《後孤兒行》《逃荒行》等，皆是。又《漁家》云：『賣得鮮魚百二錢，糴糧炊飯放歸船。撥來濕葦燒難著，曬在垂楊古岸邊。』《咏史》云：『蜂起狐鳴幾輩曹，是真天子壓群豪。何須傀儡諸龍種，拜冕垂旒贈一刀。』《題畫》云：『兩岸青山聚米多，長江窄窄一條梭。千秋征戰誰將去，都入漁家破網羅。』題材各异，隨筆可就，然似少餘味。此與鄭氏詩觀一致。其《濰縣署中與舍弟第五書》(《板橋集·家書》)云：『文章以沉著痛快爲最。』同篇又斥王氏『神韵説』云：『而世間娖娖纖小之夫，以此爲能，謂文章不可説破，不宜道盡，遂訾人爲刺刺不休。夫所謂刺刺不休者，無益之言，道三不著兩耳。至若敷陳帝王之事業，歌咏百姓之勤苦，剖晰聖賢之精義，描摹英傑之風猷，豈一言兩語所能了事？豈言外有言、味外取味者所能秉筆而快書乎？吾知其必目昏心亂，顛倒拖遝，無所措其手足也。』

隱姓埋名頭領四員

金毛犬

九尾龜

白日鼠

鼓上蚤

擬人不倫，有傷忠厚。付之闕如，亦以免咎[一]。

【校】

[一] 底本無此贊，據金本補。

額外頭領附録

黄面佛彭尺木　紹升，字允初，長洲人。乾隆己丑進士。有《二林居》《測海》《觀河》集。

南無詩壇會上佛菩薩①[一]。

【校】

[一]底本無此贊，據金本補。

①　彭紹升（一七四〇—一七九六），字允初，號尺木，又號二林居士，江蘇長洲（今蘇州）人。彭啓豐第四子。乾隆三十四年進士，選知縣，不就。初喜讀陸、王之書，後研佛學，絶欲素食，禮佛不下樓者數十年，鄉人多受其化。究心於通儒、釋之壁，多所撰述。工詩古文，論文重法度，主習而後化之説。又諳於清朝掌故，所著《名臣事狀》等，皆信而有徵。著《二林居集》《一行居集》《測海集》《觀河集》等。

【箋證】

①《水滸傳》第四十回：「這黄文燁平生祇是行善事，修橋補路，塑佛齋僧，扶危濟因，救拔貧苦，那無爲軍城中都叫他做『黄面佛』。」故贊語雙關彭、黄二人。彭深於佛學，且多善行。《清史列傳》卷七十二紹升本傳云：「及與汪縉、羅有高、薛起鳳游，乃閲《大藏經》，究出世法，絶欲素食，禮佛不下樓者四十年。……好作盛德事，鳩同人施衣施棺，恤嫠放生，鄉人多化之。」又《湖海詩傳》卷二十一「彭紹升」條：「歸而專心白業，香燈禪板，幾似黄面頭陀。」按，彭三十始成進士，而以五十七歲卒，則所謂「禮佛不下樓者四十年」，似不確。贊亦兼切彭詩。《一行居集》《二林居集》皆文集。《測海集》「專録列朝聖德詩及思賢諸咏」，《觀河集》則「大都感物興懷，永言成韵」（《觀河集自序》）。《觀河集》中詩以學佛前後爲斷，風格有异。其摯友汪縉《彭允初詩稿叙》（《汪子文録》卷三）論其詩分野較明：「允初詩其始也志乎風騷正軌，步驟西京之作者，時用以發其仁思義色焉。自頃三四年來，已無意於詩，偶言其所自得者，探儒宗之邃奥，參二氏之靈樞，束心於規矩之中，森然也；游神於言象之外，超然也，肫然至妙也，冲然有餘也。其在道人、詩人之間乎？」《晚晴簃詩匯》卷八十八「彭紹升」條襲汪説云：「詩派甚正，晚年閉關以後，則但抒寫禪機。」餘不備引。袁枚《隨園詩話》卷十四：「彭尺木進士，爲大司馬芝亭先生之子。生長華腴，而湛深禪理。中年即茹素，與夫人别屋而居。每朔望，即相勖曰：『大家努力修行。』彼此一見而已。後閉關西湖，恰不廢吟咏。嘗作《錢塘旅舍雜句》云：『處士當年百不營，偏於梅

鶴劇多情。梅枯鶴去人何在？冷徹孤亭月四更。」「結趺終夕復終朝，眼底空華瞥地消。尚有閑情消不得，起尋松子當香燒。」「酸薹薄粥少人陪，雪霽南窗晝懶開。不是一枝梅破萼，阿誰與我報春回？」《病起》云：「簾深蠅自進，花盡蝶無營。」皆見道之言，不著人間烟火。』至其早歲詩，學漢魏爲主，又蔣士銓《題同年彭允初進士秋陽軒詩三首》（《忠雅堂文集》卷十二），亦言其根本性情，爲孝子之言，皆可證汪說。

附録

重刊詩壇點將録序

葉德輝

聖清乾嘉之世，人文號爲極盛。當其時，海宇承平，公卿搢紳，各以壇坫主盟，迭執牛耳。無名人傳有《詩壇點將録》一書，乃以《水滸》一百八人配合頭領。或肖其性情，或擬其行止，或舉似其詩文經濟，以人人易知者，如沈歸愚之爲托塔天王，袁子才之爲及時雨，畢秋帆之爲玉麒麟。始一展讀，即足令人失笑。今距其時百餘年矣，故書雅記，文獻就湮，諸家詩文集之流傳，固非一二寒畯所能遍閲；而藏書好事者，或不能分别源流，究心掌故。故讀是編而知其月旦之真者蓋寡。餘於諸家之書，雖未全睹，然十得八九，可以推求。竊謂是書比擬之工，較明魏奄之《東林點將録》，不獨人才有消長之分，抑亦世運有盛衰之別。每慨古今黨禍，皆以小人傾陷君子，清流網盡，國不旋踵而亡，如東漢之黨錮傳、元祐之黨人碑，皆魏奄之前事也已。宏惟我朝，聖神嗣統，天子當陽。康熙、雍正兩朝，文治光華，震鑠今古；乾嘉繼盛，論者謂比隆漢唐。諸文士歌咏太平，涵濡雅化，仿張爲主客之圖，句溯鍾嶸《詩品》之濫觴，斯固詩家得失之林。即較之講學家漢宋詬争，亦可謂群而不黨之君子矣。夫魏奄點將，據以收拾東林；宣和盜魁，藉以討平群寇。今録附於後，并考《水滸》諸人原始，以待後之人，知其人而尚論之。《儒林外史》之迷亂其姓名，《紅樓夢》之隱約其事實，固不如是録之明白痛快、可以發皇耳目也。光緒丁未八月中秋後十日，長沙葉德輝序。

重刻足本詩壇點將録叙

葉德輝

《詩壇點將録》，余幼從先世楹書中見之，當時不知爲何物，但聞塾師云是乾嘉兩朝詩人事迹耳。稍長，讀《水滸》小説，見諸人綽號皆梁山盜名，意甚駭怪。又久之，得袁枚《隨園詩話》、王昶《湖海詩傳》、洪亮吉《北江詩話》、張維屏《國朝詩人徵略》，略得諸人出處交際，始嘆其比喻之工。迨公車偕計，過夏都中，每從廠甸搜求國朝詩文集部，於是一朝詩派源流，了然在余心目。欲求此録重刻，則久已遺失，不可復見。光緒丁未，從長沙舊書攤購得同治己巳巾箱本，遂付梓人刊行。旋獲傳鈔武進莊氏舊藏足本，較余本少訛字，諸人里貫仕迹，亦較余本稍詳，然所缺者猶多。余據吳鼎雯《詞垣考鏡》、李富孫《鶴徵後録》及郡邑詩選、各省志乘、詩人詩文本集、集中碑傳文字補之，而是書遂臻完善。餘有詳略及集名异同，則二本可以參觀，不贅補也。前刻附考宋江事，尚有未盡者。如宋張忠文叔夜招安梁山泊榜文云：『有赤身爲國，不避凶鋒，拿獲宋江者，賞錢萬萬貫，雙執花紅；拿獲李進義者，賞錢百萬貫，雙花紅；拿獲關勝、呼延綽、柴進、武松、張清等者，賞錢十萬貫，花紅；拿獲董平、李進者，賞錢五萬貫，有差。』王文簡士禎《居易録》引之云：『今門葉子戲有萬萬貫、千萬貫、百萬貫、花紅，遞降等，采用叔夜榜中語也。又傳中方臘賊黨吕師囊，台州仙居人，亦非杜撰。但賊所陷，乃杭、睦、歙、處、衢、婺六州耳。詳《泊宅編》。』據此，則國初時此等小説亦自風行，不僅明季奄黨以此厚誣東林諸公也。夫善善惡惡，人有同心；是是非非，各持一見。人而君子，不妨加以盜跖之惡名；人而小人，終無益於莽、操之美號。故雖游戲之作，能使讀者於百世之下，想像其生平。斯固月旦之公評，抑亦文苑之别傳矣。近世盜賊横行，逋逃海外，當軸者循私交之請，往往藉詞黨禍，以開幸免之門。不知東漢之黨錮、宋之元祐黨碑、慶元僞學，以及明之東林點將，大抵爲小人指目君子而名，初非諸人自立黨幟，以罹禁網。今則一二三新進，標舉名義，擾亂紀綱，録之既非才，散之則煽亂，而欲引爲漢宋黨人之比，誠不知當事之持議者何所見而云然。《逸周書》載穆王作史記以自警，曰：『昔有果氏，好以新易故，新故不和，内争朋黨，陰事外權，有果以亡。』嗟乎！穆王去今遠矣，而諄諄於黨争之爲誡；居今日而追原禍始，有國者其可輕言變易乎？余於此録，一再校刊，非徒如龔聖予之圖贊，杜古狂之畫像，取悦一世之耳目；將以遠稽乾嘉文治之根本，諸君子聲氣之應求，俾言治者曉然於黨有君子小人之分，有虚名實禍之异。然則是録雖小，不幾古今之龜鑒歟！宣統辛亥四月，葉德輝序。

乾嘉詩壇點將録鈔訖記後

藍居中

《點將録》世無傳本，咸豐戊午，需次吴門，吟社契友樊曉埭尊酒間偶爲話及，特抄藏本見贈。據云舒鐵雲孝廉、陳雲伯大令當時與二三名下士，以游戲三昧，效汝南月旦，取《水滸傳》中一百八人，或揄揚才能，或借喻情性，或由技藝切其人，或因姓氏聯其次，靡不褒溢於貶，亦復毁德於譽。苟能深悉録中人顛末者，讀之未有不擊節失笑也。猶憶初獲此時，蘇中詩人于辛伯續刻所著《柳隱叢談》，來吴見之，《録》中惟通臂猿太倉畢子雲先生耄耋獨存，喜而作詩，郵寄并屬余和韵。旋又假去，録存一册。兹抄所録，不禁感昔時風雅之盛云。同治己巳長至，子香藍居中。

題詞

江湖姓氏記傳聞，高築詞壇領冠軍。猛士詩人雜龍虎，一時吟嘯起風雲。
孰是鸞皇孰野狐，一編評騭尚模糊。試看漢上英雄記，即是江西宗派圖。

無學居士題韓崇

從古文章有霸才，舊家壇坫孰雄恢？相知自應都亭夢，讓爾横行一世來。
千佛名經是導師，江湖東下衍分支。功成别築麒麟閣，大將麾幢望裏知。
一樣圖憑主客看，休同碑爲黨人刊。居然獨擅龍門筆，合傳何妨老與韓。

寒夜被酒率題三絶句　吴香庵主程庭鷺

誰司月旦汝南評，草竊居然善將兵。白傅昔曾推教主，劉郎誰敢犯長城？荒唐野史英雄記，標榜詞壇黨籍名。轉恨聲華登鬼籙，輸他黄面證無生謂彭尺木。

癸卯仲春　古夊道人戲題釋袒觀即覺阿

一

兩朝誇月旦，壇坫耀星辰。聲價名千佛，詞鋒敵萬人。簿休嗤點鬼，榜類演封神。

串牟尼外，遺珠試再掄。

詞場署元帥，豪傑此搜羅。牛鬼蛇神幻，標題藉不磨。千金駿馬死，一卷鯽魚多。鼙

鼓興思際，投壺盡雅歌。

海上樂道人題藍居中字樂人

清時重品藻，疇似汝南賢。壇坫東南盛，文章游戲傳。長城壘不壞，大將幟高懸。豪

氣儒酸洗，争看月旦篇。

天水老人題

從來幽怪争奇光，好事乃以詭誕彰。鏤肝鉥膽逼神肖，能令鬚髮俱開張。世間何物

匪游戲，那用一一求真妄。漆園傲吏見空色，寓言十九庸何傷。我謂作詩如將將，運用一心神劇王。又謂作詩如作賊，横絶方能躋險絶。短兵狹巷風蕭颾，信手刀刀俱見血。月黑風高縱所如，笑看驪珠頸前得。乾嘉壇坫盛東南，筆陣雲雷戰氣酣。爛如河朔縱横甚，固似山東氣勢憨。四千年事浩滚滚，一百八衆齊耽耽。園林歌宴招賓客，江山六代生顔色。驅使今古奔腕下，吹噓俊筆飛烟墨。占盡升平全盛年，而今墓草紛蕭瑟。一代風花逝水流，烽塵澒洞無消息。我輩餘生苦恨遲，感時撫事還追思。猛士疇堪守疆埸，詩人猶足張偏師。論文論戰有心法隨園語，想見颯爽來英姿。風流争鬥亦云已，文彩依然跨青紫。後來作者問姓名，嚆矢憑誰繼餘子。荒唐野史陽秋筆，鐵棒公然稱教習。頗有微詞寓褒貶，獨具隻眼看今昔。東林姓氏久消磨，尚説西江宗派嫡。揭來溽暑百無事，城北蕭條尋古寺。偶逢趙叟受迫促，漫以斯編屬題字。我欲題詩泪盈眦，推遷世運風輪駛。朱門酒肉尚如山，領袖無人花月死。沈袁畢趙競淪亡，後起舒陳感自傷。苦將一代芬芳迹，譜入英雄草澤狂。盡卷儒生廢文史，追逐冠蓋紛披猖。策馬何須痛華屋，盈闕由來如轉燭。莫從廊廟論英才，尚許山林親卷軸。君不見黄金十萬卷甲來，八百孤寒抱書哭。

樓園先生題

碩按，原刻本、鈔本均無貝青喬、劉履芬題此《録》詩，今補録於後：

爲葉丈廷琯題詩壇點將録

人才蔚起乾嘉會，盟主東南運不孤。嘯聚東南開筆陣，指揮壇坫下軍符。黨分東廠翻新案，派衍西江列舊圖。回首詞場成一喟，群英無復滿江湖。

貝青喬《半行庵詩存稿》卷一

觀乾嘉詩壇點將録墨本即題瓶水齋詩集後

乾嘉老手推歸愚，簡齋稍後詩亦殊。當時壇坫孰稱盛？終南山館老尚書。録内首數此三集。詩格前人都未創，譽固分明久且謗。鐵雲居士輔以奇，武庫森然出兵仗。墨本濡染何淋漓，能手一一歸品題。餘支分衍《蝗蝻録》，再世應鎸黨籍碑。意所不可唯有酒，任是廊廟或林藪。生才例作平等觀，自問雌黄亦何有。即今傳世何寥寥，風華一瞥成烟消。平生死忠大節立，詞章末技寒蟲號。絶句論詩昔所讀，國初諸老推詳熟。等是金針度世心，可憐俗眼紛紛肉。鐵雲『論詩二十八首』集内未刊。麐毛牛角但取真，掩書都已作陳人。定知網外珊瑚在，要借瞿曇爲證盟。末以黄面佛配彭尺木。

劉履芬《古紅梅閣集》卷四

金絲玉壺齋主人題記

大興舒鐵雲刺史位有《詩壇點將録》，未見刊本。今從孫少山處假得備録之。有分贊、有總贊、有無贊者，悉依其舊。有一號而兩名者，則傳聞异辭，劉茆生太守所注者也。

主要參考文獻

一、原書

《乾嘉詩壇點將録》（辛亥本），葉德輝編，楊逢彬、何守中整理《雙梅景闇叢書》，海南國際新聞出版中心一九九八年版

《乾嘉詩壇點將録》（丁未本），葉德輝編，楊逢彬、何守中整理《雙梅景闇叢書》，海南國際新聞出版中心一九九八年版

《乾嘉詩壇點將録》（金絲玉壺齋鈔本），程千帆、楊揚整理《三百年來詩壇人物評點小傳彙録》，中州古籍出版社一九八六年版

《乾嘉詩壇點將録》（《説庫》本），王文濡輯《説庫》，浙江古籍出版社一九九六年版

《乾嘉詩壇點將録》(《清人説薈》本),雷瑨編《清人説薈》,臺灣華文書局,一九六八—一九六九年版

《乾嘉詩壇點將録》(《滿清野史》本),影印本《滿清野史》三編第十四種,臺灣文橋書局,一九七二年版。

《乾嘉詩壇點將録》(《粟香隨筆》本),金武祥《粟香隨筆》第五筆卷三,清光緒本。

《乾嘉詩壇點將録》(笏盦鈔藏本),潘志萬鈔,藏上海圖書館。

《乾嘉詩壇點將録》(《東方雜誌》本),《東方雜誌》一九〇九年六卷第一、二期。

二、他書(按書名音序排列)

《媕雅堂别集》六卷,趙文哲撰,乾隆五十九年刻本

《媕雅堂續集》四卷,趙文哲撰,乾隆五十六年刻本

《板橋集》七卷,鄭燮撰,《彙編》第二七三册

《白華前稿》六十卷,吴省欽撰,《彙編》第三七一册

《白華後稿》四十卷《白華入蜀詩鈔》十三卷,吴省欽撰,《彙編》第三七二册

《白雲草堂詩鈔》三卷首一卷，吕星垣撰，《彙編》第四三六册
《白雲草堂文鈔》七卷，吕星垣撰，《彙編》第四三六册
《百一山房詩集》十二卷，孫士毅撰，《彙編》第三四七册
《拜經樓詩話》，吴騫撰，丁福保編《清詩話》本
《拜經樓詩話續編》，吴騫撰，張寅彭編《清詩話三編》本
《寶綸堂文鈔》八卷《詩鈔》六卷《續集》十一卷《外集》十二卷，齊召南撰，《彙編》第三〇〇册
《抱山堂集》十八卷，朱彭撰，《彙編》第三七六册
《抱珠軒詩存》六卷，薛雪撰，《彙編》第二四八册
《碑傳集》一百六十卷，錢儀吉編，光緒十九年江蘇書局刻本
《碑傳集補》六十卷，閔爾昌編，民國十二年刊本
《北江詩話》，洪亮吉撰，陳邇冬校點，人民文學出版社一九八三年版
《伯山詩話後集》，康發祥撰，《清詩話三編》本
《茶餘客話》二十二卷，阮葵生撰，光緒十四年刻本
《賜書堂集》十卷，翁照撰，《彙編》第二三八册
《樗寮詩話》，姚椿撰，《清詩話三編》本

《樗園消夏録》三卷，郭麐撰，清嘉慶刻本
《船山詩草》二十卷《補遺》六卷，張問陶撰，《彙編》第四七六册
《春草堂詩話》八卷，謝堃撰，清道光春草堂叢書本
《春融堂集》六十八卷附《年譜》二卷，王昶撰，《彙編》第三五八册
《春雨樓詩略》八卷，孫韶撰，清嘉慶刻本
《斫桂山房詩存》六卷，薛雪撰，《彙編》第二四八册
《詞科掌録》十七卷《餘録》七卷，杭世駿撰，清乾隆道古堂刻本
《賜綺堂集》二十八卷，詹應甲撰，《彙編》第四六五册
《存素堂詩初集存録》二十四卷，法式善撰，《彙編》第四三五册
《存素堂詩》二集八卷《續集》一卷，法式善撰，《彙編》第四三五册
《存素堂文集》四卷《續集》四卷，法式善撰，《彙編》第四三五册
《戴簡恪公遺集》八卷，戴敦元撰，《彙編》第四八九册
《道古堂全集》七十六卷，杭世駿撰，《彙編》第二八八册
《蔵齋詩話》四卷，龔顯曾撰，光緒七年刻亦園脞牘本
《定香亭筆談》四卷，阮元撰，嘉慶五年琅嬛仙館刻本

《冬心先生集》四卷，金農撰，《彙編》第二六三册

《冬心先生續集》二卷附《續集補遺冬心三體詩》一卷《甲戌近詩》一卷，金農撰，《彙編》第二六三册

《獨學廬全稿》四十八卷，石韞玉撰，《彙編》第四四七册

《敦拙堂詩集》十三卷，陳奉兹撰，《彙編》第三五九册

《二林居集》十四卷，彭紹升撰，《彙編》第三九七册

《二樹詩略》二卷，童鈺撰，鎮雅堂本

《二娱小廬詩鈔》五卷《補編》一卷，尤維熊撰，《彙編》第四六九册

《樊村草堂詩選》三卷，蕭掄撰，清鈔本

《梵麓山房筆記》，王汝玉撰，《清詩話三編》本

《鳧亭詩話》，陶元藻撰，《清詩話三編》本

《復初齋詩集》七十卷，翁方綱撰，《彙編》第三八一册

《復初齋文集》三十五卷，翁方綱撰，《彙編》第三八二册

《復初齋集外詩》二十四卷《復初齋集外文》四卷，翁方綱撰，《彙編》第三八二册

《芙蓉山館全集》二十卷，楊芳燦撰，《彙編》第四三五册

《高東井先生詩選》四卷附録一卷，高文照撰，《彙編》第三九三册

《更生齋集》二十八卷，洪亮吉撰，光緒三年洪氏受經堂增修本
《古紅梅閣集》八卷附録一卷，劉履芬撰，《彙編》第七〇三册
《古漁詩概》二卷，陳毅撰，清光緒二十四年木活字本
《觀河集》四卷，彭紹升撰，《彙編》第三九七册
《光宣詩壇點將録箋證》，王培軍箋證，中華書局二〇〇八年版
《廣清碑傳集》二十卷，錢仲聯編，蘇州大學出版社一九九九年版
《國朝耆獻類徵初編》七百二十卷，李桓輯，臺灣明文書局一九八六年影印版
《國朝全蜀詩鈔》六十四卷，孫桐生編，巴蜀書社一九八六年影印版
《國朝詩人徵略》，張維屏編，陳永正點校，中山大學出版社二〇〇四年版
《國朝先正事略》六十卷，李元度編，清同治刻本
《國朝正雅集》一百卷，符葆森編，咸豐六年半畝園刻本
《國子先生全集》四十三卷，金兆燕撰，《彙編》第三四四册
《海門詩文鈔》十一卷，李符清撰，《彙編》第四三一册
《海天琴思録》，林昌彝撰，王鎮遠、林虞生點校，上海古籍出版社一九八八年版
《海天琴思續録》，林昌彝撰，王鎮遠、林虞生點校，上海古籍出版社一九八八年版

《海雲堂詩鈔》十四卷《補遺》一卷《海雲堂文鈔》一卷，嚴學淦撰，《彙編》第五一六册

《鶴峰詩鈔》二卷，李因培撰，《叢書集成續編》第一一七册

《紅豆村人詩稿》十四卷《續稿》四卷，袁樹撰，《彙編》第三七三册

《湖海詩傳》四十六卷，王昶編，嘉慶刻本

《華海堂詩》八卷，張熙純撰，《彙編》第三五五册

《淮海英靈集》二十二卷，阮元編，《文選樓叢書》本

《淮海英靈續集》十二卷，王豫編，清道光刻本

《鮚埼亭集》三十八卷卷首一卷《詩集》十卷，全祖望撰，《彙編》第三〇二册

《鮚埼亭外集》五十卷，全祖望撰，《彙編》第三〇三册

《蕉軒隨録》十二卷，方濬師撰，同治十一年刻本

《郎園讀書志》，葉德輝撰，楊洪升點校，上海古籍出版社二〇一〇年版

《鑒止水齋集》二十卷，許宗彦撰，《彙編》第四八八册

《教經堂文集》十卷《詩集》十二卷《談藪》六卷，徐書受撰，《彙編》第四二九册

《今傳是樓詩話》，王逸塘撰，張寅彭編《民國詩話叢編》本

《九曲山房詩鈔》十六卷《續集》一卷附《偶然吟》一卷，宗聖垣撰，《彙編》第三九一册

《娵隅集》十卷，趙文哲撰，《彙編》第三五五册
《卷施閣集》四十一卷，洪亮吉撰，《彙編》第四一三册
《蘭韵堂詩文集》十七卷，沈初撰，乾隆刻本
《郎潛紀聞初筆二筆三筆》，陳康祺撰，晋石點校，中華書局一九八四年版
《郎潛紀聞四筆》，陳康祺撰，晋石點校，中華書局一九九〇年版
《浪迹叢談續談三談》，梁章鉅撰，于亦時點校，中華書局一九八一年版
《冷廬雜識》八卷，陸以湉撰，咸豐六年刻本
《蠡莊詩話》，袁潔撰，《清詩話三編》本
《李中允集》六卷，李驥元撰，《彙編》第四四五册
《立崖詩鈔》七卷，蔣業晋撰，《彙編》第三六五册
《兩般秋雨盦隨筆》，梁紹壬撰，莊葳點校，上海古籍出版社二〇一二年版
《兩當軒集》，黄景仁撰，李國章點校，上海古籍出版社一九八三年版
《靈芬館全集》五十三卷，郭麐撰，《彙編》第四八五册
《靈芬館詩話》，郭麐撰，《清詩話三編》本
《靈岩山人詩集》四十卷，畢沅撰，《彙編》第三六九册

《靈岩山館文鈔》不分卷，畢沅撰，《彙編》第三七〇册
《嶺南群雅初集》三卷《二集》三卷，劉彬華輯，清嘉慶十八年玉壺山房刻本
《留春草堂詩鈔》七卷，伊秉綬撰，《彙編》第四三九册
《龍山詩話》，雷國楫撰，《清詩話三編》本
《履園叢話》二十四卷，錢泳撰，道光十八年刻本
《緑溪詩鈔》二卷，祝維誥撰，《彙編》第二八五册
《兩浙輶軒録》四十卷，阮元編，清嘉慶刻本
《兩浙輶軒録補遺》十卷，阮元編，清嘉慶刻本
《兩浙輶軒續録》六十卷，潘衍桐編，清光緒刻本
《懋花盦詩》二卷附録一卷外集一卷，葉廷琯撰，《叢書集成初編》本
《夢盦居士自編年譜》一卷，程庭鷺撰，《叢書集成續編》本
《夢苕庵詩話》，錢仲聯撰，《民國詩話叢編》本
《夢堂詩稿》十五卷，英廉撰，《彙編》第三〇九册
《夢喜堂詩》六卷，夢麟撰，《彙編》第三六一册
《夢餘詩鈔》八卷，邵颿撰，《彙編》第四二八册

《勉行堂詩集》二十四卷《文集》六卷，程晉芳撰，《彙編》第三四三册
《墨林今話》，蔣寶齡撰，李保民點校，上海古籍出版社二〇一五年版
《南江文鈔》十二卷《詩鈔》四卷，邵晉涵撰，《彙編》第四〇五册
《南野堂筆記》，吴文溥撰，《清詩話三編》本
《南園詩選》二卷，何士顒撰，《叢書集成三編》本
《念堂詩話》，崔旭撰，《清詩話三編》本
《甌北詩話》，趙翼撰，郭紹虞、富壽蓀編校《清詩話續編》本
《甌北集》五十三卷，趙翼撰，《彙編》第三六二册
《鷗陂漁話》，葉廷綰撰，黄永年點校，遼寧教育出版社一九九八年版
《匏廬詩話》，沈濤撰，《清詩話三編》本
《瓶水齋詩集》，舒位撰，曹光甫點校，上海古籍出版社一九九一年版
《瓶水齋雜俎》不分卷《詩話》一卷，舒位撰，《彙編》第四七九册
《瓶粟齋詩話》，沈其光撰，《民國詩話叢編》本
《泊鷗山房集》三十八卷，陶元藻撰，《彙編》第三四一册
《屺雲樓詩話》，劉存仁撰，《清詩話三編》本

《錢南園先生遺集》八卷，錢澧撰，《彙編》第三九七册
《錢鍾書手稿集·中文筆記》第一册，視昔猶今釋讀整理本
《謙受堂全集》三十卷，陳廷慶撰，《彙編》第四三九册
《潛研堂文集》五十卷《詩集》十卷《續集》十卷，錢大昕撰，《彙編》第三六四册
《强恕齋詩鈔》四卷《文鈔》五卷，張庚撰，《彙編》第二五六册
《樵庵詩話》，陸寶樹撰，楊焄點校，《古代文學理論研究》第三二、三三輯，華東師大出版社二〇一一年版
《青芙蓉閣詩話》，陸元鋐撰，《清詩話三編》本
《青嶁詩鈔》六卷，盛錦撰，嘉慶刻本
《青虚山房集》十一卷，王太岳撰，《彙編》第三五〇册
《青芝山館詩集》二十二卷，樂鈞撰，《彙編》第四八一册
《清代人物生卒年表》，江慶柏編，人民文學出版社二〇〇五年版
《清人詩集叙録》，袁行雲撰，人民文學出版社二〇一六年版
《清代詩文集彙編總目録·索引》，清代詩文集彙編編纂委員會，上海古籍出版社二〇一一年版
《清代文字獄檔》，上海書店出版社編，上海書店出版社二〇一一年版

《清名家詩鈔小傳》，鄭方坤撰，《三百年來詩壇人物評點小傳彙録》本
《清人詩文集總目提要》，柯愈春著，北京古籍出版社二〇〇一年版
《清詩話考》，蔣寅撰，中華書局二〇〇五年版
《清詩紀事》，錢仲聯編，鳳凰出版社二〇〇四年版
《清詩紀事初編》，鄧之誠編，上海古籍出版社二〇一三年版
《清史稿》，趙爾巽等撰，羅爾綱等點校，中華書局一九九八年版
《清史列傳》，佚名撰，王鍾翰點校，中華書局一九八七年版
《秋樹讀書樓遺集》十六卷，史善長撰，《彙編》第四二六册
《全浙詩話》五十四卷，陶元藻撰，嘉慶元年怡雲閣刻本
《群雅集》四十卷，王豫編，嘉慶十二年刻本
《容安館札記》，錢鍾書撰，視昔猶今釋讀整理本
《蓉峰詩話》，聶銑敏撰，《清詩話三編》本
《容與堂本水滸傳》，施耐庵撰，羅貫中編，上海古籍出版社一九八八年版
《儒林瑣記》，朱克敬撰，楊堅點校，嶽麓書社一九八三年版
《弱水集》二十二卷，屈復撰，《彙編》第二二三册

《三家詩話》，尚鎔撰，《清詩話續編》本
《三松堂集》二十四卷《續集》六卷，潘奕雋撰，《彙編》第三九九册
《山涇草堂詩話》三卷，汪佑南撰，稿本，南京圖書館藏
《賞雨茅屋詩集》二十二卷《外集》一卷，曾燠撰，《彙編》第四五六册
《尚絅堂詩集》五十二卷《文集》二卷，劉嗣綰撰，《彙編》第四六九册
《射鷹樓詩話》二十四卷，林昌彝撰，咸豐元年刻本
《沈歸愚詩文全集》七十五卷，沈德潛撰，《彙編》第二三四册、二三五册
《沈氏群峰集》六卷，沈清瑞撰，民國鉛印本
《師竹齋集》十四卷，李鼎元撰，《彙編》第四二七册
《十朝詩乘》，郭則澐撰，《民國詩話叢編》本
《石笥山房集》二十三卷，胡天游撰，《彙編》第二七九册
《石溪舫詩話》，吴嵩梁撰，《清詩話三編》本
《石遺室詩話》，陳衍撰，鄭朝宗點校，人民文學二〇〇四年版
《石洲詩話》，翁方綱撰，《清詩話續編》本
《是程堂集》十四卷《是程堂二集》八卷，屠倬撰，《彙編》第五三五册

《壽松堂詩話》，陳來泰撰，《清詩話三編》本
《樹經堂詩集》，謝啓昆撰，嘉慶刻本
《雙樹生詩草》一卷，林鎬撰，《叢書集成三編》本
《水滸傳》，施耐庵、羅貫中撰，人民文學出版社一九九七年版
《説詩晬語》，沈德潛撰，霍松林校注，人民文學出版社一九七九年版
《松壺畫贅》二卷，錢杜撰，《叢書集成新編》本
《素修堂詩集》三十一卷，吴蔚光撰，《彙編》第四〇五册
《孫淵如先生全集》二十一卷，孫星衍撰，《彙編》第四三六册
《隨園詩話》，袁枚撰，顧學頡點校，人民文學出版社一九八二年版
《談藝録》，錢鍾書撰，生活·讀書·新知三聯書店二〇〇七年版
《逃虚閣詩集校注》，張錦芳撰，陳冬鈴校注，廣西大學二〇〇九年漢語言文學碩士畢業論文
《騰嘯軒詩鈔》三十八卷卷首一卷，陳熙撰，《彙編》第四三〇册
《天真閣集》五十四卷《外集》七卷，孫原湘撰，《彙編》第四六四册
《聽雨樓隨筆》八卷，王培荀撰，道光二十五年刻本
《通藝閣詩録》八卷《續録》八卷《三録》八卷，姚椿撰，《彙編》第五二二册

《通藝閣文集》六卷《補編》一卷，姚椿撰，《彙編》第五二二册

《通齋詩話》，蔣伯超撰，《清詩話三編》本

《銅鼓書堂遺稿》三十二卷，查禮撰，《彙編》第三三二册

《桐華吟館詩稿》十二卷《文鈔》一卷，楊揆撰，《彙編》第四五七册

《吞松閣集》四十卷，鄭虎文撰，清嘉慶刻本

《晚晴軒稿》八卷，王復撰，《彙編》第四二二册

《晚晴簃詩匯》二百卷，徐世昌編，民國退耕堂本

《晚學齋文集》十二卷，姚椿撰，《彙編》第五二二册

《王文治詩文集》，王文治撰，劉奕點校，乾嘉詩文名家叢刊本

《惟清齋全集》十九卷，鐵保撰，《彙編》第四三二册

《味蔬齋詩話》四卷，余雲煥撰，光緒三十四年思南府署刻本

《臥園詩話》四卷，潘煥龍撰，道光十二年刻本

《吴會英才集》二十四卷，畢沅編，道光刻本

《吴侍讀全集》二十三卷，吴慈鶴撰，《彙編》第五二四册

《吴興詩話》十六卷，戴璐撰，民國刻本

《梧門詩話合校》，法式善撰，張寅彭、强迪藝編校，鳳凰出版社二〇〇五年版

《五百石洞天揮麈》十二卷，邱煒萲撰，光緒二十五年刻本

《五百四峰堂詩鈔》二十五卷《續集》二卷《未刻詩》一卷，黎簡撰，《彙編》第四一七册

《惜抱軒文集》十六卷《惜抱軒文後集》十卷《惜抱軒詩集》十卷《惜抱軒詩後集》一卷《惜抱軒外集》一卷，姚鼐撰，《彙編》第三七七册

《西沚居士集》二十四卷，王鳴盛撰，《彙編》第三五〇册

《戲鷗居詩鈔》九卷，毛大瀛撰，《彙編》第三八七册

《香蘇山館古體詩鈔》十七卷《今體詩鈔》十九卷，吴嵩梁撰，《彙編》第四八二册

《香蘇山館文鈔》二卷，吴嵩梁撰，《彙編》第四八二册

《香聞遺集》四卷，薛起鳳撰，《彙編》第三八二册

《響泉集》三十卷，顧光旭撰，《彙編》第三七五册

《小倉山房集》八十一卷，袁枚撰，《彙編》第三三九、三四〇册

《小倉山房尺牘》十卷，袁枚撰，《彙編》第三四〇册

《小謨觴館詩文集》十三卷，彭兆蓀撰，《彙編》第四九二册

《小匏庵詩話》，吴仰賢撰，《清詩話三編》本

《小峴山人詩文集》，秦瀛撰，嘉慶二十二年刻道光間補刻本
《筱園詩話》，朱庭珍撰，《清詩話》本
《嘯亭雜録》，昭槤撰，何英芳點校，中華書局一九八〇年版
《新訂清人詩學書目》，張寅彭著，上海古籍出版社二〇〇三年版
《心安隱室詩集》九卷，詹肇堂撰，《彙編》第三七九册
《心知堂詩稿》十八卷，汪仲洋撰，《彙編》第五二三册
《續碑傳集》八十六卷，繆荃孫編，宣統二年江楚編譯局刻本
《學古集》四卷《牧牛村舍外集》四卷，宋大樽撰，《彙編》第四一二册
《雪橋詩話全編》，楊鍾羲撰，雷恩海、姜朝暉點校，人民文學出版社二〇一一年版
《雅雨堂詩集》二卷《文集》四卷《出塞集》一卷，盧見曾撰，《彙編》第二六八册
《烟霞萬古樓詩選》二卷，王曇撰，清咸豐刻本
《烟霞萬古樓文集》六卷，王曇撰，《彙編》第四五七册
《嚴東有詩集》十卷，嚴長明撰，《彙編》第三七三册
《揅經室一集》十四卷《二集》八卷《三集》五卷《四集》十三卷《續集》十一卷《再續集》六卷《外集》五卷，阮元撰，《彙編》第四七七册

《硯山堂集》八卷，吴泰來撰，《彙編》第三五〇册
《養一齋詩話》，潘德輿撰，《清詩話續編》本
《一瓢齋詩存》，薛雪撰，《彙編》第二四八册
《頤道堂詩選》三十卷《外集》十卷，陳文述撰，《彙編》第五〇四册
《頤道堂文抄》十三卷，陳文述撰，《彙編》第五〇五册
《藝談録》，張維屏撰，《三百年來詩壇人物評點小傳彙録》本
《揚州畫舫録》十八卷，李斗撰，自然盦刻本
《挹翠樓詩話》，潘清撰，《清詩話三編》本
《亦有生齋集》五十九卷，趙懷玉撰，《彙編》第四一九册
《亦有生齋續集》七卷，趙懷玉撰，《彙編》第四二〇册
《有正味齋詩集》十六卷《續集》八卷《駢體文》二十四卷《駢體文續集》八卷，吴錫麒撰，《彙編》第四一五册
《雨村詩話校正》，李調元撰，詹杭倫、沈時蓉校正，巴蜀書社二〇〇六年版
《玉磬山房詩集》十三卷《文集》四卷，劉大觀撰，《彙編》第四三八册
《淵雅堂編年詩稿》二十卷《惕甫未定稿》二十六卷《淵雅堂外集》七卷，王芑孫撰，《彙編》第四四

二册

《越縵堂日記説詩全編》，李慈銘撰，張寅彭、周容輯，鳳凰出版社二〇一〇年版

《悦親樓詩集》三十卷《外集》二卷，祝德麟撰，《彙編》第四〇二册

《篔穀詩鈔》二十卷《文鈔》十二卷，查揆撰，《彙編》第四九七册

《咏歸亭詩鈔》八卷，李果撰，《彙編》第二四四册

《齋心草堂詩集》一卷，錢枚撰，《彙編》第四六六册

《忠雅堂文集》三十卷，蔣士銓撰，《彙編》第三五六册

《種榆仙館詩鈔》二卷，陳鴻壽撰，《彙編》第四八八册

《竹初詩鈔》十六卷《文鈔》六卷，錢維喬撰，《彙編》第三九六册

《竹葉庵文集》三十三卷，張塤撰，《彙編》第三七五册

《子雲詩集》十卷，方正澍撰，《彙編》第四〇六册

三、論文

《陳文述研究》，趙婧撰，上海大學二〇一九年中國古典文獻學碩士畢業論文

《關於〈乾嘉詩壇點將録〉的作者》，劉永翔撰，二〇一一年一一月二〇日《東方早報·書評》
《〈乾嘉詩壇點將録〉研究》，周文静撰，揚州大學二〇一三中國古典文獻學碩士畢業論文
《舒位年譜》，王樂撰，上海大學二〇一六年中國古典文獻學專業碩士畢業論文
《舒位與畢華珍》，陸庭萼撰，《戲曲研究》第十三輯，一九八四年

後記

我於詩是外行，本不該來妄談。所讀的，多是向來通行的選本，即有一二合眼而願取其別集來讀者，大抵也不外乎唐代的大家。這實不過卑卑於常識，及一點偏好罷了。六年前，蒙業師張寅彭先生不棄，開示以清詩之學并爲學之道，我纔知學術之爲物，足使我駭然。自念平日讀書，性耽雜覽，從無成爲專家的夢想。而既爲博士，則學有定規，一時也真爲畢業憂心。有一次談起來，張先生教我説，『點將録』一體，其佳者能見出一個時代的詩壇輪廓。而得稱佳的，殆舒《録》與汪《録》二種。王培軍老師的汪《録》箋證已成名著，你可整理舒《録》以畢業。我當時想，這畢竟是個實在的題目，至少不至於無從著手。現在書成回看，真可謂是『不揣淺陋』了。

去年初，意有不適，遽作南游。不意逐亡入歧，幾成坐困。到得年末，仍賴張先生的推薦，此稿竟蒙鳳凰社姜小青先生慨允付梓，自然要振作精神，少爲修飾。好似東施雖陋，也知捧心，何況其所繫又有重於此者。燈下改稿，憶及六年來種種，其間人事輾轉，蒼黄翻覆，真不料十餘年後會再竄珠崖；即兩年前在上海，與玉偉下班後夜游『小奥萊』時，也不曾想過還有重訂此書的一天。不能不興『人生如環』之慨。也幸而在這修飾中，獲睹了趙婧女士新出的文章。其文之匡我不逮，正我舛誤，已見於書稿；而其惠書之德，攻錯之言，更使我銘感。此間三月末，已熱得人煩躁，玉偉正在接水拖地，這又使我想起這些年在好幾個不同的寓所里的同樣的情景，一時恍惚，竟不知今夕何夕。

此書祇能如此地面世了，其挂一漏萬，自不待言。其中無知臆説處，更要貽笑大方。這是無可奈何的事，在我已是盡力。最後還是要照例地——也是真誠地——希請同仁并愛好清詩的讀者批評指正，以爲异日改訂之資。而到那時，又是怎樣的光景，就非此刻所能賒言了。

黄碩二〇二〇年三月草於海口寓所